KB249714

여섯 장면의 짧고 슬픈 드라마

여섯 장면의 짧고 슬픈 드라마

초판 1쇄 인쇄   2008년 8월 10일
초판 1쇄 발행   2008년 8월 15일

지은이   손영목
펴낸이   이종천
펴낸곳   오늘
편집   이정원, 최유진
마케팅   안성균, 이미경
등록일   1980년 5월 8일 제10-104호
주소   서울시 마포구 마포동 35-1번지
전화   719-2811(대)
팩스   712-7392
http://www.oneul.co.kr
Email : oneull@hanmail.net
ISBN 978-89-355-0439-8 03810

여섯 장면의
짧고... 슬픈...

손 영 목 소 설 작 품 집

오늘

나무한테 삶의 지혜를 배우고 느끼며

우리 집 작은 정원에는 어느덧 고목이 된 모과나무와 제법 큰 단감나무가 있다. 이 나무들을 사시사철 가꾸고 돌보는 일은 가족 중에서 순전히 나의 몫인데, 그것은 그냥 단순노역이 아니라 나한테는 활력과 보람의 한 원천이기 때문에 오히려 즐거운 노동인 셈이다.

가만히 보면 이 나무들은 각각 독특한 개성을 지니고 있다.

단감나무는 봄에 무척 많은 꽃을 피워 나를 기쁘게 한다. 그러다 꽃이 어지간히 떨어지고 그 꼭지에 작은 열매가 맺힐 무렵이면 은근히 걱정이 된다. 이 많은 감을 어쩌나. 다 익을 때까지 나뭇가지와 줄기가 과연 견뎌낼 수 있을까.

그렇지만 그것은 쓸데없는 걱정이다. 바람이 불 때, 비가 올 때, 아니면 평소에도 감나무는 조금씩 열매를 떨어뜨려, 결국에는 자기가 충분히 감당할 만한 수효만 붙들고는 여름날 뙤약볕에 잘 익혀서 달고 맛난 단감을 가을에 나한테 선사한다. '그동안 날 돌보느라 수고했어요.' 하며 기쁨 한 아름과 함께.

모과나무는 열매가 맺히면 맺힌 만큼 다 가을까지 가져가려고 욕심을 부린다. 건강한 열매든, 애초부터 부실하거나 중간에 벌레 먹은 열매든 떨어뜨려버리는 법이 거의 없다. 그렇게 미련을 떨다 보니 굵어진 열매들의 무게를 감당하지 못해 결국에는 커다란 가지가 통째 부러지기도 한다.

감나무는 어느 가지가 생체기능이 다했거나 전체적인 균형으로 봐서 불필요하면 스스로 그 가지를 고사시켜 톡 떨어뜨리는 특이한 전지능력을 지니고 있다.

그렇지만 모과나무는 죽은 가지일망정 사람의 손이 가지 않으면 미련스럽게 몇 년이든 그대로 붙들고 간다.

감나무와 모과나무가 어떤 면에서는 나의 스승이다.

요즈음 우리 문단사회, 그 중에서도 특히 소설동네는 이해할 수 없는 일이 벌어지고 있다. 한국소설가협회 월간 기관지에 실으려고 회원들한테 작품을 청탁하면, 웬만한 작가들은 하나같이 대작을 쓰는 데 바빠 그럴 시간이 없다고 사양한다. 완곡한 거절이긴 해도, 단편소설 정도는 쓸 겨를이 없고 쓰고 싶지도 않다는 투다.

출판계가 장기 불황의 늪에 빠져 허덕이고 소설책이 팔리지 않아 작가가 자비출판도 감수해야 하는 마당에 이런 어긋나고 황당한 현상은 어떤 설명이 가능할까.

그럼에도 불구하고 거기에다 나 역시 어쭙잖은 소설작품집 한 권을 보태는 것은 소중한 인연의 고마운 권유와 자신의 알량한 욕심 때문이다. 더 이상 붙일 변명이 없다. 오로지 독자들의 아량과

평가에 맡길 따름이다.

桐千年老恒藏曲 동천년로항장곡
梅一生寒不賣香 매일생한불매향

오동은 천 년 늙어도 늘 음악을 간직하고
매화는 평생 추워도 향기를 팔지 않네

　지은이가 누구인지도 모르는 이 한시를 처음 발견했을 때의 가
슴 찌르르한 감동은 지금도 기억이 생생하다. 나는 이것을 내 좌
우명으로 삼기로 자신과 약속했다. 그러면 과연 지금까지 어느 정
도나 이 약속을 제대로 지키며 살아왔는가.
　글쎄, 모르겠다. 죽는 날까지 그냥 나름대로 노력할 따름이다.

　　　　　　　　　　　　　　　무자년 맑은 초여름 하루
　　　　　　　　　　　　　　　　　　손영목

| 차례 |

하얀비둘기

스콜이 방금 지나가고 나자, 열기를 식힌 대기는 한결 신선하고 청량했다. 그러나 켜켜이 쌓여 썩어가는 낙엽을 품고 있는 숲이 뿜어내는 냄새는 더욱 물씬하면서도 눅눅했다. 물기를 충분히 머금은 나뭇잎들은 윤기를 자랑하듯 반들거렸고, 길게 늘어진 종려나무 잎사귀 끝에서는 아직도 물방울이 똑똑 떨어지고 있었다.

"오, 무쿰바!" 여자는 오른팔로 남자의 목을 감은 채 안타까운 듯이 외쳤다. "우린 이제 어떻게 되는 거죠?"

"아무것도 달라지는 것은 없어, 브나르바." 남자는 미소를 띠고 그녀의 연약한 허리를 껴안으며 상냥하게 말했다. "알겠어? 내가 당신을 사랑하고 당신이 나를 사랑하는 한 말이야."

"우리 또 만날 수 있을까?"

여자가 다시 말했다. 그녀의 커다랗고 검은 눈이 슬픔과 두려움에 흔들리고 있었다. 눈에 띌 정도의 미모는 아니었으나, 하얀 원피스에 싸인 몸매는 날씬하면서도 상당히 섹시한 느낌을 주었다. 그녀의 왼손에는 중간 크기의 두툼한 가방이 들려 있었다.

"만날 수 있고말고. 우린 다시 만나게 되어 있어."

"정말? 틀림없이 만나게 되는 거죠?"

"그럼. 의심의 여지가 없는 거야. 나를 믿어, 브나르바. 그리고 오로지 한 가지만 생각하라고."

남자는 여자에게 확신을 심어주려는 듯 그녀의 볼에다 가볍게 입을 맞추었다. 그는 후리후리한 체구에 구레나룻을 멋들어지게 가꾼 삼십대였고, 어떤 여자도 지나치면서 한 번쯤은 돌아보지 않을 수 없을 정도의 미남이었다. 땀에 전 군복도 그의 전신에서 풍기는 매력을 어쩌지는 못했다.

두 사람이 있는 위치에서 20미터쯤 떨어진 뒤쪽에는 그들이 타고 온 지프가 엔진을 끄고 서 있었다. 지프 뒷좌석에는 경호 역으로 따라온 두 명의 병사가 자동소총을 아무렇게나 멘 채 어중간한 자세로 앉아 있었다. 병사들은 남자와 여자의 수작에 아무 관심도 없는 듯 따분한 표정으로 딴전을 피우고 있었으며, 그러면서도 은근히 주변 경계를 게을리하지 않는 기색이었다.

"나를 사랑하듯 한 가지만 생각하란 말이야. 오로지 해야 할 일 한 가지. 무슨 뜻인지 알겠지? 그러면 용기가 생길 거야."

"난 두렵지는 않아요, 무쿰바."

여자는 완강하게 고개를 저었다.

"그렇고말고. 당신은 참으로 용기 있는 여자니까."

"오로지 내가 두려워하는 건, 앞으로 당신을 못 만나게 되지나 않을까 하는 거라고요."

"그럴 리가 있나, 브나르바. 당신이 있는 곳에는 내가 있고, 내가 있는 곳에는 당신이 있는 거야. 마음뿐 아니라 몸까지 함께 있는 거라고." 남자는 지프 위의 병사들을 힐끔 곁눈질하며 여자에게 은근히 속삭였다. "우린 사랑을 즐기는 꿈도 똑같이 꿀 정도의 사이잖아."

그 말에 여자는 기쁜 듯이 웃었다.

"그건 그래요. 신도 당신과 나 사이는 훼방 놓지 못할 거예요. 그렇죠, 무쿰바?"

"그렇다니까. 이 세상 누구도 우리 사랑을 감히 방해하지 못해." 말은 그렇게 하면서도 남자의 얼굴에는 여자가 모르게 조금 짜증스런 표정이 슬쩍 지나갔다. "나를 꽉 믿으라고. 우리가 곧 뒤따라갈 거고, 당신이 재판에 회부되기 전에 도성을 탈환할 테니까. 그건 어렵지 않아. 그 지저분한 피부병 환자 놈만 제거하고 나면, 나머지 놈들이야 오합지졸에 지나지 않거든."

"정말 그렇게 되는 거죠, 무쿰바?"

"글쎄, 그렇다니까. 안심하고 이젠 떠나도록 해." 남자는 그녀의 이마를 손가락으로 찔렀다. "너무 지체하는 건 좋지 않아. 여긴 아직도 우리가 큰소리칠 수 없는 곳이거든."

남자는 주위를 둘러보았다. 멀리 어디선가 무슨 새소리가 간헐적으로 들려오다가 멎었다. 그것뿐, 풀포기가 드러누워 차바퀴 자국이 드러난 도로의 양쪽으로 우거진 밀림은 깊은 정적에 싸여 있었고, 언제 비를 뿌렸느냐는 듯 구름을 걷어내고 이글거리는 태양이 그 위에 떠 있었다.

밀림을 뚫고 뻗어 나온 도로의 반대쪽 끝은 엉성한 개활지였고,

그 언저리로 T읍의 무질서한 시가지 한 자락이 눈에 들어왔다. 그것은 마치 땅속에서 솟아오른 것처럼, 아니면 침하되어 지표면 아래로 가라앉다가 멈춘 것처럼, 그렇게 어중간하고 생경해보였다.

지프 위의 병사 하나가 하품을 하고는 손가락으로 콧구멍을 후볐다.

"이제 헤어지자고, 브나르바." 남자는 조금 정색을 하며 여자를 가만히 밀쳐내었다. "시간이 없어. 난 빨리 본부에 돌아가야 해. 당신도 갈 길이 멀잖아?"

"알았어요. 그럼 작별의 키스를 해줘요."

여자가 발돋움을 하며 입술을 내밀자, 남자는 할 수 없다는 듯이 웃으며 고개를 쩔레쩔레 흔들고는 그녀를 끌어안아 정열적이면서도 긴 입맞춤을 해주었다.

"안녕, 내 사랑."

"안녕, 무쿰바. 당신의 행운을 빌겠어요."

"당신의 행운이 곧 나의 행운이지. 아무튼 도성에서 만나자고, 잘 가."

남자는 몸을 돌려 지프 쪽으로 성큼성큼 걸어가기 시작했다.

여자는 그가 돌아보며 뭐라고 한마디 더 던져주기를 기대하는 표정으로 그의 뒷모습을 줄곧 바라보고 있었으나, 그는 지프에 도착하기까지 그녀의 기대를 철저히 배반했다.

남자는 지프 운전석에 훌쩍 뛰어올랐다. 시동을 걸자마자 조급하게 전진 후진을 거듭해 차의 방향을 반대쪽으로 돌려놓았다. 그러고는 차를 잠깐 멈추고 여자를 돌아보며 자기 손에 입을 맞추고 그 손을 쳐들어 흔들었다.

여자도 남자가 한 그대로 다급히 손바닥으로 키스를 날려 보냈다. 그러나 그녀의 손이 입술에서 채 떨어지기도 전에 이미 지프는 요란한 머플러 소리를 내며 저만치 달아나고 있었다.

T읍은 오밀조밀 아름답고 평화로운 곳이었다.

포석이 깔린 광장을 중심삼아 석회를 칠한 낮은 건물들이 대체로 방사선 방향으로 늘어서서 시가지를 이루었고, 광장에서 여러 갈래로 뻗어나간 도로에는 야자나무와 고무나무를 주종으로 한 가로수들이 길가 양쪽으로 늘어서 있었다.

이른 아침 광장 한쪽에 있는 교회 종탑의 종이 맑은 소리를 내며 울리는 것과 함께 비로소 T읍의 하루가 시작되곤 했다. 일찌감치 밖에 나온 선량한 사람들은 아무에게나 미소와 함께 상냥한 인사를 건네고, 개들은 축축한 기운이 채 가시지 않은 길바닥에서 어슬렁거리며 코를 킁킁거렸다. 그처럼 거리는 느긋한 가운데 하루를 맞곤 했다.

울창한 밀림 위로 해가 얼굴을 내밀고 눈부신 빛을 사방으로 쏟아낼 때쯤이면 거리는 서서히 활기를 보이기 시작했다. 등교하는 아이들과 고무농장에 품을 팔러 가는 어른들이 집집마다에서 거리로 쏟아져 나오기 때문이었다. 그들은 서로 인사를 나누며 아이들은 거리의 서쪽 끝에 있는 학교로, 어른들은 1.5킬로미터쯤 떨어진 고무농장으로 향했다. 그 시간이면 그들에게서 푼돈을 벌려고 하는 사람들, 이를테면 초콜릿이나 풍선, 싸구려 머리핀 따위를 목판에 진열해 드문드문 길목을 지키는 약삭빠른 장사치도 나타나고, 그래서 거리는 조금 떠들썩해지기 마련이었다.

그 사람의 물결이 한 차례 지나가고 나면, T읍은 폐허처럼 인적이 드문 거리로 갑자기 변해버렸다. 그때쯤은 해가 45도 정도의 기울기로 떠올라서 뜨거운 열기를 내뿜는 시간대였고, 노동력을 지니고도 집에 남아 있는 사람이라고는 거의 없기 때문이었다. 해가 정수리에서 내리쬐는 한낮이 되면 정말이지 거리에 나와 어슬렁거리는 것이라고는 푸줏간의 개밖에 없었다. 노인들은 집 안의 식탁 앞에 앉아 잎담배를 씹으며 무료한 표정을 짓거나 해먹에 드러누워 흔들거리며 낮잠을 즐기거나 했다.

그러다가 오후 2시쯤에 버스가 털털거리면서 광장 한쪽의 터미널에 도착하면, T읍은 갑자기 잠에서 깨어난 것처럼 조금 부산스러워지는 것이었다. 버스에서 짐들이 내리고, 그런 다음 되돌아가는 버스를 타려는 사람들이 하나둘 모여들곤 해서였다.

버스는 하루 한 번 T읍과 수도 K시를 이어주는 유일한 교통수단이었다. K에서 오전 10시에 출발하는 버스는 중간의 몇몇 정류소를 거쳐 종착지인 T읍에 왔다가 코스를 거슬러 돌아가는데, K시에 도착하면 저녁 무렵이 되었다. 그렇기 때문에 K시에 볼일이 있는 T읍 주민들은 어차피 당일치기로 돌아올 생각을 하지 않고 떠나야 했고, 그렇게 하는 것이 당연한 줄 알아서 불편한 교통편에 별로 신경을 쓰지도 않았다.

버스가 출발하는 시각은 2시 30분으로 정해져 있었지만, 정시에 출발하는 경우는 드물었다. 만원이든 아니든 간에 더 탈 손님이 없는데도 버스는 10분이나 20분쯤 더 뭉그적거린 다음에야 다시 털털거리면서 출발하곤 했다. 그렇게 지연 출발한다고 해서 누구 하나 불평을 늘어놓는 사람도 없었다. 늑장을 부려도 결국에는 출발하게 되어 있고, 하루라는 시간은 길기 때문이었다.

이윽고 버스가 출발하고 나면 T읍은 다시 정적의 거리로 변해 버리지만, 그 시간은 그다지 길지 않았다. 수업을 마친 아이들이 학교에서 돌아올 때가 되기 때문이었다. 게다가 그때쯤이면 고무 농장에서 맡은 일을 빨리 마친 어른들이 한 사람 두 사람 집으로 돌아오기도 했다.

해가 지고 가로수 사이사이에 드문드문 서 있는 가로등에 불이 들어오면 맨 먼저 술집에서 노란 불빛과 함께 음악소리가 흘러나 오면서 밤이 시작되는 것이었다. 사람들은 하나 둘 모여들어 술을 마시지만, 대취해서 문제를 일으키는 사람은 거의 없었다. 그만큼 선량한 사람들이었다. 어쩌다 길거리에 나와서까지 고성방가하는 사내가 아주 없지는 않았지만, 그것은 마누라가 쌍둥이를 낳았 다든지, 홀로 살다가 죽은 아저씨의 침대 밑에서 약간의 돈이 발견 되어 생각지도 않은 횡재를 했다든지 하는 특별한 경우에나 일어 남직한 일일뿐이었다. 일상의 T읍 주민들은 가난한 자기 처지를 잘 알고 그 분수에서 결코 벗어나는 법이 없었다. 그만큼 그들은 선량한 사람들이었다.

그러나 그 모든 것이 이제는 과거의 일이 되고 말았다. 전쟁이 세상을 쑥밭으로 만들어버렸기 때문이었다. 오랜 독재정치와 권력 형 부패에 반기를 든 혁신세력의 전광석화 같은 무장봉기로 수도 가 그들의 손에 들어갔고, 허를 찔리는 바람에 일단 밀려난 구정 부가 전열을 가다듬어 반격에 나선 바람에 내전의 불길이 사방으 로 확산되었으며, 그 불길은 예외 없이 T읍에까지 뻗쳐왔던 것이 다. 군사적 요충에 해당되는 데다 큰 이권이 발생하는 고무농장이 가까이 있기 때문에, T읍은 구정부군에도 혁명군에도 선뜻 포기할 수 없는 곳이었다. 그래서 탱크까지 동원되는 치열한 전투가 그 일대에서 벌어졌다.

반나절 이상이나 계속된 전투는 일단 혁명군의 승리로 끝난 듯했다. 지역전투의 결과라기보다는, 전반적 전황의 균형을 고려해 구정부군이 T읍을 일단 포기하고 퇴각했다는 것이 정확한 설명이 되었다.

싸움의 주역들로서야 그처럼 총부리를 내리는 것이 원상회복을 의미하는지는 몰라도, T읍 주민들한테는 그렇지 못했다. 그들에게 전투는 실로 악마의 잔치였다. 아늑하고 아름답던 시가지는 하루 아침에 폐허로 변했고, 고장의 자랑인 동시에 주된 소득원이기도 한 고무농장은 쑥대밭이 되고 말았다. 포연이 잦아들고서도 매캐한 화약 냄새는 부서진 집들과 타다 만 나무들, 그리고 움푹 팬 구덩이들에서 풍겨 나와 끈적끈적한 열대성 대기 속에 오래 머물러 있었다. 주민들은 전투의 외중에 애꿎게 죽어간 가족과 친지를 땅속에 묻으면서, 고인에 대한 애도보다도 자기들이 앞으로 살아갈 일이 막막한 절망감에 더 상심해서 오열했다.

그러나 이상한 일이었다. 그처럼 모든 것이 파괴되고 뒤틀린 가운데서도 새로운 생존의 질서가 형성되기 시작한 것이다. 산불이 지나간 자리에 다시 푸른 싹이 돋아나는 것과 흡사했다. 주민들은 부서진 집을 대강 수리해 들어갈 곳부터 우선 마련하고, 어지러워진 거리를 청소했으며, 종탑의 붕괴와 함께 떨어져 땅바닥에 뒹구는 종을 소중히 거두었다. 학교는 아이들을 다시 모아 수업을 진행했고, 버스는 지난날과 다름없이 하루 한 번씩 왔다가 돌아갔다.

그렇지만 근본적인 원상회복은 불가능했다. 무엇보다도 생활기반이 파괴된 것이다. 고무농장이 그 꼴이 되었으니 수입이 있을 리가 없고, 요행히 탱크가 뭉개고 지나가지 않은 밭의 곡식들은 수확기가 까마득히 멀었다. 앞으로 살아갈 일보다도 내일 당장이 급한 실정이었다. 주민들은 말과 웃음을 잃어버렸고, 하늘을 쳐다보는 눈에는 절망과 슬픔이 어렸다.

일부 주민들, 특히 젊은이들 중에는 보따리를 싸는 사람도 적지 않았다. 차라리 수도나 다른 대처에 나가서 어떻게 비비며 생활기반을 잡아보겠다는 생각을 한 것이다. 그래서 버스는 대개 올 때보다 더 많은 손님을 태워 떠나곤 했고, 그럴 경우 터미널에서는 심심하지 않을 정도로 진하고 뭉클한 이별장면이 가끔 벌어지기도 했다.

지금 그 여자, 브나르바 쿰사가 발을 들여놓은 T읍의 정경과 분위기는 바로 그런 것이었다.

전투는 끝났고 주력부대는 물러갔지만, T읍에는 혁명군의 소수 병력이 경비임무를 띠고 주둔해 있었다. 쓰러진 한쪽 벽에 성단(聖壇)이 파묻혀 제구실을 못하게 된 교회에 진을 친 경비대는 요소요소에 초병을 배치해놓고 구정부군의 움직임을 경계하고 있었다.

T읍 주민들에게 그들은 뇌관이 기능을 상실한 폭발물과 같았다. 당장의 위험은 없으나 그래도 신경 쓰지 않을 수 없는, 그런 존재들이었다. 그들은 마치 점령군처럼 주민들에게 으스대거나 군림하려 들었고, 그러면 주민들은 가능한 한 그들과 부딪치거나 접촉하지 않는 수법으로 말썽의 소지를 차단하려고 노력했다. 그런 어중

간하고 미묘한 분위기 속에 주민들과 경비대는 일종의 공존관계를 형성하고 있었다.

그날 T읍에서 맨 먼저 브나르바를 발견한 사람은 전략상의 취약지구에 해당하는 밀림 쪽 도로 어귀를 경비하고 있던 초병들 세 명이었다.

갑자기 전방에 나타난 젊은 여자를 발견한 초병들은 진초록 일색인 배경 숲과 눈이 부시는 햇살 속에 나풀나풀 움직이는 하얀 모자와 하얀 원피스의 빛깔이 너무나 선명해서 눈이 뚱그래졌고, 그녀가 좀 더 가까이 다가왔을 때는 그런 시골에서 좀처럼 발견하기 어려운 근사하고 세련된 몸매의 미인이라는 사실을 알고 침을 삼켰다.

초병들이 브나르바를 막아섰다. 울창한 밀림 속으로 멀리 이어진 길을, 더군다나 군사적으로 예민한 위험지대를 젊은 여자가 혼자 걸어서 통과해 나타났으므로 초병들로서는 예사로울 수가 없었다. 그렇더라도 그 검문에는 희롱기가 다소 섞여 있었던 것이 사실이었다.

어쨌든 브나르바는 초병의 질문에 고분고분 대답하지 않았다. 거리의 초입이기 때문에 여차한 경우 소리를 질러 사람을 부를 수도 있다는 계산이 그녀를 담대하게 만들기도 했을 것이다. 그러다 보니 옥신각신하게 되었고, 초병들도 마침내 부아가 치밀어 그녀를 본부로 강제 연행했다.

자동소총을 든 두 초병을 양쪽에 거느리고 당당한 걸음으로 거리에 들어서는 브나르바의 모습이 호기심의 표적이 된 것은 당연한 일이었다. 거리에 나와 있던 주민뿐 아니라 집 안에 있다가 무심코 목격하게 된 사람들까지 슬금슬금 집에서 나와 세 남녀를 뒤따르기 시작했다. 그러다 보니 브나르바가 경비대 본부인 교회 앞에 이르렀을 때는 따르는 사람의 수가 20명도 더 되었고, 마침 상행버스를 타려고 근처의 터미널에 대기하고 있던 사람들까지 그쪽으로 쏠리는 바람에 금방 두터운 인간의 벽이 형성되었다. 그들은 묘령의 아가씨가 이제 이 점령자들에 의해 어떤 처우에 직면하게 될지를 흥미진진하면서도 약간 불안한 심정으로 지켜보고 있었다.

교회 창틀에서부터 비스듬한 각도로 쳐진 차일 아래 탁자를 놓고 위스키를 병째 들어 찔끔찔끔 목을 축이며 부관과 뭔가 의논하고 있던 경비대장은 브나르바의 모습을 본 순간부터 모든 동작을 딱 멈춘 채 부신 듯 눈을 가늘게 뜨고 그녀의 일거수일투족을 지켜보고 있었다. 삼십대 후반의 건장한 사내였다.

이윽고 브나르바가 대여섯 걸음 앞까지 이르러 딱 멈추고 초병이 그녀를 연행해온 이유를 대자, 경비대장은 고개를 두어 번 끄덕이고는 한쪽 입아귀를 들어 올리며 수작을 걸었다.

"안녕, 어여쁜 아가씨."

브나르바는 짐짓 거만한 시선으로 경비대장을 내려다보았다.

"그런데 아가씨는 어디서 왔지?"

"내가 어디서 왔든지 거기와 무슨 상관이죠?"

브나르바가 태연당당하게 받아넘기자, 경비대장은 어이없다는 투의 과장스런 표정으로 부관을 돌아보았다.

"들었나, 자네? 이 아가씨가 방금 본관한테 하는 소리를 들었느냐고."

부관은 아무 말 없이 브나르바를 쏘아보았다. 몸이 왜소하고 마른 사내였다.

브나르바는 마치 뱀의 눈처럼 차갑고 날카로운 부관의 시선이 자기 전신을 훑고 지나가는 것이 견딜 수 없어, 아무것도 들지 않은 쪽 팔로 슬며시 자기 가슴을 가렸다.

경비대장이 자세를 바꾸며 브나르바를 향했다.

"다시 한 번 묻겠는데, 아가씨는 어디서 왔지?"

"내가 그 질문에 왜 대답해야 하는지 모르겠군요."

"대답하고 싶지 않다는 뜻인가?"

"대답해야 할 이유가 뭐냐는 거죠."

브나르바는 한 치도 굽힘이 없었다.

"여간내기가 아닌 아가씨로군." 경비대장은 손들었다는 제스처를 쓰며 부관을 돌아보았다. "귀관이 어떻게 좀 해보지 않겠나?"

부관이 벌떡 일어나 브나르바에게 다가왔다. 키가 겨우 그녀의 귀 정도였다. 부관은 한 초병의 옆구리를 쿡 찔러 물러나게 하고 브나르바의 주위를 돌기 시작했다. 반대쪽 초병은 부관에게 걸리기 전에 눈치 빠르게 얼른 물러났다.

"대장님을 대신해서 본관이 묻겠는데, 당신은 어디서 왔지?"

냉엄한 질문이었다.

그 분위기에는 브나르바도 한풀 꺾이지 않을 수 없었다. 그러나 일부러 고개를 꼿꼿이 세우고 대답했다.

"숲 저쪽 마을이죠. 그게 무슨 문제라도 되나요?"

"숲 저쪽 마을이라니, 거긴 여기서 6킬로도 더 되는 곳이야. 그런데도 당신 혼자 밀림 속을 걸어왔다고? 겁도 없이?"

"못 걸어올 이유도 없을 텐데요."

"물론 못 걸을 이유는 없지. 그러나 이유가 없는 것하고 실제하고는 달라. 그 먼 길을, 더구나 밀림 속을, 더더구나 지금처럼 예민한 시기에 여자 혼자서 걸어왔다는 말을 믿으란 말인가?"

"믿고 안 믿고는 그쪽의 자유죠. 사실은 말수레를 타고 왔어요."

"저런! 말수레를 타고 왔다?"

"그래요."

"그 말수레는 어디에 있지?"

"근처까지만 타고 와서 돌려보냈어요."

"처음에는 걸어왔다고 했다가, 이번엔 말수레를 타고 왔다……. 말이 틀리잖아?"

"언제 내가 내 다리로만 걸어왔다고 했나요? 지레짐작으로 그렇게 말한 건 그쪽이죠."

한 방 얻어맞은 부관은 브나르바의 정면에서 걸음을 딱 멈추고 양손을 허리에 걸친 채 턱을 치켜들어 그녀를 노려보았다. 마치 대드는 듯한 그 포즈가 우스꽝스러워, 경비대장은 고개를 돌리고 쿡 한 번 웃었다.

구경꾼들 사이에서 잠시 속삭이는 듯한 웅성거림이 일어났다. 지금까지 군인들에 대해서 그녀처럼 당당했던 사람은 없었기 때문이었다. 군인들이 드러내놓고 유난스레 핍박하거나 하지는 않았지만 주민들은 지레 겁을 먹고 그저 부딪히지 않게 조심하기만 했을 뿐, 이 젊은 여자처럼 맞서는 태도 따위는 꿈도 꾸지 못했던 것이다. 그렇기 때문에 그들은 그녀의 용기에 내심 찬탄해 마지않았고, 그러면서도 사태의 결말이 어떻게 돌아갈지 무척 흥미로워했다.

"근처까지 말수레를 타고 왔다가 돌려보냈단 말이지?"

"그렇다니까요."

"말수레를 끌어준 건 누구였나?"

"우리 오빠죠."

"아가씨의 고향이 숲 저쪽 마을인가? 본관이 보기엔 전혀 시골 아가씨 같지 않은걸."

"K시에서 학교를 마치고 고향에 돌아와 애들을 가르치고 있었 거든요."

"오, 그래. 어쩐지 도회풍의 냄새를 풍긴다 했더니…… 그런데 여기로 오는 도중에 아무 일도 없었나?"

"무슨 일 말인가요?"

"이를테면 '쥐새끼'들과 조우했다든가 하는……."

"쥐새끼들이라뇨?"

"우리한테 된통 얻어맞고 꽁지 빠지게 도망친 놈들 말이지."

혁명군은 구정부군을 쥐새끼라고 멋대로 얕잡아 부르고 있었다.

브나르바는 금방 상대방의 말뜻을 알아차렸다. 그녀의 입가에 비웃는 듯한 미소가 스쳐갔다.

"마을에서 떠난 뒤로 아무도 다른 사람은 본 적 없었어요. 오빠 하고만 줄곧 이야기하면서 왔을 뿐인걸요."

"흠, 그건 곧이들리지 않는걸. 어쨌든 그건 그렇다 치고, 여긴 무 슨 볼일로 왔지?"

"이곳에 온 게 아녜요. K에 가기 위해 버스를 타려는 거라고요."

"K에는 무슨 용무로 가나?"

"댁들이 상관할 일이 아닐 텐데요. 내가 왜 그런 질문에 꼬치꼬치 대답해야 하나요?"

브나르바의 음성이 한 옥타브쯤 높아졌고, 부관의 눈초리도 따라서 치켜져 올라갔다.

"이봐, 아가씨." 두 사람 사이의 팽팽한 긴장을 휘저어놓은 것은 경비대장이었다. "경고하건대, 그딴 식의 건방진 대답은 자신을 위해 결코 좋지 않아. 아가씨가 버스를 타고 못 타고는 전적으로 본관의 판단 여하에 달렸다는 사실을 명심하는 게 좋을걸."

브나르바는 그러는 경비대장을 향했다.

"나한테 그렇게 할 권한을 당신이 갖고 있다는 건가요?"

"물론." 경비대장은 으스대며 말했다. "본관은 이곳 경비책임자니까. 따라서 본관의 권한과 임무수행에 방해되는 어떤 도전적 행위도 절대 용납하지 않겠다는 것이 본관의 확고한 지휘방침이야."

"내가 당신의 권한과 임무수행을 방해한 게 뭐죠?"

"우선 내 부관의 질문에 불손하게도 대답하지 않았어." 경비대장은 얼굴을 슬쩍 찌푸리며 말했다. "다시 한 번 묻겠는데, K에는 무슨 일로 가나?"

"혁명위원회에 볼일이 있어서요. 이제 됐나요?"

그 순간, 광장 위에 나른하게 떠 있던 대기가 갑자기 소용돌이를 일으킨 것 같았다. 경비대장을 비롯해 그곳에 있던 병사들의 얼굴에는 긴장의 빛이 떠올랐고, 구경꾼들 속에서는 속살거리는 소리가 들렸다.

경비대장은 술병을 놓고 여차하면 벌떡 일어나기라도 할 듯한 자세로 브나르바를 쳐다보았다.

"아가씨가 방금 혁명위원회라고 말했나?"

"그래요. 그게 뭐 잘못됐나요?"

"혁명위원회 볼일이란 게 뭐지?"

"리퉁구 느반조 씨를 만나려고 해요."

경비대장은 숨을 딱 멈춘 것 같은 표정으로 자리에서 일어났다. 부관더러 브나르바를 데려오라고 지시한 다음, 술병을 들고 먼저 교회 안으로 뚜벅뚜벅 걸어 들어갔다.

구경꾼들은 불안한 얼굴로 웅성거리기 시작했다. 일부는 자리를 뜨기도 했다. 그러나 대부분은 부관에게 떠밀리다시피 교회 안으로 들어가는 브나르바를 걱정하면서 그 자리에 서성거리고 있었다.

그 중의 한 사람, 순박한 청년 옹고 무스키는 누구보다도 마음을 졸이면서 그녀가 별 탈 없이 풀려나기를 간절히 빌었다.

옹고는 브나르바를 전에 알지도 못했고 본 것도 처음이지만, 그녀의 모습을 본 순간 감전된 것처럼 쇼크를 받았다. 이상한 일이었다. 그녀야말로 자기가 지금까지 원했으며 만나고 싶어 한 그런 여자인 것 같았다. K행 버스를 타기 위해 터미널에 나온 사람들 중의 하나인 그는 자기가 하필 T읍을 떠나려고 하는 날 그녀가 나타나준 사실이 결코 우연이 아니라고 생각했다. 어쩌면 신의 계시가 아닐까 싶어지기까지 했다. 그는 그녀가 빨리 무사히 풀려나서 같이 버스를 타게 되기를 속으로 간절히 빌었다. 그렇게만 되어준다면 어떤 대가라도 치를 수 있을 것 같았다. 호주머니 속에 깊이 간직한 160페니아를 몽땅 털어 경비대장에게 바칠 수도 있었다. 그 돈이 전재산이고 그것이 없으면 K에 가서 당장 구걸이라도 해야 할 판이 되겠지만, 그런 것은 나중의 일이었다.

옹고가 그렇게 마음을 졸이고 있을 때, 버스가 경적을 울렸다. 그것은 조금 있으면 출발한다는 예고신호였다. 5분쯤 후에 한 번 더 경적을 울리면, 그것은 진짜로 금방 떠난다는 뜻이었다. 그런 줄 알기 때문에 옹고는 조바심이 나서 견딜 수 없었다.

그 여자의 일보다는 버스를 얼른 타는 것이 지금의 자기한테 더 급하고 중요한 일이 아닐까 하는 생각도 해보았다. 이성의 판단으로는 그랬다. 그러나 감성 쪽이 그것을 용납하지 않았다. 그녀가 풀려나서 같이 버스를 타지 않는 한 그는 역시 출발할 수 없었다. 오늘이 지나면 내일이 오고, 내일은 또 내일의 버스 편이 있었다.

브나르바의 모습이 교회 입구에 불쑥 나타난 것은 옹고가 그런 생각으로 안절부절못하고 있을 때였다. 승리자처럼 당당한 표정이었다. 그녀는 자기한테 집중되는 시선 따위에는 아랑곳없이, 한손에 가방을 들고 한손은 모자 차양을 잡은 채 곧장 터미널 쪽으로 바삐 걸어가기 시작했다.

그녀가 의외로 간단히 풀려났음에 옹고는 한편 안도하고 한편 의아하게 생각하며, 눈앞에서 나풀거리는 하얀 원피스 자락에 홀린 듯 그 경쾌한 걸음걸이를 얼른 뒤따라갔다. 그래서 브나르바가 터미널에 도착해 버스에 오를 때는 그녀의 뒤에 바짝 따라붙을 수가 있었다.

출발지인 탓으로 버스 안은 좌석에 여유가 있었다. 브나르바가 통째 비어 있는 2인용 좌석에 들어가 창가 쪽에 앉는 것을 보고, 옹고는 잽싸게 그 옆자리를 차지해 엉덩이를 내렸다. 하필이면 내 옆이냐는 듯 브나르바가 힐끗 쳐다보았으나 별달리 싫은 기색을 보이지는 않았다.

옹고는 낡은 멜빵가방을 통로에 놓고 최대한 편한 자세를 취했다. 그러나 워낙 오래되고 헐은 버스여서 시트조차 한쪽으로 쏠린 탓에 엉덩이 밑이 편안하지 못했고, 창문이 모조리 열어젖혀져 있음에도 불구하고 어디선가 퀴퀴한 찌든 냄새가 풍겨와 코에 스며들었다. 버스 지붕 쪽에서 쿵쿵 하는 소리가 들리면서 차체가 제법 흔들렸다. 운전사가 짐짝들을 정리해 묶고 있기 때문이었다.

이윽고 작업을 끝낸 운전사가 차 지붕에서 뛰어내려 운전석에 올랐다. 운전모를 삐뚜름하게 쓴 중년의 운전사는 뭔가 유쾌한 일이라도 있는 듯 표정이 밝았다. 그는 몸을 비틀어 뒤돌아보며 코미디언처럼 쾌활하고 이력이 붙은 목소리로 인사했다.

"안녕하십니까? 여러분을 진심으로 환영합니다. K시까지 가는 동안 혹시 불편한 점이 있으면 이 최고의 운전사에게 기탄없이 말씀하십시오. 자, 그럼 출발하겠습니다."

승객들은 덤덤한 표정으로 듣고만 있었다.

운전사는 승객들의 반응 따위에는 아랑곳없이 혼자 콧노래를 부르며, 차체에 내장된 라디오를 틀어 볼륨을 높였다. 그런 다음 시동을 걸었고, 그래서 버스는 곧 뒤뚱거리면서 움직이기 시작했다.

옹고는 침울한 표정으로 차창 밖을 내다보고 있었다. 전투의 피해로 부서지고 일그러져 볼품없는 풍경으로 변했을망정 T읍은 그가 태어나서 자란 정든 고향이었다. 그러나 이제는 더 그곳에 머물러 있어야 할 까닭이 없었고, 머무를 수도 없게 되었다. 유일한 피붙이며 가족이던 어머니가 시가전의 와중에 참변을 당했을 뿐 아니라, 고무농장이 황폐해져 앞으로는 품을 팔 곳도 없어졌기 때문이었다. 이제 그곳을 떠나면 언제 돌아오게 된다는 보장도 없었고, 꼭 돌아와야 할 이유도 없었다.

그러나 이향의 슬픔과 막연한 설렘과 미래에 대한 불안감을 다 합해도 옆자리에 앉아 있는 여자의 존재만큼 그의 가슴을 꽉 채우지는 못했다. 그녀를 발견했을 뿐 아니라 나란히 앉아 같은 목적지로 향하고 있다는 사실이 지금의 옹고에게는 무엇보다 중요하고 뿌듯했다. 더 이상은 감히 바라지도 않았고, 바랄 수도 없었다. K에 가서 그녀와의 관계를 어떻게 발전시키겠다는 계획 따위는 더더욱 없었다. 그녀는 오로지 눈부신 존재였고, 도저히 오를 수 없게 까마득히 높은 나무와 같았다. 도회지풍의 세련된 미모를 갖춘 그녀에 비해 촌티 풍기는 자신의 주제가 더욱 초라하게 느껴졌다. 그러나 그렇더라도 좋았다. 그녀의 옆자리에 앉을 수 있다는 사실만으로도 더없는 행운이라고 생각했다.

버스는 왼쪽으로 짙푸른 밀림의 끝자락을 떨쳐버리듯 하면서 완만한 구릉을 따라 이어진 도로 위를 적당한 속도로 질주했다. 오른쪽은 대체로 나무숲이 듬성듬성해서 경작하기 쉬운 자드락이었는데, 거기에는 밀밭과 옥수수밭과 콩밭 따위가 마치 누더기를 기운 듯한 꼴로 무질서하게 펼쳐져 있었다. 그러나 경작지 상당부분이 지난번 그 일대에서 벌어졌던 전투로 짓이겨져 농사가 엉망이 되었음을 보여주었고, 모로 쓰러진 전차 한 대 외에 부서지고 불탄 트럭 한 대가 무슨 증거물처럼 거기 나뒹굴어져 있었다.

농경지를 지나서 야트막한 산자락을 돌자마자 드넓게 펼쳐진 고무농장이 나타났다. 줄기가 꺾어지거나 불탄 고무나무들이 비명을 지르며 하늘을 향해 손을 뻗고 있는 풍경은 황량하다 못해 참혹할 정도였다.

"어쩜 저토록 엉망으로 만들어놨죠?"

문득 옆자리의 여자가 탄식처럼 말을 걸어왔으므로, 옹고는 속으로 깜짝 놀라 그녀를 돌아보았다. 고무농장을 바라보던 여자의 시선이 천천히 옹고 쪽으로 돌아왔다.

"전투가 몹시 치열했으니까요."

엉겁결에 대꾸하면서, 옹고는 마치 그녀한테서 키스를 받은 것처럼 얼굴이 화끈거리고 가슴이 두근두근하기 시작했다.

"그래도 저건 너무 심하군요."

"군인들이 고무농사나 밀농사 따위에 관심 있을 리가 없죠. 오로지 부수고 죽이고 이기는 것만이 목적이니까."

"아까 보니까 T읍도 집들이 많이 부서졌더군요. 민간인 사상자도 꽤 나왔겠죠?"

"우리 어머니도 변을 당하신걸요."

"어머나! 참 안됐군요."

브나르바가 미간을 찡그리며 비명처럼 말했다.

옹고는 눈시울이 뜨거워졌다. 어머니의 죽음이 새삼 슬퍼서가 아니라, 그녀가 그토록 관심을 표명해주는 것이 감격스러워서였다. 그러나 그녀의 다음 질문은 옹고를 조금 어리둥절하게 만들었다.

"댁의 어머니를 돌아가시게 한 건 어느 쪽이죠?"

"어느 쪽이라뇨?"

"혁명군이었는지 구정부군이었는지를 묻는 거예요."

브나르바는 말보다도 눈으로 집요하게 명확한 대답을 요구하고 있었다.

"아, 그건 알 수가 없답니다." 옹고는 그녀의 시선을 피하며 우물 우물 대답했다. "어디선가 포탄이 날아와 우리 지붕을 내려앉히는 바람에 어머니가 밑에 깔리셨으니까요."

"가엾기도 해라!"

"난 마침 다른 곳에 가 있었기에 망정이지……. 정말 날 끔찍이나 사랑해주신 어머니랍니다."

"세상에 자식 사랑하지 않는 어머니가 어디 있겠어요."

"어쨌든 이제 내가 T읍에 남아 있어야 할 이유가 없어진 거죠. 고무농장마저 저 꼴이 되었으니 일할 곳도 없고……. 그래서 떠나기로 했답니다." 옹고가 푸른빛이 도는 음성으로 말했다. "어쩌면 다시는 고향에 돌아오는 일이 없을지도 모른다고 생각하니 조금 슬프기도 하고 쓸쓸하기도 하고, 기분이 이상하군요."

브나르바는 잠자코 고개를 창밖 쪽으로 돌렸다.

그녀의 그런 조금 배타적인 태도는 옹고를 불안하게 만들었다. 자기가 뭔가 말을 잘못하지 않았나 싶어 마음이 조였다. 그러나 그녀의 고개가 금방 그에게로 돌아왔으므로, 옹고는 몰래 안도의 한숨을 내쉬었다.

"그래서 댁은 지금 어딜 가는 길인가요?"

"당신처럼 K에."

브나르바의 어여쁜 눈에 호기심의 빛이 반짝 떠올랐다.

"내가 K에 간다는 걸 어떻게 알죠?"

"사실은 아까 나도 광장에 있었답니다. 당신이 경비대장한테 당당히 따지는 걸 보고 얼마나 통쾌했는지 몰라요."

"그럼 댁은 구정부 쪽을 지지하나요?"

"뭐, 별로 어느 쪽을 지지한다거나 하는 생각은 가져본 적 없습니다." 옹고는 어깨를 으쓱해보였다. "군인들은 어느 쪽도 거기서 거기고, 우리 같은 민간인들이 살아가는 문제하곤 전혀 상관없는 일로 서로 싸우고 있잖아요."

"그건 그렇지 않아요." 브나르바의 대꾸에는 어쩐지 날이 서 있었다. "우린 오늘의 사태를 정치적인 눈으로 똑바로 바라보지 않으면 안 돼요. 문제를 일으킨 건 자칭 혁명가들이고, 그래서 시작된 내전이죠. 그들이 엉뚱한 야욕을 드러내지 않았다면 이 나라는 그전처럼 평화로웠을 거고, 댁의 어머니도 돌아가시지 않았을 거 아니냐고요."

"그건 그래요. 어머닌 겨우 쉰다섯 살이고, 좀 뚱뚱해서 숨이 차긴 해도 물소처럼 건강하셨으니까."

"거 보세요. 그것만으로도 댁한테는 혁명정부에 대해 적개심을 가져야 할 이유가 충분하잖아요."

옹고는 갑자기 목덜미에 찬 물방울이라도 떨어진 듯 공연히 오스스한 전율을 느꼈다. 그는 목을 빼어 주위를 둘러보았다. 다른 승객들은 눈을 감고 졸거나 멍한 시선을 차창 밖으로 내보낸 채 차체의 흔들림에 몸을 맡기고 있었다. 운전사는 여전히 라디오를 높은 볼륨으로 틀어놓고 핸들 조작밖에 여념이 없어 보였다. 옹고는 조심스러운 투로 여자를 향했다.

"그렇다면 당신은 혁명정부를 미워하고 있군요?"

"당연히 그렇죠."

"실례지만, 그런데도 아까 그 혁명위원횐가 하는 데 찾아간다고 말한 거 같은데……."

"내가 볼일이 있어서 찾아가는 것하고 지지나 반대의 여부는 별개 문제니까요."

"딴은 그렇군요."

옹고는 고개를 끄덕였으나, 그렇다고 충분히 납득한 것은 아니었다. 배운 것도 없고 품팔이꾼으로 온순하고 성실하게만 살아온 스물두 살짜리 시골청년의 세상사 지식으로는 리퉁구 느반조가 혁명위원회 실력자 가운데 대표적 인물이라는 사실도, 브나르바가 그 이름을 들먹인 것이 어째서 경비대장의 기를 꺾어놓았는지도 알 길이 없었다. 따라서 경비대장의 처지에서는 변방 일개 지휘관인 자기의 이름이 이 묘령의 아가씨를 통해 중앙 쪽 실력자에게 호의적으로 전달되기를 바라는 은근한 기대감으로, 하다못해 만에하나 불이익을 당하지 않기 위해서라도 그녀를 순순히 방면하지않을 수 없었던 사정을 헤아릴 판별력 같은 것은 옹고에게 더더욱있을 턱이 없었다.

옹고는 오로지 이 천사 같은 아가씨와 동행할 수 있고 그녀와말을 주고받게까지 된 행운에 감사할 따름이었다. 그 행운이 갑자기 달아나는 일 없이 오래 지속되기만을 간절히 빌었다. 그런데도브나르바가 더 이상 대화를 진전시키지 않고 갑자기 깊은 생각에잠긴 듯 창밖만 내다보고 있었으므로 불안해서 견딜 수가 없었다.자기가 그녀한테 뭔가 실수를 저지르지 않았는지 되돌아보기도했다. 이럴 줄 알았다면 진심이든 아니든 간에 구정부를 지지한다고 대답할 것을 그랬다고 후회도 되었다.

옹고는 조마조마한 심정으로 멜빵가방을 집어 지퍼를 열고는속에서 마른 빵과 물병을 꺼내어 짐짓 브나르바에게 권해보았다.

"아, 괜찮아요." 브나르바는 상냥하게 웃으며 고개를 저었다. "점심은 먹었고, 속이 출출할 시간까진 되지 않은 것 같은데요."

"내가 혹시 기분 상할 소리라도 했나요?"

"아뇨, 전혀." 브나르바는 그렇게 대답한 다음, 새삼스런 관심으로 옹고를 찬찬히 바라보았다. "그런데 왜 내 기분이 상했을지 모른다고 생각하나요?"

"어쩐지 그런 느낌이 들어서요. 아니라니 다행입니다."

옹고는 눈이 부시고 얼굴이 화끈거려서 그녀와 시선이 마주치는 것을 피하며 빵과 물병을 멜빵가방에 도로 집어넣었다.

"댁은 참 순진한 사람이군요." 브나르바는 고개를 한쪽으로 기울이고 생각이 깊은 얼굴로 말했다. "순진함은 착함과 통하고, 착함 즉 선성은 좋은 덕목이죠. 그렇지만……때로는 선이 꼭 좋은 것만은 아닐 때가 있다고요. 요즘 같은 험악한 세상에서는 더욱이나. 무슨 뜻이냐 하면, 경우에 따라서는 그 선이 방해가 될 수도 있다는 거죠. 그래요, 지금은 선보다 정의와 강한 용기가 절대 필요한 시대이고, 그 정의와 용기를 획득하는 데 방해가 된다면 선이 다소 훼손되더라도 어쩔 수 없는 거 아니겠어요?"

옹고는 그녀의 말을 잘 알아듣지도 못하면서 고개를 끄덕였다. 그것밖에 자기가 나타낼 수 있는 반응을 알지 못했기 때문이었다.

"댁은 댁의 어머니가 당한 비극에 대해서……아픈 상처를 건드려서 미안해요. 하지만 이 점은 꼭 지적해드려야겠군요. 무슨 뜻이냐 하면, 어머니의 주검에 대한 판단은 분명히 해야 한다는 거예요. 쉽게 말하면, 돌아가시게 한 원수가 어느 쪽인가 하는 거죠. 댁은 조금 전에 어느 쪽인지 모른다고 했지만, 날아와서 댁의 집을 부순 것이 어느 쪽에서 쏜 포탄인가 그것이 중요한 게 아니라고요, 요는 이 불행한 전쟁을 일으킨 게 누구냐 하는 본질의 문제라는 거예요. 그렇게 생각하면 당신이 증오해야 할 대상이 뚜렷해지죠. 증오라는 감정도 때로는……올바른 정의를 세우기 위해서는……"

브나르바의 어조는 어느덧 열변으로 변하고 있었다.

옹고는 이상한 느낌이 들었다. 어쩐지 이 아름다운 아가씨의 말이 초점에서 벗어나고 있는 것 같았기 때문이었다. 딱 꼬집어서 명료하게 지적할 수 있는 지적 능력이 그에게는 없었지만, 어쨌든 막연히 그런 느낌을 지울 수가 없었다.

옹고는 다소 어처구니없다는 심정으로 브나르바를 쳐다보았다. 그러고는 그때 그녀의 얼굴에서 그것을 발견했다. 그것이란 그녀가 입에 올리는 용기니 정의니 하는 말과 딱 어울리는 강렬한 어떤 '빛'이었다.

―귀관은 귀관의 아리따운 애인이 임무를 완수할 것으로 믿나?

―물론입니다, 각하. 그 여자는 자기가 해야 할 임무가 어떤 것임을 잘 알고 있습니다.

―임무를 알고 있다는 것이 꼭 실제의 달성과 일치하는 것은 아니지. 간절한 희망사항이기는 하지만 말일세. 자기 목숨이 걸린 일이고, 더군다나 여자로서…… 귀관이 판단하기에 그만한 소양과 역량을 갖춘 아가씨란 말이지?

―용맹성이나 지혜 같은 것하고는 거리가 먼 여잡니다. 그렇지만 두뇌조직이 단순한 사람들에게서 흔히 볼 수 있듯이, 일단 자기가 해야 한다고 생각하는 일에는 맹목적으로 몰두하는 타입이지

요. 판단력의 균형 감각이 부족하다고나 할까…… 무릇 여자란 그 정도가 한계 아니겠습니까? 어쨌든 지금 그녀의 머릿속에는 제가 세뇌해놓은 한 가지 생각밖에 없을 겁니다. 장담할 수 있습니다.

— 사랑의 힘이란 과연 무섭군. 귀관이 그렇게 악랄한 사람인 줄 몰랐어.

— 죄송합니다, 각하. 큰 목적 달성을 위한 다소의 희생은 불가피하다고 생각합니다.

— 그건 맞는 말이야. 비록 소모적인 시도로 끝나고 말더라도 우리한테 실질적인 손해는 없으니까. 그 아가씨의 처지만 가엾어지는 거지.

— 새로운 여자한테 기회가 돌아가는 셈이기도 하지요.

이제 K시는 남국의 화사한 풍정을 자랑하던 예전의 K시가 아니었다. 강력한 진도(震度)의 지진이 지나간 것처럼 수많은 건물들이 파괴되었고, 불탄 차량이나 바리케이드 잔해 같은 시가전의 증거물이 길바닥에 군데군데 그대로 방치되어 있었다. 도시 전체가 묘한 적막감이 느껴질 정도로 착 가라앉은 가운데, 머잖은 또 한 차례의 지진이 예고되어 있기라도 한 것처럼 팽팽한 긴장감이 감돌기도 했다. 거리를 지나가는 사람들의 표정은 하나같이 침울하고 지쳐 있었다. 그나마도 해가 지면 행인의 발길이 뚝 끊어지고 가로등마저 불이 들어오지 않아 거리는 음산한 유령의 도시로 변해버렸다.

반정부 봉기에 일단 성공한 소위 혁명위원회는 스스로 중앙정부 구성을 선포하고 인민의 자유와 번영을 큰소리로 약속했다. 그러나 그것은 아직 공허한 메아리에 불과했다. 구정부 지지 세력이 만만찮은 군사력으로 반격을 시도하며 저항하는 바람에 전국을 효과적으로 장악하는 데 실패했을 뿐 아니라, 혁명위원회 내부에서도 주도권을 잡기 위한 세력간의 줄다리기가 치열하게 벌어지고 있기 때문이었다. 그렇다 보니 제도행정의 체계가 바로 설 턱이 없었고, 사회와 경제의 모든 기반이 아픈 비명을 지르며 급속히 무너져 내렸다.

엄밀히 따지면 국민 대중의 처지에서는 어느 정파가 정권을 잡든지 말든지 큰 상관이 없었다. 문제는 그들의 싸움으로 국민들만 죽을 지경이라는 사실이었다. 농경지는 진격하는 군홧발과 전차의 바퀴에 짓이겨졌고, 공장의 기계는 멈춰선 채 녹슬어가고 있었으며, 은행과 상점은 문을 닫았을 뿐 아니라 실상은 지급할 돈도 팔 물건도 없었다. 그처럼 대부분의 산업기반이 갑자기 무너지거나 마비되는 바람에 경제는 파탄상태의 혼란에 빠졌고, 국민들은 당장의 생활고에 어찌할 바를 몰랐다.

곳곳에서 난민이 속출해 그 상당수가 K시로 무작정 몰려들었다. 그렇다 보니 중앙광장이나 자유공원 같은 곳은 거대한 난민수용소로 변해버렸고, 배고프고 지친 탓에 죽음이 속출했으며, 열악한 위생상태가 전염병을 불러들였다. 난민들은 음산한 얼굴로 들개처럼 무리를 지어 거리를 배회했다. 그러다가 만만한 가게라도 발견하고 근처에 순찰대가 눈에 띄지만 않으면 서슴없이 약탈을 자행함으로써, 혁명위원회에 수도의 치안 유지라는 골칫덩이 과제를 하나 더 떠안겨주었다. 약탈자는 즉결처분한다는 엄중한 포고문이 곳곳에 나붙어 있었고 본보기로 실행에 옮겨지기도 했지만 별로 소용이 없었다. 사살당한 주검은 처음에는 순찰대에 의해 곧장 치워지다가, 어느덧 사람의 시선이 잘 미치지 않는 다리 밑이나 시궁창 같은 곳에 나뒹굴게까지 되었다. 그러다가 그 시체가 누군가의 눈에 띄게 될 무렵에는 쥐들에게 물어 뜯겨서 참혹하기 짝이 없는 몰골이 되어 있었다. 하늘은 여전히 푸르렀고 태양은 작열했으며 대기는 신선했으나, K의 광장과 부서진 건물들과 후미진 골목을 훑고 지나가는 바람에는 음산한 죽음과 파멸의 냄새가 짙게 묻어 있었다.

그런 정황의 K시에 브나르바 쿰사가 발을 들여놓은 것은 그날 오후 6시 30분쯤이었다. 거의 네 시간이 걸린 주행 끝에 마침내 버스가 터미널에 도착했던 것이다.

"승객 여러분, 이 최고의 운전사와 함께 한 여행이 즐거우셨습니까? 여러분을 모시고 K시에 무사히 도착하여 기쁩니다. 아무쪼록 여러분의 행운을 빕니다. 안녕히 가십시오."

운전사가 여전히 유쾌하고 익살맞은 표정으로 작별인사를 했으나, 여행에 이미 진력이 나 있는 승객들은 덤덤한 표정으로 흘려들으며 한 사람 한 사람 차에서 빠져나가고 있었다.

뒷사람에게 거의 떠밀리다시피 하며 차에서 내린 브나르바는 개찰구를 빠져나와 자기 앞에 펼쳐진 도시를 바라보았다. 저물녘의 우중충한 하늘 아래 펼쳐진 불결하고 황량한 시가지, 부랑배 같은 꼬락서니의 행인들, 요컨대 그 도시 전체가 한덩어리로 자기를 마치 압박해오는 것 같은 두려움을 느꼈다. 이제 이 도시 전체를 적으로 간주해 싸우지 않으면 안 된다고 강하게 다짐하며 심호흡을 했다.

"저어, 어느 쪽으로 가실 겁니까."

문득 바로 옆에서 남자의 목소리가 들려오기에 돌아보니, 차 안에서 자기 옆자리에 앉았던 청년이었다. 브나르바는 조금 귀찮은 생각이 들었다.

"글쎄요. 일단 숙소부터 정해야겠죠. 댁은?"

"아, 예. 나는⋯⋯." 청년은 뭔가 잘못을 저지르고 발각된 사람처럼 갑자기 손을 내저으며 허둥거렸다. "뭐, 나도 숙소를 정할 겁니다. 돈이 있어요. 많은 돈은 아니지만, 하여튼 내 걱정은⋯⋯."

브나르바가 어처구니없어 킥 웃자, 청년도 따라서 멋쩍게 웃었다.

브나르바는 불현듯 청년이 가엾다고 생각했다.

"K엔 처음이죠?"

"예."

"그럼 도움을 청할 만한 사람도 없겠군요."

"그래요. 하지만 일자리를 찾아볼 작정입니다. 가능할지 모르지만⋯⋯. 아니, 뭐, 무슨 방법이 생기겠지요."

"그래요. 댁이 원하는 대로 이루어지길 바래요."

"당신이 원하는 일도 꼭 성공하길 진심으로 빕니다."

옹고로서는 의례적인 인사의 뜻으로 한 말이었으나, 그 말을 듣는 브나르바에게는 그렇게만 받아들여지지 않았다. 그녀는 슬픔의 푸른 빛깔이 어쩔 수 없이 묻어나는 쓸쓸한 미소를 띠고 악수를 청했다.

"고마워요. 그럼 안녕!"

"안녕!"

옹고는 눈이 똥그레져서 얼떨결에 자기도 손을 내밀어 그녀의 손을 잡았으나, 제풀에 얼른 악수를 풀었다.

브나르바는 그런 옹고에게 살짝 윙크를 했다. 그러고는 싹싹하게 돌아서서 길을 가로질러 건너기 시작했다. 그녀는 K시에 초행으로 온 것이 아니었고, 자기가 가야 할 정해진 방향도 잘 알고 있었다.

그녀의 모습이 행인들에 가려져서 잘 보이지 않을 때까지, 옹고는 그 자리에 못 박힌 듯이 서서 슬픈 눈으로 바라보고 있었다.

—오늘의 사태는 실로 우려할 만한 것입니다. 우리가 처음 의도했던 바와는 영 딴판으로 혁명의 수레바퀴가 굴러가고 있어요. 초전 단계에서 저쪽을 궤멸시켜 완전 장악했어야 했는데, 작전의 일관성과 지휘력의 부족으로 결정타를 가할 기회를 놓치는 바람에 이 지경이 되었다는 겁니다. 그 실패에 대한 책임소재를 엄중히 가려야 합니다.

—지금 단계에서 실패라고 단정적으로 말할 수는 없어요. 아직은 진행 중이고, 그것도 시작 단계에 불과한 겁니다. 그리고 책임소재 운운하는 것도 적과 대치하는 현재 상황에서 바람직하지 않다고 봐요. 자칫하면 분파주의를 부추기게 되어 결국에는 적을 이롭게 만들 뿐이오. 따지는 것은 나중에 따져도 늦지 않습니다. 지금 우리 동지들이 머리를 맞대고 고민해야 할 목표는 오로지 한 가지뿐이오. 그것은 혁명의 완성입니다.

—내 입으로 말하기 뭣하지만, 혁명의 완성은 거의 물 건너간 것 아닐까요? 저 창밖을 내다보십시오. 지금 거리를 배회하고 있

는 것은 몽땅 배곯는 들개들뿐입니다. 퀭한 눈을 번득이며 뭐든 물어뜯을 대상물을 찾고 있단 말이오. 지금 우리 앞에 떨어진 시급한 과제는 저들의 주린 배를 채워줘서 희망을 갖게 하든가, 아니면 더욱 절망하게 하여 집단발광 상태로 만든 다음 탱크로 깔아버리든가 둘 중의 하나인 것 같아요.

─너무 극단적이오만, 정곡을 찌른 말씀이오. 어쨌든 이것이 우리가 원했던 혁명과 신국가 건설이 아닌 것만은 분명해요. 우리는 지금 국민들의 일반감정과 정서를 똑바로 짚어야 합니다. 민중의 지지 기반 위에서 그들과 함께 가는 것이 아닌 혁명은 성공할 수도, 존재할 수도 없다는 원리를 명심해야 한다 그겁니다.

─그것은 너무 비관적이고 비약된 견해 같습니다. 대중은 본질적으로 우매한 집단일 뿐입니다. 방법상의 묘가 관건일 따름이지, 앞에서 깃발을 쳐들면 열이면 열 어쩔 수 없이 따라오게들 되어 있어요. 바로 그게 국민이고 민중인 겁니다. 세계사 속의 모든 혁명이 다 비슷한 조건에서 비슷한 양상으로 발생했고, 또한 발전되었던 거 아닙니까? 민중의 불평 불만은 발상의 여하에 따라서는 우리에게 묘약이 될 수도 있습니다. 그들의 멍청한 눈앞에다 약간의 잔재주를 부리는 것만으로, 이빨을 세워 달려들어야 할 상대가 우리 아닌 저쪽이라고 인식하게끔 만들 수 있단 말이오. .

─그것은 원론이고 이상에 불과한 거요. 어쨌거나 혁명의 바퀴는 자전거처럼 신속 과감히 굴리지 않으면 자빠지는 속성이 있습니다. 국제적인 물의가 더욱 비등해지고 국토 분단 상황이 아주 고착되기 전에 대대적인 공격을 가해 저들을 박살내야 해요. 저들에게 피를 강요하고, 우리 자신도 피를 흘려야 합니다. 혁명에는

어차피 피 냄새가 배여 있어야 합니다. 그게 혁명의 본질 아닙니까? 민중을 돌아보는 것은 그 다음에 생각해도 늦지 않습니다.

그날 오후, 리퉁구 느반조는 자기 집무실에서 안절부절못해 방 안을 오락가락하며 신경질적으로 자기 몸을 긁고 있었다.

그는 그날따라 심기가 매우 불편했다. 혁명의 최고이론가로 자임할 뿐 아니라 위원회 총서기로서 방대한 조직을 실질적으로 이끌고 있는 그는 돌아가는 상황이 자기 희망과 일치하지 않는 양상을 보이는 데 대해서 곤혹감과 분노를 함께 느끼고 있었다. 그 이유의 첫째는 구정부 세력이 의외로 만만하지 않아 조기평정이 어렵다는 것이었고, 둘째는 혁명 추진 방법에 대한 동지들의 내부의견이 일치되지 않을 뿐 아니라 패배의식이나 현실안주의 희망까지 슬몃슬몃 내비치고 있으며, 셋째는 혁명위원회 안에 주도권을 잡기 위한 물밑경쟁과 합종연횡이 복잡하게 진행되고 있다는 점이었다.

혁명에 대한 느반조의 철학을 한마디로 요약하면 '힘과 피'였다. 그는 그 자기 철학에 지금까지 철저히 순종해왔고, 정적으로부터 '사형집행인' 또는 '파리 사냥꾼'이라는 악의에 찬 짓궂은 별명으로 매도당할 정도로 냉혹한 처신으로 일관했다. 그는 혁명이 오늘 이만큼 성공의 단계에 도달한 것도 순전히 자기 공로라고 자부하고 있었다. 그것은 객관적으로도 어느 정도 사실로 인정받았고, 국가수반에 해당하는 위원장직을 양보하는 대신 실질적 권력기반인 총서기직을 그가 요구한 데 대해서 다른 동지들이 드러내놓고 반대하지 못했던 것도 그런 이유 때문이었다.

그러나 구정부 세력 소탕작전이 의외로 지지부진하고 민생문제 소홀에서 파생한 부작용이 걷잡을 수 없이 심각해짐에 따라 우려와 불만의 목소리가 튀어나오게 되었고, 누군가가 그 책임을 져야 한다는 인식이 슬금슬금 냄새를 풍기면서 느반조는 자기가 그 표적의 한가운데로 떠밀리는 듯한 느낌을 떨쳐버릴 수 없었다. 그는 주위를 둘러보면서 배은망덕한 놈들이라고 눈을 부릅떴다. 자기의 몰락을 암암리에 원하고 획책하는 자들에게 그 나름의 방법으로 멋진 결정타를 날리기 위해 기회를 엿보고 있었다. 그러자니 속이 부걱부걱 괴어 작은 일에도 소리를 버럭 지르게 되었고, 혼자 있을 때는 자기 머리카락을 쥐어뜯기도 했다. 그러다 보니 혈압이 부쩍 높아져 혈압강하제를 수시로 맞지 않으면 안 되는 정도가 되었다.

심기가 그러니까 가려움증조차 더욱 심해지는 것 같았다.

반정부 혐의자로 쫓기던 시절에 도망치다가 더러운 시궁창에 들어가 온 나절을 꼼짝 못하고 숨어 위기를 넘긴 적이 있었는데, 그때 옮은 피부병은 고질이 되어 느반조를 두고두고 괴롭혔다. 남들의 눈에 지저분해 보이는 것은 둘째치고라도 우선 본인 자신이 괴로워서 견딜 수 없을 지경이었다. 그 가려움은 기분이 나쁘거나 열이 뻗치면 증상이 더해졌고, 중요한 회의석상에서조차 어쩔 수 없이 다섯 손가락으로 갈퀴를 만들어 겨드랑이를 벅벅 긁거나 지휘봉을 목덜미 옷깃 사이로 찔러 넣어 잔등을 쑤석거려야 하는 판이었다.

혁명동지들은 그처럼 체면불구하고 전후 좌우 상하 없이 긁적거리는 느반조를 보고 처음에는 측은하게 여기며 존경해 마지않을 영광의 흠결쯤으로 인정해 못 본 척해 주었으나, 그들도 어느 덧 재미있다는 듯이 드러내어 낄낄거리게 되었고, 팔이 여러 개라는 의미로 '춤추는 시바'라는 다소 애교스럽지만 실상은 비웃음을 담은 별명을 붙여주기도 했다. 그러다가 급기야 될 수 있으면 그와 멀리 떨어져 앉으려고 무의식적으로 의자를 움찔거리게까지 되었는데, 느반조는 동료들의 그와 같은 기피 징후조차 자기에 대한 정치적 반목의 증거로 확대해석해 속으로 이를 갈게끔 신경이 날카로워져 있었다.

그런 느반조에게 가장 행복한 시간은 집에서 찜질목욕을 하는 것이었다. 밀림에서 채취된 특효 약초를 삶아서 우려낸 물을 푼 미지근한 목욕물에 몸을 담그고 있으면 가려움증이 거짓말처럼 가시고 약간 따끔따끔하기까지 한 것이 그렇게 시원할 수가 없었다. 그래서 그는 위원회 청사 집무실을 떠나 사저에 돌아가 있을 때는 발가벗고 오크통 비슷한 목조 목욕통 속에 아예 들어앉아 시간의 대부분을 보냈다. 그러자니 목욕 상태에서도 업무를 처리할 수 있어야 하겠기에 사무용 탁자와 전화기를 욕실에도 비치해놓았을 정도였다.

온몸을 긁적거리며 불쾌한 기분으로 방 안을 서성거리던 느반조는 마침내 시간을 앞당겨 퇴근하기로 작정하고 인터폰으로 비서관을 불러 명령했다.

"차를 대기시키도록."

"퇴근하시는 겁니까?"

"그렇네."

"알겠습니다, 각하."

방해하지 말라는 지시를 받고 있던 비서관은 느반조가 한 시간 이상이나 가려운 데를 긁으며 갇힌 짐승처럼 방 안을 서성거리는 동안에 밀려 쌓인 결재서류를 비롯해 업무와 관련한 각종 보고문 건, 그리고 외부에서 걸려온 전화 메모 따위를 그의 책상 위에 올려놓았다.

느반조는 서류와 문건을 하나하나 꼼꼼히 읽고 결재가 필요한 경우 사인을 마치고 나서, 이번에는 전화 메모들을 죽 훑어보았다. 송화자는 대개 알 만한 자들로서, 그 이름만 보고도 상대방이 어떤 청탁을 하려고 하는지, 아니면 불만과 항의를 표하려는지를 꿰뚫을 수 있었다.

그러다가 문득 한 이름에서 느반조의 시선이 멎었다. 브나르바 쿰사, 여자의 이름인 줄은 알겠는데 누군지 전혀 기억나지 않았다. 고개를 갸웃한 느반조는 비서관에게 그 여자에 관해서 물어보았다.

"자기 신분에 대해서는 명확히 밝히지 않았습니다. 각하께선 모르는 여성분입니까?"

"글쎄, 얼른 기억나지 않는군. 내가 아는 여자인지도 모르지. 그런데 무슨 일이라고 하던가?"

"각하를 꼭 면담해야 한다고 우기더군요. 용건은 직접 말씀드리겠다는 겁니다. 총서기 각하께선 한가하신 신분이 아니기 때문에 사소한 개인적 용무에 시간을 할애하실 형편이 아니라고 정중히 거절했습니다만."

"그랬더니?"

"면담의 기회를 주지 않으면 백 번이고 천 번이고 계속 전화를 하겠다고 으름장을 놓더군요. 실제로 아까까지만 해도 벌써 세 통화나 됩니다. 조금 있으면 또 걸려올지 모르겠는걸요."

비서관은 조금 웃었다.

그러나 느반조는 얼굴을 찌푸렸다. 그는 어떤 경우에도 웃는 법이 없었다. 만약 그가 웃는 것을 보았다고 주장하는 사람이 있다면, 그 자체로 뉴스거리가 될 수 있을 정도였다.

"누군지 몰라도 꽤 끈질긴 여자인가 보군. 목소리가 어떻던가?"

"젊은 아가씨의 상당히 매력적인 음성이었습니다."

수도승이라는 빈정거림을 받을 정도로 검약하고 절제심이 강하며 특히 여자한테는 관심조차 보이지 않는 것으로 유명한 느반조였으나, 비서관의 설명에는 그 역시 가벼운 호기심이 조금 동하는 것을 어쩔 수 없었다.

"그 여자가 그렇게까지 막무가내로 나온다면, 이따가 집으로 전화하라고 해. 만약 내가 나간 뒤에 또 걸려오면 말일세."

느반조는 집무실을 나서면서 비서관에게 그렇게 지시했는데, 당시에는 그 말 한 마디에 담긴 엄청난 운명의 의미를 그 자신인들 꿈에도 깨달았을 리가 없었다.

보편적 인식의 기준으로 본다면 리퉁구 느반조라는 인물은 확실히 특이한 괴짜였다. 정치 또는 정권에 집심을 보이는 인간들에게 일반화된 물질적이고 세속적인 탐욕을 그에게서는 전혀 찾아볼 수 없었다. 결벽이라고 할 정도로 검약성과 절제심이 강했으며, 권력의 힘을 사사로운 목적에 적용한다든지 거만을 떠는 일도 결코 없었다. 그런 청렴의 덕목에 대해서는 이념상으로나 정치적으로 대립하는 관계인 적들조차 긍정해주기에 인색하지 않을 정도였다.

느반조가 혁명을 신봉하고 구정부를 쓰러뜨린 대의명분을 들자면 순전히 나라와 국민에 대한 그 나름의 열화 같은 사명감 내지 소명의식이 있었을 뿐, 개인적인 출세욕이나 다른 목적 같은 것은 추호도 개입되어 있지 않았다. 그렇기 때문에 그는 막강해진 신분에도 불구하고 버젓한 정부공관에 들기를 사양하면서 낡고 허름한 자기 집을 지난날과 다름없이 거처로 삼고 있었다. 가족이 없어 큰 주거공간이 필요하지 않을 뿐 아니라 남이 살던 곳은 아무래도 신경이 쓰이고 불편하다는 것이 그가 내세운 이유였는데, 어쨌든 혁명정권의 다른 권력자들이 구정부 고관대작들이 쓰던 여러 공관이나 저택을 멋대로 분배해 차지한 것과는 판이하게 대조적이었다.

혁명위원회 총서기가 그처럼 신분에 맞지 않은 결벽성 청렴을 고집함으로써 가장 곤혹스러워진 것은 요인들에 대한 경호임무를 수행하는 혁명수비대였다.

시국이 시국이니만큼 절대권력자가 움직일 때마다 당연히 철통 같은 경호가 수반되었지만, 문제는 그가 자기 집에 머무르는 시간대였다. 정부공관은 그 자체가 위치든 구조든 경호하기 쉽도록 되어 있는 건물이기 때문에 염려가 없지만, 일반 사저라면 이야기가 다르지 않을 수 없었다. 더구나 느반조의 집은 K시의 변두리 서민층 주거지역에 노출되어 있는 볼품없는 일반가옥이어서 안전성이 극히 취약했다. 만일 구정부 세력의 표적공격이 자행되기라도 하는 경우 속수무책이라고 해도 과언이 아니었다. 그래서 혁명수비대는 총서기의 사저 부근에 본인의 사양과 짜증에도 불구하고 특별경호반을 편성 배치해서 주야간 경비활동을 전개하고 있었다.

느반조가 앞뒤 경호차의 삼엄한 호위 속에 자기 집 앞에 도착한 것은 오후 4시쯤, 평소의 귀가보다 한 시간 반이나 이른 시각이었다.

차에서 내린 그는 그날따라 왠지 루루가 보이지 않았으므로 이상한 느낌이 들었다. 루루는 그가 세상의 다른 무엇보다도 끔찍이 아끼고 사랑하는 스피츠 계통의 잡종견으로서, 평소 그가 도착한 기미만 보여도 짖으며 달려나와 반기곤 했기 때문이었다.

느반조가 현관 앞에 다가선 것과 현관문이 속으로 열리면서 로스클타의 해맑은 모습이 유령처럼 나타난 것은 동시였다.

그녀는 마치 겁을 집어먹은 듯한, 조금은 멍청해 보이기조차 하는 커다란 눈만으로 말없이 마중인사를 했다. 언제나 그런 식이었다. 느반조가 말을 붙이기 전에 그녀 쪽에서 무슨 일로 먼저 입을 떼는 경우는 극히 드물었다. 충직한 하녀 겸 요리사에다 정부이기도 했으며, 십여 년 이상이나 그런 모호한 신분에 불평 한마디 없이 지내오는 여자였다. 그렇기 때문에 어떤 면으로는 천생연분이라고 할까, 인간 느반조에게 참으로 딱 들어맞는 여자라고 하지 않을 수 없었다.

"루루는 어디 갔지?"

현관 안으로 발을 들여놓으며 느반조가 추궁하듯 묻자, 로스클타는 기어들어가는 소리로 대답했다.

"아픈 모양이에요."

"뭐라고?"

느반조가 우뚝 멈춰서며 큰소리로 재우쳐 묻는 바람에, 로스클
타는 흠칫해서 그 큰 눈을 불안하게 굴렸다.

"어, 어디가 아픈가 봐요."

"아프다니, 아침에 내가 나갈 때만 해도 멀쩡했잖아."

"그랬죠. 아, 아니, 모르겠어요. 저는 잘……"

"어디 있지?"

느반조는 로스클타의 다음 대답을 기다릴 것도 없이 큰소리로
개를 부르며 성큼성큼 걸어 방 안으로 들어갔다. 문득 거실 소파
뒤에서 앓는 소리 같은 것이 조그맣게 들려왔으므로, 느반조는 얼
른 그쪽으로 가 보았다. 개가 그곳에 납작 엎드려 있었다. 평소 같
으면 왕왕거리며 펄쩍 뛰어 안겼을 것이지만, 지금은 방바닥에 납
작 엎드려 꼬리만 약간 흔들었을 뿐이었다.

"이런!"

느반조는 비명 같은 소리를 지르며 개 위에 엎어졌다. 그러고는
다급하게 들어 안았다.

개는 확실히 정상이 아니었다. 풀어진 눈에는 눈곱이 잔뜩 끼었
고, 항상 촉촉해야 할 콧등은 보송보송 메말랐으며, 금방 쑥 빼어
떨어뜨릴 것처럼 혀를 길게 빼물고는 헐떡거리고 있었다.

"오오, 세상에! 루루, 어떻게 된 거냐. 어디 아파? 누가 우리 루루
를 이렇게 만들었지? 가엾은 루루!"

느반조는 방바닥에 쭈그리고 앉아 개 얼굴에다 자기 얼굴을 비
벼댔다. 눈에는 눈물마저 비치고 있었다. '사형집행인'이니 '파리
사냥꾼'이니 하는 빈축을 살 정도로 적에게 가차 없고 냉혹한 인
물로 이미지가 굳어진 그의 놀랍도록 판이한 일면이 지금 거기에

나타나고 있었다. 로스클타조차 너무나 놀란 나머지 벌어진 입을 다물지도 못하고 그 자리에 얼어붙어 있었다.

불현듯 느반조가 고개를 번쩍 쳐드는 바람에 로스클타는 흠칫 했다.

"이 멍청이! 루루한테 상한 음식이나 뭘 잘못 먹인 게야. 그렇지?"

"아, 아녜요."

"아니긴 뭘. 그렇지 않고서야 왜 갑자기…… 안 되겠어."

느반조가 벌떡 일어서는 바람에 로스클타는 부들부들 떨며 뒷걸음질을 쳤다.

느반조는 그녀 따위는 거들떠보지 않고 얼른 창문께로 달려가, 마침 돌아가려고 하는 경호반을 다급히 불러 세웠다.

경호반장이 뛰어들어와 부동자세로 경례를 했다.

"무슨 일입니까, 각하?"

"오, 귀관에게 부탁을 좀 해야겠어."

느반조는 조금 전의 나약하고 인간적인 모습에서 어느덧 본래의 메마르고 냉혹한 모습으로 상당히 돌아와 말했다.

"하명하십시오."

"이것은 본관이 처음으로 사적인 입장에서 귀관에게……물론 원리원칙과 공과 사의 분명한 구분을 신조로 삼아왔던 나로서는 참 하기 어려운 부탁이네만……."

"기탄없이 말씀하십시오, 총서기 각하."

경호반장은 처음 이 괴짜 인물이 왜 평소의 그답게 당당하지 못하고 해매는가 했다. 그러나 느반조의 입에서 떨어진 '사적인 부탁'이란 것을 듣고는 마치 느닷없이 따귀를 얻어맞은 듯한 표정으로 상대방을 쳐다보았다. 그의 부탁이란 것이 무엇이냐 하면, 개를 군의관에게 데려가서 보인 다음 돌아오라는 것이었기 때문이었다.

"알았나? 거듭 말하지만, 이것은 본관이 지위를 떠나 귀관에게 친구로서 부탁하는 거야. 따라서 본관의 명예를 고려해 가급적이면 비밀로 처리해주었으면 싶네만…… 무슨 말인지 알겠나?"

"알았습니다, 각하. 염려 마십시오."

"감사하네."

"그럼 다녀오겠습니다."

경호반장은 느반조로부터 개를 받아 안고는 경례를 붙이고 돌아나갔다. 현관문을 나서면서 허공을 쳐다보고 입을 딱 벌리며 고개를 살짝 저었다. 너무 가당찮은 지시를 받아서가 아니라, 냉혹하고 괴팍하기로 말한다면 누구한테도 지지 않을 인물이 한낱 동물에게는 그토록 끔찍한 애정을 쏟는 너무나 이중적인 모습을 목격한 경이로움 때문이었다.

그렇거나 말거나 느반조는 느반조대로 못내 마음이 놓이지 않아, 경호 차량들이 흙먼지를 일으키며 불결한 거리를 저만치 달려갈 때까지 창문에 붙어 서서 안쓰러운 표정으로 바라보고 있었다.

문제의 전화가 걸려온 것은 바로 그때였다.

브나르바는 느반조의 집을 백여 미터 앞에 두고 일단 경비초병의 저지를 받았다. 그러나 그녀가 원피스 한 장밖에 몸에 걸친 것이 없고 손에도 무엇 하나 들지 않은 가벼운 몸차림인 데다, 확인해본 결과 총서기의 면담 승낙을 받은 것이 확실했으므로, 경비병들은 별다른 의심 없이 그녀를 통과시켜 들여보내주었다.

　브나르바는 사랑하는 남자로부터 귀에 못이 박히도록 들어온 리
퉁구 느반조라는 탐욕스런 악당의 이미지에 전혀 어울리지 않는
그 허름하고 볼품없는 거처를 쳐다보고 내심 당혹감을 느끼지 않
을 수 없었다. 그러나 그런 집에 산다고 해서 악당이 선인으로 변
하다고는 생각되지 않았다. 오히려 그녀는 그 부조화를 집주인의
인간적 이중성의 증거로 받아들였다. 그렇게 해석하니 간단했다.

　브나르바는 현관 앞에서 심호흡을 했다. 그런 다음 벨을 눌렀다.

　잠시 후에 조용히 문이 열리며 한 중년여인이 얼굴을 내밀었다.
부엌일을 하다가 나온 것인지, 소매를 걷어붙인 데다 행주치마까
지 두르고 있었다.

　"안녕하세요, 브나르바 쿰사라고 합니다." 브나르바는 고개를 숙
이며 가능한 한 정중한 태도로 말했다. "리퉁구 느반조 각하를 뵙
기로 전화상으로 약속이 되어 있습니다만."

　로스클타는 다소곳이 목례를 하고 한쪽으로 비켜났다. 들어와도
좋다는 표시였다.

　브나르바는 실내에 발을 들여놓으면서 다시 한 번 놀랐다. 내부
구조가 극히 단조로울 뿐 아니라, 가구랑 장식들이 한심할 정도로
싸구려 티가 나는 물건들 일색이었다. 뿐만 아니라, 명색이 거실에
해당하는 그 공간은 서재 겸용이어서 세 벽면이 거의 선반식 책장
과 책들로 가려져 있었고, 중앙에 놓인 책상 옆과 위에도 책이나
서류 따위가 무질서하게 쌓여 있었다.

　그녀는 학자의 연구실을 방불하게 하는 그 풍경을 둘러보며 판
단의 심한 혼란을 느끼지 않을 수 없었다. 집 바깥에서부터 들어

와서까지 직접 자신의 눈으로 보고 있는 모든 것들이, 피도 눈물
도 없는 잔인한 악당에다 현실적으로 국가의 최고권력자이기도
한 인물에 대한 선입견과는 도저히 부합되지 않는 인상으로 강하
게 다가왔기 때문이었다.

실내를 한번 쓱 둘러본 브나르바는 로스클타를 향했다.

"그런데 각하께선 어디 계시죠?"

"그분은 지금 목욕 중이십니다."

로스클타가 조용히 말했을 때, 문 하나로 분리된 저쪽 공간 욕
실에서 남자의 목소리가 울려나왔다.

"이봐, 로스클타. 손님이 찾아오셨나?"

잠시 기다리라는 뜻의 미소를 브나르바에게 보인 다음 로스클
타는 욕실 문을 열고 들어갔으나, 금방 도로 나왔다. 그녀는 난감
하다는 투로 브나르바에게 말했다.

"괜찮으시다면 지금 뵙자고 하시는군요. 아무래도 목욕에 시간
이 오래 걸리겠기에……."

브나르바는 당황했다. 남자가 목욕하는 욕실에 들어가라고 하는
것이다. 그것은 분명 상식을 벗어난 파격이 아닐 수 없었다. 그러
나 달성해야 할 크나큰 목적을 생각하면 그 정도의 난처함이나 수
치쯤은 아무것도 아니었다. 그녀는 이내 두근거리는 가슴을 진정
시키며 로스클타의 안내를 받아 욕실에 발을 들여놓았다.

백열전구의 흐릿한 불빛 속에 떠오른 욕실 풍경은 삭막하기 짝
이 없었다. 넓지 않은 욕실 바닥 한가운데에 오크통 모양의 커다
란 나무 욕조가 덩그렇게 놓여 있었고, 냉탕인지 김도 오르지 않
는 물 속에 중년남자가 머리와 어깨만 내놓고 들어앉아 있었다.

그 옆에는 작은 테이블과 전화기가 놓여 있었다. 뭔가 알 수 없는 약성분의 진한 냄새와 함께 약간의 곰팡내까지 코에 스며들어왔다.

"이런 꼬락서니로 만나는 실례를 용서하시오"

욕조 속의 남자 느반조가 말했다.

브나르바는 숨이 멎을 것 같은 긴장감에 몸을 떨었다. 수백 수십 킬로미터를 달려서 찾아온 목표 인물이 바야흐로 눈앞에 있었기 때문이었다. 그녀는 눈을 동그랗게 뜨고 남자를 똑바로 바라보았다.

그런데 그 결정적인 순간에 도달해서까지 브나르바는 판단을 혼란스럽게 하는 새로운 의혹과 싸우지 않으면 안 되었다. 그것은 참으로 예상도 하지 못했던 일이었다.

그녀가 멋대로 그렸던 리퉁구 느반조의 초상은 물소처럼 건장하고 눈이 부리부리하며 얼굴빛이 시커먼 사내였다. 다시 말해서 과격하고 잔인하다는 평판에 어울리는 모습이었다. 하지만 실제의 느반조란 인물은 그네들 종족사회에서 상류계급 출신의 표징으로 통하는 연한 갈색 살빛이었고, 차가워 보이기는 하지만 무척이나 사색적이고 우수에 찬 고상한 얼굴이었다. 게다가 물 위에 드러난 머리와 어깨만 가지고 가늠하더라도 물 속에 잠긴 몸집을 물소에 비견한다는 것이 턱없는 무리임을 인정하지 않을 수 없었다.

로스클타가 남자의 머리 뒤로 돌아가 물수건으로 어깨를 문질러주기 시작했다. 그것을 보고 브나르바는 조금 전에 본 그녀의 복장이 왜 그런 꼴이었는지를 비로소 납득할 수 있었다.

브나르바가 가슴속의 의혹과 혼란으로 저도 모르게 불안정한 태도를 보인 모양이었다. 상대방에게 여유를 부여하려는 호의가 담긴 음색으로 느반조가 말했다.

"뭣하면 아가씨, 나가서 서재에서 기다려도 괜찮아요."

"아, 아녜요. 됐습니다. 이대로라도……."

브나르바는 조금 당황하며, 마치 지원을 바라기라도 하듯 로스클타를 쳐다보았다.

로스클타가 미소를 보였다. 백치 같기도 하고, 천사 같기도 한 여자였다. 남자의 어깨를 씻는 손길에는 지극한 정성이 담겨 있었다.

"피부질환 때문에 목욕이 생활화되어 있다고나 할까, 하여튼 자주 이러고 있어야 하니 불편한 점이 한두 가지가 아니라오." 자기 애로사항을 늘어놓은 느반조는 새로운 눈길로 브나르바를 쳐다보았다. "실례지만, 우리가 전에 언제 만난 적이 있었던가?"

"아뇨."

브나르바는 조금 과장스럽게 어깨를 으쓱해 보이며 미소를 지었다. 그러고 나니 비로소 마음이 어느 정도 가라앉으면서 훨씬 용기가 솟아나는 것 같았다.

"역시 그랬었군. 어쩐지……. 헌데, 나한테 볼일이 있다고 한 것은?"

"저로서는 절실한 거지만, 각하께서 들으시면 어떠실지 모르겠어요."

"그게 무슨 소리지?"

"저를 비서로 써 주십사 하고요."

"뭐라고?"

느반조의 얼굴이 찌푸려졌다. 대단한 용건인 척 막무가내로 쳐들어와 밑도 끝도 없이 한다는 소리가 겨우 그거냐 하는 투가 역연했다.

"저는 고등교육을 받았을 뿐 아니라, 비서의 업무수행에 필요한 요건을 갖추었다고 자부합니다. 자신을 치켜세우는 것 같아 뭣하지만, 타이핑이나 문서작성업무 같은……"

"이봐, 아가씨." 느반조가 다소 퉁명스럽게 브나르바의 말을 막았다. "실망을 줘서 안됐지만, 난 여비서는 두지 않는 주의요."

"어째서죠?"

"이유는 없어. 여자를 비서로 꼭 써야 할 필요를 느끼지 않는다는 것이 이유라면 이유가 되겠군. 하여튼 그 용건이라면, 안됐지만 그냥 돌아가는 게 좋을 거요."

"너무하시는군요. 이렇게 퇴짜 맞으려고 그토록 먼 길을 고생하며 달려온 게 아니라고요."

자기도 모르게 항의조로 대꾸하다 보니 감정이 북받쳐서 콧날이 시큰해졌다. 브나르바는 눈을 껌벅거리면서 눈물을 떨어뜨리지 않으려고 애썼다. 그러자 상대방에 대한 본래의 감정이 오롯이 되살아나는 것을 느꼈다.

느반조는 조금 어처구니없어하는, 그러면서도 차갑고 탐색하는 듯한 시선으로 그 골치 아픈 방문자를 잠시 관찰하고 있었다.

당황한 것은 오히려 로스클타였다. 그녀는 애처로워하는 눈빛으로 브나르바를 바라보며, 그러면서도 자기 주인을 의식해서 아무 소리도 못하고 쩔쩔매는 기색이 역연했다.

그 잠깐 동안의 미묘하고 어색한 국면에서 모두를 구제해준 것은 마침 외부에서 걸려온 전화였다. 로스클타가 집어주는 수화기를 받아든 느반조의 얼굴은 다른 사람이 알아볼 수 있을 정도로 갑자기 유연해졌다.

"뭐라고? 걱정하지 않아도 된다고? 아, 그래. 수고했소 정말 고맙군. 귀관의 호의를 잊지 않을 거요. 정말 잘 됐어. 그래서……뭐? 그럼 곧 도착하겠구먼. 알겠어. 좋아요. 아, 잘됐어. 그럼……."

통화를 마친 느반조는 수화기를 로스클타한테 넘기며 조금 들뜬 음성으로 말했다.

"루루가 무사하다는군. 정말 다행이야."

"오, 참 잘됐군요."

로스클타가 기어들어가는 듯한 탄성으로 말했다.

"글쎄, 단순한 열병이라는데, 그 군의관친구 제대로나 본 건지 모르겠군. 수의학 전공이 아니라서……. 어쨌든 좋아졌다니 믿을 밖에."

"잘될 거예요."

"이러니 참, 우리도 선진한 외국처럼 수의사 제도를 도입해야겠구먼. 축산진흥을 위해서도 그렇고 여태 아무도 그 분야에 생각이 미치지 못했다는 건 국가적 수치야."

그러고 난 느반조가 이제 결말을 보자는 듯 자기를 똑바로 쳐다보았으므로, 브나르바는 긴장해서 눈을 크게 뜨고 상대방을 응시했다.

느반조가 단호한 표정을 지으며 막 입을 열려고 했을 때, 공교롭게도 다시 전화벨이 울렸다. 느반조는 김이 빠진 데 대한 불쾌감을 노골적으로 드러내며 로스클타로부터 수화기를 다시 건네받

왔다. 그러고는 몇 마디 응대하지도 않아서 갑자기 이마의 세로주름을 더욱 깊게 만들며 비수 같은 음성으로 소리치고 있었다.

"이봐, 이봐요. 당신 정신이 어떻게 됐나 보군. 지금이 혁명수행의 숨가쁜 과정이고, 우리는 신국가 건설의 기로에 서 있다는 사실을 망각하지 마시오. 대의를 위해서는 상당한 희생도……아니, 그것은 재론의 여지가 없어. 뭐가 어째? 그걸 말이라고 하는 거요? 당신 진짜 혁명재판에 회부되길 바라는 거요?……글쎄, 그런 인정사정은 평화시에 다시 찾으면 돼. 잔말 말고 기존 방침대로 과감히 밀어붙여요. 이건 명령이야."

일방적으로 대화를 끝낸 느반조는 로스클타에게 수화기를 넘겼다. 그 넘기는 동작에 필요 이상의 힘이 들어간 바람에 로스클타의 몸이 앞으로 기울어졌을 정도였다. 그러고도 화가 풀리지 않는 듯, 느반조는 입을 꾹 다물고 벽면 한 곳을 잠시 무섭게 노려보고 있었다.

그 짧은 시간의 침묵은 브나르바는 물론 로스클타에게도 참기 어려운 고문이었다. 두 여자는 숨도 못 쉬고 얼어붙어 있었다.

불현듯 느반조가 숨을 한 번 크게 쉬고 브나르바를 향했다. 의외로 표정이 풀려 있었고, 어조도 부드러웠다.

"그래서 아가씨의 문제는……이야기가 끝난 걸로 해도 되겠지요?"

"오, 그럴 수 없어요, 각하."

브나르바는 짐짓 애원하는 표정으로 간절히 말했다.

"글쎄, 당신한테 맡길 만한 일은 없다니까."

"비서직이 아니라도 괜찮습니다. 단순히 시중 드는 일이라도……."

"시중? 흥!" 느반조는 콧방귀를 뀌고, 고갯짓으로 자기 등 뒤의 여자를 가리켰다. "이 여자한테 물어보시지 그래. 들었어, 로스클타? 이 아가씨가 당신 자리를 넘겨달라는군."

"오, 그런 뜻이 아녜요. 저는 단지……."

브나르바는 당황해서 얼른 부인했다. 놀라움과 수치감, 그러면서도 일말의 경계심이 발리어진, 그런 복잡 미묘한 감정을 담고 자기를 응시하는 로스클타의 시선이 견딜 수 없어서 두 손바닥을 벌리고 어깨를 추키는 난감함의 제스처를 다소 과장스럽게 해보였다.

"어쨌든 그 이야기는 이제 끝났어."

느반조가 단호히 잘라 말했다.

"하지만……."

"아, 그만! 재론하고 싶지 않다고 하잖소. 그렇잖아도 난 이것저것 골치가 아파 죽을 지경인 사람이라고. 미안하오."

바로 그때, 밖에 자동차가 와서 멎는 기척에 이어 경적이 짧게 한 번 울렸다.

"오! 루루가 왔나 보군." 느반조는 만약 그 자리에 브나르바만 없다면 목욕물을 떨치고 일어설 것처럼 갑작스런 활기를 보이며 들뜬 소리로 말했다. "나가 봐, 로스클타. 어서 가보라고."

로스클타는 브나르바에게 짐짓 "보다시피 이 모양이랍니다." 하는 표정을 지어보이고는 물수건을 욕조 가장자리에 걸쳐놓고 밖으로 나갔다.

바로 그 순간, 태초에 신이 여자라는 존재에게 특별히 부여한, 요컨대 인간을 원죄의 늪에서 영원히 빠져나오지 못하게 만든 그

격렬하고 간교한 기지가 브나르바에게 갑작스런 용기를 불어넣어 주었다. 그녀의 입술 사이에서 갑자기 낮은 휘파람소리가 새어나왔다. 최면을 거는 것처럼 흰자위를 더욱 드러낸 눈으로 남자를 빤히 압박하며 가슴의 지퍼를 조금 내려 유방을 반쯤 드러내었다. 그런 다음 놀라움으로 얼어붙은 남자에게 유연한 몸놀림으로 다가갔다.

"무, 무슨 짓이야!"

브나르바의 요염한 교태에 뇌쇄되어 눈을 똥그랗게 뜨고 벌어진 입을 다물지 못하던 느반조는 비로소 허둥거리며 소리쳤다.

"로스클타라고 했던가요? 그분 당신의 부인이 아니잖아요. 진짜 부인인들 무슨 상관이죠?"

브나르바는 착 감아드는 목소리로 속삭이며, 로스클타가 사용하던 물수건을 왼손으로 집어 느반조의 어깨를 쓰다듬듯 문지르기 시작했다. 그러면서 몸을 구부려 오른손으로 원피스 아랫단을 더듬었다. 확인하고 또 확인했던 것이기 때문에 간단히 '그것'을 포착할 수 있었다. 이번에는 물수건을 남자의 어깨에 걸쳐놓은 채 왼손까지 동원하여 옷단 안쪽에 숨겨져 있던 그것을 은밀하면서도 재빠른 동작으로 꺼냈다. 그것이란, 그녀의 가운뎃손가락 길이만한 날카로운 은빛 침이었고, 그 첨단부는 보랏빛으로 변색되어 있었다.

바로 그때, 밖으로 나간 로스클타가 되돌아오는 기척과 함께, 기쁨에 겨운 음색의 개 짖는 소리가 들려왔다.

그 소리에 느반조가 잠시 정신을 파는 순간, 브나르바는 오른손에 쥔 침으로 그의 목덜미를 힘껏 찔렀다. 가늘면서도 몹시 빳빳한 금속이 연한 육질 사이로 너무나 부드럽게, 너무나 쉽사리 파고드는 것을 느끼며, 그녀는 최대한의 순발력으로 그 흉기를 아주 깊숙이 밀어 넣었다.

느반조는 오른쪽 목덜미에 따끔한 통증이 왔을 때까지도 자기에게 무슨 일이 일어나고 있는지를 미처 깨닫지 못했다. 다음 찰나, 그것이 형언할 수 없는 아픔으로 급격히 확대되면서야 비로소 여자가 의도하는 바가 무엇이라는 자각이 번개처럼 뇌리를 꿰뚫었다. 그가 단말마의 비명을 지르며 물을 박차고 일어난 것은 아픔보다도 차라리 아뜩한 죽음의 공포에 질렸기 때문이라고 해야 옳을 것이다. 어쨌든 그는 처음 자기 목덜미에 박힌 것을 빼내려고 무진 애를 썼다. 그러나 너무 깊이 박혔기 때문에 자기 손으로는 도저히 뽑을 수 없다는 사실을 깨닫자 그 동작을 멈추었다. 그러고는 공포와 분노에 찬 시선으로 가해자를 노려보았다. 그것은 인간이 찰나적으로 드러낼 수 있는 가장 최고의 격렬한 감정이 담겼다고나 할, 그런 눈빛이었다.

브나르바는 그 눈빛 속에 갇혀서 얼어붙고 말았다. 꼼짝달싹은 커녕 숨도 못 쉬고 부르르 떨기만 했다. 자기 행위의 정당성, 목적 달성의 기쁨 같은 것은 이미 그녀의 뇌리에서 천리만리 달아나고 없었다. 저 눈빛으로부터 제발 놓여날 수만 있다면, 그리하여 이 방에서 도망칠 수만 있다면 정말이지 모든 것을, 그녀에게는 목숨보다 중요한 삶의 가치이며 희망이라고 할 수 있는 사랑까지도 아주 포기할 수 있다고 생각했을 정도였다.

느반조는 목을 움켜잡고 벌거벗은 채로 욕조에서 빠져나오려고 허둥거렸다. 그리하여 간신히 한쪽 다리를 바깥으로 들어내었으나,

그때쯤은 이미 정신이 아뜩해지고 사지의 맥이 풀려 욕실 마룻바닥에 나둥그러지고 말았다. 흉기 자체가 워낙 치명상을 주었기도 했지만, 그 끝에 묻어 있던 필살의 독극물이 혈관을 타고 이미 온몸으로 급속히 퍼지고 있었기 때문이었다.

그 일련의 격렬한 과정은 불과 20여 초도 못 되는 짧은 시간 안에 일어난 일로서, 로스클타가 욕실 문 앞에 다다랐을 때는 이미 상황이 끝나 있었다.

최고권력자의 파격적인 지시를 수행하고 뿌듯한 기분으로 돌아선 경호반장이 로스클타의 비명을 들은 것은 차 위에 막 올라앉았을 때였다. 그가 자기도 모르게 고개를 돌린 것은 비명 자체의 심각성보다도, 인간이 그렇게까지 높은 음계의 소리를 낼 수 있다는 사실의 경이로움 때문이었다.

―총서기 동지의 죽음은 애석하기 그지없을 뿐 아니라 우리에게 큰 손실임에 틀림없지만, 사실은 그가 존재하지 않음으로 해서 우리의 혁명과업이 훨씬 탄력적인 유연성을 획득할 수 있게 된 일면도 솔직히 인정해야 될 줄 생각합니다.

―그건 그래요. 이제야 말이지만, 사실 그는 너무 자기 과신의 위험에 빠져 있었어요. 그가 혁명에 누구보다도 열정적이었고 헌신적이었음에 토를 달고 싶은 생각은 추호도 없으나, 궁극적으로 추구한 것이 과연 혁명의 열매였느냐, 아니면 자기 카리스마의 완성이었느냐 하는 여부는 남아 있는 우리 모두에게 경각을 주는 의미에서 짚고 넘어갈 필요가 있는 평가 작업이 아니겠는가 하는 것입니다.

―그런 것은 차후의 부차적 문제고, 먼저 그의 주검에 따른 전략상의 변수를 심각하게 검토하는 것이 올바른 순서일 것입니다. 따라서 두 가지 관점으로 접근해나가야 한다고 생각하는데, 그 하나는 적의 동향입니다. 범인이 그들의 사주를 받고 잠입한 암살자로 판명된 이상, 그들이 이 결과에 대비해 어떤 프로그램을 준비해두고 있을까 하는 점을 다각적으로 검토할 필요가 있습니다. 쉽게 말하자면, 이번 사건이 단기전의 대공세를 위한 준비냐, 아니면 장기전을 염두에 둔 시간 벌기냐 하는 겁니다. 또 하나는 리퉁구 느반조라는 인물이 빠져서 발생한 우리의 전력 또는 전략상 공백을 여하히 최소화하느냐 하는 것입니다.

―적의 동향에 대해서는 너무 과민할 필요가 없지 않을까요? 그들이 총서기 한 사람에게 그토록 큰 비중을 부여함으로써 상대적으로 우리 모두를 과소평가했다면, 그 자체로 전략상의 큰 착오를 범한 셈이 아니냐는 겁니다. 총서기의 유고를 호재로 판단하여 공세로 나온다? 그거야 우리가 줄곧 원하던 바가 아닙니까. 아이러니컬하게도, 그야말로 느반조 동지는 죽어서야 혁명 완성의 대업에 결정적인 기여를 하는 셈이 되겠지요. 장기전? 그것이 새삼스레 문제시될 것은 없고, 또 우리의 전략상 공백이라 하는 것도 사실 웃기는 얘기요. 리퉁구 느반조가 신이었습니까? 그랬다면 이 혁명전쟁은 벌써 끝났어야지요. 우리 중에서 능력 있는 인물을 선출해 그 자리에 앉히면 되는 겁니다. 무슨 얼토당토 않는 전력 공백입니까.

―어쨌든 이 사건의 성격을 냉철하게 규명하고 우리에게 유리한 방향으로 이용하는 정치력을 발휘해야 할 것입니다. 우매한 대

중은 객관적인 정당성과 상관없이 암살 행위자를 영웅시하는 속성이 있습니다. 그 인간 자체보다 용기를 찬양하고 부러워하는 것이지요. 더군다나 이번 범인은 아리따운 여자란 말입니다. 그렇기 때문에 그녀에게 쏠리게 될 동정과 찬탄의 시선들, 피해자 쪽이면서도 상대적으로 뒤집어써야 하는 악의 이미지, 이런 예측 가능한 미묘한 모순성에 슬기롭게 대처하지 않으면 안 될 것입니다.

  ─이번 경우 통상적인 처리방식을 적용하는 것은 문제가 있습니다. 자칫하면 우리가 모든 흙탕물을 뒤집어쓰고, 저쪽의 선전공세에 휘말릴 우려가 있다는 거지요. 따라서 나는 사건을 공개재판으로 끌고 갈 것을 정식으로 제안합니다. 그리하여 그 여자가 사랑에 눈먼 한낱 어리석은 여자라는 사실을 분명히 하고, 그럼으로써 저쪽에서 웃고 있는 놈들의 간교한 비도덕성을 부각시키는 역선전으로 상황을 반전시킨다는 계산이지요. 그러기 위해서는 리퉁구 느반조를 진정한 혁명의 아들, 정의의 수호자로 만드는 작업도 동시에 시작해야 합니다.

  ─일리가 있는 제안이오. 지금 헐벗고 굶주려 신경이 날카로워져 있는 민중은 분노를 폭발시킬 수 있는 카타르시스를 원하고 있습니다. 어쩌면 말라빠진 빵 한 덩이보다 그게 더 그들에게 절실히 필요한 게 아닌지 모르겠어요. 진실과 허위, 정당과 부당의 객관적 판단 같은 것이야 아무러면 어때요. 필요에 따라서는 허위를 진실로 포장하고, 부당도 정당으로 말짱하게 탈바꿈시킬 수 있는 것이 바로 정치예술의 미덕 아닙니까.

  정부청사를 비롯한 각 관공서와 기관들, 그리고 대표적인 상용

건물들을 주위에 거느린 K시의 중앙광장에서 조금 비켜나면 식민지시대에 조성된 넓은 자유공원이 있었다. 원래는 지배국의 정치지도자한테서 따온 이름을 사용했으나, 제2차 세계대전 직후 독립을 쟁취하면서 그 굴욕적인 이름을 떼어버리고 자유공원으로 갈아치운 것이다.

지금 그 자유공원에는 그야말로 자유로운 부랑자의 무리가 우글거리고 있었다.

처음에는 도시의 쓰레기 같은 존재라고 할 수 있는 거지들이 사회의 천대와 핍박을 피해 하나둘 모여들어 공원 한쪽에 자리잡기 시작했다. 그러다가 가족으로부터 버림받은 행려병자나 고아, 실직자 같은 부류가 언제부터인가 새로운 구성원으로 등장해 또 한 영역을 차지하게 되었고, 급기야는 내전으로 생활기반을 상실한 각지 출신의 난민들이 급작스럽게 떼거리로 몰려들면서 공원은 본래 기능을 완전히 상실하고 말았다. 그들은 밤이면 공원 구역 안의 나무그늘이나 시설물 주위에 아무렇게나 쓰러져 잠을 잤고, 낮이면 끼니를 해결하기 위해 어슬렁거리며 거리로 흩어져 나가거나 그것도 싫고 귀찮은 부류는 그냥 공원 안에 넝마처럼 널브러져 있든가 했다.

그런 장소는 그렇잖아도 공안 취약 구역인 데다, 시국이 어수선해지면서 가뜩이나 공권력의 손이 제대로 미치지 못하는 바람에 빠르게 범죄의 온상으로 변해갔다. 살인, 강도, 절도, 사기꾼 등 갖은 유형의 범죄자들이 숨어 들어왔고, 그러다 보니 사소한 시비 끝의 불상사나 범죄 목적의 살인극에 따른 참혹한 주검이 드물지 않게 눈에 띄었다. 그것이 아니라도 병사자 또는 아사자가 속출하는 실정이었다. 이들에게서 나온 쓰레기와 배설물로 악취가 코를 찔렀으며, 종류를 알 수 없는 전염성 병마가 음산한 죽음의 그늘을 짙게 드리우고 있었다. 그들에게 필요한 것은 내일의 생활이 아니라 당장의 생존이었다. 희망이란 것은 마음의 사치에 지나지 않았고, 차라리 절망마저도 그 바닥에는 희망에의 바람이 깔려 있는 법이기에 그들에게는 어울린다고 할 수 없을 지경이었다.

옹고 무스키가 처음 그 자유공원에 발을 들여놓으면서 자기와 한 약속은 될 수 있는 대로 그곳에서 빨리 몸을 뺀다는 것이었다.

K에 도착한 첫날, 싸구려일망정 여인숙에 들었던 옹고는 자기 처지에 잠자리타령은 사치라는 사실을 깨달았다. T읍을 출발할 때 지녔던 전재산 160페니아로는 아무리 쪼개고 쪼개어 쓴다 해도 대엿새 정도의 숙식밖에 해결할 수 없다는 계산이 나왔다. 그래서 다음날부터 바로 노숙에 들어갔는데, 멋모르고 어느 공공건물 옆 벤치에 드러누웠다가 운수 사납게 치안순찰대에 걸려 호된 꼴을 당하고는, 그런 제약을 걱정하지 않아도 되는 자유공원까지 마침내 굴러들어오게 되었던 것이다.

일단 공원 족속들 틈바귀에 끼자 그런대로 마음은 편했다. 주위를 아무리 둘러봐도 자기보다 처지가 나은 것 같은 사람은 없었기 때문이었다. 대부분 굶주리는 기색이 역연한 가운데, 그는 그래도 시장 가게에서 산 마르고 딱딱한 빵을 멜빵가방 속에 넣고 다니며 허기가 지면 조금씩 뜯어서 먹는 것으로 최소한의 체력을 유지할 수 있었다. 다소 고생스럽기는 하지만, 이렇게 참고 지내다가 어떻게 행운을 잡으면 일자리라도 마련해서 공원 신세를 면할 수 있겠거니 했다.

처음에는 절망과 슬픔으로 참 견디기 힘들 것 같았으나, 하루 이틀 지내면서 보니 거기 역시 비록 삶의 밑바닥이기는 해도 사람이 사는 곳임에는 틀림없었다. 공원 전체에는 살벌하고 흉흉한 기운이 감돌망정 잠자리의 바로 옆 사람과는 정담을 나눈다든지 상부상조하는 인간적인 연결고리가 조성되는 것도 전혀 놀라운 일은 아니었다.

옹고에게는 친구도 생겼다. 하나는 자칭 대학교수 출신이라는 텁석부리 사내였고, 또 하나는 그 사내가 기르는 비둘기였다.

삼십대인지 사십대인지 나이를 가늠하기 힘든 그 묘한 사내는 옹고가 자유공원에 들어간 첫날 얼른 자리를 잡지 못해 서성거리는 것을 보고 친절을 베풀어 자기 움막 옆으로 끌어당겨준 사람이었다. 전직이 대학교수로서 이름은 야쿰이라고 밝힌 그 사내는 어느 날 갑자기 자기가 누리고 있는 세속적 지위와 풍요한 생활이 소름끼치도록 정나미 떨어져, 가족까지도 포함한 모든 것을 팽개치고 가출을 단행했다고 너스레를 떨었다. 그의 말은 어쩐지 허황해서 어디부터 어디까지가 진실이고 어디부터 어디까지가 허구인지 옹고의 선량한 정신과 얕은 세상지식으로는 가늠이 되지 않았으나, 어쨌든 머리에 이것저것 많은 것을 담고 있는 것은 사실인 것 같았고, 별로 악한 구석도 찾아볼 수 없었다.

옹고가 야쿰에게 금방 친밀감을 느끼게 된 또 하나의 이유는 그가 비둘기를 자유자재로 데리고 노는 재주꾼이라는 사실이었다. 야쿰의 비둘기는 광장과 공원 일대에 서식하는 비둘기 떼 중에서도 극히 보기 드문 축에 속하는 흰비둘기였는데, 어쩌다 다쳤는지 오른쪽 다리의 발가락 하나가 없어 뒤뚱거리는 불구였다. 언제 어떻게 길을 들였는지 놈은 유난히 야쿰의 움막 언저리에서 거의 떠나는 적이 없었다. 그가 마치 배배꼬는 듯한 묘한 소리로 휘파람을 불며 빵조각 따위를 쳐들어 보이면, 멀리 있다가도 금방 날아와 그의 어깨 위에 올라앉아 그것을 받아 먹곤 했다.

그 모양이 하도 신기해서 입을 다물지 못하는 옹고를 보고, 야쿰은 자기는 어떤 짐승도 간단히 친구로 만들 수 있다고 으스댔다.

"짐승과 친하려고 할 때 가장 중요한 것은 서로 마음을 통하는 것이야. 그 요령만 터득하면 자네도 아무 짐승이나 친구로 사귈 수 있어. 특히 조류는 신경이 예민하고 소리에 민감한 짐승이기 때문에 다른 짐승에 비해 좀 더 세심한 정성과 주의가 필요하지. 어쨌든 인간에 비하면 이들은 훨씬 깨끗하고 신에게 가까이 다가가 있는 존재라고 말할 수 있다네. 이들과 교감하다 보면 그것을 확연히 느낄 수 있지."

그러면서 야쿰은 옹고더러 흰비둘기와 친할 수 있는 비법을 전수해주겠다고 제의했다.

옹고 역시 호기심이 없지 않았으므로 그 제의를 얼른 받아들였는데, 야쿰의 휘파람소리 흉내에 열중한 결과 놀랍게도 그 역시 어느덧 흰비둘기의 마음을 제법 붙드는 데 성공할 수 있었다. 놈은 조금 경계하는 빛을 감추지 못하면서도 어느덧 그의 어깨 위에 올라앉게 되었고, 집어주는 빵조각을 받아먹기도 했다. 신기해서 어쩔 줄 모르는 옹고를 본 야쿰이 웃으면서 스스로 흰비둘기와 접촉하는 기회를 일부러 줄였기 때문에, 상대적으로 옹고와 흰비둘기의 친밀감은 급속도로 더해갔던 것이다.

그러던 어느 날, 쓰레기통이라도 뒤지기 위해 거리로 나갔던 야쿰이 돌아와서 옹고의 귀가 번쩍 열리게 하는 뉴스를 전해주었다. 혁명위원회 총서기 리퉁구 느반조가 구정부 쪽 암살자의 손에 피살되었으며, 젊은 여성인 그 범인은 내일 중앙광장에서 공개재판을 받게 된다는 것이었다.

별안간 옹고의 머리에 고향을 떠나올 때 동행했던 아름다운 여자의 모습이 번개같이 떠올랐다. 왜 그 소식과 그녀를 결부하게 되는지 옹고 자신도 영문을 알 수 없었다. 그러면서도 심장이 두근거리기 시작했다.

"그 여자의 이름이 무엇이고, 어디 출신이라고 하던가요?"

옹고가 시치미를 떼고 묻자, 야쿰은 고개를 저었다.

"그건 잘 기억나지 않는걸. 그건 왜?"

"그냥요." 옹고는 짐짓 시치미를 뗐다. 그러면서도 넌지시 물었다. "그런데 아저씬 그 소식을 어디서 들었어요?"

"거리마다 벽보가 잔뜩 붙어 있고, 차가 지나가면서 가두방송도 하더군. 내일 정오에 중앙광장에서 열리는 공개재판을 많이들 참관하라고 말이야."

"그랬군요."

"며칠 사이 거리에 무장순찰대의 숫자가 부쩍 늘어난 것 같았고, 뭔가 공기가 심상치 않다고 느꼈었지. 그러나 그게 리퉁구 느반조의 참변과 관련이 있을 줄이야 상상이나 했어야 말이지."

"그 느반조라는 사람, 어떤 사람인가요?"

"혁명위원회 총서기로서 가장 영향력이 뛰어난 인물이었지. 국가수반이야 상징적인 자리에 불과하고, 그들이 내세우는 레볼류션 프로젝트의 모든 것이 그의 머리에서 나왔다고 해도 과언이 아니었어. 어쨌거나 한 시대를 풍미할 정도의 인물인 것만은 틀림없는데, 본인에게 애석하게도 그만한 운이 따라주지 않았던 모양이야."

"그 사람 악당인가요?"

"악당이냐고?" 야쿰이 그를 돌아보며 픽 웃었다. "어떤 인간을 놓고, 특히 정치권력자의 경우 그가 선인이냐 악당이냐를 이분법으로 따지는 것만큼 어리석은 질문은 세상에 따로 없을걸."

"왜요?"

"그들은 필요에 따라서 천사 또는 악마의 가면을 번갈아가며 쓰는 카멜레온이니까. 또한 그때마다 그것이 그 사람의 진면목이기도 하고……"

"그렇지만 누군가가 그를 죽였다고 하면 그만한 이유가 있을 거 아닌가요?"

"이유? 물론 이유야 있겠지. 그렇지만 그 이유가 정당하다고 어떻게 주장할 수 있지? 시중의 한낱 살인강도도 그 나름의 이유는 가지고 있어. 문제는 객관적인 판단인데, 하지만 피살자가 리퉁구 느반조 정도의 거물이고 거기에 정치라고 하는 도박게임의 룰과 속성을 대입하게 되면 너무나 복잡하고 어려워서 도저히 답이 나오지 않아. 오로지 정치적인 판단만 가능할 뿐이지."

옹고는 야쿰이 하는 말을 충분히 잘 이해할 수 없었다. 어쨌든 느반조라는 인물을 살해한 범인이 자기가 아는 그 여자가 거의 확실하다는 쪽으로 생각이 자꾸 기울어졌고, 그래서 견딜 수가 없었다.

"공개재판이라고 하면, 그게 어떻게 되는 거죠?"

"말 그대로 수많은 사람들이 지켜보는 오픈된 장소에서 재판을 진행하는 거지." 옹고의 의중을 모르는 야쿰의 어투는 새털처럼 가벼웠다. "굳이 그딴 방식을 들고 나오는 것을 보면, 현재 정치권력의 칼자루를 쥐고 있는 혁명가 양반들은 모종의 선전효과를 노리고 있음에 틀림없어. 그것도 대단히 센세이셔널한……."

"그럼 범인은 어떻게 되나요?"

"그야 물론 재판이란 요식을 거쳐 현장에서 처형당하겠지."

옹고는 숨이 탁 막혔다. 목덜미가 서늘해지는 소름을 느꼈다.

그런 옹고의 마음속을 들여다볼 길 없는 야쿰은 대수롭지 않은 투로 말하고 있었다.

"공개재판을 들고 나오는 이유가 그것 아니고 뭐겠어. 아리따운 젊은 여자를 정치적 제물로 이용한 적의 부도덕성을 만천하에 떠벌릴 대로 떠벌린 다음, 만인의 눈앞에서 탕탕…… 그야말로 흥미진진한 구경거리가 되고도 남지 않겠어?"

야쿰은 총을 조준해 방아쇠를 당기는 시늉까지 해가며 떠들고 있었다.

옹고는 입을 다물었다. 더 이상 알고 싶은 것도 없었고, 묻고 싶지도 않았다. 오로지 그 세련되고 아름다운 여자의 모습, T읍 경비대장 앞에서 당당한 태도로 리퉁구 느반조의 이름을 들먹거리던, 그리고 자기와 악수를 하고는 나풀거리는 하얀 원피스의 뒷모습만 남긴 채 아련히 멀어지던 마지막 모습밖에 지금 그의 뇌리를 채우는 것이 없었다. 그녀가 눈앞에서 총살당하는 광경은 상상만으로도 잔등에 소름이 쭉 돋게 했다. 그런 위기에 직면한 그녀에게 아무런 도움도 줄 수 없는 현실이 안타까웠다. 자신의 무력 무능을 그렇게까지 절감한 적이 없었다. 그리고 그런 자각은 그에게 말할 수 없는 슬픔을 안겨주었다.

옹고는 쭈그리고 앉은 채 눈물 글썽한 눈으로 하늘을 쳐다보았다. 흰 조각구름이 여기저기 뜬 하늘에는 비둘기 떼가 어지럽게 날고 있었다.

—그 아가씨가 기어코 일을 저질렀단 말이지?

—그렇습니다, 각하. 너무나 완벽하게 끝낸 모양입니다. 우리 쪽 정보 라인에서조차 입을 딱 벌리는 형편입니다.

—샴페인을 터뜨려야 되겠구먼. 오! 참 잘되었어. 정말 잘된 일이야. 이제는 그 지겨운 피부병환자와 똑같은 공기를 호흡하지 않게 됐다는 사실만으로도 속병이 싹 가시는 느낌이란 말이오.

—이번 거사의 성공은 적 1개 사단을 섬멸한 전과에 필적한다고 할 수 있습니다. 이로써 놈들은 정책수립과 수행에 상당한 혼란과 혼선을 겪지 않을 수 없을 것입니다.

—그러나 리퉁구 느반조 한 사람을 제거한 전술적 효과에 대해서는 좀 더 냉정한 분석과 판단이 따라야 하지 않을까요? 그가 사라짐으로 해서 그의 카리스마에 눌려 있었던 무리들이 자구책으로 오히려 결속할 수도 있으니 말입니다.

—어쨌든 이번 사건이 우리에게 호재인 것만은 틀림없고, 또한 당연히 호재로 활용해야 합니다. 우선 그 여자를 영웅으로 부각시키는 연출이 필요할 것 같아요. 연약하고 아리따운 범인과 최고 권력자인 피살자, 그만하면 관객의 호기심을 자극할 드라마틱한 요소는 충분하지 않습니까? 대중은 정의나 당위성과는 무관하게 약자를 편드는 속성이 있습니다. 그 점에 초점을 맞추어 잘만 선전에 이용한다면, 놈들이 자기네의 뿌리라고 착각하고 떠벌리기도

하는 민중으로부터 놈들을 유리시켜 존립기반을 위태롭게 만드는 것도 그리 허황한 기대는 아닐 것입니다.

─같은 맥락에서, 국민들의 고통과 어려움이 좀 더 심화되도록 어느 정도까지는 기술적으로 방관 내지 조장할 필요가 있다고 봅니다. 이번 내전을 촉발한 당사자에 대한 분노가 비등점에 빨리 도달할수록 우리의 권토중래는 그만큼 앞당겨질 수 있으니까요.

─좋아요, 좋아. 가능한 모든 수단방법을 동원하시오. 그렇더라도 어쨌거나 본관은 인간적인 측면에서 우리의 그 아리따운 영웅이 가엾다는 생각을 떨쳐버릴 수가 없구먼.

─각하. 정치는 냉혹한 현실입니다. 거기에 감상이 끼어들 틈새란 없습니다. 그녀는 불행하지만 유익한 소모품이었다, 그것으로 족합니다.

오전 9시 30분쯤, 철재 파이프와 두터운 합판, 책걸상 따위를 적재한 두 대의 트럭과 십여 명의 공병대를 태운 다른 또 한 대의 트럭이 중앙광장 한가운데의 시계탑 근처에 도착하면서 그 광란의 잔치를 위한 준비가 시작되었다.

공병대는 짐을 모두 땅바닥에 부린 다음 곧바로 작업에 들어갔다. 주위에서 자꾸 거치적거리는 비둘기 떼를 쫓아가면서 파이프를 연결해 강철 밴드와 볼트로 죄어 고정하는 방식으로 커다란 직육면형의 뼈대를 먼저 조립했고, 다시 그 위에 합판을 한 장씩 잇대어 깔아나가 나사못으로 고정하는 방식으로 대형 노대(露臺)를 가설했다. 이번에는 그 위에 여러 벌의 책상과 의자를 법정 구조에 따라 배치했고, 각 책상 위에 탁상용 마이크를 놓았으며, 노대의 네 귀퉁이에는 확성기도 설치했다.

그와 같은 설치물 중에서도 가장 사람들의 눈길을 끈 것은 노대 한쪽 변의 가장자리에 솟아오른, 높이 2미터쯤의 검은색 통나무 십자가였다. 합판 아래의 조립 뼈대에서 연결된 그 십자가는 기묘한 위화감과 상징성으로 사람들을 은근히 불안하게 만들면서 눈부신 볕살 아래 번들거리고 있었다.

그때쯤은 얼마 후에 거기서 무슨 일이 벌어질지를 아는 사람은 물론이려니와 영문을 모르는 사람들까지 호기심에 찬 얼굴로 꾸역꾸역 모여들기 시작했으며, 이윽고 확성기에서 혁명의 노래가 울려 퍼질 즈음에는 노대를 중심으로 하여 어림잡아 3천 명 이상으로 추산되는 군중이 겹겹의 벽을 이루며 둘러싸기에 이르렀다.

시계탑의 시계가 11시를 가리키자, 한 대의 스리쿼터와 그것을 호위하는 또 한 대의 트럭이 광장에 나타났다. 스리쿼터에는 하얀 옷차림으로 금방 시선을 끄는 젊은 여자 죄수가 4명의 호송 헌병과 함께 타고 있었고, 바짝 뒤따르는 트럭 위에는 자동소총을 들고 좌우 경계 태세를 취한 소대 병력 남짓한 병사들이 타고 있었다.

스리쿼터가 운집한 군중을 헤집고 노대 쪽으로 접근함에 따라, 모두들 죄수의 얼굴을 확인하려고 몰리는 바람에 마치 물살의 파문과 같은 커다란 술렁거림이 일어났다.

여자는 다소 초췌한 얼굴이었고 원피스는 구겨진 데다 때가 묻어 있었으나, 풀죽은 기색 없이 오히려 고개를 빳빳이 세우고 있었다. 자기에게 집중되는 무수한 시선에도 불구하고 당당하고 의연했으며, 군중 속에서 누구를 찾는 듯 그 아름다운 눈을 빠르게 움직이고 있었다. 아무튼 그 의연한 기품은 보는 사람에게 강한 인상을 주기에 충분해, 여기저기에서 낮은 탄성과 한숨소리가 새어나왔다.

이윽고 두 대의 차는 비둘기 떼를 쫓아서 날리며 노대에 다다랐다. 먼저 트럭 위의 군인들이 뛰어내려서는 지휘관의 지시에 따라 군중을 노대로부터 사방 십여 미터씩 물러나게 하여 일정한 공간을 확보한 다음 빙 둘러서서 방어벽을 구축했다. 그리고 군중은 잘 몰랐지만 그때쯤 그들 속에는 사복 차림의 보안요원들이 쫙 깔려 감시의 눈을 번득이며 만일의 사태에 대비하고 있었다.

여자는 자기를 일으켜 세우려는 헌병의 손길을 매몰차게 뿌리치고 스스로 발딱 일어났다. 그제야 사람들은 그녀가 손목에 수갑을 차고 있음을 알아차렸다.

두 손으로 차체를 짚고 포석이 깔린 땅바닥에 사뿐 내려선 여자는 자기 주변에 유난히 많이 몰려와 있는 비둘기 떼에 잠시 정신이 팔렸다. 광장 일대에 서식하면서 사람을 두려워하지 않게 된 비둘기들은 그날따라 군중이 광장을 점령해버리는 바람에 내려서 쉴 장소가 마땅하지 않자, 일부는 그들 나름으로 비교적 공간이 넉넉하다고 생각되는 노대 주변으로 떼 지어 모여든 것이었다.

여자는 비둘기를 밟지 않도록 조심하면서 계단을 통해 노대 위에 올라갔다. 그리하여 이미 법정 구조로 배치가 완료된 좌석들 가운데 피고인석으로 떼밀려가서 딱딱한 나무의자에 앉았다. 그녀 앞에는 작은 책상이 있었고, 책상 위에는 마이크가 놓여 있었다. 그녀의 자리 바로 앞에는 서리(書吏)와 정리(廷吏) 같은 법정 직원석이 서로 마주보면서 그녀와는 대각을 이루었고, 그 서리석과 정리석 뒤에 각각 배치된 독립석이 검찰관석과 변호인석이었다. 그리고 그 직원석 너머에 그녀와는 정면으로 향하도록 하여 3인용의 법관석이 마련되어 있었다.

혼자 동그마니 끌려나와 앉은 여자는 약간 불안한 눈빛으로 그 가설 법정의 을씨년스런 풍경을 둘러보았으나, 자기 주위에까지 겁도 없이 우르르 날아와 앙증맞게 뒤뚱거리는 비둘기들의 움직임에 이내 정신이 팔려버렸다. 그러다가도 갑자기 생각난 듯이 간절한 눈빛으로 군중 속을 살피곤 했다.

11시 20분, 드디어 군인들의 삼엄한 경호 속에 혁명위원회 요인들로 구성된 3명의 법관을 비롯해 검찰관과 변호인, 그리고 법정 직원이 군중들 사이를 누비고 가설법정에 입정하면서 확성기들이 갑자기 침묵했다. 그들은 각기 지정된 자리에 앉았다. 그들은 운집한 군중을 둘러보며 자기네끼리 작은 소리로 말을 주고받았고, 그러면서도 되도록이면 시치미를 뗀 근엄한 표정을 지으려고 애쓰는 듯한 얼굴들이었다.

법관석의 중앙에 앉은 재판장이 마이크를 잡아당기고 우렁우렁한 목소리로 개정을 선언했다.

"지금부터 반혁명 1급 범죄 혐의자 브나르바 쿰사에 대한 특별재판을 시작한다."

그 개정선언과 뒤이은 방망이소리는 마이크를 통해 확성기로 전해져, 뜨거운 태양열에 팽팽하게 부푼 대기를 마구 찢으며 광장 위로 울려 퍼졌다. 그 소리에 놀란 비둘기 몇 마리가 폴짝 날아올랐다.

재판장은 간단한 인정심문을 한 다음, 배턴을 검찰관에게 넘겼다. 그리하여 이번에는 검찰관의 강압적인 심문과 피고인의 답변이 반복되는 가운데 재판 분위기가 차츰 고조되어 갔고, 군중은 조용히 귀를 기울였다.

"피고인 브나르바 쿰사는 1986년 4월 12일 오후 6시 20분경 혁명위원회 총서기 리퉁구 느반조를 그의 자택에서 살해한 혐의로 기소되었다. 범행 사실을 인정하는가?"

"인정합니다."

"총서기의 사저는 보안구역인데, 어떻게 경비선을 통과했지?"

"미리 전화를 걸어 면담 허락을 받았으니까요."

"그러고는?"

"내가 찾아갔을 때 그 사람은 욕조 안에 앉아 있었고, 가정부가 씻어주고 있더군요. 그래서 취직 청탁을 핑계 삼아 기회를 보다가 하녀가 잠시 자리를 뜬 사이에 그랬습니다."

"구체적으로 어떻게 살해했나?"

"그의 목을 찔렀습니다."

"숨겨 들어가 범행에 사용한 흉기는 10센티 길이의 독침이었고, 독침 끝에는 성분 미상의 치명적 독극물이 발려져 있었다고 아는데, 사실인가?"

"나는 독극물에 대해서는 아는 바가 없습니다."

"아는 바가 없다니, 무슨 소리지?"

"단지 그것을 전달받아서 사용했을 뿐이고, 거기에 뭐가 묻어 있는지에 대해서는 듣지 못했으니까요."

"그 흉기를 누구한테서 전달받았지?"

"그건 말할 수 없어요."

"혹시 패주한 반혁명 세력의 주요인물 가운데 한 사람이며 1급

전범자인 무쿰바 일모로가 아닌가?"

"멋대로 지어내지 말아요. 난 그런 사람 모릅니다."

"피고인은 어리석게도 위증하고 있어. 피고인은 무쿰바 일모로 의 가장 최근 애인이고, 그의 사주를 받아 리퉁구 느반조 총서기 암살 임무를 띠고 잠입했다는 사실을 우리 정보기관이 이미 조사 확인했는데도 거짓말을 하나?"

"흥! 그렇게 잘 안다면 왜 구차스럽게 묻는 거죠? 하여튼 난 그 런 사람 모릅니다."

"부인해도 소용없어. 무쿰바 일모로는 여자 꽁무니나 쫓아다니 는 천박한 바람둥이에다 비열한 사기꾼이며, 야망을 위해서는 피 고인 같은 천진한 아가씨뿐 아니라 자기 어머니라도 눈 깜짝하지 않고 팔아넘길 작자야. 그런 형편없는 인간쓰레기를 감싸려고 하 다니 딱도 하군."

"그렇게 함부로 말하지 말아요! 당신이 무슨 권리로 그이를 헐 뜯는 거죠?"

"그이라니, 방금 무쿰바 일모로를 모른다고 하지 않았던가? 그 런데도 왜 그렇게 흥분해서 펄펄거리나?"

"……"

"왜 대답을 못하지?"

"대답하고 싶지 않아요."

"좋아. 그건 그렇다손 치고, 피고인이 리퉁구 느반조를 살해한 동기는?"

"그는 악당이기 때문이에요."

"악당이라. 어째서 리퉁구 느반조가 악당이라고 생각하나?"

"그는……하여튼 그가 악당인 것만은 사실이잖아요."

"사실이라는 근거는?"

"……."

"본 검찰관은 피고인이 범행을 저지른 정확한 동기를 파악하려
는 것이야. 그 동기의 타당성에 대한 객관적 판단의 여하에 따라
서는 피고인에게 정상참작의 유리한 혜택이 부여될 수도 있다. 따
라서 질문에 솔직하고 기탄없이 대답하도록 본 검찰관은 명령한
다. 리퉁구 느반조가 어째서 악당이라고 생각하나?"

"……."

"다시 한 번 묻겠다. 피살자가 어떤 점에서 악당인가?"

'내가 어떻게 생각하든 그게 당신네와 무슨 상관이죠?'

"사기꾼에다 인간쓰레기인 무쿰바 일모로가 '느반조는 악당이
다. 느반조는 천하악당이다.' 하고 달콤한 사랑의 묘약으로 반복해
서 최면을 거는 바람에 막연히 그렇게 믿게 된 게 아닌가?"

"그이한테 그따위 비열한 말투는 삼가세요! 당신 따위는 그의
발바닥 근처에도 못 따라갈걸. 흥!"

검찰관의 충동유발적인 교묘한 심문에 대해서 여자는 조리 있
는 답변으로 대응하지 못하고 감정만을 앞세워 소리를 지르고 있
었다. 그러면서도 그녀는 이따금 고개를 돌려 군중 속에서 누군가
를 간절히 찾고 있었다.

사람들은 검찰관의 심문과 여자의 답변에 귀를 기울이는 동안
그녀가 어떤 이유 어떤 동기에서 혁명위원회 총서기를 암살했는
지 막연하게나마 짐작할 수 있게 되었다. 따라서 사건의 진상이
의외로 유치하다고 생각하게 되었고, 그녀에 대해 다소 실망하지

않을 수 없었다. 그들은 자기네의 호불호와는 상관없이 그녀가 반
혁명의 빛나는 투사일 것으로 막연히 기대했던 것이다.

　그런 분위기를 감지하고 고무된 검찰관은 이번에는 마이크를
뽑아들고 일어나 관중을 다분히 의식하는 제스처를 써가며 큰소
리로 논고를 시작했다.

　"본관은 이 반혁명 1급 범죄사건을 담당한 검찰관으로서 존경하
는 재판장께 피고인의 형량을 구함에 앞서, 그 근거로서 다음과
같은 세 가지 특성을 지적하는 바입니다. 첫째, 범행 수법과 피고
인의 심리에 대한 고찰입니다. 심문에서 여실히 드러났듯이, 피고
인이 살해 목적으로 범행 장소에 이르기까지 구사한 수법이 간교
하기 짝이 없었을 뿐 아니라, 범행 수법 또한 소름끼치도록 잔혹
했습니다. 그러고도 체포된 후 이 순간까지 자기 과오를 인정하거
나 후회하는 태도는 실로 유감스럽게도 전혀 찾아볼 수 없습니다.
이것은 신성한 법과 정의에 대한 명백한 도전으로서, 정상참작의
여지를 스스로 배격하는 짓인 것입니다. 법은 법의 존엄을 인정하
고 법의 보호를 원하는 대상에게만 효력을 부여해야 한다는 것이
본관의 법해석이고 소신이며, 그것은 또한 사회정의를 신봉하는
선량한 모든 인민의 공통된 정서일 것이라고 확신합니다."

　검찰관이 논고를 일단 멈춘 것은 주위의 반향을 가늠하기 위해
서가 아니라 피고인의 태도 때문에 김이 빠져서였다. 여자는 논고
따위는 별로 귀에 들어오지도 않는 듯, 애타는 눈으로 주위를 두
리번거리기만 했기 때문이었다.

　검찰관은 동화처럼 극적으로 등장할 구원의 왕자를 그녀가 찾
고 있다는 사실을 알아차렸다. 검찰관은 여자의 어리석음에 코웃

음을 치면서, 한편으로는 슬며시 걱정이 되기도 했다. 그래서 재판 중단의 파격을 감수하면서까지 경비장교를 불러서는 만에 하나 있을지도 모르는 적의 기습적 테러에 더욱 엄중히 대비하라고 주의를 환기시켰다.

그런 다음, 다시금 검찰관의 신분으로 돌아와 목소리를 가다듬었다.

"둘째는 피살자가 과연 죽어 마땅한 인물인가 하는 점입니다. 방금 피고인은 리퉁구 느반조 총서기를 악당이라고 했습니다. 그러면서도 왜 악당이냐 하는 질문에는 답변을 못했습니다. 이것은 무엇을 뜻하는가. 그를 살해해야 되겠다고 생각했고 실제로 범행을 저지른 피고인조차 자기 행위를 정당화할 수 없었다, 다시 말해서 피살자가 악인이라는 아무 근거를 확보하지 못하고 있었다는 것입니다. 존경하는 재판장님, 그리고 지금 이 재판을 지켜보는 애국시민 여러분, 리퉁구 느반조가 과연 악당입니까? 그는 최고권력자의 지위에 오르고도 정부공관을 마다하고 초라한 자기 사저에서 하녀 한 사람만을 데리고 검소하게 생활했습니다. 그의 옷차림은 시중의 노동자와 다름없었습니다. 그 자신이 환자이면서도 특별진료를 받고자 하지도 않았습니다. 그는 오로지 혁명완성과 대중의 행복한 생활, 나아가서 국가의 번영밖에 생각할 줄 모르는 사람이었습니다. 그런 그가 악당입니까? 그는 지금의 국난을 극복하고 국민의 어려움을 개선할 획기적인 정책을 구상하고 있었습니다. 그러던 중에 이번과 같은 참사가 발생함으로써 우리는 탁월한 지도자이며 친구이기도 한 리퉁구 느반조를 잃었고, 그가 추진하던 정책 또한 애석하게도 물거품이 되었습니다. 시민 여러분, 이런 사정인데도 리퉁구 느반조가 살해되어 마땅한 악당입니까, 아니면 애국자입니까?"

검찰관이 큰소리로 외치자, 군중이 술렁이며 "느반조는 애국자다!" "혁명 만세!" 하는 함성이 여기저기서 터져 나왔다. 그에 대한 반대와 야유의 목소리도 없지 않았지만 대체로 대세에 눌리고 말았다. 그 소동에 놀란 비둘기 떼만 폴짝 날아올랐다가 다시 내려앉았다.

검찰관은 회심의 미소를 지으며 논고의 마지막 대목을 이어나갔다.

"본관이 마지막으로 가장 중요하게 지적하고자 하는 것은 피고인의 배후입니다. 피고의 범죄행위 뒤에는 시대의 소명인 혁명을 좌절시키고 역사의 시계바늘을 거꾸로 돌리고자 하는 반혁명적 반국가적 범죄집단의 음모가 도사리고 있다는 사실을 우리는 간과해선 안 될 것입니다. 지금 우리나라가 독립 이후 최대의 위기에 봉착하고 전인민이 도탄에 빠져 허덕이게 된 것은 기득권을 되찾으려는 그 적도들의 야욕과 횡포 때문입니다. 그렇기 때문에 적도들에게 엄중한 경고를 전달하는 의미에서도 이 범죄행위에는 합당한 처벌이 가해져야 할 것입니다. 따라서 본 검찰관이 존경하는 재판장께 요청하는 피고인 브나르바 쿰사의 형량은 사형입니다. 이상입니다."

검찰관이 심문에 이어 준엄한 논고로 여자의 중죄를 강조하고 사형을 구형한 다음 자기 자리로 돌아가자, 군중 속에서는 탄식과 한숨이 터져 나오며 그녀에 대한 동정심으로 대체적인 분위기가 조금 반전되는 듯싶었다.

이번에는 변호인의 변론 차례였다. 변호인은 피고인이 세상사의 이치와 요령에 어두운 순진한 처녀로서 오로지 사랑에 눈이 어두워 하수인의 역할로 범행을 저질렀기 때문에 정상참작의 여지가 있다는, 다소 원론적이고 형식적인 변론을 자기에 앉은 채로 간단히 하고는 끝냈다.

재판장이 여자에게 최후진술의 기회를 부여했으나, 그녀는 거부했다.

이제는 판결 선고의 차례였다. 재판장은 좌우 배심원과 한두 마디 대화를 나눈 다음 최대한의 근엄한 표정을 지으며 목을 가다듬었고, 그에게 시선을 집중시킨 군중은 침을 삼켰다. 숨 막히는 긴장감이 쨍쨍한 뙤약볕 아래의 드넓은 광장을 일순간 지배했다.

"본 재판장은 피고인 브나르바 쿰사의 반혁명 1급 범죄 사실을 그대로 인정하고 사형을 언도하며, 이 법정에서 총살형으로 즉시 집행하도록 결정한다."

우렁찬 선고와 판결봉의 강렬한 타음(打音)이 확성기를 통해 군중의 가슴을 맹타했다. 다음 순간, 돌풍이 밀밭을 휩쓸듯 사람들이 갑자기 술렁거리기 시작했고, 탄식과 수군거림이 여기저기서 아우성처럼 일어났다.

여자는 검찰관이 구형을 할 때까지도 별달리 겁을 집어먹거나 관심을 보이는 것 같지 않았다. 그러나 재판장이 선고를 하려고 하자 비로소 자기한테 무슨 일이 일어나고 있는지를 제대로 인식한 듯 몸이 굳어져서 눈을 크게 뜨고 쏘아보았으며, 막상 재판장의 입에서 사형과 총살집행 선고가 떨어지자 용수철에 튕긴 듯이 벌떡 일어나며 날카롭게 외쳤다.

"안 돼! 이 사기꾼들! 이건 엉터리야!"

여자의 등 뒤에 서 있던 헌병들이 얼른 달려들어 붙잡았다. 그러나 그녀의 흥분을 가라앉힐 수도, 발악을 멈추게 할 수도 없었다. 발길질에 차인 헌병 하나가 엉덩방아를 찧었다가 얼른 일어났다.

검찰관의 재촉을 받은 헌병들이 여자를 십자가 있는 데로 질질 끌고 갔다. 먼저 수갑을 푼 다음, 그녀를 십자가의 바깥쪽으로 돌려세우고 두 팔을 양쪽으로 쳐들어 수평목에다 노끈으로 묶었다. 저항이 워낙 거세었기 때문에 필요이상의 많은 시간이 걸렸다.

악을 쓰며 있는 힘을 다해 버둥거리던 여자도 그 지경에 이르자 갑자기 저항을 포기했다. 소용없는 짓이라고 생각한 모양이었다. 그 대신 자기한테 집중된 수많은 시선들 속에서 자기가 찾는 얼굴을 발견하려고 분주하게 두리번거렸다. 땀과 눈물이 범벅을 이룬 얼굴에는 헝클어진 머리카락이 어지럽게 달라붙었고, 눈에서는 퍼런 불꽃이 이글거렸다. 그 처연하다 못해 귀기까지 서린 듯한 모습은 가까이서 쳐다보는 사람들의 가슴 깊이 슬픔과 두려움을 함께 안겨주었다.

결박작업을 마친 헌병들은 노대에서 땅바닥으로 내려가 여자의 정면에서 그녀를 비스듬한 각도로 쳐다보며 나란히 섰다. 그런 다음 지휘 장교의 구령에 따라 여자에게 자동소총을 겨누었다.

장교가 사격명령을 내리기 위해 손을 쳐들자, 별안간 여자의 입에서 피를 토하는 듯한 부르짖음이 튀어나왔다.

"무쿰바!"

그 울림이 채 끝나기도 전에 네 자루의 자동소총이 일제히 불을 뿜었고, 그 소리에 놀란 주위의 비둘기들이 후다닥 날아올랐다. 집중사격을 받은 여자의 몸은 마치 보이지 않는 엄청난 타력에 얻어 맞은 것처럼 크게 흔들렸고, 그러고 나서 축 늘어졌다. 벌집처럼 뚫린 몸의 구멍구멍에서 흘러나온 피가 흰옷을 금방 붉게 물들였다. 그 참혹한 광경을 바라보는 군중의 입에서 비명과 탄성이 일제히 터져나왔다.

그때, 갑자기 군중 속에서 고함을 지르며 노대 쪽으로 달려오는 사람이 있었다.

"아, 안 돼! 그건 비열한 살인이야!"

의외의 소동에 사람들은 다시 술렁거리며 고함의 주인공한테로 호기심에 찬 시선을 모았다.

"오, 가엾게도! 이 악당들, 그 여잔 무죄야!"

멜빵가방을 어깨에 걸친 청년이었다. 청년은 미친 듯이 울부짖으며 거치적거리는 사람들을 마구 밀치고 허겁지겁 달려왔고, 기세에 밀린 사람들은 얼른 비켜나며 길을 터주었다.

누구보다 놀란 것은 재판 진행부와 경비병들이었다. 적의 출현으로 간주한 그들은 바짝 긴장해 곧바로 경계태세에 들어갔다.

마침내 사람들의 벽을 헤치고 나온 청년은 막아서는 경비병을 때려눕히고 짐승처럼 울부짖으며 처형 현장으로 달려갔다. 피를 쏟으며 십자가에 매달린 여자의 처참한 모습을 쳐다본 그는 두 팔을 들고 짐승처럼 울부짖으며 군중을 향해 돌아섰다. 그와 동시에 그를 겨냥한 총구들이 마구 불을 뿜었다. 비둘기들이 깜짝 놀라 푸드덕 날아올랐다.

이윽고 총성이 그치고 그 메아리마저 뜨거운 한낮의 대기 속에 녹아들어버리자, 광장에는 갑자기 기묘한 고요가 감돌았다. 군중은 침묵의 약속이라도 한 듯 소리 없이 슬금슬금 흩어지기 시작했고, 군인들조차 총구를 땅바닥으로 내려뜨린 채 한숨을 쉬거나 침을 삼키며 십자가에 매달린 여자와 땅바닥에 널브러져 누운 남자의 시체를 망연히 바라보고 있었다. 모두 목격자이거나 행위자이면서도, 마치 자기 눈앞에서 벌어진 일이 잘 믿어지지 않는 것 같은 표정들이었다. 광란의 잔치는 그렇게 끝났다.

바로 그때였다.

어디선가 흰비둘기 한 마리가 날아와서 청년의 주검 위에 사뿐 내려앉았다. 비둘기는 자기의 분홍빛 발에 청년의 붉은 피가 묻는 것도 모르는 듯, 아니면 알고도 아무렇지 않은 듯 그렇게 잠시 서성거리며 주위를 두리번거리고 있었다.

작열하는 햇볕 속에 그 광경을 내려다보는 시계탑의 숫자판이 가만히 정오를 가리키고 있었다.

과정과 동기

삼십대 회사원이 괴한이 휘두른 둔기에 상해를 입고 사망함으로써 경찰이 수사에 나섰다.

25일 서울 노원경찰서에 따르면, 24일 오후 11시 45분경 노원구 중계1동 Y아파트 주차장에서 이 아파트 107동 주민 최모(39) 씨가 머리를 둔기에 맞아 쓰러져 피 흘리며 신음하는 것을 아파트 경비원 박모(51) 씨가 발견해 급히 병원으로 옮겼으나, 최 씨는 도중에 구급차 안에서 숨지고 말았다.

A무역 경리과에 근무하는 평범한 회사원인 최 씨는 이날 직장에서 야근을 하고 다소 늦게 귀가했다가 변을 당한 것으로 알려졌는데, 유족들은 고인이 평소 성실하고 매사에 빈틈없는 성격이어서 남의 원한을 산 적이 없다는 주장을 펴고 있다.

경찰은 직장을 중심으로 한 원한관계에 수사의 초점을 두는 한편, 인근 불량배에 의한 우발적 범행 가능성도 배제하지 않고 그

쪽으로도 탐문수사중이다.

　그것은 그야말로 사소한 일에서 비롯되었다.

　서울 같은 대도시에, 차를 이용하지 않고는 꼼짝도 할 수 없는 공간과 환경의 조건 아래 살다 보니 자가용차는 이미 보편화된 지가 한참도 옛날인 생활필수수단인 것인데, 그렇다 보니 그로 인한 크고 작은 사건사고 또한 어쩔 수 없는 일반현상이 되고 말았다. 크게는 대형 교통참사에서 작게는 가벼운 접촉사고까지 다반사로 발생해, 웬만해서는 뉴스거리조차 되지 않게 된 것이다.

　차에 대한 가치관도 많이 변해서, 자가용차가 옛날에는 부의 상징 또는 그 한 수단으로 우대받았으나, 오늘날에는 생활기구의 자리로 쑥 내려앉았다. 그렇다 보니 진짜 교통사고라고 할 수 있는 정도라면 몰라도 경미한 접촉사고쯤은 사고를 낸 운전자의 미안하다는 말 한마디, 정 심한 경우 약간의 말다툼 정도로 끝나는 것이 예사롭게 되었다. 이미 여러 번 경험했거나, 자기도 어느 때건 가해자 입장이 될 수도 있다는 생각에서 비롯된 여유와 부드러움인 것이다.

　그런 일반관념에서 본다면, 그날 김한호가 취한 태도는 조금 과한 점이 없지 않았다고 할 수 있었다.

　오후 10시쯤이었다.

　퇴근해서 아파트 옥외주차장 빈자리에 차를 집어넣고는 앉은 채로 조수석의 서류가방을 뒤적거리고 있는데, 갑자기 가벼운 충돌진동이 느껴졌다. 뒤미처 들어온 은색 승용차가 마침 비어 있는 옆자리에 후진으로 대려고 꽁무니를 들이밀다가 받은 것이었다.

'아니, 이런!'

한호는 열이 확 치받쳤다. 십 년이나 굴리던 지겨운 고물차를 겨우 새 차로 바꾸어 탄 지 단 이틀밖에 되지 않았기 때문에 나온 순간적 과민반응이었다.

얼른 문을 열고 나가보니, 운전석 앞쪽 범퍼 모서리가 그 차의 뒷 범퍼 오른쪽 모서리에 받힌 것이었다. 깨지거나 쑥 들어간 것은 아니고 조금 긁힌 자국이 난 정도이기는 했다.

한호가 버마재비처럼 양쪽 허리에 주먹을 짚은 채 인상을 쓰고 있으려니까, 자기 차를 약간 앞으로 뺀 가해자가 그제야 느릿느릿 문을 열고 나왔다. 몸이 호리호리하고 안경을 낀 사내였다. 나이는 한호 연배쯤 되었을까.

"미안합니다."

사내는 한 손으로 안경테를 잡으며 굽실 허리를 꺾었다.

한호의 감정이 뒤틀린 것은 상대방의 동작이 고의적이라고 느껴질 정도로 굼뜰 뿐 아니라, 말과는 달리 표정과 말투에서 진실성이 별로 느껴지지 않았기 때문이었다.

"아니, 주차를 어쩜 그렇게 합니까."

한호가 어성을 조금 높여 책망하자, 사내는 어리둥절한 기색이었다.

"네?"

"비좁은 데도 아니고, 공간이 이리 넉넉한데 후진을 그렇게 해요?"

"그래서 미안하다는 거 아닙니까."

"그냥 미안하다면 다요? 새로 빼서 겨우 이틀밖에 안 된 차를."

상체를 구부려 접촉부분을 살펴본 남자가 허리를 펴며 말했다.

"크게 흠이 간 것도 아닌데요. 차라는 건 굴리다 보면 이런 경우가 다반사인데, 선생께서도 경험하신 적 있지 않습니까? 초보운전이 아니시라면……."

"뭐가 어째요?"

마침내 한호는 울컥 내뱉고 말았다. 상대방의 말투도 거슬리지만, 그 속에는 이까짓 소형차 가지고 뭘 그러냐 하는 은근한 경멸도 들어 있는 것 같았기 때문이었다.

"이 양반, 지금 누굴 약 올리는 거야 뭐야. 남의 새 차 긁어놓고 기껏 한다는 소리가 그거요?"

"제가 뭐 말실수라도 한 건가요?"

"말실수가 아니면? 그럼 그게 지금 가해자로서 온당한 언사란 말이오?"

"그래서 먼저 미안하다고 하지 않았습니까."

"아 다르고 어 다른 거요. 다반사니 초보가 어떠니 하면서. 게다가 입으론 미안하다면서 댁의 태도는 영 그게 아니잖소."

"뭘 오해하신 모양인데, 좋습니다. 그럼 제가 어떻게 해드릴까요?"

"뭐라구요?"

"선생께서 뭘 원하기에 그렇게 화내시느냐 하는 겁니다. 이만한 일 가지고."

"이만한 일?"

"그렇지 않습니까. 정 뭣하면 정비공장에 끌고 가서 흠집에 도색이라도 하시겠어요?"

"아니, 그럼 정비공장에 가자면 가겠다는 거요?"

"꼭 그러기를 원한다면, 저로서도 도리가 없죠. 보험처리를 할망정......"

한호의 목소리가 감정이 앞서서 튀기만 하는 데 비해 사내는 시종일관 같은 톤이었고, 더구나 태도 역시 침착하고 여유가 만만했다.

한호를 더욱 불쾌하고 흥분하게 만든 것은 바로 그 점이었다. 상대방이 자기를 가지고 논다고 생각되었기 때문이다.

결국 말로만 옥신각신하다가 어정쩡하게 끝나, 한호는 자기 아파트가 있는 동으로, 사내는 그 맞은편 동으로 작별인사커녕 아래위 훑어보기만 하고서 헤어지고 말았다.

원, 웃기는 자식 같으니. 뭐 그렇게 표정 하나 안 변하고 유들유들한 놈이 다 있어.

한호는 기가 차서 속으로 뇌었다. 승강기를 타고 9층의 자기네 아파트로 올라가면서도 부글거리는 속을 달랠 수가 없었다. 목소리만 높았을 뿐, 결국은 자기가 상대방에게 당했다는 느낌을 지울 수 없었던 것이다.

"당신 얼굴이 왜 그래?"

현관문을 열어준 아내의 첫마디가 그랬다.

"뭐가?"

"마치 골난 사람 같잖아. 뭐 안 좋은 일이라도 있어요?"

아내는 조심스럽게 묻고 있었다. 그래서 조금 전에 주차장에서 있었던 일을 이야기하자, 아내의 반응이 조금은 뜻밖이었다.

"그 사람 말도 일리가 있네 뭐. 조금 긁히고 부딪치고 하는 건 그러려니 해야지, 그렇게 일일이 신경 쓸 거면 차를 어떻게 굴려."

"뭐라고?"

"같은 아파트 사는 이웃 간에 감정 상하게 해서 좋을 일 뭐 있겠어. 크게 문제 삼을 일 아니면 가능한 한 참아야지. 그 사람 심보가 나빠 우리 차에 해코지라도 하면 어떡해."

"아니, 당신까지 왜 이리 남의 복장을 긁고 야단이야."

"됐네요. 속 그만 끓이고 씻기나 해. 근데, 저녁은 제대로 먹었어?"

초등학교 6학년짜리 딸애가 자기 방에서 마침 얼굴을 내밀었기 망정이지, 하마터면 애꿎은 아내한테 화풀이를 할 뻔했다.

그러고 나서 차에 관한 이야기는 더 이상 입에 올리지 않았지만, 한호는 여전히 속이 개운하지 않았다. 아내의 말대로 그 작자가 심통이 꼬여 그 사이 주차장에 나와서 백미러라도 부러뜨려 놓지나 않았을까 하는 걱정이 슬며시 고개를 쳐들었기 때문이었다.

설마 그러기야 하려고. 내가 자기 차 넘버를 기억해뒀는지 어떤지 어찌 알고서. 그러나 실제 그래 놓고도 오비이락을 들먹이며 자기는 모르는 일이라고 딱 잡아떼면? 그땐 딱히 할 말이 없지 않은가.

생각이 거기까지 미치자, 도저히 그냥 넘어갈 기분이 아니었다. 그는 거실의 텔레비전 앞에 앉았다 말고 슬며시 일어나 현관 쪽으로 갔다.

"어디 가?"

찻잔이 엎힌 쟁반을 들고 주방에서 나오던 아내가 물었다.

"차에 잠깐 갔다 오려고."

"왜?"

"옥신각신하다 보니 문 잠그는 걸 깜빡한 거 같아."

"참, 건망증 하곤……."

"가져올 것도 있고."

상호는 그렇게 둘러대고는 얼른 복도로 나왔다.

승강기를 기다리는 동안, 그리고 마침내 도착한 승강기를 타고 내려가면서 마치 몸살의 징후처럼 오스스하게 밀려오는, 조바심에서 비롯된 미약한 전율을 느끼지 않을 수 없었다.

놈이 정말 우리 차에다 손을 댔다면? 그땐 이에는 이, 눈에는 눈인 거지 별 수 없잖아. 그렇지만 그건 너무 속이 빤히 보이는 짓 아닌가. 뭐 어때. 나도 모르는 일이라고 똑같이 시치미 떼지 뭐. 결국은 검질긴 쪽이 이기는 거지. 누군 저만 못하나.

이렇게 벼르며 조급한 걸음으로 옥외주차장에 나가보니, 문제의 은색 승용차는 그 사이 언제 빠져나갔는지 엉뚱한 지프가 그 자리를 차지하고 있었다. 외등 불빛을 이용해 자기 차를 한 바퀴 돌아보았다. 아무 이상 없이 멀쩡했다. 다시 한 번 면밀히 살펴보았으나, 역시 마찬가지였다.

불현듯 맥이 쑥 빠지며, 자멸감이 연기처럼 가슴속에 모락모락 피어올랐다. 소심하고 경망하고 치졸한 자기 꼬락서니에 제풀로 화가 났다. 이러고도 잠시 후면 시치미 뚝 떼고 현관문을 들어설 자기 모습을 상상하니 정나미가 떨어졌다.

나란 인간의 소양은 겨우 이 정도 함량이던가.

이렇게 자탄하며 고개를 들어 어두운 하늘을 쳐다보자, 열 하룻날 럭비공 닮은 달이 그를 내려다보며 싱긋이 웃고 있었다.

이튿날 아침에 출근하면서 다시 한 번 차 주위를 둘러보았지만, 앞쪽 범퍼 모서리에 이미 난 작은 흠집밖에 다른 이상은 역시 눈에 띄지 않았다. 그래서 한호는 어젯저녁의 불쾌한 사건은 부주의해서 개똥 밟은 것과 같은 실수 정도로 가볍게 털어버리기로 작정했다.

그러나 실제는 마음먹은 대로 되지 않았다. 이후의 상황전개가 그날 저녁 사건이 그 정도로 간단히 끝날 성질이 결코 아님을 한호에게 웅변으로 알려주었던 것이다.

그 다음날, 정확히 말해서 은색 승용차 주인과 말다툼한 지 사흘째 되던 날 아침에 출근하려고 주차장에 나간 한호는 난감하기 그지없었다. 뒤쪽 왼 바퀴 타이어가 참담할 정도로 납작 찌그러져 있었기 때문이다.

사용한 지 며칠밖에 안 되는 새 타이어가 저절로 바람이 빠질 리는 없었다. 어젯저녁 주차할 때 확인하지는 않았지만, 주행 중에 타이어가 터졌다면 핸들의 감각으로나 차체의 고장감지 센서 작동으로 알았을 것이 아닌가. 그렇다면 주차장에 도착할 때까지는 아무 이상이 없었는데, 차가 가만히 멈춰 있는 밤사이 저절로 펑크가 났다는 설명밖에 되지 않는 것이다. 그것은 상식적으로 가능한 이야기가 아니었다.

바로 그때, 갑자기 한호의 뒤통수를 치는 생각이 있었다.

혹시 그 자식이, 당장은 속 보이는 짓이니까 못하고 하룻밤 인터벌을 두어 한 짓이 아닐까?

어린애도 아니고 멀쩡한 성인이 그만한 일에 설마 이토록 짓궂은 장난을 쳤을까 싶기도 했지만, 일단 안경쟁이 사내를 용의자로

의심하기 시작하자 구체적 증거도 없으면서 혐의가 점점 짙어지는 것을 어쩔 수 없었다. 시치미 뚝 떼고 있는 그의 모습을 떠올리는 것만으로도 속이 부글부글 끓었다.

사내에 대한 의심은 타이어를 스페어로 갈아 끼어 차를 끌고 나가 다행히 직장 바로 옆에 있는 차량정비소에 잠시 들러 펑크를 때우면서 더욱 구체화되었다.

처음에는 타이어만 맡겼다가 나중에 찾을 생각이었으나, 그날따라 출근길의 교통 흐름이 좋아 시간을 상당히 벌었으므로 수리가 끝날 때까지 지키고 있어도 무난할 것 같았다. 그런데 펑크 난 타이어에 압축공기를 주입한 다음 물에 담가 바람이 새는 곳을 정확히 찾아낸 정비공의 말이 뜻밖이었다.

"누가 송곳으로 쿡 쑤셨나 보네 뭐."

한호는 조금 어이가 없어 물었다.

"못 같은 것에 저절로 찔린 건 아니구요?"

"아저씨, 그렇다면 못이 타이어에 박혀 있어야 하는데 없잖아요. 더구나 아래쪽이 아니고 옆인걸. 이건 누가 고의로 펑크를 낸 겁니다. 보세요."

장난기가 다분한 인상의 젊은 정비공은 재미있다는 듯이 말하며, 타이어의 펑크 난 부분에 다시 물을 묻혀 한호에게 보여주었다. 정말 지면과 접촉하는 요철부분하고는 전혀 엉뚱한 데서 보글보글 거품이 일고 있었다.

"아니, 타이어에 송곳이 들어갑니까?"

이해할 수 없다는 투로 한호가 묻자, 정비공은 웃으며 대꾸했다.

"팽팽해져 있는 상태에서는, 더구나 두꺼운 아래쪽도 아닌 옆 부분은 초등학생도 뚫을걸요. 말썽꾸러기 애새끼들이 요즘 밤에 싸돌아다니며 아무 차에나 이런 짓궂은 짓을 곧잘 하는 모양입디다."

사실은 한호가 그날 아침 주차장에서 조금만 마음의 여유를 가지고 주변을 둘러보았어도 자기 차와 마찬가지로 펑크 난 차가 서너 대 더 있다는 사실을 알았을 것이고, 그랬으면 상황판단의 각도도 상당히 달라졌을 것이다.

그러나 그런 사실을 알 길이 없는 그는 정비공의 말을 들으면서 은색 승용차 주인이 밤에 주차장에 슬그머니 나와 자기 차 타이어에 송곳을 찔러넣는 장면만 떠올리고 있었다. 자기 상상이 너무 앞서가고 있는지도 모른다는 이성의 작은 목소리가 내부에서 들려오지 않는 것은 아니었으나, 그는 이미 그 안경쟁이를 범인으로 아예 굳혀 놓고 있었다.

어쨌든 그 한 번의 펑크로 끝났으면 한호도 그 정도에서 참고 말았을지도 모른다. 그런데 그렇지 않았던 것이다.

한호는 펑크 피해를 입은 후부터 차를 옥외주차장에 두지 않고 항상 지하주차장에 집어넣기로 마음먹고 있었다. 그런데 그로부터 사나흘 후 아침에 출근하려고 지하주차장에 내려가 보니 차 뒷유리창이 까만 스프레이로 더럽혀져 있었던 것이다.

이번은 자기 차만 당한 것이 아니라 몇 대의 다른 차들 뒷유리창도 그 꼴이 되어 있었는데, 같이 피해를 입은 옆의 옆 차 주인인 뚱뚱한 중년남자가 먼저 와서 약이 잔뜩 올라 씩씩거리고 있었다.

"어떤 후레자식이 이런 장난을 해놨어요, 글쎄."

남자는 한호가 나타나자 하소연할 상대를 만났다는 듯이 대뜸 말을 걸었다.

그러나 한호는 남자의 수작에 맞장구를 칠 기분이 아니었다. 이 상황을 어떻게 해석해야 하느냐 하는 데 정신이 쏠려 있었던 것이다.

그가 보기에 스프레이 칠은 분명 펑크의 연장선이었다. 의심의 여지가 없었다. 안경쟁이의 짓이 틀림없었다. 그의 차에만 스프레이를 뿌리지 않고 다른 차도 손댄 것은 이쪽 판단을 혼란시키려는 약은 꼼수에 지나지 않았다.

한호는 분노에 앞서 안경쟁이의 짓궂음과 집요함에 어이가 없었다. 이 정도면 단순한 보복감정의 선을 넘어 정신질환에 기울었지 않은가 하는 생각까지 들었다.

"어떡하죠?"

남자가 물었다. 똑같은 피해자이면서 뭔가 다른 생각을 하는 듯한 한호가 얼른 이해되지 않는다는 투였다.

"글쎄요, 이 꼴로 대로에 끌고 나갈 순 없고……"

"요새 애새끼들, 가정이 무너지다 보니 개망나니가 돼서 별난 짓을 다 하는 겁니다. 요즘도 아파트 반상회 하죠?"

"잘 모르겠는데요."

"반상회 때 이런 걸 문제 삼아서 너 나 없이 애새끼들 좀 잘 단속하게 해야지, 원."

남자는 그렇게 투덜거리며 양복상의를 벗어 자기 차 뒷좌석에 던지더니 와이셔츠 소매를 둥둥 걷어 올렸다.

어쩌려나 하고 지켜보았더니, 오일탱크 주유구를 열고는 뭉친 휴지를 얕게 집어넣어 휘발유를 적셔내고 있었다.

"마침 엊저녁에 만땅으로 채워놓기 잘했군요. 아침에 멀리 출장

갈 일이 있어서……."

남자는 그렇게 말하며, 기름 먹은 휴지로 유리창의 스프레이 자국을 문지르기 시작했다.

차를 그냥 두고 대중교통을 이용하나 어쩌나 하고 망설이던 한호는 남자의 방법도 괜찮겠다 싶었다. 출근시간은 여유가 있었고, 남자의 작업광경을 보니 의외로 간단히 스프레이가 닦여졌기 때문이었다. 그래서 그도 양복상의를 벗고는 남자의 차에서 휘발유를 얻어 묻힌 휴지로 유리창을 닦기 시작했다. 그러면서 속으로는 이제 거부할 수도 모면할 수도 없는 이 불쾌한 게임의 실마리 어느 가닥을 어떻게 잡아당겨야 할지 궁리해보았다.

가장 먼저 떠오르는 것은 안경쟁이의 차에 똑같은 방식으로 화풀이를 한다는 것이었다. 그래야만 반분이나마 풀릴 것 같았다. 서로 상면해서 삿대질을 하든, 멱살잡이를 하든 그것은 다음 단계의 문제였다.

그렇게 하려면 우선 문제의 은색 승용차를 찾아야 하는 것이다. 그러나 아파트 주차장뿐 아니라 서울시내에 굴러다니는 자동차의 절대다수가 은색 아니면 흰색인데 무슨 수로 안경쟁이의 차를 꼭 찍어낸단 말인가. 차번호는 말할 것도 없고 차종마저 기억이 아물아물했다.

첫날 접촉 때 똑바로 확인해놓지 않고 소홀히 지나친 것이 후회막급이었다. 그러나 한 치 앞도 알 수 없는 것이 인간사가 아닌가. 이제 와서 새삼스럽게 지난 일을 연연하고 자신을 나무라는 자체가 덜떨어진 짓이었다.

그래도 잘 살펴보면 뭔가 떠오르는 것이 있을 것 같아서, 그날 저녁 퇴근해 옥외주차장 빈자리에 차를 넣자마자 이미 대어져 있는 그럴싸한 은색 승용차들 하나하나에 다가가 넌지시 안팎을 훔쳐보기 시작했다.

퇴근하면서부터 벼른 일이었으나, 단 오 분도 지속하지 못하고 제풀로 구차스러운 생각이 들어 그 짓을 때려치우고 말았다. 이 차가 그 차 같고 저 차도 그 차 같을 뿐 아니라, 안경쟁이의 승용차가 그 시각 아파트 주차장에 꼭 주차해 있다는 보장도 없다는 막막한 생각이 뒤통수를 툭툭 쳤기 때문이다.

피곤한 몸을 이끌고 터덜터덜 집에 들어가는 그의 심경은 참담하기 그지없었다.

차로 인한 한호의 곤혹과 스트레스는 그 정도로 끝나지 않았다. 그로부터 사오 일이 지난 날 아침 출근길에 다시 난감한 꼴을 당한 것이다.

최근에 어쩔 수 없이 들인 습관대로 승차하기 전에 한 바퀴 돌아봐 이상 없음을 확인한 다음 운전대에 올라 시동을 걸어 겨우 이삼 미터 굴러갔을 때, 별안간 앞바퀴 쪽에서 픽 하는 소리가 났다. 간이 철렁해 얼른 시동을 끄고 핸드브레이크를 당긴 다음 내려가서 보니, 오른쪽 앞 타이어가 그때까지도 바람 빠지는 소리를 내며 천천히 짜부라지고 있었다.

이런 개놈의 새끼!

피가 정수리로 확 솟구치며 살인적인 분노가 끓어올랐다. 안경쟁이가 옆에 있으면 정말 죽이고 말 것 같았다.

차가 출발하자마자 타이어가 터졌다면, 그것은 그 시각까지 멀쩡했다는 증거였다. 그런데 바퀴가 구르자마자 펑크가 난 것이다. 이것은 무엇을 의미하는가. 차가 움직이면 저절로 찔리도록 검은 손이 바퀴 밑에다 뾰족한 것을 고여 놓았다는 이야기가 아닌가. 주차장이라고 해서 못 같은 것이 떨어져 있지 말라는 법이 없건만, 그는 그런 개연성 쪽에는 아예 관심을 두려고도 하지 않았다.

무슨 수로든 이놈의 자식을 잡아야 해. 어디 눈에 띄기만 해봐라. 부르르 떨며 이를 갈다가, 이래서는 안 되겠다 싶어 한동안 눈을 감고 심호흡으로 감정조절을 했다. 그런 다음에야 스페어타이어로 갈아 끼우고 다소 늦은 출근길에 오를 수 있었다.

이른 아침부터 그렇게 구긴 기분은 러시아워의 혼잡한 교통상황에 정신을 집중할 수 없도록 머릿속을 헝클어 놓았고, 그 바람에 회전신호 대기지점에서 깜박 판단을 잘못해 하마터면 진짜 교통사고를 일으킬 뻔했다. 일촉즉발의 위기를 간신히 모면한 그는 안전지대라고 생각되는 곳까지 줄행랑을 놓은 다음에야 차를 갓길에다 세우고 비상등을 켜놓은 채 안도의 한숨을 몰아쉬었다. 그러고 나니 온몸은 땀으로 흠뻑 젖고 힘이 하나도 없었다.

그처럼 심신이 거의 그로기 상태가 되어 출근했으니 근무가 제대로 될 리 만무했다.

대형 쇼핑센터 안전관리담당이라는 직업의 특성상 오전 8시 30분부터 오후 8시 30분까지 하루 열두 시간 줄곧 바쁘게 움직여야 하는 생활에 어지간히 익숙해온 그였으나, 그날따라 관리 소홀에 따른 작은 안전사고를 두 건이나 당하고 말았다. 당장 그에게 추궁과 문책이 떨어진 것은 물론이었다. 그러나 그 정도는 문제가 아니었다. 앞으로 한 달 후에 있을 분기별 업무평가에서 불이익

처분을 받으리라는 것은 불을 보듯 뻔한 사실이었다.

한호는 실족해 깊은 골짜기에 떨어진 기분이었다. 직원들 모두 바쁘게 종종걸음을 치는 시간대임에도 불구하고 아무도 몰래 직원휴게실에 혼자 들어가 소파에 몸을 파묻고 이십여 분 동안이나 죽은 듯 눈을 감고 있었다. 그래서 자기 자신의 모든 것을 해체하고 방기하고 단절하는, 가슴 저릿하면서도 한편으로는 아늑한 영혼의 휴식에 푹 빠져 있었다.

저녁때 식사시간을 잠깐 활용해 차를 몰아 아침에 맡긴 타이어를 찾으러 정비소에 갔더니, 이미 낯이 익은 정비공이 씩 웃으며 묻지도 않은 것을 가르쳐주었다.

"이번엔 바닥에 이런 게 박혔네요."

그러면서 길이가 새끼손가락만한 콘크리트 못을 한호의 코앞에 내밀었다.

"이게 내 타이어에서 나왔소?"

"예. 그러고 보니 저번 펑크도 그렇고, 누군가가 아저씨한테 되게 앙심을 품었나 봅니다."

입으로는 안 되었다는 듯 말하면서도, 호기심과 장난기가 넘치는 정비공의 눈은 누구한테 밉보여 이런 꼴을 계속 당하느냐 묻고 있었다.

수리한 타이어를 트렁크에 담아 싣고 차를 몰아 정비소를 나오며, 한호는 자기 인내가 드디어 한계에 다다랐다고 생각했다. 더이상 당해 노이로제에 걸릴 수는 없었다. 뭔가 해결책을 장구하지 않으면 안 되었다.

그는 스프레이 사건 이후부터 옥외든 지하든 주차 장소에 관해서 신경 쓰지 않기로 작정하고 있었다. 어차피 차를 안경쟁이의 눈길로부터 숨길 수 없다는 것이 판명되었기 때문이다.

차를 밤새 지키지 못할 바에야 이쪽에서 먼저 안경쟁이를 찾아 공갈을 치든 사정을 하든 더 이상 그따위 짓을 못하게 만드는 정면 돌파의 길밖에 없었다.

그러려면 우선 상대를 찾아야 하는데, 그것이 결코 쉬운 일이 아니었다. 안경쟁이가 건너편 아파트 몇 동 몇 호에 살고 있는지 모르는 것이 무엇보다 문제였다. 한 집 한 집 벨을 누른다고 해도 층마다 10여 호나 되고 높이도 13층이나 되는 아파트 한 동을 다 뒤지려면 기간을 얼마나 잡아야 할지 알 수 없었다. 상대가 직장인이라면 낮에 집에 없을 테니 맞닥뜨림의 타이밍을 가능한 한 맞추기 위해서는 휴일을 택해서 돌아다니는 것이 그나마 확률이 높을 성싶지만, 한호 자신이 공휴일과 상관없이 매주 월요일만 근무를 쉬는 처지고 보니 그 방법도 여의치 않았다.

문제는 또 있었다. 안경쟁이가 그쪽을 향해 걸어가는 것만 보았을 뿐이었기에 분명히 그 동의 주민인지, 아니면 모퉁이를 돌아 뒤쪽 동으로 갔는지도 사실은 불확실했다.

요행히 안경쟁이의 아파트를 찾아낸다 하더라도 그 다음 역시 간단하지 않기는 마찬가지였다. 다짜고짜 멱살을 움켜잡을 것인가, 아니면 사정이나 타협의 유화책으로 나가야 효과적이고 이로운가. 그 어느 쪽이든 상대가 자기 과오를 인정하는 태도의 기초 위에서만 이야기 성립이 가능한데, 가족이 보는 앞에서 그가 자존심을 접고 고개 숙일 가능성은 희박하다고 봐야 옳았다. 딱 잡아떼고 역공으로 나오면 사실상 대책이 없었다. 아니, 오히려 혹 떼려다가 더 얻어 붙이는 격이 되지 않으면 다행이었다.

이래저래 가가호호 방문은 현실성이 없다는 판단이 한호를 맥 빠지게 만들었다.

마침내 한호는 안경쟁이가 장치해놓은 질곡에서 벗어나지 못하는 신세가 되고 말았다.

이제 의식이 깨어 있는 동안은 차에 대한 생각이 머리에서 떠나지 않게 되었고, 아침에 출근하려고 현관을 나서는 순간부터 밤사이에 차가 또 어떤 꼴을 당했을까 하는 걱정으로 가슴이 두근거리기 시작하며, 차에 도착해서도 주위를 두 번 세 번 돌며 꼼꼼히 둘러보아야만 직성이 풀릴 정도가 되었다. 그렇게 하고 있는 자기 꼬락서니를 문득 돌아보게 되면 자멸감으로 벌레 씹은 기분이 되고, 이놈의 차 처분해버리고 차라리 대중교통을 이용하는 편이 낫겠다는 생각이 절실해지기도 했다. 그러니 그 스트레스란 이루 말할 수 없을 지경이었다.

그러던 어느 날 밤이었다.

향긋한 브랜디 한잔으로 시작해 모처럼 분위기를 돋우어 부부행위로까지 이어진 다음이었다. 끝나자마자 축 처지는 한호에게 아내가 넌지시 물었다.

"요즘 당신 왜 그래요?"

그런데 한호는 경솔하게도 그 질문의 의미를 잘못 받아들였던 것이다.

"아직도 미진한 거야? 그렇다면……"

그러면서 짐짓 한 팔을 아내의 가슴 위에 걸치자, 그녀는 그 손길을 탁 밀쳐내며 쏘아붙였다.

"속물. 누가 그걸 말해, 지금?"

"그럼 뭐야."

"최근 들어 당신 유난히 기운 없어 보이고 뭔가 고민하는 것 같아 묻는 거잖아. 어디 아파?"

"원, 별소릴……"

"날 속이려고 하지 마. 어디 말해봐요. 회사에서 무슨 일 있었어?"

아내의 음성이 어느덧 진심으로 걱정하는 아내의 자리로 내려와 있었다.

"일은 무슨 일. 당신이야말로 과민반응이야. 쓸데없는 소리 그만하고 잠이나 자."

"여보, 속 시원히 말을 해야 내가 돕든지 해결점을 찾을 거 아냐. 부부간에 숨길 게 따로 있지. 회사 문제야, 아니면 과로해서 피곤한 거야?"

"당신이야말로 어디 아픈 거 아냐? 괜한 소리로 모처럼의 분위기 망쳐놓네, 원. 그만 자."

짐짓 퉁명스럽게 쏘아붙여 추궁을 차단하고 돌아누웠으나, 이미 불편해진 속이 펴질 리가 없었다.

처음의 차 접촉사고 이후에 일어난 일은 그동안 아내한테 비밀이었다. 털어놓아 뾰족한 수가 있는 것도 아닌 바에야 가족한테 괜한 걱정을 안겨주기 싫었고, 어쨌든지 자기 선에서 해결할 수밖에 없다는 각오에서였다. 그렇지만 세상 가장 가까운 존재로서 살을 대고 살아가는 아내한테 속내를 감추고 천연덕스러운 표정을 짓는다는 것은 여간 스트레스 받는 일이 아니었다. 더군다나 하루이틀에 끝날 노릇이 아닌 것이다.

그렇게 하는 것이 궁극적으로 아내를 위하는 길도 아닐 뿐더러 자칫하면 부부관계에 금이 갈 소지가 될 수도 있겠다 싶어, 한호는 마침내 생각을 고쳐 아내한테 그동안의 일을 털어놓고 말았다.

잠자코 듣고 난 아내가 발끈해서 소리쳤다.

"아니, 그걸 왜 이제 이야기하는 거야?"

마치 자기가 능히 해결할 수 있다는 것처럼 들려서, 한호는 조금 어리벙벙해지고 말았다.

"당신 걱정 안 시키려고 그랬지. 가능한 한 내 선에서 해결하려고……"

"그래서 자알 해결하셨구랴."

대뜸 빈정거리고는 제 딴에도 너무 심했다 싶은지, 아내는 얼른 말투를 부드럽게 바꾸었다.

"어쨌든 간에, 그건 당신이 너무 예민한 거 아닐까?"

"뭐라고?"

"스프레이 뿌리고 펑크 낸 범인이 그 사람이라는 건 심증일 뿐이지 확증이 있는 건 아니잖아. 단순한 애들 장난일 뿐인데, 지레 짐작에 범인으로 찍은 게 아닌가 하는 거지."

한호는 슬며시 부아가 치밀었다. 처음부터 자기 추측과 판단에 회의적인 아내가 야속했던 것이다.

"이 여자가 왜 이래. 그럼 당신 내가 괜히 생사람 잡으려고 든다는 거야?"

"꼭 그렇다는 게 아니라……"

"그게 아니면?"

"이이가 왜 말꼬리 붙잡고 이래. 하여튼 난 뭐가 뭔지 모르겠네, 뭐."

아내는 한 발 물러났다가 금방 다시 다가섰다.

"그래서 어떻게 할 건데? 당신 주장대로 그 사람 짓이라고 칩시다. 하지만 몇 동 몇 호에 사는 누군지 알아야 따지든지 말든지 할 거 아니냐고."

"당신이 좀 도와주면 안 될까?"

그것은 갑자기 떠오른 아이디어였다. 집에 있는 시간이 자기보다 많은 아내가 염탐하는 역할을 맡아주었으면 싶었던 것이다. 그 염탐의 방법을 어떤 식으로 하는가 하는 구체적인 문제는 다음 단계의 검토사항이었다.

그러나 아내는 첫마디로 거절이었다.

"이이가 미쳤나 봐. 나더러 그 짓을 하라는 거야? 못해."

"내가 집에 있는 시간이 넉넉하면 당신한테 부탁하지도 않아."

"하여튼 싫어. 그런 막연한 소리가 어딨어. 장안에서 김 서방 찾기도 유분수지. 차라리 내 생각 같으면……이건 어떨까?"

"뭔데?"

"이렇게 써서 차에다 붙이는 거야. '이제 제발 그만합시다.'"

"뭐라고? 이 여편네가 돌았나."

"아니면 '처음부터 제가 잘못했으니, 이만 화해합시다.'"

"닥쳐! 처음에 잘못한 게 누군데 그래."

브랜디 한잔으로 시작되었던 좋은 분위기는 결국 한밤중의 부부 싸움이라는 어처구니없는 해프닝으로 형편없이 구겨지고 말았다.

어느 날 아침, 한호네 집에서는 소동이 났다. 맨 먼저 일어난 그의 아내가 쓰레기봉투를 내놓으려고 현관을 열다가 문 앞에 죽어 널브러진 얼룩고양이 한 마리를 하마터면 밟을 뻔했기 때문이었다.

아내의 비명소리를 듣고 놀라서 뛰어나간 한호의 눈에는 그 고양이 시체와 안경쟁이의 얼굴이 겹쳐져 보였다.

개새끼! 차에다 장난치는 것만으론 성이 차지 않아, 이젠 집에까지……

이런 생각이 들자, 피가 정수리로 확 치받치면서 귀울음이 들리고 사지가 부들부들 떨렸다. 상대방은 어느덧 이쪽 주거지까지 훤히 꿰고 있는데, 자기는 오리무중에서 고작 사방을 두리번거리기만 할 뿐이라는 깨달음이 그를 미치게 했다. 사소한 말다툼을 이런 정도로까지 확대 재생산하는 안경쟁이의 고래심줄 같은 끈기와 앙심에 질리다 못해 소름이 돋을 지경이었다. 이 정도면 두말할 나위 없이 정신질환의 영역이 아닌가.

어쨌든 그렇기 때문에 더더욱 그를 찾아내지 않으면 안 되었다. 찾아서 만나야 했다. 쥐어뜯든 짓밟든 그것은 다음 단계의 문제였다. 그렇지만 애만 타서 녹아날 뿐 현실적으로 뾰족한 방법이 없었다. 주먹으로 가슴을 칠 노릇이었다.

그런데 세상일이란 참으로 예측할 수 없고 묘한 것이다.

그토록 벼르고 벼르던 안경쟁이와의 상면이 이루어진 것은 고양이소동이 벌어지고 난 다음날 밤 자정이 가까워서였다.

잠자리에 눕기까지 했다가 종내 잠을 이루지 못한 한호는 술을 마시려고 침대에서 빠져나왔다. 최근 들어 신경이 예민해진 그는

전에 없던 불면증에 시달렸고, 독한 소주라도 연거푸 몇 잔 들이
켜 몸에 알코올 기운이 짜르르하게 퍼져야만 나른한 안식감으로
잠이 들기 일쑤였다.

그런데 마침 냉장고에는 먹다 남은 소주병이 하나도 없었다. 찬
장에 제법 비싼 양주가 있기는 하지만, 그것을 혼자 마개 따고 마
시자니 지레 청승맞다는 느낌이 들 뿐 아니라 그 자신 양주체질도
아니었다. 그래서 막 잠이 든 아내의 신경을 건드리지 않으려고
조심하며 옷을 주워 입고는 밖으로 나왔던 것이다.

아파트단지 구내상가에는 밤중에도 영업하는 슈퍼편의점이 있
었다.

주차장을 지나 그쪽으로 가로질러 가려고 구간경계로 조성해
놓은 기다란 화단 근처에 이르렀을 때였다. 역시 그 화단을 가로
지르려는 듯 편의점 쪽에서 그의 방향으로 걸어오고 있는 한 사내
의 모습이 띄엄띄엄한 나무들 사이로 문득 눈에 들어왔다.

그런데 맞은편 남자와의 간격이 오륙 미터 정도로 좁혀졌을 때,
한호는 갑자기 호흡이 딱 멎으며 온몸의 피가 아래로 쏠리는 느낌
이었다. 가까운 외등 불빛에 안경알을 번쩍이며 다가온 사내는 그
가 그토록 찾고 싶어하던 바로 그 장본인이었기 때문이다.

"잠깐요."

한호는 자신도 이해할 수 없는 순발력으로 손을 번쩍 쳐들며 막
아섰다.

"어! 뭡니까?"

흠칫해서 걸음을 딱 멈춘 사내의 입에서 튀어나온 소리였다.

그 짧은 순간, 한호의 가슴속에서는 거대한 폭풍이 몰아쳤다. 분

노와 허탈, 목이 메는 슬픔, 그 전부이면서도 어느 것도 아닌, 형언할 수 없이 복잡한 감정의 소용돌이 끝에 떠오른 선명한 하나의 이미지는 '화해'였다. 그것은 그라는 인간 본바탕에 깔려 있는 인성의, 본질적 영혼의 명령이었다.

"당신 나 알겠어요?"

한호가 침착하게 물었다. 스스로도 이상할 정도로 마음이 차분히 가라앉았다.

사내는 한 손으로 안경테를 잡고 몸을 앞으로 약간 기울여 한호를 눈여겨보았다. 가벼운 술 냄새가 풍겨왔다. 그러더니 곧 안경 속의 눈을 조금 크게 뜨며 천천히 허리를 폈다.

"나 알아보겠지요?"

"그럼요. 근데, 왜 또 그럽니까. 그까짓 범퍼 페인트 조금 까진 게 여태 마음에 걸립니까?"

사내가 딱하다는 듯이 물었다.

그 천연덕스러움이 한호의 가슴속에 휘발유를 확 끼얹었다.

"아니, 뭐라고?"

"정 그러면 피해배상 하죠. 정비소로 가든지."

"정비소? 당신 진짜 말 다했어?"

"다하지 않으면. 아니, 차 조금 부딪친 걸 갖고 여태 이래도 되는 거요? 차암, 세상 살 맛 안 나네."

"이 새끼야! 타이어 펑크 내고 스프레이 뿌리고 한 건 왜 말 안 해."

"이건 또 무슨 뚱딴지같은 소리야."

"시치미 떼지 마. 게다가 죽은 고양이를 현관 앞에 갖다놓은 건

어떻고. 누가 모를 줄 알아? 같은 단지 살면서 어느 때고 내 눈에
안 띌 줄 알았어?"

"관두자고."

안경쟁이가 짜증스럽게 내뱉으며 한호의 가슴팍을 확 밀쳤다.

엉겁결에 당한 한호는 엉덩방아를 찧고 말았다.

"원, 별 정신병자 같은 인간 다 보겠네. 에이, 재수 없어!"

안경쟁이는 뒤도 돌아보지 않고 성큼성큼 걸어가기 시작했다.

그 순간, 인간감정 속의 원초적 악마가 한호의 등을 떼밀며 소
리쳤다. 죽여! 죽여버려!

마침 뒤로 젖혀 뻗은 손에 우툴두툴한 돌멩이가 집혔다. 그 돌
멩이를 집어 들고 벌떡 일어났다. 머릿속이 갑자기 텅 빈 것처럼
되어 빙빙 돌아가고, 구부정해서 터벅터벅 걸어가는 안경쟁이의
뒷모습밖에는 의식에 잡히는 것이라곤 아무것도 없었다.

밤 깊고 사위가 조용한 시각, 그 광경을 목격한 것은 주차장 언
저리의 싸늘한 외등 하나뿐이었다.

콩팥

마침내 마취에서 의식이 어렴풋이 깨어나 눈꺼풀을 열었을 때, 기다렸다는 듯 장태규의 망막을 점령한 것은 환한 백색이었다. 하얀 천장, 하얀 커튼, 심지어는 그 커튼을 뚫고 들어와 방안을 온통 점령하고 있는 햇빛조차 하얗게 느껴질 정도였다. 강한 소독 냄새가 뒤미처 코를 찔렀다.

'내가 죽진 않았구나.'

이런 깨달음과 함께 생존본능이 비로소 되살아나 서서히 기능을 발휘하기 시작했다. 그렇지만 실질적으로는 팔 한번 움직일 기운조차 없고, 콩팥 하나가 들어온 대신에 다른 장기(臟器)들이 모두 훌렁 빠져나간 듯 몸이 이상하게 가벼워진 느낌이 들었다.

그는 도로 눈을 감고 호흡조절을 하기 시작했다. 그러면서 더할 나위 없는 안도감에 젖어들었다. 살아있음의 기쁨과는 어딘가 다른, 큰 짐을 벗어버린 것처럼 홀가분하면서도 왠지 슬픔의 색깔로 축축하기도 한, 그런 묘한 편안함.

문이 열리는 기척에 도로 눈을 떴다.

안경을 쓴 젊은 간호사였다.

"정신이 드셨어요?"

간호사는 상냥하게 웃으며 다가왔다.

"수술 아주 잘 됐어요. 기쁘시죠?"

태규는 미소로 대답을 대신했다.

간호사는 태규의 혈압을 재더니, 다음에는 링거액의 주입상태를 점검했다.

"그쪽은?"

태규가 힘없는 소리로 속삭이듯 묻자, 간호사는 눈을 반짝 떴다.

"그쪽이라뇨?"

"기증한 사람. 그 수술도 잘됐소?"

간호사는 약간 멈칫하는 듯하며 미소인지 찌푸림인지 헷갈리는 야릇한 표정을 짓더니, 곧 쾌활한 분위기로 돌아와 대답했다.

"네, 아주 양호하답니다. 아무 걱정 마시고 어서 회복이나 하셔야죠. 곧 최 박사님이 들르실 거예요."

간호사는 그렇게만 말하고 나가버렸다.

회복실에 혼자 남은 태규는 방금 다녀간 간호사의 태도가 영 마음에 걸렸다.

'장기기증자의 수술 결과에 대한 질문에 왜 선뜻 대답을 못하는 걸까? 더구나 뭔가 감추고 있는 것 같은 그 표정이라니. 혹시 수술이 잘못되지나 않았을까?'

그렇다고 하면, 만에 하나라도 사실이 그렇다면, 자기는 그 기증자의 불행으로부터 도저히 자유로울 수 없는 처지가 되는 것이다. 그의 위로 갑자기 그늘이 밀려왔다. 그 그늘을 벗어나려고 속으로 강하게 뇌었다.

'일단은 내가 회복되는 게 뭣보다도 우선이다.'

그러자 불현듯 박명화의 화사한 모습이 다가왔다. 그와 동시에, 바로 이 시간 병원 복도에 대기하며 자기를 걱정해주는 '내 사람'이 하나도 없다는 현실에 처음으로 찡한 비애를 느꼈다.

외아들로 태어나 성장한 그는 양친의 안달과 재촉에도 불구하고 삼십대 중반 나이가 될 때까지 이 핑계 저 핑계로 결혼을 미루었다. 그러던 중에 아버지가 암으로 갑자기 병사하고, 자별했던 금슬을 증명이라도 하려는 듯 어머니마저 잇따라 세상을 떠남으로써 졸지에 직계가족 하나 없는 완전한 외돌토리 신세가 되고 만 것이다. 그래도 그는 독신생활의 홀가분한 자유가 나쁘지 않다고 생각했고, 지금까지 그렇게 살아왔다. 일종의 아집이라고나 할까.

그러나 막상 수술환자로서 병상에 눕게 되자 생각이 달라지지 않을 수 없었다. 심약해진 자신을 비웃으면서도, 난생 처음 남자든 여자든 동생이 하나쯤은 있었으면 싶었다. 아니면 형이나 누나든지.

이럴 경우, 병상 가까이 다가와 줄 수 있는 유일한 존재가 명화였다. 그러나 그녀는 현재 국내에 없었다. 제약회사 홍보 관리자인 그녀는 일주일간 해외출장을 떠난 것이다. 미안해요, 돌아오는 대로 곧장 달려갈게. 나 없어도 수술 잘 받을 수 있죠? 세미나 참석과 자료수집 때문이라고 했지만 전화선을 통해 들려오는 목소리는 밝았고, 받아들이는 쪽의 심사가 비뚤어진 탓인지 몰라도 조금은 들뜬 분위기마저 감지되었다.

태규는 속으로 코웃음쳤다. 수술을 진정으로 걱정해준다면, 두 사람 사이에 흐르는 감정의 밀물을 '사랑'이라는 분홍빛 색깔로 간주해도 무방하다면, 출발을 며칠 연기할 수도 있지 않은가. 당장의 회사 흥망이 걸린 무슨 엄청난 출장도 아닐 텐데. 그러나 그것이 바로 명화의 참모습인 동시에 두 사람 관계의 현주소였다. 그리고 그런 사실을 새삼스럽게 상기하는 기분이란 착잡하기 그지없었다.

그동안 태규가 자신의 건강문제를 구실로 적극성을 띠지 않은 것이 사실이지만, 그녀 역시 나름의 계산적인 망설임을 보이지 않았다고 할 수도 없었다. 피차 그 점을 잘 인지하고 있었다. 출세가도에 들어선 촉망받는 소장파 검사와 전문직 커리어우먼이라는 상대조건에 미련을 버리지 못한 채, 종아리밖에 차지 않는 얕은 깊이로만 요령 있게 골라가며 손잡고 물속을 함께 걷듯, 그렇게 어정쩡한 관계를 지속해온 그들이었다. 그렇기 때문에 이 단계에서 손을 놓고 각자로 돌아서도 어느 쪽도 별다른 상처를 입거나 상대방을 원망할 이유가 없었다.

분명한 것은 그들의 관계가 장차 발전하든지 끝나든지 간에 그 변화의 분기점은 신부전증 때문에 고생해온 태규가 다행히 이식수술을 받고 새 삶을 얻어 다시 태어나는 바로 지금 이 시점이라는 사실이었다.

태규는 마치 무슨 결심을 다지듯 그 사실을 뿌듯이 의식하며 스르르 눈을 감았다.

닥터 최가 나타난 것은 장태규가 4인용 일반병실로 옮겨가고 나서였다. 회진시간도 아닌데 찾아온 것은 집도(執刀)한 의사이자 친구로서의 각별한 성의표시라고 할 수 있었다.

"어때? 괜찮아?"

닥터 최는 쾌활한 성품대로 성큼성큼 병상 옆으로 다가오며 큰 소리로 물었다.

태규는 무심코 고개를 쳐들려고 하다가, 하복부 왼쪽 어딘가가 칼로 째는 듯이 아파 얼굴을 찌푸리며 낮은 신음소리를 내고 말았다. 그뿐 아니라 열이 제법 오르면서 온몸이 찌뿌드드하고, 불쾌할 정도로 머릿속이 띵했다.

"많이 아프신가 보죠?"

닥터 최를 따라온 간호사 역시 그렇게 물으며, 태규의 겨드랑이에 체온계를 끼우고 오른팔에 혈압측정용 압박밴드를 감았다.

"마취의 약발이 소진되어 그래."

닥터 최의 말이었다.

"수술 괜찮게 된 거야?"

태규가 힘없이 물었다.

"베리 굿! 회복이 빠르겠어. 기증자의 생체조직형이 형제간이라고 해도 좋을 정도로 자네랑 유사하거든. 지금까지 '에이치 엘 에이 크로스매치'를 열 번도 더 해봤지만, 생판 남남이면서 이번과 같은 경우는 처음이라니까."

"에이치 뭔가 하는 게 무슨 소린데?"

"항체교차반응검사. 쉽게 풀이하면, 장기증여자와 대상 환자의 이식 가능성 여부를 판단하는 상호검사지. 하늘이 도왔다고나 할까. 아무튼 장 검사는 행운아야."

"고마워. 그 사람도 괜찮아?"

"자네 은인? 괜찮고말고. 아아주 양호해."

강조하는 말투가 어쩐지 가식적으로 느껴져, 태규는 간호사를 힐끔 쳐다보았다. 아까와 마찬가지로, 그녀는 입가에 묘한 웃음을 흘리고 있었다. 그렇게 봐서 그런 것일까.

불현듯 의혹의 연기가 가슴속에서 모락모락 피어오르는 것을 어쩔 수 없었다.

"정말이야? 그 사람 진짜 괜찮은 거야?"

"이 환자 좀 보게. 닥터가 그렇다면 그런 줄 알아야지. 도대체 뭐가 문제야? 이 정도 이식쯤은 수술도 아니라고."

"어떤 사람인데?"

"그걸 알아 뭣해? 그쪽은 신분을 드러내고 싶어하지 않아. 특히 당사자인 자네한테는. 하여튼 쓸데없는 잡념 버리고 빨리 회복돼 출근할 걱정이나 하라고. 미래의 검찰총장께서 오래 이런 꼴로 있어서는 국가적으로 안 될 일이잖아?"

그러면서도 닥터 최는 여전히 싱글벙글하고 있었다. 그가 호쾌하고 낙천적인 기질의 소유자임을 모르는 상대방이라면 오해하기 딱 십상이었다.

태규는 자기한테 콩팥을 떼어준 은인에 대한 의구심을 더 이상 드러내지 않기로 작정했다. 굳이 그럴 필요도 없었고, 친구의 입장을 생각해서라도 그래서는 안 될 일이었다.

혈압을 잰 간호사가 압박밴드를 풀고 진료부에 수치를 적어넣었다. 이번에는 체온계를 빼어 들여다보고 진료부에 마저 기록했다. 그런 다음 진료부를 닥터 최한테 넘겨주었다.

진료부를 잠깐 들여다본 닥터 최는 간호사에게 적당량의 혈압 강하제 주사를 처방했다. 그러고는 태규를 향했다.

"아주 정상이야. 모래쯤 퇴원해도 되겠는걸. 그건 그렇고, 미스 박은 어떻게 된 거지?"

박명화를 두고 하는 말이었다. 당연히 병문안을 와야 하지 않느냐는 뜻 같았다. 닥터 최는 명화의 존재를 알고 있는 극소수 친구 중의 한 사람이고, 태규의 입장에서 본다면 바로 그 점이 친분의 척도이기도 했다.

"해외에 출장 나갔나 봐."

"건강도 좋아지게 되었으니, 이젠 금년 안에 국수 먹게 해줄 거지?"

"실없는 소릴……."

"그럼 이따 회진 때 보자고."

닥터 최는 간호사를 대동하고 병실에서 나가버렸다.

"최 박사님이 친구분인 모양이죠?"

오른쪽 병상의 환자가 말을 걸어 왔다. 인상이 좋은 사십대 남자였다.

태규는 귀찮다는 생각을 하면서도 공손히 대답했다.

"고등학생 때부터 동창이었습니다."

"오, 그랬군요. 최 박사님, 우리 같은 환자 처지에서 보면 참 나무랄 데 없는 의사이십니다."

"그런 찬사를 받을 만한 사람이죠."

태규는 더 이상의 말대꾸를 하고 싶지 않다는 은근한 표시로 눈을 감았다. 그러자 기다렸다는 듯이 명화가 의식의 한가운데로 비집고 들어왔다.

닥터 최가 장담한 대로, 장태규의 회복경과는 아주 좋았다.

본인만 원한다면 조기퇴원도 가능했지만, 태규는 일부러 닷새를 채운 뒤에야 퇴원수속을 밟았다. 이틀에 한 나절씩 드나드는 파출부를 고용하고 있기는 했으나, 그래도 혼자뿐인 휑한 아파트에 굳이 들어가서 불편한 몸으로 끙끙대고 싶지 않아서였다. 단 며칠일망정 온갖 시중 다 받으며 병원 침대에서 뒹구는 생활이 그에게는 그렇게 편안하고 좋을 수 없는 모처럼의 자유 만끽이었던 것이다.

일단 퇴원은 했지만, 이미 병가(病暇)를 냈기 때문에 보름 동안은 출근하지 않아도 무방했다. 하루걸러 파출부가 찾아와 세세한 부분까지 정돈하거나 챙겨놓고 돌아가므로 혼자서 생활하는 데 전혀 어려움이 없었다. 오히려 온종일뿐 아니라 밤낮 구분 없이 집안에 틀어박혀 있자니 독신생활의 진수란 이런 것이던가 싶으며, 지금까지는 몰랐던 자신의 백수(白手) 기질을 새삼 발견한 듯한 기분마저 들어 혼자 픽 웃었을 정도였다.

박명화가 아파트로 찾아온 것은 태규가 퇴원한 다음날 저녁 무렵이었다. 일주일이라는 출장기간을 남김없이 채우고 그날 귀국한 것이다. 회사에 들렀다가 오는 걸음이라고 했다.

나라 밖에서 묻혀온 듯싶은, 뭔지 모르게 생소한 냄새를 아련히 의식하며, 태규는 가벼운 입맞춤으로 그녀를 맞이했다. 그러나 태규는 짐짓 그런 격식의 제스처로 재회의 의미를 확인하면서도 어쩐지 시작부터 분위기가 겉돌아간다고나 할까, 뭔가 중요한 요소가 빠진 것 같은 느낌을 털어버릴 수가 없었다. 그리고 그 점에서는 정도의 차이야 있을망정 명화도 역시 마찬가지였다.

"수술은 잘 됐어요?"

"그저 그렇지 뭐."

"장기이식 정도는 우리나라 의료기술이 세계적이래요. 어쩐지 그새 퍽 좋아진 거 같은데."

"설마 벌써."

태규는 픽 웃었지만, 사실은 그 자신 역시 그렇게 느끼고 있었다. 거울을 들여다보면 혈색이 나날이 돌아오는 것 같고, 몸 상태도 수술 후의 단순한 컨디션 회복이 아니라 새로운 기운이 묵은 찌꺼기를 밀어내고 서서히 차오르는 것 같았기 때문이다.

"아냐. 정말 얼굴이 좋아진 것 같아요."

"그렇게 보인다면 다행이군. 여행은 어땠어?"

"별로……."

"대답이 뭐가 그래?"

"한가하게 놀러 나갔나 뭐."

"커피 마실 거지?"

"내가 탈게요."

의자에서 몸을 움찔하는 태규보다 먼저 명화가 발딱 일어났다.

뒷모습을 보이며 주방에서 커피포트로 물을 데우고 찻잔을 찬장에서 꺼내고 하는 그녀를, 태규는 훔쳐보는 기분으로 잠깐 바라보았다. 그러면서 그녀가 익숙한 손님으로서가 아니라 주인으로서 그 자리에 서 있는 그림을 짐짓 그려보았다. 어쩐지 썩 어울리는 그림 같지 않았다.

오늘 처음 그렇게 느끼는 것은 아니었다. 아주 드문 경우지만,

수동적으로 따라오거나 스스로 방문객의 신분이 되어 아파트에
나타났을 때 자진해서 안주인 흉내를 내는 그녀의 모습을 한쪽에
서 가만히 지켜볼 때도 매번 그랬다. 다시 그려서 다시 확인해도
전혀 달라지지도 나아지지도 않은 그림을 보는 형국이었다. 왜 그
런지 태규 자신도 알 수 없었다.

그렇다고 해서 실망스럽거나 명화한테 미안쩍다거나 하지도 않
았다. 그저 내밀한 자기감정 확인 정도에서 더도 덜도 아니었다.
명화라는 그림을 바라보는 태규의 위치나 감정이 지금까지 항상
그런 식이었다.

이윽고 직사각형 쟁반을 들고 창가의 탁자로 돌아온 명화는 각
자 몫의 찻잔을 내려놓고 자기 자리에 앉아 핸드백을 집어 들었
다. 색지로 예쁘게 포장한 작은 꾸러미를 꺼내어 탁자 위에 올려
놓았다.

"뭔데?"

"선물."

"바빴을 텐데, 뭘 이런 걸 다……."

"너무 기대하지 마요, 비싼 거 아니니까."

"아무튼 고마워."

태규가 꾸러미를 끌어당기자, 명화가 말했다.

"이따 열어봐."

의례적인 말투가 아니라 분명한 주문이었다. 태규가 느끼기에
뉘앙스가 분명히 그랬다. 그래서 뭔가 쑥스러운 구석이 있는 물건
인가 싶어, 풀려고 하다 말고 창턱의 난초화분 옆에 그냥 올려놓
았다.

명화는 실내를 잠깐 휘휘 둘러보더니 말했다.

"여자인 내 방보다 정리정돈이 깔끔하네. 손수 한 거예요? 아픈데……."

"아니, 파출부가 하루 걸러서 와."

"어쩐지……."

그녀는 차를 한 모금 홀짝이고 나서 툭 던지듯 물었다.

"그 아줌마, 이뻐?"

"별소릴……."

"자기 빨리 건강해졌으면 좋겠다. 그래야만……."

명화가 말끝을 잘랐으므로, 태규는 그녀를 빤히 쳐다보았다.

시선이 부딪치자, 명화는 픽 웃었다. 그리고 말했다.

"우리 집 두 양반 만날 준비, 아직 덜 됐죠?"

"……."

"본인인 나보다도 노친네들이 더 야단이라니까. 하긴 그러실 만도 하지만."

"우선 내가 회복되고 나서 보자고."

"약속하는 거지?"

"알았어."

대답은 했으나, 그 약속이 과연 지켜질지 어떨지는 태규 자신도 확신을 가질 수가 없었다.

오늘따라 유난히 그녀에게서는 뭔가 색다르고 생소한 체취가 풍겨오는 것 같았다. 해외에서 갓 돌아왔기에 그럴까. 어쩐지 지금까지 평상시의 그녀와 어딘지 모르게 다른, 빼닮기는 해도 딴 사람인 그런 여자가 자기 앞에 앉아 있는 것처럼 느껴졌다. 왜 그런 어색한 기분이 드는지 이상할 지경이었다.

두 사람은 어쩌다 할 말을 잃어버린 것처럼 잠자코 차만 홀짝거렸다.

육칠 층 아래의 주차장에서 누가 신경질적으로 클랙슨을 울리고 있었다. 그 소리에 잠시 귀를 빼앗긴 채 어둑어둑한 창밖을 망연히 내다보고 있는데, 갑자기 복도에서 몇 명의 아이들이 기성을 지르며 달려가고 있었다.

그 소리에 자극이라도 받은 듯, 명화가 고개를 돌려 태규를 바라보았다.

"나, 자고 가?"

그녀가 물었다. 조금 장난기를 띤, 그러면서도 어떤 각오가 서려 있는 눈빛이었다.

태규는 슬며시 그 시선을 피했다.

"피곤할 텐데, 모처럼 쉬어야지?"

"내가 지금 묻고 있잖아. 가? 말아?"

"오늘은 그냥 집에 들어가시는 게 좋을걸. 기다릴 가족들 생각도 해야지. 전화를 했을 거 아냐."

"알았어요."

명화는 싹싹하게 대답하고 자리에서 일어났다. 마치 그런 대답을 원하기라도 한 것처럼.

이것이 우리 관계의 한계라는 생각이, 태규는 물론 명화의 가슴속에서도 흙먼지처럼 폴싹 일어났다가 이내 잦아들었다.

"출근하게 되면 전화할게."

"그래요."

현관에서 가벼운 입맞춤을 하고는 그렇게 작별인사를 나누었지만, 어쩐지 메마르고 작위적이라는 생각에 얼굴이 간지러웠다. 두 사람 똑같이 그랬다.

닥터 최가 장담한 대로, 장태규의 회복과 건강증진은 하루가 다르게 빨랐다.

동료들의 축하와 환영 속에 출근한 그는 검찰청의 평상적 일상에 다시금 빠져 들어갔다.

지난날에는 몸이 일을 감당해주지 못해 무리가 되었으나, 이제는 업무처리에 허덕이지 않아도 될 뿐 아니라 웬만해서는 과로를 느끼지도 않았다. 생체의 거부반응 억제제인 '면역 글로블린'의 도움을 받고 있다고는 해도, 자기 신체의 활기찬 변화는 스스로 측정하고 판단해도 놀랍고 신기할 정도였다. 그는 모든 일에 의욕을 느꼈고, 눈앞의 온 세상이 환하고 아름답게 보였으며, 마음의 문을 활짝 열어놓음으로써 상대가 누구라도 관대한 시선으로 대할 수 있게 되었다. 이를테면 인간적 성숙이라고나 할까, 어느 한 단계 달관의 경지에 올라섰다고 해도 과히 지나친 말이 아닐 정도였다.

그전까지만 해도 그는 결벽에 가까운 정의감과 법의 수호자라는 보이스카우트적 사명감으로 똘똘 뭉쳐서 상당히 튀는 소장파 검사로 널리 알려져 있었다. 배정 받은 사건에 대한 수사는 찰거머리처럼 집요하고 송곳처럼 날카로우며, 기소논조는 신랄하고 가차 없기로 유명했다. 깔끔한 대인관계와 빈틈없는 업무처리 덕에 주변에 적을 만들지는 않았지만, 법조계 내부의 특유하고 은밀한 커넥션마저 의식적으로 외면하는 원리원칙주의 때문에 등 뒤에서 흘겨보며 고개를 젓거나 쑤군대는 일부 비판자가 없지도 않았다. 게다가 범죄의 뒷거리에 서식하면서 법조계 사정에 밝은 인간쓰레기들 사이에서는 '장 아무개 검사한테 걸리면 희망이 없다'는 인식이 널리 퍼져 있을 정도였다.

아무튼 그토록 선망과 질시와 두려움의 대상으로서 정면만 바라보고 똑바로 걸어온 그였으나, 본인은 오히려 그 점에서 뿌듯한 자부심과 긍지를 느끼고 있었다.

그러나 신장이식수술을 받고 건강을 회복한 후에는 자신이 생각해도 의아스러울 정도로 인간관계나 사물을 보는 판단의 눈이 많이 세련되고 부드럽게 변해버렸다. 그전 같으면 수갑을 찬 피의자가 자기 책상 앞에 와서 앉는 순간부터 의분과 증오가 뱃속에서 꿈틀거리며 전신의 보이지 않는 송곳들이 뾰족뾰족 일어났지만, 이제는 감정을 조절함으로써 훨씬 가라앉고 여유 있는 눈길로 바라볼 수 있었다. 그렇다고 해서 있는 죄를 없는 듯 눈감아주거나 턱없이 가볍게 처리해주는 관대함까지는 아닐지언정, 눈앞에 앉아 있는 상대가 아무리 구제불능의 흉악범이라 하더라도 '법 앞에는 만인이 평등하다'고 하는 원론적 평형감각은 잃지 않고 냉철하게 대할 정도는 되어 있었다.

'그리고 보면, 그동안 내가 감방에 집어넣은 그 수많은 인간들을 하나하나 기소할 적에 정의감과 열정이 너무 지나쳤던 것은 아닐까? 그 때문에 혹시 누구한테 억울한 피해를 입히거나 하지는 않았을까?'

이처럼 성찰의 눈으로 자신을 가만히 되돌아보다가도 혼자 고개를 저으며, 자기는 항상 법리 원칙대로 공정하게 처리했기 때문에 양심에 걸릴 일이 없다고 자신을 변호하곤 했다.

그렇지만 태규의 그런 자부와 긍지는 불행히도 하루아침에 산산조각으로 폭발하고 말았다. 어느 날 그의 책상 위에 배달된 한 통의 편지가 화약통이자 도화선이었던 것이다.

친애하는 장태규 검사

미리 말해두지만, 당신이 이 편지를 읽을 때면, 나는 이미 이승의 사람이 아닐 겁니다.

당신은 법 앞에는 피도 눈물도 의미가 없다고 생각하는 냉혹한 사람이고, 그런 논리와 아집으로 지금까지 수많은 피의자를 법의 심판대 위에 가차 없이 떠밀어 올리지 않았던가요. 그렇지만 당신이 기를 쓰고 처벌한 그들 모두가 과연 신에게 버림받은 진짜 죄인이었을까요? 정말 그렇게 확신하고 있소? 일 년짜리 혐의를 삼 년짜리로 부풀려서 기소한 적은 없었소? 진범은 저만치에서 비웃고 있는데, 엉뚱한 사람을 범인으로 몰아 목에 밧줄을 거는, 참으로 신이 통탄해 마지않을 작위적 실수를 저지르지 않았다고 가슴에 손을 얹고 떳떳이 외칠 자신이 있소?

내가 당신 앞에 끌려가 앉았을 때, 한마디로 말하건대 내 눈에 비친 당신 모습은 병으로 허약해져 악이 바친 사나운 짐승과 같습디다. 그처럼 심신이 온전하지 못한데 '법도 눈물이 있어야 한다'는 소박한 이상론 쪽에 어찌 관심을 기울일 여유나 여지가 있겠소 또한 그런 당신의 귀에 억울함을 애소하는 피의자의 절규가 바로 박힐 리도 없지요. 요컨대 당신은 오로지 법의 한낱 도구라고나 할까, 기계적 인간일 뿐인데 말이오

하필이면 그런 당신한테 내가 걸린 것은 불운이라기보다 운명이라고 생각합니다. 나에 대한 당신의 선입견이 그토록 철벽 같은데, 뒤늦게 기소장만 뒤적거릴 뿐인 판사가 천리혜안(千里慧眼)을 갖고 있지 않은 이상 어떻게 사건의 본질을 바로 찾아낼 수 있겠소. 당신의 그 실로 철두철미한 기소논지를 보건대, 내가 판사였다 해도 유죄를 선고하지 않을 수 없겠습다. 같은 맥락으로, 이차적 서류검토만 할 뿐인 2심과 3심에서인들 신이 돕지 않는 이상 무슨 신통한 변화를 기대할 수 있겠소.

그렇기 때문에 나는 2심판결까지 보고는 깨끗이 희망을 접어 운명에 복종하기로 마음을 비웠답니다. 운 좋게 형장에 끌려가지 않고 오래 버티다 보면 무기(無期)쯤으로 감형될 수도 있다지만, 나처럼 인생과 가족과 미래 모든 것을 박탈당한 사람한테 사형이든 무기든 그게 무슨 차이가 있겠소. 그래서 나는 운명의 질곡으로부터 자신을 아주 해방시켜주기로 결심한 겁니다.

그러기 전에 뭔가 의미 있는 흔적을 이 세상에 남기는 것도 좋겠다는 생각을 했고, 그래서 썩은 고깃덩어리로 변하게 될 것들을 그것이 필요한 사람들한테 나눠주면 어떨까 싶었지요.

그 생각을 한 순간, 문득 당신이란 사람이 번개처럼 떠오르지 뭡니까. 당신이 신부전증인가 뭔가로 고생한다는 사실은 심문조사를 받기 위해 당신 방을 드나들면서 귀동냥으로 이미 알았거든요. 그래서 다른 건 몰라도 콩팥만은 다른 환자 아닌 장 검사 당신한테 이식해주기로 결심했던 겁니다.

솔직히 당신에 대한 원망과 증오와 분노가 남아 있는 상태에서 그런 생각을 한 데에는 비뚤어진 감정의 앙금이 개입되지 않았다고 부인하지 않겠습니다. 그러나 분명히 말하건대, 지금 나는 당신을 용서하고 내 콩팥을 기꺼이 제공한 것에 긍지를 느끼오. 어쨌거나 당신은 이 사회에 유용한 인물이기에, 나의 일부가 그런 당신을 살리고 당신의 몸속에서 생명활동을 지속하게 되었으니 얼마나 뜻있고 아름다운 일이겠소?

여기까지만 말하면, 나머지 사연은 당신이 충분히 미루어 헤아릴 수 있으리라 봅니다.

장태규 검사, 이미 모든 것을 끝내는 마당에 무슨 미련이 남아, 무슨 소용이 있다고 거짓말하겠소? 하늘에 맹세코 호소하거니와, 나는 결코 그 사람들을 죽이지 않았습니다. 이것까지도 간특한 거짓말이라면, 나는 신도 결코 받아들일 수 없는 최악의 죄인으로서 틀림없이 지옥의 유황 불구덩이 속에 빠지고 말 것이오. 따라서 당신은 일생일대의 실수를 한 셈이니, 부디 나의 사건을 뼈아프게 거울삼아 앞으로의 법집행에 한 치의 착오도 저지르지 않도록 삼가고 또 삼가기를 부탁하오. 그래서 다시는 나 같은 억울한 피해자를 만드는 죄를 짓지 않기를 간곡히 부탁합니다.

그럼 이 사람 먼저 갑니다. 나중에 후세에서 만나 허허 웃으며 악수합시다.

발신자는 '유상래'라는 이름이고, 발신지는 주소도 없이 그냥 '의정부교도소'라고만 적혀 있었다. 그런데 다시 자세히 들여다본 결과, 봉투에 찍힌 일부인(日附印)은 서울동작우체국의 도장이었다. 요컨대, 어떤 면회자의 수고를 빌어 반출해서 우송한 모양이었다.

그렇지만 편지가 쓰인 곳과 발송한 곳이 다른 것쯤은 아무래도 상관없었다. 문제는 내용이었다. 편지를 읽어 내려가는 동안, 장태규는 온몸의 피가 갑자기 아래로 쏠리는 듯하면서 눈앞이 노랗도록 정신이 아뜩해지고 말았다. 요란한 귀울음 때문에 다른 소리는 아무것도 들리지 않았다. 태어난 후로 그토록 큰 충격을 받기는 처음이었다.

'아, 내가 이식 받은 신장이 바로 그자의 것이었다니!'

그제야 닥터 최와 간호사의 의미심장한 말투나 태도의 이유를 알 것 같았다. 자기는 그들의 교묘한 속임수에 철저히 휘둘림을 당한 바보였다. 세상에 이토록 놀랍고 기막힌 경우가 있을까.

어디가 아프냐고 묻는 직원의 목소리가 어렴풋이 들려왔다. 가까스로 정신을 차리고 보니, 의자에 앉아 양쪽 팔꿈치를 책상 모서리에 대고 두 손바닥으로 얼굴을 감싼 채 눈을 감고 있었다.

"뭣하면 이만 조퇴를 하시죠"

직원이 조심스럽게 권했다. 자기 상관이 얼마 전 수술환자였다는 사실을 다분히 의식해서 하는 소리 같았다.

태규는 괜찮다는 의미로 고개를 약간 끄덕인 다음, 의자에서 일어나 소파에 옮겨 앉았다. 등받이 너머로 고개를 젖힌 채 다시 눈을 감고는 자기한테 갑자기 닥쳐온 그 엄청난 상황을 이성적으로 판단해보려고 내심 무진 애를 썼다. 그렇지만 극심한 심리적 혼란과 흥분으로 도무지 갈피가 잡히지 않았다.

유상래란 태규에게는 잊으려야 잊을 수 없는 이름이었다. 서울의 명문 고등학교 교사 신분인 엘리트임에도 불구하고 도박 빚에 몰려 정신파탄에 이른 지경에서 강도짓을 하다가 일가족 다섯을 흉기로 무참히 살해한 혐의로 체포된 흉악범이고, 그 사건을 하필

태규가 배정 받아 담당했기 때문이다.

물론 피의자는 한사코 혐의를 부인했다. 그렇지만 피해자 이웃들의 개연성이 짙은 증언에다 여러 가지 방증이 덧붙여지고, 더구나 당사자의 신상정황이 범죄유발 가능성을 다분히 지니고 있을 뿐 아니라 그 시간대 알리바이가 확실하지 않은 점이 그에게는 결정적으로 불리하게 작용한 약점이었다. 어렵게 체포한 경찰은 그를 진범으로 확신해 마지않았고, 매스컴은 경찰의 득의에 찬 발표에 따라 잔인한 살인마를 세상에 널리 알렸다.

태규의 경험지식이나 직관적 판단에 비추어도 유상래는 거의 백 퍼센트 진범이었다. 그래서 혐의를 입증하기 위해 철저하면서도 세심한 수사를 전개했으며, 마침내 1급 살인으로 기소해 어렵지 않게 1심판결을 사형으로 확정지었던 것이다.

심문조사 진행 과정의 유상래는 태규의 입장에서 보면 자기를 거쳐간 자들 중에 가장 넌덜머리나는 피의자였다. 범인들 누구나 처음에는 대개 완강하게 범행을 부인하지만, 유상래의 경우는 특이할 정도였다. 그는 부인 정도가 아니라 숫제 발광이나 다름없는 반항으로 일관해 애를 먹였다.

심문 자체는 서릿발처럼 호되게 진행할망정 물리적 제재는 피한다는 것이 태규의 수사원칙이었고, 그 원칙은 그런 대로 지켜져 왔다. 그러나 유상래의 경우는 그 원칙을 지키려야 지킬 수가 없었다. 직원이야 말할 나위 없지만, 태규 자신도 검사생활을 시작한 후 처음으로 이성을 잃고 피의자한테 발길질을 하는 추한 꼴을 연출하고 말았다. 그리고 나서의 자책과 불쾌는 고스란히 증오로 변해 피의자한테 되돌려졌고, 그것이 또 그대로 검찰수사는 물론 재판에까지 반영되었던 것이다.

'그런 놈이 제 신장을 떼어 내 몸속에다 집어넣다니!'

이식의 사실 자체가 중요한 것이 아니라, 그의 각본에 철저하게 속고 우롱당한 결과가 그를 미치게 했다.

불현듯 닥터 최한테 살인적인 분노가 끓어올랐다.

'그 미친 새끼!'

태규는 속으로 욕을 퍼부었다. 우정이고 나발이고, 그가 무릎을 꿇고 빌어도 용서할 수 없을 것 같은 기분이었다. 부글거리는 속을 간신히 달래며, 닥터 최가 근무하는 병원에 전화를 걸었다.

―범죄타도에 진력하셔야 할 검사님께서 이 시간에 웬 사적인 전화야?

이쪽 사정을 알 길이 없는 닥터 최는 그다운 농담을 하고 있었다.

"너 당장 수술실에 들어가거나 어디 외출할 일 없지?"

―없는데, 왜?

"왜는 무슨 놈의 왜야. 나 지금 거기 갈 테니, 꼼짝 말고 자리 지키고 있어."

태규는 쏘아붙이고 일방적으로 전화를 끊었다. 그런 다음 뒷일을 직원에게 맡기고 외출채비를 서둘렀다.

청사를 나설 때만 해도 장태규는 닥터 최를 만나기만 하면 다짜고짜 귀싸대기부터 올려붙이게 될 것 같은 기분이었으나, 차를 몰아 달려가는 동안에 흥분이 서서히 가라앉음으로써 막상 병원에 도착했을 때는 어지간히 이성을 되찾을 수 있었다.

객관적으로 생각하면 닥터 최한테 화풀이할 일도 아니었다. 그는 의사로서 친구로서 열과 성을 다했고, 덕분에 태규 자신은 건강한 새 사람으로 다시 태어난 셈이 아닌가. 왜 하필이면 유상래의 콩팥이었나 하는 것이 태규의 불만이지만, 따져볼 것도 없이 그것은 감정적인 선택의 여지가 있는 문제가 아님이 명백했다. 그렇다고 하면, 전후사정을 자세히 들어보는 것밖에 닥터 최를 다그칠 이유가 없다는 생각이 태규를 맥 빠지게 만들었다.

친구가 근무를 접으면서까지 어중간한 시간에 느닷없이 들이닥친 까닭을 알게 되자, 호방한 기질의 소유자인 닥터 최도 웃음을 거두고 태도가 진지해졌다.

"미안하게도 자넬 속인 죄인이 되고 말았는데, 야, 그렇더라도 어쨌든 결과는 축복 받아 마땅한 거 아냐?"

"뭐라고? 축복? 이게 축복이라고 말할 수 있는 성질이야? 너 남의 일이라고 그렇게 함부로 지껄여도 돼?"

"진정해. 진정해. 이성적으로 이야기하자고."

"집어치워! 이성적은 무슨 말라죽을 놈의."

태규는 볼멘소리로 쏘아붙였으나, 닥터 최가 그답지 않게 쩔쩔매는 꼴을 보자 그만 실소가 비어져 나오고 말았다. 그제야 닥터 최도 긴장을 풀며 평소의 그로 돌아갔고, 그런 그에게서 태규는 사건의 전말을 들을 수 있었다.

닥터 최가 유상래와 처음 접촉하게 된 것은 그가 수감되어 있는 의정부교도소 의사를 통해 신장 기증 제의를 받고서였다.

신부전증으로 고생하는 친구를 살리고자 오래전부터 관련계통을 통해 기증희망자를 찾고 있던 닥터 최는 유상래라는 사형수가 어떤 인물임을 단박에 알아보았다. 워낙 매스컴을 떠들썩하게 만들었던 흉악사건이었을 뿐 아니라, 중간에 선 교도소 의사가 슬쩍 귀띔도 해주었기 때문이었다. 물론 유상래로서야 장태규 검사와 닥터 최의 친분관계까지는 꿈엔들 알 턱이 없었다.

어쨌든 우연이라기엔 너무 극적인 인간관계에 기가 막힌 닥터 최는 처음에 망설이지 않을 수 없었다. 그 흉악범이 하필이면 자기를 기소 수감한 검사에게 굳이 콩팥을 이식해주겠다니! 다른 환자에게는 절대 불가하다고 못 박는 저의가 마음에 걸리기는 했으나, 일단 기증희망자와 환자 사이의 이식수술 가능성 여부부터 확인하고, 다음 단계의 문제는 그때 가서 생각하기로 했다. 그래서 교도관의 동반호송 아래 유상래를 병원에 데려와 항체교차반응검사를 실시했는데, 그 검사 데이터를 미리 확보되어 있는 태규의 그것과 대조한 결과 놀랍게도 더할 수 없이 적합하다고 판명이 난 것이다.

닥터 최는 갈등하지 않을 수 없었으나, 이것이 친구에게는 더없이 행운의 기회일 뿐 아니라 의사의 윤리에도 위배될 것이 없다는 생각이 닥터 최의 결심을 굳혀주었다.

"이식이라고 해서 아무 사람 장기를 다른 아무한테나 집어넣을 수 있는 게 아니라는 상식 정도는 자네도 알 거야. 뭣보다도 이식 받은 사람의 몸이 거부반응을 일으키지 않아야 하니까. 따라서 생체조직이 가급적 유사할수록 좋은 건 말할 필요조차 없는데, 그러니까 부모와 자식 또는 형제관계가 1순위로 꼽히는 건 당연하잖아? 그런 이치 아래서라면, 자네와 유상래 그 작자 사이는 운명적이고 불가사의한 끈으로 연결되어 있다고 볼 수밖에 없어. 그게 아니라면 어떤 설명이 가능하냐고. 그건 그렇고, 난 무덤에까지 비밀로 갖고 갈 작정이었는데, 도대체 자넨 이 사실을 어떻게 알게 됐지?"

닥터 최가 그렇게 말했을 때야 태규는 호주머니에서 문제의 편지를 꺼내어 내밀었다.

무심코 받아 읽던 닥터 최의 얼굴이 굳어지며 벌겋게 변했다. 그러더니 곧 편지에서 시선을 떼어 태규를 바라보았다. 얼이 빠져버린 맹한 눈빛이었다.

"이게 어떻게 된 거지?"

"어떻게 되긴 뭘. 자살한 거 아냐?"

닥터 최는 갑자기 허둥거리며 개인용 전화번호부를 들쳐보더니 키폰 번호숫자를 눌렀다. 보나마나 의정부교도소 의사와 연락을 취하는 것이 분명했다.

태규는 대화 내용이나 분위기로 봐서 사정을 종합해 판단하기 어렵지 않았는데, 이윽고 닥터 최가 통화를 끝내고 힘없이 수화기를 제자리에 놓으며 중얼거린 말도 짐작과 다르지 않았다.

"어젯밤이었다는군."

"역시 자살이래?"

"어떻게 구했는지, 면도날로 손목의 동맥을 끊었나 봐."

그러고 나서 두 사람은 한참 동안이나 말을 잃어버렸다.

불현듯이 눈에 보이지 않는 벽 네 개가 갑자기 사방에서 다가와 그들을 가두어버렸다. 그래서 두 사람 다 숨이 막히는 갑갑함을 느끼지 않을 수 없었다.

유상래의 갑작스런 주변접근과 곧 이어진 자살은 차라리 약과에 지나지 않았다. 그가 교묘한 수법으로 몰래 자기한테 콩팥을 이식해 넣었을 뿐 아니라, 그 콩팥이 지금 자기 몸속에서 활발하게 살아 움직이고 있다는 사실이야말로 장태규한테는 공포에 가까운 충격이 아닐 수 없었다. 그것도 한 번으로 끝나는 일시적인 것이 아니라 언제 그 파장이 가라앉을지 기약이 없는, 아니, 영원히 가라앉지 않을 충격이라는 데 문제의 심각성이 있었다.

'이게 놈의 복수였어! 나한테 보복하는 거야!'

그는 전율했다. 세상에 이보다 더 철저하고 잔인한 복수가 있을까. 유상래는 자기를 사회에 유용한 인물이니 어쩌니 하면서 '아름답고 뜻있는 일'이라고 적었지만, 그것은 간교한 자기합리화거나 우롱하는 소리에 지나지 않았다.

그러면서도 이상한 점은 그 유상래가 증오스럽다거나 적개심이 끓어오르거나 해지지 않는다는 점이었다. 오히려 유상래의 원망대로, 그동안 자기의 법 적용과 집행이 오로지 법의 잣대와 틀에 맞추기 위해서만 급급한 것이 아니었을까 하고 돌아보게 되었다. 이를테면 기소편의주의라고나 할까. 마지막 책임은 재판장에게 있다는 심리적 여유가 전제된 것이라고나 할까. 처음으로 내부에서 들려오는 그런 자성의 목소리는 스스로도 놀라울 지경이었다.

아무튼 그날 그 시간을 기점으로 해서 태규는 모든 것을 상실하고 말았다. 이식수술 이후 한동안 누려온 활기와 즐거움은 삽시간에 깡그리 사라지고, 그 대신 극심한 정신혼란과 자기혐오와 절망감이 그 자리를 채웠다. 갑자기 거식증(拒食症)에 걸린 것처럼 어떤 음식도 목구멍을 잘 넘어가지 않고, 밤이 되어도 잠이 오기는

커녕 온 신경이 날카롭게 일어나 고스란히 날밤을 새웠다.

극심한 피로에 지쳐 어쩌다 깜빡 잠이 들라치면 어김없이 꾸는 꿈이 있었다. 자기 몸속의 한쪽 콩팥이 무슨 징그러운 파충류처럼 변해 반대쪽 콩팥은 물론이고 다른 장기들을 먹어치우다가 마지막에는 자기를 완전히 점령해버리는 끔찍한 악몽이었다. 그게 아니면 콩팥이 점점 커져 북통처럼 팽팽해진 뱃가죽을 마침내 터뜨리고 나오는데, 그것은 악귀처럼 피를 온통 뒤집어쓰고 눈을 부릅뜬 유상래의 모습이었다. 그래서 영락없이 소리 지르며 벌떡 깨어나서는 식은땀에 흠씬 젖은 자신을 발견하곤 했다.

아무튼 앉으나 서나, 집에 있거나 출근을 해서나 유상래라는 존재와 그의 콩팥이 항상 태규를 지배하고 있었다. 어떤 의미에서 태규 자신은 껍데기일 뿐이고, 몸속의 실체는 유상래로 바뀌어 있다고 해도 과언이 아니었다. 그것은 형벌이나 다름없었다. 아니, 형벌 자체이거나 그 이상이었다.

그 지경이니 일이 제대로 손에 잡힐 리가 없었다. 사무실에 나가서도 얼빠진 듯 멍하게 앉아 있기 일쑤였다. 직원들은 놀라움과 걱정의 눈길로 조심조심 그를 지켜보았다. 그런 분위기를 그 자신도 감지하고 있었다.

제대로 먹지도 잠자지도 못하자, 당연히 단시일에 건강이 나빠지고 말았다. 얼마 전까지는 콩팥의 병만이 원인이었으나, 이제는 정신과 육체가 다 병들어버렸으니 문제가 더 심각했다.

걱정이 된 닥터 최가 몇 번이고 전화를 걸어 왔으나, 그는 찾아가 만나기는커녕 대화에 제대로 응하지도 않았다. 친구를 용서할 수 없다기보다 만남 자체가 싫었다. 상대방보다는 자신에게 더 뿌리가 박혀 있는 싫음이었다. 왜 그런지는 자신도 알 수 없고, 생각해 따져보고 싶지도 않았다.

"왜 그래요? 혹시 수술이 잘못된 거 아냐?"

오랜만에 모처럼 만났을 때, 박명화가 조심스럽게 물은 첫마디였다. 한강의 야경이 한눈에 들어오는 어느 빌딩 스카이라운지에서였다.

그녀는 일이 바쁘다는 핑계로 한동안 소원했던 것을 내심 후회하고 있었다. 태규의 상태가 그처럼 악화된 데에는 자기의 무관심도 하나의 작은 원인으로 작용했는지 모른다는 자격지심 때문이었다. 그래서 그가 자신의 그런 심정을 충분히 읽어주었으면 하는 분위기를 애써 지어내고 있었다.

"그렇진 않아."

"그런데 왜 얼굴이 그래요? 몸도 더 축난 거 같은데."

"마음이 병들어서 그런가 봐."

"마음이 병들어? 무슨 마음의 병?"

태규는 대답 대신 픽 웃기만 했고, 명화도 더 이상은 굳이 캐묻지 않았다. 그처럼 적당한 선에서 더 다가가지 않고 자신을 열어 보이지 않는 요령에 두 사람 다 익숙해져 있었다.

명화가 멋대로 주문한 스테이크가 나왔지만, 태규는 깨지락거리는 시늉만 하다가 말았다. 그처럼 제대로 된 육류음식을 입에 넣어본 것이 언제였는지 기억나지 않고, 먹고 싶은 생각도 전혀 없었다.

명화는 식사를 제대로 못하는 태규를 진정으로 걱정했지만, 그러면서도 자기 몫의 음식그릇을 깨끗이 비웠다. 감정과 실질행동의 분리가 분명하다고나 할까, 그녀는 그런 여자였다.

　태규는 일순간, 이 여자가 아깝다는 생각이 문득 들었다. 그녀의 그런 깔끔하고 명확한 모습이 불현듯이 신선한 매력으로 다가오면서, 자기 내부의 또 한 자기가 그녀의 다른 모습들에까지 도매금으로 힐끔거리는 것을 느꼈다.

　사실 그날 만남의 직접적인 목적은 태규가 명화의 부모에게 정식인사를 올리는 문제에 대한 구체적인 상의였다. 그렇게 미리 정해져 있었다.

　이 여자와 결합한다면 손해 볼 것은 없겠다는 생각이 새삼스럽게 잠깐 고개를 쳐들었다. 서른 고개를 훌쩍 넘긴 여자 나이도 그녀에게서는 그다지 불리한 조건으로 여겨지지 않았다. 오늘 지금의 느낌이 아니라, 그녀를 만나온 동안 줄곧 그랬던 생각이었다.

　그러나 냉정히 객관화하면 두 사람 사이의 모든 가능성은 태규가 전도(前途) 유망한 검사라는 조건이 살아 있을 때만 의미가 있었다. 명화 쪽의 조건이야 가변성이 용납될 수 있을지 몰라도 태규의 그 조건은 확고하고 절대적이었다. 그 점에 대해서 어느 편에서도 직접 또는 구체적으로 언급한 적은 없었지만, 그것이 분명한 전제(前提)인 것은 두말할 나위가 없었다. 그런데 이제는 그 사실의 허구성과 비현실성을 분명히 짚어야 할 단계가 된 것이다. 얼버무려 덮거나 피해 나갈 수 있는 상황이 아니었다.

　태규가 가슴에 무겁게 담아 온 말을 비로소 꺼낸 것은 식사를 끝낸 명화가 와인으로 입가심을 하고 잔을 막 놓았을 때였다.

　그로부터 꼭 일주일 후였다.

장태규는 아파트와 직장과 자동차, 심지어 미래의 희망까지도 깡그리 압축하거나 처분하고는, 이 시간 현재의 그에게만 꼭 필요한 최소한의 물품들이 담긴 여행가방 하나만을 달랑 지니고 김포공항에서 제주행 여객기에 몸을 실었다.

활주로에 굴러나간 비행기가 이륙하기 위해 요란한 굉음을 지르며 엔진을 뜨겁게 달굴 때, 지그시 눈을 감은 태규의 귀에 어디선가, 어쩌면 자기 내부의 영혼이 부르는 것인지도 모르는 애절한 노래의 몇 구절이 꿈결처럼 아련히 들려왔다.

그대여, 이젠 나를 기다리지 말아요
슬퍼하지도 말아요, 제발
물 위에 떠가는 낙엽을 보세요
우리의 인생이란 모두가 다
어차피 그렇게 끝나잖아요

비단주머니와 편지봉투

"**여보**, 쟤 좀 이상하지 않아요?"

숟가락을 놓고 식탁에서 먼저 일어난 종수가 자기 방에 들어가 버리자, 아내가 낮은 목소리로 진태에게 묻는 말이었다.

"이상하다니, 뭐가?"

"뭔지는 모르지만, 요즘 무슨 고민을 하고 있는 것 같아. 그렇게 못 느꼈수?"

"글쎄."

"참, 당신이란 사람은……."

아내는 한심하다는 뜻으로 얼굴을 살짝 찌푸리고 이어 말했다.

"내 짐작이 틀림없어요. 뭔지 모르지만, 우리한테 숨기는 게 분명 있다구요."

"……."

"요즘 애들 세계가 얼마나 무서운지 알우? 우리 어릴 때 생각하면 큰 오산이야. 요령껏 구슬려서 잘 알아봐요. 호미로 막을 걸 뒤늦게 가래로 막느라 후회하지 말고, 알았어요?"

"알았어."

아들에 관한 대화는 그 정도에서 끝났다.

진태는 처음에 별로 대수롭게 받아들이지 않았지만, 생각이 길어질수록 아내의 우려가 공연한 군걱정이 아니라는 쪽으로 점점 기울어지는 것을 어쩔 수 없었다. 자기가 보기에도 아들은 평소와 어딘가 다르게 심상찮은 기미를 풍기고 있었다. 원래 진중하고 침착한 성격이긴 해도 최근 들어서는 더욱 말수가 줄어들고, 부모와 함께 있는 자리도 일부러 피하는 기색이 역력했다. 그런 점은 아들의 경우 결코 작은 변화라고 할 수 없는데, 그것을 미처 읽어내지 못하고 무심히 지나쳐 온 것이다. 아내한테 지청구를 들어도 싸다고 자신을 나무랐다.

그렇다고 섣불리 건드릴 사안도 아니었다. 감수성이 예민할 대로 예민할 나이인 중학교 2학년짜리한테 단도직입으로 질문을 툭 던지는 것이야말로 얼마나 서툴고 위험한 짓인가. 더구나 어떤 보물과도 바꿀 수 없는 외아들인데.

꺼림칙한 기분으로 아들의 동태를 슬몃슬몃 엿보기만 하던 진태가 드디어 기회를 잡은 것은 일주일쯤 후, 마침 추석을 이삼 일 남겨 놓은 날의 퇴근길이었다.

추석 대목이 되자, 대형 건설회사를 주로 상대하는 인테리어 하청기업의 경영자인 그에게도 주로 자재 납품업자들로부터 이것저것 제법 많은 선물이 들어왔다. 물론 받는 것보다 몇 갑절이나 되는 선물공여로 명절 때마다 허리가 휘청해지는 처지이긴 하지만.

사무실 구석에 수북이 쌓인 선물꾸러미 대부분을 직원들에게 골고루 나눠준 뒤 몇 가지만 골라서 승용차에 싣고 집에 돌아온 그는 아파트 주차장에 차를 대자마자 문득 아들의 일이 생각났다. 그래서 핸드폰으로 집에 전화를 걸었다.

　전화를 받은 것은 예상대로 아내였다.

　"나야. 여기 아래 주차장이야."

　—아니, 집까지 다 와서 전화는 왜 해요? 올라오지 않고.

　"종수 있어?"

　—있어요, 왜?

　"좀 내려오라고 해. 들고 올라갈 게 많아서 그래."

　그런 다음, 모처럼 대화를 좀 하려고 하니까, 약간 시간이 걸리더라도 그런 줄 알고 기다리라고 덧붙였다.

　아내는 알았다고 간단히 대답했다. 남편의 의도를 금방 파악한 모양이었다.

　종수가 주차장에 나타난 것은 5분쯤 후였다.

　"다녀오셨어요?"

　다소 어색한 몸짓으로, 차 밖에 나와 서 있는 아버지에게 꾸뻑 인사를 했다.

　그런 아들의 모습을 보며, 진태는 그만한 나이 때의 자기 모습을 보는 것 같아 잠깐 흐뭇한 감회에 젖어들었다. 키는 이미 그와 견줄 만큼이나 자랐고, 목소리도 변성기의 탁음으로 변해 있었다.

　"뭐하고 있었어? 공부하다가 나왔어?"

　"네."

　"저녁은 먹었나?"

"아직요."

진태는 짐짓 열쇠로 차 트렁크를 열려다 말고, 아들에게 말했다.

"잠시 뭣 좀 마시기부터 해야겠구나."

"왜요?"

"아버지가 목이 너무 말라서 그래. 따라와."

일방적으로 결정한 진태가 아파트 단지 입구의 상가건물 쪽으로 앞장서서 걸어가기 시작하자, 종수는 아버지의 태도가 의외이고 미심쩍다는 느낌인 채로 어쩔 수 없이 쭈뼛쭈뼛 뒤를 따랐다.

어스레한 기운 속에 거리는 뭔지 모르지만 저녁 시간대의 분주한 분위기에 쫓기는 듯한 풍경을 온통 자아내고 있었고, 상가건물은 벌써부터 모든 조명을 환하게 밝혀 손님들의 내방을 재촉하기에 기를 쓰고 있었다.

1층의 슈퍼마켓에 들어간 진태는 뒤따라와 서는 아들에게 물었다.

"넌 뭘로 할래? 주스? 아이스크림?"

"전 생각 없어요."

진태는 더 묻지 않고 각각 종이용기에 든 콩음료와 오렌지주스를 하나씩 샀다. 그런 다음 아들을 데리고 밖으로 나와서 노천 테이블에 자리잡고 앉았다. 오렌지주스에 스트로까지 꽂아서 아들에게 건네고, 자기도 콩음료에 꽂은 스트로를 빨면서 짐짓 부드럽게 대화를 유도해 나갔다.

"이번 성묘 때도 지난번처럼 길에서 고생깨나 할 것 같지?"

"네."

"그래도 어떡하냐. 명절이라 할아버님 할머님께서 우리를 기다리시는데. 특히 너를."

"전 괜찮아요. 당연히 해야 할 일인데요 뭐."

"그래."

진태는 아들이 기특하다고 생각했다. 나이보다 어른스럽고 생각이 깊은 아이였다. 그윽한 눈길로 바라보며, 코앞에 앉아 있는 이 사랑스러운 존재야말로 자기 인생의 연장이요, 결실이라는 새삼스러운 인식에 더할 수 없이 흐뭇했다.

"성묘야 추석날 당일 하루면 되고, 나머지 연휴 때 뭐 좋은 계획 없냐?"

"없어요."

"좀 생각해봐. 아버진 네가 원하는 대로 따라줄 용의가 있으니까. 엄마도 마찬가지야. 어디 가보고 싶은 데 없어? 모처럼의 연휴잖아."

"가고 싶은 데 없어요."

"원, 녀석."

진태는 픽 웃고 말았다.

종수는 평소의 대화에서도 항상 그렇게 어법이 간단했다. 말이 장황해서 좋을 것은 없겠으나, 아들이 그처럼 단답형(單答形) 말대답으로 일관하는 것도 문제라는 것이 진태 내외의 공통된 인식이며 불만이었다. 근본적으로 본인의 성품 탓이지만, 앞으로 커서 사회생활을 하는 데 어쩌면 비사교적인 요소로 작용하지 않을까 은근히 염려되었던 것이다.

고등처럼 자기 틀 속에 옹송그리고 있는 아들을 끌어내는 데 적극성을 띠지 않았던 나 자신에게도 책임이 없지 않아. 항상 바쁘다는 핑계만 대고 진태는 이런 자성으로 자신을 나무라기도 하면서 잠시 스트로를 빨다가, 이윽고 오랫동안 가슴속에 담아두고 있던 말을 꺼내기 시작했다.

"종수야."

"네?"

"사실은 말이다. 아버지랑 엄마는 요즘 너 때문에 좀 걱정이다."

종수는 깜짝 놀라는 기색으로 쳐다보다가 이내 시선을 피했다. 무슨 까닭이냐고 묻지도 않았다. 바로 그 점이 심증을 굳혀주는 것 같아, 진태는 마음속에 그늘이 지는 것을 어쩔 수 없었다.

"왠지 아니?"

"모르겠는데요."

대답은 간명했지만, 여전히 시선이 마주치는 것을 피하고 있었다. 진태는 이제 핵심적인 말을 간명하게 끝내야 한다는 것을 알았다.

"기왕 꺼냈으니, 아버지가 분명히 말하마. 요즘 들어 너의 태도를 보건대 혼자서 뭔가 고민하고 있는 것 같구나. 십수 년 동안 한집에서 살을 대고 살아온 가족인데 왜 그걸 모르겠니. 잘 생각해보고 아버지한테 꼭 상의해다오. 그게 부모자식간의 도리인 동시에 사랑과 신뢰의 조건 아니겠어? 아버지가 내용을 알아야만 널 도와줄 수 있잖아. 설령 네가 무슨 죄를 지었다 하더라도 아버지는 오로지 네 편이다. 너는 내 분신이고, 내 인생의 연장이니까. 무슨 말인지 알겠지? 단, 너 자신의 명예에 관계되는 문제라면 엄마한테는 비밀로 하고 적당히 둘러댈 것을 남자 대 남자로서 약속하겠다. 이만 들어가자."

진태는 남은 콩음료를 단모금으로 마저 들이켰다. 그런 다음, 먼저 자리에서 일어나 주차장 쪽으로 뚜벅뚜벅 걸어가기 시작했다.

일단 공을 던져놓기는 했으나, 진태는 물론이고 그의 아내까지 아들이 자격지심의 충격을 받았을까 봐 내심 조마조마했다. 그래서 평상시와 다름없이 화평하고 자연스러운 가정 분위기를 자아내느라 여간 신경 쓰지 않았다.

다행이라고 해야 할지, 종수의 태도 역시 달라진 것이 없었다. 심중을 털어놓지도 않았고, 부모에게 감지된 변화의 그전 모습으로 돌아가거나 더 심각해지지도 않았다.

그런 상태가 며칠간 이어지자, 오히려 불안해진 것은 진태의 아내였다.

"여보, 우리가 잘못 짚은 거 아닐까? 본인은 그게 아닌데."

아내의 입에서 그런 말이 나오자, 진태는 순간적으로 짜증이 났다.

"당신이 먼저 문제를 제기해놓곤 이제 와서 무슨 뚱딴지같은 소리야?"

"그게 글쎄……."

"우리가 괜히 민감했던 건 아니라고. 쟤한테 뭔가 있어. 그 점은 분명해."

"어쨌든 본인이 입을 열지 않는 바에야, 당신이 물어보지 않았던 편이 차라리 낫지 않았느냐는 거죠."

"충분히 알아듣게 얘기했으니 며칠 더 기다려 보자고. 당신 알다시피, 저놈 성격상 그냥 유야무야 넘어갈 주제가 못 되잖아."

진태는 이런 말로 아내의 조바심을 다독거렸는데, 아니나 다를까, 아들이 드디어 속을 털어놓은 것은 닷새나 이어진 추석 연휴가 끝나는 마지막 날 저녁 무렵이었다.

마침 그날따라 진태의 아내는 친구들끼리의 계모임에 참석하느라 낮부터 외출해 집에 없었다.

진태는 아들이 자기한테 뭔가 진지하게 이야기할 수 있는 기회를 기다렸다면 어머니가 자리를 비운 바로 이런 시간일 것이라고 넘겨짚었다. 그래서 일부러 분위기를 조성하느라 엉너리를 피웠다.

"애, 엄마도 없고 하니, 모처럼 우리끼리 나가서 스테이크나 사 먹을까?"

혼자 거실 소파에서 리모컨으로 텔레비전의 뉴스 채널을 찾던 중이었다. 마침 종수가 자기 방에서 나와 화장실에 들어가는 것을 보고는 내심 작정하고 있다가, 아이가 나왔을 때 짐짓 쾌활한 소리로 의향을 물었다.

종수는 멈칫해서 아버지를 바라보았다.

"어떠니?"

"글쎄요."

"아니면 피자나 중국요리를 시켜먹든지."

"아버지 좋으실 대루요."

거듭 소극적인 대꾸로 일관한 종수는 무슨 생각에서인지 방에 들어가는 대신 진태 쪽으로 주춤주춤 다가왔다.

"저, 그런데……아버지."

"응. 왜?"

"지난번에 저한테 말씀하신 거 말인데요."

뭔가 결심이 선 듯, 분위기가 굳어 있었다.

진태는 풀어졌던 자세를 가다듬어 똑바로 앉았다.

"그래, 아버지한테 말할 게 있는 거냐? 우선 앉아라."

종수는 맞은편에 다소곳이 엉덩이를 내려놓았다.

그런 아들을 보며, 진태는 가슴이라도 쓸어내리고 싶었다. 아들의 기분을 고려한 조심성으로, 한편으로는 어떤 기회를 부여하려는 배려로 답답함을 참고 황금 같은 연휴를 집에 죽치고 앉아 보낸 그였다. 그런데 드디어 아들이 가슴을 열며 자기 앞에 와서 앉지 않는가.

종수는 마주앉고도 얼른 말을 꺼내지 못하고 뜸을 들였다. 한 손으로 다른 손을 꽉 쥐었다 놓았다 하는 동작을 반복하는 것을 봐서 심리상태가 몹시 불안정하다는 것을 알 수 있었다.

"미리 말하건대, 지난번 슈퍼 앞에서 아버지가 한 약속은 여전히 유효하다. 그 점을 잊지 마라. 그럼 어디 이야기해봐."

"……."

"마음의 준비가 아직 덜 되었으면 미뤄도 상관없고."

"아, 아니에요."

종수는 화들짝 놀라는 기색으로 부인하고, 앉은 자세를 고치면서 밭은기침으로 목을 다듬었다.

"저 아버지께 정말 면목이 없어요. 나쁜 짓을 했거든요."

순간, 진태의 가슴속 어딘가에서 쿵 하고 울리는 소리가 들렸다. 그렇지만 그는 내색을 보이지 않고 태연했다.

"그래, 그 나쁜 짓이란 게 대체 어떤 건데?"

"남의 돈을 가졌어요."

"남의 돈을? 아버지가 이해하기 쉽도록 자초지종을 이야기해봐. 천천히."

"학교에서 보충수업 마치고 혼자 집에 오다가……지금만큼 어두울 땐데, 길에서 돈을 주웠거든요. 편지봉투에 들어 있는……. 파출소에 가져가 주인을 찾아 돌려줘야 하는 건데, 그만……."

종수는 말을 더 잇지 못하고 고개를 푹 숙였다. 그러고는 손등으로 눈을 비비고 있었다.

그 순간, 갑자기 진태의 가슴속에 두 가닥의 충격적인 바람이 휘몰아쳤다. 하나는 여름날 대나무 잎처럼 싱싱한 아들의 심성을 확인한 기쁜 감동의 훈풍이었다. 그리고 또 하나는 아들과 하등의 상관도 없는, 까마득한 과거로 거슬러 올라가서 그만한 나이 적의 자기 모습을 일그러뜨려 놓았던 뜨거운 낙인(烙印)이 갑자기 새삼스럽게 튀어나와 달려드는 것 같은, 전자(前者)하고는 비교가 안 되게 차가운 소슬바람이었다.

진태는 자신도 모르게 눈을 지그시 감았다가 떴다. 아들이 상상조차 못할 자기 내면의 흔들림을 재빨리 바로잡고, 한편으로 감추기 위해서였다.

"정리를 해보자. 그러니까 길에서 돈이 든 편지봉투를 주웠는데, 남의 것이니까 응당 파출소에 가져가 습득물 신고를 해야 하는데도 그러지 않았다, 그런 얘기냐?"

"네."

종수는 여전히 고개를 숙인 채 기어들어가는 소리로 대답했다.

"돈이 얼마나 들었든?"

"사, 사십만 원이요."

"작은 액수가 아니구나. 그래서 그 돈을 썼니?"

"쬐끔요. 나머진 봉투째 그냥 있어요."

"겉봉에 뭐라고 적혀 있지 않든?"

"아무것두요. 그냥 새 편지봉투예요."

"그래?"

"잘못했습니다, 아버지. 용서해주세요. 어떤 처벌이라도 받을게요"

종수는 울먹이며 말하고 또 손등으로 눈물을 씻었다.

진태는 불현듯 콧날이 시큰해 자리에서 일어나 창가로 갔다. 아들의 문제가 아니라 사실은 자신의 문제를, 좀 더 구체적으로 말하면 지난날의 그 뼈아픈 기억이 휘저어 놓은 감정의 흙탕을 가라앉히기 위해서였다.

통유리로 된 창문 밖에는 벌써 어지간히 짙은 저녁어둠이 빈틈없이 펼쳐져 있었고, 차양효과를 얻고자 약간의 암청색이 들어가 있는 탓으로 건너편 아파트나 아래쪽 거리의 불빛들은 실제보다 명도가 많이 떨어져 흐릿해 있었다.

진태는 자기 아들이—하늘이 두 쪽 나도 그럴 리가 없지만—남의 지갑을 훔치지 않고 단지 유실물을 습득했을 뿐이라는 사실에 정말이지 구원받은 느낌이었다. 돈의 유혹에 못 이겨 일부 유용한 것은 또 다른 문제일 뿐 아니라, 어떤 측면에서는 자연스럽고 인간적인 행동이라고 받아들여도 괜찮지 않을까. 나였더라도 과연 견물생심의 속성(俗性)으로부터 자유스러울 수 있었을까. 이따금 신문에 나곤 하는 습득신고 미담의 주인공은 머리 어느 한 부분이 비었거나, 아니면 보통사람하고 다른 진짜 천사표이거나, 그 두 경우 중의 하나일 뿐이다. 그에 비하면 저 녀석은 훨씬 순수한 인간이 아닌가. 그런 생각이 들자, 진태는 진정으로 아들을 포용해 볼에다 뽀뽀라도 해주고 싶었다.

그러나 그처럼 아들에 관한 생각을 일부러 기다랗게 끌어내는 것은 기실 의식의 바닥을 끈끈하게 흐르고 있는 '비단주머니'의 존재로부터 달아나고 싶어서였고, 자신도 그 사실을 잘 알고 있었다. 그러나 그것은 전혀 가망 없고 부질없는 소망이었다. 그렇기 때문에 마음이 바깥 어둠보다도 더욱 어둡고 무거웠다.

문득, 자기가 지금 영문도 모르는 아들한테 일종의 고문을 가하고 있다는 깨달음이 뒤통수를 때렸다. 그래서 얼른 헝클어진 상념의 갈래를 휘저어버리고 소파로 돌아가 앉았다. 아버지의 자리였다.

종수는 어깨가 축 처진 채 여전히 고개를 숙이고 앉아 있었다. 측은하다는 생각이 불현듯 가슴 찡한 슬픔으로 변했다.

진태는 한손을 뻗어 아들의 손을 쥐었다. 거의 자기 손 크기만이나 한, 그러면서도 마디가 작고 부드러운 아이의 손이었다.

"종수야."

"네."

"길바닥에 떨어진 물건이라도 엄연히 임자가 있는 이상, 그것은 공짜가 아닌 거야. 그 점은 분명하다. 하물며 그 돈 봉투를 실수로 흘린 사람의 처지를 상상해봐. 그 심정이 오죽했겠냐? 그러니까 네 말대로 곧장 파출소로 가져가서 임자의 손에 한시바삐 전달될 수 있도록 하는 절차를 당연히 밟았어야지. 그게 우리 누구나 존중하고 지켜야 할 아름다운 사회규칙이란다. 무슨 말인지 알겠지?"

"네."

"그러나 세상 실제야 어디 그러하냐 말이다. 사람들 모두가 어디 너만 같아? 솔직히 말하건대, 아버지였더라도 그 지갑을 주웠다면 어떻게 처신했을지 모르겠다. 그런 이유에서 아버지는 내 아들이 누구보다 양심적인, 요즈음의 되바라진 애들하고 달리 때 묻지 않고 심성이 맑으며 정직한 청소년이란 사실에 기쁨과 긍지를 느낀다. 난 네가 이쁘고 자랑스러워. 위안하려고 괜히 하는 소리가 아니라 진정으로 하는 말이야. 알겠니?"

"아버지!"

"어떤 사람이 선인이냐 악인이냐의 여부는 종이 한 장 차이라고 생각한다. 그러나 그가 진짜 선행을 하고 않고의 차이는, 안 하거나 못하거나 간에 그 가치가 천양지차이야. 그런 객관적 판단에 비추어 볼 때, 너는 더 이상 자책하고 괴로워하지 않아도 괜찮을 것 같구나. 비록 돈을 조금 축내기는 했으나 봉투째 그대로 보관하고 있고, 뭣보다도 양심의 가책 때문에 괴로워하고 있지 않니? 그건 네가 근본적으로 선인, 영어로 말하면 굿맨이라는 증거인 거야. 그게 뭣보다 중요하고, 그래서 아버진 기쁘다. 그러니까 이제 더 이상 속으로 끙끙 앓거나 자신을 죄인시하지 말고 합리적인 해결방법을 찾아보자꾸나. 아버지하고 함께. 알겠지?"

"네."

"엄마한테는 적당한 구실로 비밀에 붙일 거야. 너하고 내 선에서 끝내자고, 응?"

"감사합니다, 아버지."

그제야 눈물 젖은 눈으로 아버지를 똑바로 쳐다보는 종수의 얼굴에 안도의 미소가 떠올라 있었다.

　아들은 아버지의 도움으로 진창에서 해방된 대신에, 이번에는
아버지가 아들이 짓이겨 놓은 곤죽에서 발을 못 빼고 난감해진 꼴
이었다.
　진태의 마음이 크게 흔들린 것은 그것이 돌발적으로 아들의 신
변에 일어난 단순한 에피소드가 아니라, 훨씬 거슬러 올라가서 자
기의 오랜 과거에까지 연결된 어떤 운명적 성격의 사건이 아닌가
하는, 자격지심에서 발전한 강한 의구심 때문이었다. 이제는 세상
에서 오로지 자기 한 사람만 기억에 담아두고 있을 뿐이지만, 아
들의 나이 정도였을 적에 그와 비슷한 사건을 저지른 경험이 있었
던 것이다.
　그 당시 고향인 시골 소도시에서 개구쟁이로 자라던 진태는 어
느 일요일 세교(世交)가 돈독한 집 잔치에 어머니를 따라간 적이
있었다. 그 댁에는 진태 또래의 아들이 있었는데, 둘은 오래 사귄
친구처럼 금방 죽이 맞아서 잔치는 뒷전인 채 장난을 치고 뒹굴고
하며 같이 시간을 보냈다.
　마침 그날 그 시간대가 도쿄에서 벌어진 한국과 일본 국가대표
팀 축구 정기전 중계와 겹친 것이 사건의 발단이었다. 그 사실을
상기시킨 것은 진태였고, 친구는 두말없이 그를 텔레비전이 있는
안방에 데리고 들어갔던 것이다.
　두 아이는 바깥에서 벌어지고 있는 떠들썩한 잔치 분위기하고
는 담을 쌓은 채 현지중계로 펼쳐지는 축구경기에 아주 정신이 빠
져 브라운 관 안으로 기어들어갈 지경이었다.

그러던 중에 친구가 오줌이 마려운지 잠시 자리를 비웠는데, 그 겨를에 무심코 방 안을 한 번 둘러본 진태의 눈에 이상한 것이 포착되었다. 장롱 위에서 늘어뜨려진 두 뼘 정도의 하얀 끈이었다. 두 가닥인데, 끝은 하나로 매듭지어져 있었다.

평소 같으면 대수롭잖게 넘어갈 수도 있었으련만, 그날따라 굳이 호기심이 발동한 것은 시쳇말로 운명의 짓궂은 장난이 아니었을까. 어쨌든 진태는 일어나 장롱 앞에 다가가 그 끈을 잡아당겨보았다. 끈은 간단히 끌려왔고, 곧 끈에 연결된 파란 비단주머니가 툭 떨어졌다.

그때까지만 해도 단순히 개구쟁이의 장난기 어린 호기심에서 더도 덜도 아니었다. 그러나 주머니를 열고 그 속에 든 몇 푼의 돈을 발견한 순간, 진태의 영혼은 갑자기 원초적 악마가 불러일으키는 거센 회오리에 휩싸이고 말았다. 엉겁결에 주머니를 호주머니에 쑤셔 넣었다. 그러고 나서야 자신이 엄청난 짓을 하고 있다는 깨달음에 몸을 부르르 떨었으나, 이미 돌이키려야 돌이킬 수 없는 상황이 되고 말았다. 친구가 허둥지둥 문을 열고 들어왔기 때문이다.

그때부터는 진태의 안중에 축구경기가 들어올 리 없었다. 눈앞이 어질어질하고 심장이 쿵쾅거리며, 귀에 이명이 울려 친구가 무슨 말을 해도 알아들을 수 없을 정도였다.

야, 너 축구가 그렇게도 좋아? 아주 넋이 나갔구나.

마침내 경기가 끝나고 친구가 어깨를 툭 치며 말을 건넸을 때에야 진태는 비로소 자신으로 돌아와 한숨을 토해내었다. 그러나 그 이후의 시간은 그 집 담벼락 안 지붕 아래에 머물고 있는 자체가 견디기 어려운 형벌이 아닐 수 없었다. 그래서 어머니한테 숙제를 펑계로 대고는 먼저 집에 돌아오고 말았던 것이다.

무서운 상황이 터진 것은 바로 다음날이었다.

학교에서 수업을 마치고 집에 돌아온 진태는 다짜고짜 아버지한테 멱살부터 잡혔다.

이놈의 자식! 너 바른대로 대. 어제 그 댁에서 뭘 훔쳤어?

아버지의 호통 한마디에 진태는 바짝 얼어버리고 말았다. 다른 경우 같으면 완강히 부인하거나 변명했을지도 모르지만, 한 짓이 워낙 엄청나다는 자격지심에 지레 주눅이 들고 만 것이다. 그래서 자기도 모르게 입에서 튀어나온 첫마디가 '잘못했어요'였다.

순간, 눈에 불이 번쩍함과 동시에 마당에 나뒹굴고 말았다.

이런 집안 망칠 놈의 자식 봤나!

분노로 험상궂은 얼굴이 되어 거듭 두들겨 패려는 아버지를 어머니가 온몸으로 막으며 새된 소리를 질렀다.

이이가 미쳤나 봐. 애 죽이겠네. 이럴 거까지 뭐 있어요?

이게 커서 도둑놈밖에 더 되겠냐고.

닥쳐요! 자식한테 그딴 심한 말이 어디 있어. 견물생심이라고, 철없는 애가 그럴 수도 있잖아.

임자는 지금 무슨 말을 하는 거야? 아무리 내 새끼라도 감쌀 걸 감싸야지.

듣기 싫어요. 애 눈에 띌 곳에 둔 사람도 잘못이지 뭐. 자식 키우는 입장에선 누구도 장담 못하는 법이라고.

어머니의 태도가 워낙 강경한 바람에 아버지도 마침내 고자누룩해지고 말았다. 진태가 평생을 통해 어머니의 짙은 사랑을 가장 뼈저리게 절감하는 감동의 순간이기도 했다.

어쨌든 진태로서는 어머니의 두둔과 변호가 무색할 정도로 참
담한 꼴이 되고 말았는데, 그것은 돈을 이미 학교의 망나니 친구
들과 함께 다 써버리고 주머니도 길가 어느 쓰레기통에다 버린 뒤
였기 때문이었다.

그 사실 때문에 다시금 아버지의 격분을 샀으나, 그 지경에서도
어머니의 모성애와 그에 입각한 신뢰감은 여전히 흔들리지 않았
다. 말 그대로 맹목적이라고나 할까. 덕분에 다행히 더 이상의 호
된 곤욕은 모면할 수 있었다.

어머니는 그 댁에 찾아가서 사실대로 설명하고 돈을 물어주겠
다고 했는데, 진태는 그 이후의 일은 지금 하나도 기억하고 있는
것이 없었다. 그 댁 식구들에 관한 소식도 마찬가지였다. 어머니는
몰라도 진태 자신이 사건 직후부터 그 댁에 관한 한 인연의 연결
고리를 깡그리 없애버리려고 의식적으로 오랫동안 노력했기 때문
이다.

고향을 떠나오고 나서 학업과 사회 진출과 결혼, 그리고 어렵게
시작한 사업으로 파노라마처럼 이어지는 절실한 현실생활에 줄곧
쫓기는 동안, 진태의 소망은 자연스럽게 달성된 폭이었다. 어린 마
음에 참담한 상처를 입혔던 그 사건도 어느덧 마음속의 가벼운 흉
터 정도로 아련한 추억이 되었고, 기억이 되살아나서 혼자 미소를
머금는 것도 가뭄에 콩 나듯 할 정도였다.

그런데 그 '비단주머니'가 어느 날 느닷없이 길바닥에 떨어진
돈봉투가 되어 아들을 통해 자기한테 종주먹을 대는 상황이 벌어
진 것이다.

그러고 보면 장본인인 내가 인식하든 않든 간에, 인정하거나 않

거나 간에 '비단주머니'가 내 영혼과 인생에 그토록이나 큰 부채요 상처였더란 말인가. 어쩌면 아들놈한테 이 일이 닥친 건 그 묵은 딱지를 떼어내주려는 운명의 어떤 배려가 아닐까.

거기에까지 생각이 미치자, 아들의 문제를 슬기롭게 해결하는 데 최선을 다하지 않으면 안 되겠다고 마음이 가다듬어졌다. 그래서 이삼 일을 두고 머리를 굴린 결과, 한 가지 기발한 지혜가 문득 떠올랐다.

진태는 아내 몰래 아들을 불러 이렇게 가만히 지시했다.

"너 그 돈 가운데 한 장만 지금 아버지한테 다오."

다음날이었다.

어스름 저녁 무렵 아파트에 도착해 주차장에 차를 댄 진태는 아들의 핸드폰에 전화를 걸어, 어머니한테 적당한 핑계를 대고 잠깐 내려오라고 일렀다.

아버지가 그 시간에 왜 자기를 그런 식으로 불러내는지 모를 리가 없는 종수는 마치 벌 받으러 나온 아이 같은 무거운 분위기를 끌며 잠시 후 어슬렁어슬렁 나타났다.

진태는 아들을 데리고 주차장을 가로질러 공원으로 향했다. 철책을 사이에 두고 대로변의 인도와 접해 있는, 어린이 놀이터를 겸한 휴식공간이었다.

이미 아이들이 나와 놀기에는 늦은 시간이어서 미끄럼틀이나 정글짐, 시소 같은 놀이기구들은 꼼짝없이 어둠을 맞이하고 있었고, 그날따라 저녁바람 쐬러 나온 사람조차 눈에 띄지 않아 텅 빈 공원 분위기는 여간 허전하고 썰렁하지 않았다.

두 사람은 팔각정 모양의 쉼터에 나란히 걸터앉았다.

"그동안 마음고생이 컸지? 이제 그 짐을 벗도록 하자꾸나."

진태가 준비했던 첫 번째 말이었다.

그런데 그렇게 말해놓고 보니까 그것은 비단 아들뿐 아니라 자기 자신도 대상에 포함되는 소리였다. 그런 깨달음이 그를 갑자기 착잡하고 우울한 기분에 젖어들게 만들었다.

"너 그 돈 그대로 갖고 있지?"

"네."

"그걸 임자한테 되돌려준다는 것은 현실적으로 너무 복잡해서 무리한 일일 것 같구나. 그렇다고 마냥 가지고 있을 수도 없고 써버릴 수는 더더욱 없는 노릇, 그러니까 방법은 한 가지밖에 없겠다."

"어떤 방법인데요?"

"그 돈이 절실히 필요한 대상을 물색해서, 이를테면 고아원이나 양로원 같은 데, 아니면 수술비가 부족해 한숨짓는 가엾은 환자 말이다. 그런 사람한테 전달하는 것이야. 말하자면 성금인 게지. 그처럼 아름답고 의미 있는 일에 쓰인다면, 다소 변칙일망정 그 돈은 이 세상에 나온 값어치를 충분히 한 셈이 되는 거야. 그렇지?"

"네."

"물론 그것으로 너의 허물이 완전히 씻어지는 것은 아니다. 일시적으로 네가 그 돈의 유혹에 넘어갔을 뿐 아니라 일부를 유용한 건 사실이니까. 그것을 추궁하는 사람은 없을지언정 너 자신의 양심이 용서할 수 없을 거고, 용서해서도 안 된다고 생각한다. 그 점을 명심하거라. 알겠니?"

"잘 알겠어요, 아버지."

"그런 의미에서 너한테 특별히 줄 게 있다."

그러면서 진태가 호주머니에서 꺼낸 것은 앞뒤 양면을 빳빳한 비닐로 코팅한 만 원짜리 한 장이었다. 마치 무슨 견본과 같은 그것을 아들에게 주었다.

얼떨결에 넘겨받은 종수는 가로등 불빛에 그것을 확인하고, 곧이어 고개를 돌려 아버지를 쳐다보았다. 느닷없이 따귀라도 얻어맞은 듯한 표정이었다.

"네가 준 그 돈을 코팅한 거다. 무슨 뜻이냐 하면, 잘 간직하며 네 양심의 징표로 삼으라는 것이야. 지금은 부모 슬하에서 오로지 공부만 하는 어린 학생이지만, 앞으로 학업을 다 마치고 사회에 진출해 네 포부와 능력대로 인생을 개척해 나아가야 할 것 아니냐. 그 과정에서 온갖 어려움과 때로는 좌절도 맛보게 되겠지. 세상은 고해(苦海)라는 말 꼭 그대로란다. 그럴 경우, 그 고난과 역경에서 탈출하기 위해, 때로는 더 큰 욕심을 채우고자 무리를 하게 되고, 그러다 보면 약해져서 자신도 모르는 사이 악의 유혹에 시선을 돌리게 돼. 신이 아닌 인간이니까. 이따금 매스컴을 떠들썩하게 하는 사회비리사건 모두가 다 그런 케이스야. 무슨 얘긴지 알겠지?"

"네."

"너는 심지가 굳고 성실하며 사고방식이 건전하기 때문에 네 인생을 훌륭하게 잘 개척해 나가리라고 아버지는 믿지만, 너라고 해서 평생 동안 그런 위기에 한 번도 부딪치지 않는다는 보장이 어디 있겠느냐. 그럴 경우, 이걸 꺼내서 거울삼아 들여다보거라. 그러

면 흔들리는 너 자신을 스스로 거뜬히 붙들 수 있을 거다. 아버지
는 너를 믿는다. 아버지 마음 이해하겠지?"

"네, 아버지. 잘 알겠어요."

종수가 고개를 번쩍 쳐들며 힘 있게 대답했다.

아버지와 아들은 누가 먼저라고도 할 것 없이 손을 꼭 잡았다.

문득, 한 가닥 신선한 바람이 철책 사이로 불어와 두 사람을 어
루만지고 지나갔다.

죽음에 관한 명상
-유년의 환상 6

—전세계가 고령화라는 유례없는 대재앙의 소용돌이에 빠져 있다. '생명연장의 꿈'은 '부양인구 부족'이라는 부작용을 초래하고 있고, 각국은 이 문제로 국가체제 자체를 재구축해야 할 정도의 대수술을 필요로 하고 있다. 한국도 예외가 아니다. 우리 사회의 고령화 속도는 지난 50년간의 경제성장 속도와 거의 맞먹는다.

　—서울대 황우석 교수팀의 '배아 줄기세포 연구'가 정부의 공식 승인을 받았다. 이에 따라 배아 줄기세포를 통한 알츠하이머, 파킨슨병 등 희귀한 난치성 질환의 치료제 개발을 위한 연구가 본격화될 것으로 전망된다.

　"이러다간 세상이 노인천국 되겠잖아. 늙은이들은 죽지 않고, 젊은것들은 출산을 기피하고……"

　아침식사 후 차를 마시는 시간이다.

나는 안락의자에 앉아 모과차의 진한 향기를 음미하며, 탁자 건너편에 마주앉아 있는 아내더러 들으라고 툭 던진다.

　한손으로 찻잔을 들고 상체를 비스듬히 수그린 채 탁자 위에 펼쳐져 있는 신문을 들여다보던 아내는 자기가 관심 있게 주목하는 기사를 내가 대뜸 간파한 바람에 흥미가 달아난 듯, 지면에서 시선을 떼고 똑바로 앉으며 말을 받는다.

　"출산을 기피하는 건가 뭐. 낳지를 못하는 거지. 요새 젊은 애들은 전자파를 너무 쐰 데다 나쁜 식생활 탓으로 임신이 되지를 않는다고 하잖아요."

　그 말에는 은근한 자부심이 묻어 있는 것 같다. 아내는 평소 화제가 그런 쪽으로 흘러가면, 자기는 씨암탉처럼 아이들을 쑥쑥 잘 낳아주었으니 황감하게 여기라는 투로 곧잘 나한테 으스대는 버릇이 있다.

　"생명연장이 도대체 뭐야. 모든 생물은 수명이 다하면 소멸하게 되는 게 자연의 법칙이고 섭리인데, 인간들은 왜 그걸 멋대로 왜곡하지 못해 안달이냐고. 죽을 때가 되면 당연히 죽어야지."

　"아까운 세상 하루라도 더 오래 살고 싶은 건 인지상정인데 뭘 그래요."

　"글쎄, 그게 틀렸다는 거야. 몇 년쯤 더 산다고, 일흔 살 걸 일흔다섯까지 산다고 그 인생의 그림이 뭐가 달라지기라도 한대? 그런다고 아쉬움 없이 웃으며 눈감을 것 같아? 누가 뭐래도 난 생명과학을 더 이상 발달시키는 데 반대야. 현 단계에서 스톱시켜야 해."

　"그렇게 말하는 당신 자신은 어쩔 건데? 더 늙고 병들어도 병원에 안 가고 버티다가 그냥 죽을 거야? 그럴 자신 있어요?"

"적어도 난 타고난 수명을 고무줄처럼 늘이려고 아등바등하진 않을 거야. 그런 면에서는 초탈한 사람이 바로 나라고"

아내는 픽 웃지만, 내 말은 결코 허세가 아니다. 대개 아침이면 가벼운 운동을 하지만, 그것은 글쓰기 위주의 일상생활 컨디션을 유지함과 동시에 내 수명을 다 소비할 때까지는 잔병치레로 주변 사람을 불편하고 힘들게 하지 않았으면 하는 소망 때문일 뿐, 그 이상의 이유나 목적은 없다. 같은 맥락으로, 아프지도 않고 멀쩡하면서 녹혈이나 웅담을 일삼아 먹는다든지, 희귀종 야생동물을 삼계탕이나 로스구이처럼 해먹지 못해 게걸을 떠는 사람들을 딱하게 여긴다.

이처럼 생사문제에 관한 한 어지간히 달관의 경지에 도달했다고 자부하는 나도 '죽음'이라는 명제를 놓고 매우 심각한 고뇌에 빠진 적이 있었다. 어려서 조모상(祖母喪)을 당했을 때였다. 할아버지는 내가 태어나기도 전에 고인이 되셨기 때문에 얼굴 모습도 전혀 모르지만, 할머니는 내가 아홉 살 되었을 때 세상을 떠나신 것이다.

할머니는 자그마한 몸매에 항상 옷차림이 단정하고 행동거지가 흐트러지지 않았으며, 큰소리로 웃는다든지 목소리를 높인다든지 하는 적이 없으셨다. 한마디로 말해서 반듯하고 깔끔한 개성의 소유자였다.

그런 성격 탓이었을까, 할머니는 그다지 자상하거나 잔정이 많은 분이 아니었다. 손자를 보면 무조건 팔을 벌리고 엎어지는 대개의 노인네와 달리 좀처럼 자신의 자리에서 우리 곁으로 내려오는 법이 없었다. 오남매의 중간으로서 다른 동기들보다 할머니한테 각별히 우대 받을 까닭이 없었기도 하지만, 어쨌거나 나는 조손(祖孫) 간의 푸근한 사랑을 증명할 수 있는 추억거리를 하나도 가지고 있지 않다. 할머니는 언제 어떤 경우에도 집안의 가장 어른이었고, 내가 어머니한테 하듯이 떼쓰거나 어리광이라도 부리며 덥석 안길 수 없도록, 눈에 보이지는 않지만 분명히 존재한 어떤 벽 저 편에 앉아 계신 분이었던 것은 분명한 사실이다.

그런 할머니께서 나에게 가장 강렬한 인상을 남기신 것은 자신의 주검으로써였다. 별로 크게 편찮거나 오랫동안 자리에 눕지도 않았는데 어느 해 가을날 덜컥 세상을 떠나심으로써 '죽음'이라고 하는 인간의 영원한 테마를, 그 바윗덩이처럼 무거운 숙제를 나한테 불쑥 떠안긴 것이다.

나는 그 전까지만 해도 죽음에 대해서 심각하게 생각해본 적이 없었고, 생각할 필요를 느끼지도 않았다. 마을에 초상이 나서 상여가 나가는 광경을 볼 때도 그냥 그런가 하는 정도였고, 유족들의 슬픔보다는 어쩌면 나한테도 작은 기회가 올 푸짐한 상가음식에 더 관심이 쏠리곤 했다.

그랬는데, 한 지붕 밑에서 항상 숨결과 체취를 느끼며 함께 살아오던 가족이 죽은 것이다. 종전까지의 초상에서는 구경꾼에 불과했으나, 이번에는 내가 바로 당사자가 된 것이다.

아버지나 어머니, 또는 동기간의 돌연사였다면 당장의 충격과 슬픔은 더 컸을지언정 그 형벌 같은 번뇌에 시달리지는 않았을지도 모른다. 어쨌거나 할머니의 별세는 나에게 '누구든지 늙으면 죽게 된다'는 생명의 자연법칙을 확연히 일깨워준 일대사건이었다. 철이 들기도 전에 갑자기, 태어나서 처음으로 부닥친 '인생'의 문제였다. 그 선명한 충격은 야외에서 아무 대비 없이 장대소나기를 맞았을 때와 같다고나 할까.

인생의 그 본질문제로 내 심각한 가슴앓이가 시작된 것은 장례 식을 치른 뒤 집 안이 도로 조용해지고 할머니의 체취도 서서히 가실 만해서였다.

사실 장례기간 동안은 떠들썩하고 번잡한 것이 흡사 잔칫집 같 았으므로, 어린애가 차분한 사색의 기회를 갖는다는 것 자체가 사 실상 불가능했다. 온통 그런 분위기에 자신도 모르게 휘둘리다 보 니, 개구쟁이 재종형의 꾐에 넘어가 난생 처음 막걸리를 마시고 취해서 아버지한테 귀싸대기를 얻어맞는 해프닝을 벌이기도 했다.

아무튼 그런 어수선한 며칠이 지나 비로소 일상의 평정으로 돌 아오자, 그제야 할머니의 존재가 새로운 실감으로 되살아오면서 그 공허한 빈자리가 내 가슴을 울렸다. 그것은 평소에 어느 정도 나 할머니께서 나를 사랑하셨고 나도 따랐던가 하는 사실관계하 고는 상관없는 문제였다.

사람은 어째서 죽어야 하는 걸까. 죽지 않고 영원히 사는 길은 없을까. 나는 홀로 곰곰이 생각했다. 나도 이 다음에 어른이 되고, 다시 할머니처럼 늙은이가 되어, 결국에는 죽게 되겠지. 아, 죽는 건 싫다! 그것은 생각만 해도 소름이 돋을 일이었다. 그걸 피할 방 법이 도저히 없는 걸까.

그 '죽음의 문제'는 내 머릿속에서 한시도 떠나지 않고 맴돌았 으며, 가끔씩 대책 없는 깊은 사색(思索)의 늪에 나를 끌어들임으 로써 주위 상황을 완전히 망각하도록 만들곤 했다.

한 번은 뒷간에서 쭈그리고 앉아 마냥 골똘한 생각에 잠겼다가,

마침 마당에 깔린 멍석 위의 알곡을 쪼아 먹던 닭이 어머니한테 혼나서 내가 있는 쪽으로 갑자기 쫓겨오는 바람에 깜짝 놀라 나자빠져 하마터면 큰일 날 뻔하기도 했다. 나는 또래들보다 체구가 작았고, 우리 집 뒷간 똥통은 터무니없이 크고 깊었기 때문이다.

그와 같은 사색에의 침잠(沈潛)은 꼭 조용한 분위기 속에서만 국한된 것이 아니었다. 어느 땐가는 우리 집 마루에 앉아 떠들썩하게 담소하던 여러 어른들이 볕살 환한 토방에 쭈그리고 앉아 오랫동안 골똘한 생각에 잠긴 나를 문득 주목하고는 의아해서 모두 웃음소리가 뚝 그친 적도 있었다. 어머니가 물으셨다. 얘가 넋이 나갔나. 뭘 그렇게 생각하니. 내 입에서는 아무런 가식 없는 대답이 대뜸 튀어나왔다. 늙어 죽는 게 싫어서. 그런 이후 한동안 나는 마을에서 작은 화제의 주인공이 되기도 했다.

나로서 가장 괴롭고 지긋지긋한 시간은 깊고 적막한 밤이었다.

잠자리에 누워 캄캄한 천장을 쳐다보고 있노라면, 기다렸다는 듯이 '죽음'이란 두 글자가 떠올라 내 머릿속을 마구 휘저었다. 그렇게 시달리는 동안 의식이 서서히 몽롱해지면서 방 전체가 마치 무중력 공간에 뜬 것처럼 움직이기 시작해 전후좌우와 상하로 흔들리거나 빙그르르 돌고, 급기야는 놀이공원의 롤러코스터처럼 빠른 속도로 어디론가 흘러가는 것이었다. 나는 조마조마하고 아찔해서 견디다 못해 얼굴을 찌푸리고 고개를 젓거나 몸을 뒤채곤 했다. 그러다가 어찌어찌 겨우 잠이 들어 괴로움에서 해방되는 것이었지만, 정 견디기 힘든 경우에는 억지로 일어나 앉음으로써 그 정신분열적 환각상태를 털어버리곤 했다. 그런 다음 도로 잠자리에 들면 또 같은 일이 되풀이되는 것이었다.

사후세계 탐구에 몰두하는 호사가들의 학설, 또는 의학적 판단으로 사망했다가 기적적으로 소생한 사람들의 특이한 증언에 의하면, 죽음에 이르는 길은 대개 아주 밝은 환상적인 터널 속을 무중력 상태에서 초고속으로 통과하는 과정이라고 한다. 그렇다면 내 경우는 어린 철학자의 명상으로 그 신비로운 영적(靈的) 현상을 이미 경험한 셈이라고나 할까. 어쨌거나 몹시 피곤해서 눕자마자 금방 잠드는 날을 제외하고는 거의 날마다 밤이면 그런 지겹고 고통스러우며 두렵기도 한 시간을 보내야만 했다.

아버지와 어머니는 아들이 의식세계가 조금은 특이한 녀석이라는 생각은 했을지 몰라도 그 정도일 줄은 모르고 계셨을 것이다. 나는 혼자만의 비밀로 하고 양친에게는 한 번도 고충을 호소하지도 도움을 청하지도 않았는데, 왜냐하면 어떤 설명으로 이해시킬 수 있을지 막연할 뿐 아니라 어쩐지 부끄러웠기 때문이었다.

내가 그 난감한 정신고통의 되풀이에서 가까스로 해방된 것은 이듬해 여름이었다.

그날따라 오전부터 한나절 반 동안이나 많은 비가 내렸고, 오후에 비는 그쳤으나 두껍게 깔린 먹구름아래 대기는 축축하고 시간은 정지된 듯한 지겨운 하루였던 것으로 선명하게 기억하고 있다.

나는 그날 늦은 저녁밥을 먹고 나서 집을 나섰다. 아버지 심부름으로 담뱃가게에 다녀와야 했기 때문이다. 담뱃가게는 마을 중앙의 작은 들판 건너편에 있는 외딴집으로 잡화점을 겸하고 있었는데, 우리 집에서 그 집으로 가자면 마을의 주요 통행로인 위뜸 고샅길과 바닷가 방죽길 외에도 또 하나 길이 있었다. 들판을 가로지르는 논틀길로, 평소에 이용하는 발걸음들이 뜸한 편이었다.

그날 내가 하필이면 그 논틀길을 택했던 것은 이유가 단순했다. 이미 자랄 대로 다 자란 벼들이 양쪽에서 잎사귀를 길게 늘이고 있어 노폭이 좁을 뿐 아니라 비가 왔다는 사실이 마음에 걸리긴 해도, 그쪽이 가장 짧고 빠른 지름길이기 때문이었다.

예상대로 빗물 머금은 축축한 볏잎사귀들이 반바지 차림인 내 다리를 심술궂게 집적거리고, 떼 지어 논 위에 떠 있던 모기며 하루살이들이 기다렸다는 듯이 달려들었다. 그렇지만 이미 들어선 길을 되돌아나가기가 뭣해 어슴푸레한 길바닥을 반 어림짐작으로 짚으며 곧장 나아갔다. 가까운 쪽 벼포기에서 잠을 청하던 메뚜기들이 내 기척에 놀라 어둠 속에서 톡톡 튀는가 하면, 길섶에 나와서 개골대던 개구리들은 울음을 뚝 그치며 물속으로 첨벙첨벙 뛰어들고 있었다.

어린아이로서 어둠 속 인기척 하나 없는 들판 한가운데를 통과한다는 것은 어느 정도 용기가 필요한 노릇이련만, 나는 주위로부터 '간이 제 키보다 크다'는 소리를 들어온 데다 평소 익숙한 길이기에 무섭다는 생각이 전혀 들지 않았다.

그처럼 볏잎사귀와 모기와 하루살이의 등쌀에 신경을 쓰면서 들판의 거의 중앙에 이르렀을 때, 나는 자신도 모르게 우뚝 멈추고 말았다. 이삼십 미터 전방에 떠 있는 이상한 불덩이를 문득 발견했기 때문이다.

아니, 사실은 꼭 불이라고 단정할 수도 없었다. 알갱이가 먼지처럼 작으면서도 촘촘하게 밀집해 광휘가 훨씬 뚜렷한 그 노르스름한 빛의 덩이는 대체로 공처럼 둥글었고, 내가 껴안으면 한 아름 남짓할 정도의 크기였으며, 윤곽이 수시로 변형되면서 조금씩 움직이고 있었다.

처음에는 약간 놀랐지만, 아이다운 강렬한 호기심이 발동함에 따라 그 두려움은 햇살 받은 눈처럼 금방 사라졌다. 저게 뭐야. 반 딧불일까. 그러나 어쩐지 반딧불 같지는 않았다. 혹시 도깨비불은 아닐까. 쳇! 무슨 도깨비불. 세상에 도깨비가 어디 있어. 어쨌거나 무엇인지 확인해봐야겠다는 의지가 내 등을 떠밀었다.

나는 조심조심 그 불 가까이 다가가기 시작했다. 그러나 이상하 게도 그것과 나의 거리는 단축되지 않았다. 처음의 가늠대로라면 충분히 확인할 수 있는 지점에 도달했을 것 같은데, 불은 여전히 그만한 거리와 높이를 유지한 채 나를 비웃듯 굼실굼실 움직이고 있었다.

저게 도대체! 나는 오기가 발동했다. 그래, 어디 해보자. 어느덧 담배심부름 생각은 까맣게 잊어버리고 그 불을 따라잡는 데만 온 정신이 몰두되었다.

처음에는 논틀길을 통해서만 따라갔으나, 그래서는 접근이 용이 하지 않다고 판단되자 아예 논둑으로 올라갔다. 좁은 논둑에서 발 이 미끄러져 곤죽 같은 진창에 빠지고, 고무신이 벗겨져 나가도 개의치 않았다. 다 자란 벼포기들이 억센 손아귀로 사방에서 아 프게 쥐어뜯으며 진로를 방해했지만 개의치 않고 오로지 불만 바 라보며 기를 쓰고 헤쳐 나갔다.

그런 나를, 불은 여전히 같은 거리를 유지한 채 달아나며 우롱 하고 충동질하는 것이었다. 어서 따라와. 날 잡아봐. 뭘 그렇게 꾸 무럭거리니.

그처럼 한참 동안 달아나고 쫓아가고 하다 보니, 어느덧 불과

나는 들판을 벗어나 있었다. 거기부터는 밭들이 누더기처럼 이어 펼쳐진 완만한 경사지였고, 그 위에는 소나무 숲을 방풍림(防風林)처럼 두른 마을 공동묘지가 널따란 공간을 차지하고 있었다.

불은 그 공동묘지 쪽으로 나를 꾀어가고 있었고, 나는 그 사실을 인지하면서도 이제는 멈출 수가 없었다. 결코 오기 때문만은 아니었다. 이 유인과 추적에는 막연하지만 뭔가 부득이하고 불가항력인 어떤 당위성이 작용하고 있는 것 같다는 생각이 들었기 때문이다.

작년에 돌아가신 할머니가 불현듯 머리에 떠올랐다.

그래, 저 불이 날 할머니 있는 데로 데려가는 거야. 할머니가 시킨 거야. 그렇게 속으로 뇌자 어쩐지 머릿속이 개운해지며, 공동묘지를 의식하면서 가슴속에 안개처럼 깔리던 약간의 무서움도 금세 가셔버렸다. 할머니가 손자인 나를 당연히 해롭게 하실 리가 없다는 아전인수의 판단에 기인한 안도감이었다. 그래서 주저하지 않고 불을 뒤따라 밭틀길을 올라가기 시작했다.

나는 한참 동안 숨을 헐떡이기까지 하며 올라가다가, 어느 순간 시야에서 불이 사라졌음을 문득 깨달았다. 걸음을 멈추고 주위를 둘러보았다. 그곳은 공동묘지 바로 앞이었고, 불은 여전히 눈에 띄지 않았다.

바로 그때, 난데없는 웬 음성이 들려왔다.

"뭘 그렇게 두리번거리는 게냐. 할미 여기 있다."

나는 그만 '아!' 하고 탄성을 지르고 말았다. 틀림없는 할머니 음성이기 때문이었다.

소리가 난 쪽을 눈을 크게 뜨고 바라보자, 과연 어둠 속에 희끄

무례한 모습의 할머니가 보였다. 공동묘지 초입의 너럭바위에 가
만히 걸터앉아 계셨는데, 소복차림인 데다 머리마저 희끗희끗하던
생전과 달리 완전 백발이어서 마치 색조를 흑백만으로 단순화한
초상화 같았다.

"할머니!"

나는 반가움이 왈칵 치올라 달려가려고 했다. 그러나 보이지 않
는 어떤 힘이 나를 제지하는 바람에 가까이 다가갈 수가 없었다.

"예까지 뭣하러 왔냐."

평소와 다름없는 그 차분한 말씨에, 나는 조금 서먹해졌다.

"할머닌 죽었잖아. 근데 어떻게 살아났어?"

"할미는 죽은 게 아니란다."

"거짓말! 작년에 죽었잖아. 장사까지 지냈는걸."

"너희들이 생각하기엔 분명히 죽었지. 그래서 여기 묻혔고. 하지
만, 죽어서 이승과 저승을 넘나들게 되면 산 거나 죽은 거나 하등
다를 게 없단다."

"어째서?"

"말해줘도 넌 어려서 잘 몰라. 어른이 되어봐야 비로소 깨달을
수 있고, 할미처럼 죽어봐야 확실히 알게 돼."

"싫어! 난 죽기 싫단 말야."

나는 어깨를 흔들며 부르짖었다. 그러면서도 문득, 내가 할머니
를 어째서 이처럼 만나게 되었는지 곡절을 어렴풋이 알 것 같았
다. 왠지 그런 느낌이 들었다.

"이 녀석아, 사람은 누구나 죽지, 죽기 싫어한다고 안 죽을 수 있
다든?"

"그래도 하여튼 싫어. 할머니, 사람은 왜 꼭 죽어야 해?"

"그렇게 되어 있으니까 그렇지. 사람이 태어날 때 이미 하느님이 그렇게 정해 놓았으니까. 어디 사람뿐이냐? 개도, 소도, 닭도……목숨이 있는 짐승은 다 마찬가지지."

"난 그게 싫단 말야. 어쨌든 난 죽는 거 싫어."

"맹랑한 녀석! 너 감나무의 감을 봐라. 부실한 건 익기도 전에 떨어지고, 실한 건 가을에 발갛게 익어 떨어지고, 어떻든지 간에 결국엔 저절로 떨어지잖아? 그 해 열린 건 그 해에 다 떨어져야만 이듬해에 또 새 열매가 주렁주렁 열리게 되지. 사람의 경우도 마찬가지 이치란다. 다들 죽기 싫다고 죽지 않는다면 어떻게 되겠어. 결국엔 세상이 온통 사람으로 꽉 찰 게 아니냐. 그러면 어떻게 되겠니? 삼천갑자(三千甲子) 동방삭(東方朔)이도 끝내 가서는 죽었느니라."

"그게 누군데?"

"옛날에 아주 오래 살았다고 알려진 사람이다. 갑자(甲子) 육십 년을 삼천 곱이나 살았다더라. 하지만 말짱 지어낸 이야기지, 그게 어디 말이나 되냐?"

역시 할머니한테서도 별다른 도움을 받을 수 없다는 실망감에 내 가슴은 갑갑하고 서글프기 그지없었다. 그러면서도 한편으로는 '할머니 말이 옳다'는 소리가 내 속의 어딘가에서 들려왔다.

내가 시무룩해서 서 있자, 할머니가 다시 말씀하셨다.

"아무튼 세상에는 천하없어도 사람의 힘과 재주로 안 되는 일이 있는 거다. 그러니까 그딴 쓰잘데기 없는 생각은 한시라도 빨리 털어버리는 게 상수야. 오로지 밥 잘 먹어 튼튼하게 자라고, 공부

열심히 하고, 부모 말 고분고분 잘 들으면 네 앞길이 저절로 훤하게 트여. 알겠냐? 나중에 어른이 되어서는 예쁜 색시 얻어 오순도순 너 같은 자식 낳게 될 거고, 그 자식들을 낙으로 삼고 어쩌든지 잘 키워 앞길을 열어주고자 애쓰다 보면 어느새 귀밑머리가 희끗희끗해진 자기 얼굴을 거울 속에서 보게 돼. 사람의 한 평생은 길고도 짧단다. 그러니까 어떡하든지 올바르게 열심히 살지 않으면 안 돼. 다시 말하건대, 죽고 사는 건 하느님 몫이니까 잊어버리고, 네 몫, 사람의 몫이나 제대로 다할 궁리나 하란 말이다. 이제 할미 말뜻을 조금은 알겠냐?"

할머니와의 대화는 좀 더 이어졌지만, 나는 거기에서 어떤 흡족스런 결론도 위안도 결코 건질 수 없었다. 그나마 소득이라고 한다면, 내가 안고 있는 번뇌는 한시라도 빨리 초월하거나 망각해버리는 것이 상책이며, 당연히 그렇게 하려고 노력해야 한다는 깨달음이었다.

"늦었다. 이젠 가보거라."

할머니께서 말씀하셨다. 그래도 내가 미적거리자, 조금 단호하게 언성을 높이셨다.

"어서 내려가라니까."

바로 그 순간, 형언할 수 없는 공포감이 와락 엄습해왔다. 방금까지 다정한 관계의 존재로만 여겨지던 할머니가 갑자기 정나미 떨어지고 소름이 끼쳤다. 마치 정수리에 찬물을 뒤집어쓴 것 같은 느낌이었고, 귀가 멍해지도록 가슴이 급박하게 쿵쾅거렸다.

나는 후닥닥 몸을 돌려 정신없이 뛰어 내려가기 시작했다. 밭틀길이고 밭이고 구분할 겨를이 없었다. 엎어지고 구르고 하면서도 아픈 줄도 몰랐다. 짐승이 울부짖는 듯한 소리가 정작 내 입에서 나오는 것인지 다른 누구의 것인지조차 분명하지 않았다.

심부름 보낸 아이가 돌아올 시간이 지났는데도 나타나지 않자, 집에서는 비로소 걱정하기 시작했다. 가겟집에 알아본 결과 아예 가지도 않은 사실이 밝혀졌다. 그래서 중간에 들렀을 만한 친구네에 일일이 찾아가 봤으나 역시 마찬가지 결과가 나옴에 따라, 집에서는 급기야 소동이 벌어지고 말았다.

애를 태우던 가족들이 나를 본 것은 그러고도 거의 두 시간 가까이 지나서였다. 그렇지만, 걱정이 가신 대신 이번에는 비명을 질러야 했다. 온통 다치고 깨져 피를 흘리는 데다 흙탕에서 뒹굴다가 나온 것 같은 처참한 몰골인 채 비틀거리며 유령처럼 대문간에 나타났기 때문이었다. 더구나 얼이 빠지기라도 한 듯, 묻는 말에 제대로 대답도 못함으로써 가족들의 충격과 놀라움은 극에 달했던 것이다.

파김치처럼 된 나는 꼼짝도 못하고 자리에 누워 있어야 했다. 고열로 땀이 비 오듯 했고, 잠인지 의식불명인지 분간이 안 되는 상태로 신음과 헛소리를 반복해 가족들의 애간장을 태웠다.

내가 겨우 자리를 털고 일어난 것은 사나흘이 지나서였다.

아버지와 어머니께서 번갈아가며 어떻게 된 영문인지 물었지만, 나는 기억나지 않는다고 무조건 고개를 저었다. 같은 질문이 몇 번이나 반복되어도 내 대답은 시종일관 똑같았고, 종래에는 바락 소가지를 부림으로써 추궁을 차단하는 데 성공했다. 두 분이 마침내 손을 드신 것이다. 그 대신 무당을 집에 초빙해 액을 때우는 고사를 지내셨다.

"아니, 얘가 글쎄…… 당신은 어때 보여요? 괜찮을 거 같아?"

"지금 봐서는 그렇잖아? 정신상태도 멀쩡한 것 같고."

"도대체 어디서 어쩌다 그 꼴이 됐던 걸까? 정말이지 궁금해 미치겠네."

"관둬. 어쨌든 그나마도 천만다행이지 뭐야. 조상님이 도우신 게지."

나는 양친이 내 머리맡에서 소곤거리는 소리를 곤히 자는 척하며 듣고 있었다. 그리고 그날 밤에 겪었던 일을 곰곰이 생각해보았다. 어디로 어떻게 해서 집에 돌아왔는지는 나 자신도 정말 알 수 없었으나, 그 전반부는 기억이 생생했다. 들판의 논 위에 떠 있던 노란 불덩어리며, 그 불을 따라 공동묘지로 올라간 것이며, 할머니를 만나 대화한 내용까지.

할머니가 그 이상한 불로 날 꾀어서 불러갔던 거야. 나는 속으로 그렇게 결론을 내리고 있었다. 내가 죽기 싫어하는 줄 알고는 깨우쳐주고 달래려고 그랬던 거야. 정말이야.

어쨌든 그 사건은 나로서는 평생 동안 잊으려야 잊을 수 없는 경험이었고, 가만히 생각해 보면 그로 말미암은 정신적 영향 또한 작지 않았던 것이 사실이다.

나는 그날 밤의 일을 아무한테도 털어놓지 않았다. 정신 나간 소리 아니면 뻔한 거짓말로 매도당할 것이 싫기도 했지만, 어쩐지 나 혼자만의 비밀로 간직해야 할 귀중한 가치가 있는 것 같아서였다.

무엇보다도 중요한 사실은 그 이후부터 죽음에 대한 내 사고(思考)의 색깔에 차츰 변화가 일어났다는 것이다. 여러 가지 새로운 변화의 반복이 아니라, 이를테면 한 점의 화석(化石)으로 완성되기 위해 한 장의 나뭇잎이 땅 속에 묻혀 고정된 상태에서 지온(地溫)과 습기와 세월에 의해 변질되어가는 것과 흡사하다고나 할까.

어쨌든 나는 죽음이란 문제의 해답을 찾기 위해 그전처럼 골똘히 사색의 늪에 빠지는 일이 없게 되었고, 밤에 잠자리에 들어서도 그 지긋지긋한 환각에 시달리지 않게 되었다. 그날 밤 사건 이후 칼로 두부 자르듯 갑자기 그렇게 된 것이 아니라, 어느 정도 기간을 두고 서서히 그 질곡으로부터 해방되었다고 하는 편이 정확할 것이다. 실로 다행이 아닐 수 없다.

남녀 불문하고 사람들은 대개 이십대에서 삼십대로, 삼십대에서 사십대로, 사십대에서 오십대로, 이처럼 자기 인생의 연대가 바뀔 때마다 심리상태가 불안정해져 몹시 흔들린다고 한다. 젊어서는 성취에 대한 강박관념 때문에, 나이가 들어서는 죽을 날이 점점 다가온다는 두려움과 허무 때문에.

그러나 나는 스스로 이상하게 여겨질 정도로 그 점에서는 초연하게 이 나이까지 걸어왔다. 한 번도 그런 문제로 심각한 고민에 빠진 적이 없었다. 가령 마흔두 살에서 마흔세 살이 되는 것이나, 쉰아홉 살에서 예순 살이 되는 것이나 마찬가지라는 이야기다. 이건 사실이다.

나 자신과의 관계에서만 그런 것이 아니다. 내 심장의 붉은 피와는 별개인 차가운 이지(理智)는 언제 누구의 어떤 주검을 대하든 그것을 하나의 '사실적 현실'로써 담담히 받아들이도록 훈련이 되어 있다.

아주 오래전 어머니가 긴 병환 끝에 돌아가시던 날 밤, 혼자 옆에서 자다가 저승사자를 보는 꿈을 꾸고 한밤중에 문득 깨어난 나는 노인네가 간헐적인 호흡 끝에 기어이 숨을 꼴딱 놓으시는 모습을 차분히 가라앉은 마음으로 줄곧 조용히 지켜보고 있었다. 아내가 아이들과 함께 옆방에서 자고 있었지만 깨우지도 않았다. 그렇게 임종을 지켜보고 자세를 반듯하게 해드린 다음, 불까지 끄고는 옆에 도로 누웠다. 장례준비를 해도 어차피 날이 새어야만 가능한 일이라고 판단되었기 때문이다. 물론 잠이 올 리가 없었으므로, 이따금 일어나 전등을 켜고는 오랜 병고의 고통에서 완전히 해방됨으로써 신기할 정도로 잔주름도 없이 매끈하게 펴진 싸늘한 얼굴을 쓰다듬곤 했다.

아침이 되어 비로소 사정을 알게 된 아내는 놀라기보다 소름이 돋는 것을 억지로 참는다고 할까, 십여 년이나 같이 산 남자에게서 아직도 몰랐던 부분을 발견한 경이로움이라고 할까, 그런 기묘한 눈길로 나를 빤히 쳐다보고 있었다.

그리고 또 한 번, 병원에서 변사체를 부검하는 현장을 경찰의 특별한 호의로 견학하는 기회가 있었는데, 마치 죽은 소나 돼지의 배를 칼로 따고 머리를 톱으로 썰어 내장과 뇌를 꺼내는 것과 다름없는 그 잔혹한 장면을, 나는 육질이 부패해갈 때 풍기는 특유한 야릇한 악취까지 잘 견디며 끝까지 지켜볼 수 있었다. 동행했던 형사 하나가 마침내 견디지 못하고 중간에 손으로 입을 틀어막으며 뛰쳐나갈 정도였는데도……

진실로 바라건대, 마지막 날까지 부디 이대로 나만의, 나다운 기품을 잃지 않고 추한 모습을 보이지 않은 채 내 인생의 마침표를 찍을 수 있게 되기를.

이와 같은 소망이 이루어진다면, 그것은 유년의 그 어느 날 신비한 경험으로 인생의 해답을, 적어도 그 소중한 열쇠 하나를 얻은 데서 비롯된 것이라고 해도 틀리지는 않으리라. 아무쪼록 우아하게 죽는 지혜를 구하고 실천하리라.

여섯 장면의 짧고 슬픈 드라마

"자폐증에서 온 언어장애로군요."

나와 대화하면서도 윤주의 불안정한 태도와 행동을 줄곧 지켜보고, 그런 다음 윤주를 상대로 직접 몇 마디 대화를 시도해 무반응을 확인한 의사의 진단결론이다.

그 말을 듣는 순간, 이 자리에 남편이 있어야 한다는 생각이 불현듯 든다. 남편이 있어서 뭐가 달라지거나 내 마음이 가벼워진다는 뜻은 아니다. 어쨌든 이 뼈아픈 선고 앞에는 그도 같이 있어야 당연하지 않은가.

매달리는 심정으로 의사한테 묻는다.

"치료는 가능한가요, 선생님? 전 애한테서 제발 '엄마' 소리 한 번만이라도 들어보는 게 소원이에요."

"본질적으로 치료가 불가능한 질환은 없습니다. 원인규명이 얼마나 정확히 되어 있느냐, 치료기술이 얼마나 발전했느냐, 가능한 치료성과를 어느 선까지 기대할 수 있느냐 하는 문제일 뿐이지요. 물론 치료성과는 환자마다 다른 개인차가 있겠습니다만……. 이 아이의 경우는 단순한 언어장애 치료에 국한해서 생각할 것이 아니라, 근원적인 자폐증을 치료하는 차원에서 접근해야 할 겁니다. 좀 전에 말씀하시기를, 아기일 때 할머니와 이웃집 아주머니한테 일주일씩 번갈아 맡겼다고 하셨죠?"

"네, 전 그때 직장에 다니느라고……."

"바로 그것이 문제였던 겁니다. 사회성을 인지하는 아주 중요한 기초단계에, 가장 밀접한 접촉대상이어야 할 어머니한테서 떨어져 성격과 언어와 태도가 전혀 다른 두 인격체와의 번갈은 접촉으로 자극을 받다 보니 정서적으로 혼란을 일으킨 거지요. 가슴 아픈 일입니다. 기름기 묻은 식기를 깨끗하게 하려면 주방세제를 쓰면 간단하지만, 그냥 물로 깨끗하게 씻으려면 얼마나 많은 물이 필요하겠습니까? 이 아이의 경우, 부모님의 기대치에 부합되는 그런 주방세제 같은 치료수단이 애석하게도 현재까지는 없습니다. 오로지 기름기를 그냥 물로 씻는 것과 마찬가지로, 보상의 의미가 담긴 부모의 무한한 사랑과 노력과 보살핌이 필요합니다. 의학적 치료는 보조수단일 뿐이지요."

전문지식과 전문용어의 동원만 다를 뿐, 의사의 설명은 내가 지금까지 나름대로 생각하고 걱정하고 안타까워해온 진단과 별 차이가 없다. 그렇기 때문에 면담의 결과가 시원찮고 명쾌하지 않은 데 대해 아쉬워하거나 불만스러워할 것도 없다. 병원 방문 자체가 나에게는 일종의 카타르시스였으니까. 그것도 한 번으로 족한.

윤주를 데리고 종합병원을 나와, 아이의 손을 잡고 하염없이 거리를 걷는다.

시끄럽고 분주한 시가지 위에 늦봄 한낮의 햇살이 쏟아지고 있다. 잔인할 정도로 너무 환한 이 빛이 싫다. 정말 싫다. 불현듯 눈앞의 보도블록들이 물결처럼 출렁인다. 시도 때도 없이 찾아오는 현기증이다. 눈을 지그시 감았다가 뜬다. 조금 안정이 되는 듯하다.

다행히도 저만치 고궁 담벼락을 끼고 조성되어 있는 간이공원이 시야에 들어온다. 윤주를 데리고 그곳으로 가서 벤치에 털썩 앉는다. 시끄럽고 분주한 도시의 한가운데서 혼자 외돌토리로 떨어져 앉은 이 삭막함과 처량함. 영락없는 열패자의 꼬락서니다. 저 많은 사람들의 눈에 내가 그렇게 비치겠지. 무슨 상관이람. 너희들이 날 밥 먹여주느냐고. 내 슬픔과 고통과 눈물이 너희들한테 무슨 상관이야. 관심이나 있어? 그렇게 생각하니 저절로 목이 메며 눈앞이 흐려진다. 눈을 꾹 감았다가 뜬다. 떨어지는 눈물방울이 뺨을 간질인다.

윤주가 나를 빤히 쳐다보고 있다. 이 맑고 예쁜 눈이, 눈의 표정이, 이 아이의 경우는 자폐증의 증거란 말인가. 아냐. 그렇지 않아. 밉살스러운 것들. 대상이 분명하지 않은 분노와 적의가 뱃속에서 슬며시 고개를 쳐든다. 나는, 우리 가족은 왜 이렇게 살아야 하는가.

윤주는 내 앞에 가만히 서 있다. 끌어다 옆자리에 앉힌다.

저만치 구석 벤치에 노숙자 하나가 드러누워 자고 있다. 저러고도 주제에 태평하게 잠을 잘 수 있다니. 흉물스럽다. 미친 놈 아냐? 왜 하필 나와 우리 윤주 눈앞에서. 어떤 불확실한 암시성 의미가 의식의 언저리에 번진다. 그게 불쾌해서 자리를 박차고 일어난다. 아이 손을 끌며 다시 걷기 시작한다. 이 망할 놈의 잔인한 햇살!

그이는 지금 뭘 하고 있을까? 회사가 몹시 어려운 모양이던데.

"옥 과장, 정말 미안해."

사장이 시선을 창밖으로 내보낸 채 잠긴 음성으로 말하고 있다. 우리는 사장실 응접소파에 마주앉아 사장과 직원으로서는 사실상 마지막인 대화를 하는 중이다.

"회사 실정이 어떻게 돌아가고 있는지는 당신도 잘 알 거야. 모회사가 노조 때문에 저 꼴로 박살이 난 판에, 우리 같은 하청업체가 무슨 재주로 버틸 수 있겠어. 하여튼 D물산은 곧 채권단의 손에 넘어갈 운명인데, 확실한 인수자가 나타나 언제 경영이 정상화될지, 지금으로선 오리무중이야. 그러니 거기다 목매고 있는 하청업체는 우리뿐 아니라 줄줄이 도산사태가 곧 이어지겠지."

나 역시 사장을 따라서 창밖으로 시선을 내보낸다.

햇볕이 환한 작업장 앞에 점심시간이 훨씬 지났는데도 직원들이 나와 어슬렁거리고 있다. 할 일이 없기 때문이다. 일감이 떨어졌기 때문이다. 이런 상황이 벌써 두 달을 넘기려 하고 있다.

사장의 말이 이어진다.

"난 그동안 성심성의를 다했어. 나도 엔지니어 작업복을 오래 입은 사람이기 때문에 사장이랍시고 혼자 잘 먹고 잘 살려하지도 않았고, 조금만 여유가 있어도 인센티브로 다 여러분한테 나눠주었어. 그런 선심이 부메랑으로 돌아와 이런 경우 대책 없는 자금난으로 내 목을 비트는지 모르지만…… 하여튼 옥 과장도 내 그런 점은 인정하겠지? 어때?"

"인정하다뿐이겠습니까. 저만이 아니라 직원들 다 그렇게 알고 있습니다."

내 대답은 진심이다. 엄밀히 말하면 사장은 경영자로서는 문제가 있다고 할 정도로 선량하고 우직하며 욕심이 없는 사람이다. 그러니 경영에 서투를 수밖에. 하지만 그것이 지금의 나한테 무슨 큰 의미가 있단 말인가.

"그렇게 생각해준다니 고맙군. 하여튼 우리 피차 사정을 뻔히 아는 처지고 해골도 복잡하니 이야기를 요약하자고. 벌떼 같은 빚쟁이들이 더 이상 봐주지도 않겠지만, 나 이 달 넘기지 않고 회사 문 닫을 걸세. 오늘 닫으나 월말에 닫으나 마찬가지겠으나, 솔직히 말해 직원들이 사태의 심각성이랄까 불가피함을 보다 더 절실히 실감하며 지치기를 기다릴 작정이네. 나로선 눈물겨운 김 빼기 작전인 셈이지. 그래야만 폐업선언을 해도 멱살잡이를 덜 당할 것 같아서 말이야. 그 뒷일은 나도 모르겠네. 어찌할 방법이 없어. 맞아죽을 운명이면 죽을 테고, 쇠고랑을 차게 될 처지면 차고…… 그러나 그 전에 옥 과장 문제만은 해결하고 넘어가야 한다는 생각을 했어. 내가 독립할 당시부터 나를 따라와 기반이 잡힐 때까지, 아니, 지금까지 남보다 갑절 고생하고 성실히 일한 공로자니까. 그런 옥 과장을 다른 사람들과 똑같이 취급한다면, 나는 구제불능의 위선자가 되고 마네."

사장은 그렇게 말하고 자리에서 일어난다. 자기 책상으로 가더니 서랍에서 봉투 하나를 꺼내어 돌아와 앉으며 내 앞에 내민다.

"특별대우라면 낯간지러운 소리가 되겠지만, 한 인간 대 한 인간의 정리로 주는 거라고 이해해주면 고맙겠어. 오백만 원이네."

"이해하고말고요, 감사합니다."

"퇴직금을 제대로 지급하고 싶지만, 옥 과장이 알다시피 회사 형편이나 내 형편이 그렇게 되어 있지가 않아. 마음의 빚으로 간직하고 있겠네. 또 모르지. 훗날 어느 땐가 기적이라도 일어나서, 내가 당신을 찾아 다시 손잡고 일해보자고 할 때가 있을는지…… 당신은 아직 나이가 있으니까 얼마든지 새 출발을 할 수 있을 거야."

"사장님도 틀림없이 재기하시게 될 겁니다. 저는 그렇게 믿습니다."

"그런 말을 해주니 위안이 되는군. 내가 일이 좀 있어서 외출해야 하니까, 따로 작별인사는 하지 말기로 하세."

사장은 그렇게 말하면서 먼저 일어선다. 이만 대화를 끝내자는 뜻이다.

그 심정에 나 역시 공감이다. 일어나서 사장의 악수를 받는다. 누가 더 악력이 센지 겨루듯, 사장도 나도 손아귀에 힘을 가한다.

현장사무실에 돌아오자, 내가 사장실에 불려간 사실을 아는 관리자급 직원 한 명이 슬며시 들어와서 무슨 낭보라도 있는지 넌지시 묻는다. 기대한 대답이 내 입에서 나오지 않자, 실망한 그는 뭐라고 혼잣말로 투덜거리며 도로 나가버린다. 나중에 일과시간 끝나고 나서 그를 포함한 몇 사람을 어디 데려가 술이라도 한잔 사주어야 할 텐데, 그들을 이해시키고 납득시킬 일이 갑자기 난감해진다.

그의 뒷모습을 잠시 멍하니 바라보다가 책상정리를 시작한다. 말하기 좋아 현장사무실이지, 부품상자들로 꽉 찬 앵글선반과 캐비닛 세 개가 공간을 거의 다 차지하고, 책상이라고는 생산책임자인 내 것 하나뿐이다. 책상정리라고 해봐야 특별히 챙길 것도 없다. 서랍 속의 잡동사니 몇 가지를 가방 속에 쑤셔 넣는다.

마지막으로 책상 유리판 밑에 깔려 있는 가족사진을 꺼내어 들고는 잠시 들여다본다. 이걸 언제 찍었던가. 그렇지, 작년 여름이었나 보다. 계곡 물가에서 나는 윤주를 안고 있고, 아내는 내 어깨에 머리를 살짝 기대고 있다. 지나가는 등산객에게 부탁해서 찍은 카메라 사진이다. 나하고 아내는 그나마 미소를 짓고 있는데, 윤주는 시무룩한 표정으로 카메라를 응시하고 있다. 새삼스럽게 보자니까, 어른들의 작위적인 미소나 아이의 인형 같은 무표정이나 똑같이 가슴속을 찌르르하게 후빈다.

어떻게 하면 이 가엾은 어린 천사에게 말과 웃음을 찾아줄 수 있을까. 그래서 다른 애들처럼 재잘거리며 뛰노는 모습을 볼 수 있을까. 우리 가족에게 가혹한 슬픔과 고통을 떠안긴 잔인한 신이여, 나는 당신을 저주한다.

아내는 지금 어디서 뭘 하고 있을까. 윤주를 데리고 병원에 가본다고 했는데.

엄마 아빠가 오늘 어째 이상하다.

사람들이 붐비고, 밝은 불이 환하고, 가지각색 물건이 많은 곳에 나를 데려와서 예쁜 옷과 예쁜 신발을 사서 입혀주고 신겨준다. 이런 데 따라오기는 처음이다. 눈앞에 보이는 것 하나하나가 모두 신기하다.

"아이고, 공주님처럼 귀엽기도 해라. 엄마 아빠한테 '고맙습니다.' 해야지?"

옷을 판 언니가 손가락으로 내 볼을 찌르며 호들갑을 떤다.

그렇지만 나는 '고맙습니다.'라는 말을 왜 해야 하는지 모르겠고, 하고 싶지도 않다. 그냥 그 언니를 빤히 쳐다보기만 할 뿐이다.

엄마가 얼른 내 손을 잡아끌고 그곳을 벗어난다.

"당신 뭐 필요한 거 없어? 하나 고르지 그래."

묵묵히 어슬렁어슬렁 뒤를 따르던 아빠가 엄마한테 하는 말이다.

"아이쇼핑하면 됐지, 그럴 돈이 어딨어."

엄마의 대꾸가 조금 퉁명스럽다.

"그런 소리 하지 않기로 했잖아? 모처럼 나들이했으면 남들처럼 기분 내는 척이라도 해야지."

"됐네요. 가서 점심이나 먹어."

엄마는 그러고 나서 몸을 기울여 나를 들여다보고 묻는다.

"윤주야, 우리 뭘 먹을까? 맛있는 거 뭐 사줄까?"

나는 들은 척도 않고 따라 걷기만 한다.

스르르 움직이는 이상한 것을 타고 높은 데로 올라간다. 이런 것 타보기는 처음이다. 엄마 아빠는 오늘따라 나한테 별난 것 다 보여주려는 작정인 모양이다.

커다란 식당이다. 많은 사람들이 식탁에 앉아 뭘 먹고 있다.

엄마가 아빠랑 나를 자리에 앉혀두고 금방 어디론가 사라진다. 내가 엄마를 찾아 두리번거리자, 아빠가 말한다.

"엄마 올 거야. 윤주 주려고 피자 사러 갔어. 맛있는 피자."

그러고는 내 손을 만지작만지작하며 크게 한숨을 쉰다.

피자, 피자. 입속으로 가만히 뇌어본다. 피자가 뭘까. 알 것 같기도 하지만 분명하지 않다. 계속 뇌기만 한다. 피자, 피자.

저만치 떨어진 식탁에서 나만한 아이가 음식을 흘려 어른한테 야단맞고 있다.

"쟤 봐라. 예쁘게 안 먹으니까 엄마한테 혼나지? 윤주도 음식 예쁘게 먹어야 한다. 알겠지?"

엄마도 아빠도 나한테는 언제나 이렇게 해라, 저렇게 해라 하고 시키기만 한다. 그러는 게 싫다.

엄마가 커다랗고 동그란 종이접시를 들고 돌아온다. 보기에도 먹음직한 것이 담겨 있다. 입맛 당기게 하는 구수한 냄새가 난다. 이게 피자라는 거구나. 그래, 언젠가 먹어보았던 것 같다.

"다들 피자 구경도 못했나 봐. 세상에 왜 그리 난리야."

엄마가 얼굴을 살짝 찌푸리며 투덜거린다. 피자 한 조각을 찢어 나한테 내민다. 받아서 한 입 가득 베어 먹는다. 구수하고 맛있다. 엄마 아빠 역시 같이 먹으며 내가 먹는 모양을 그윽이 바라본다. 맛있느냐고 아빠가 묻지만, 나는 들은 척도 않고 먹기에만 열중한다.

"내 속에서 나온 거지만, 솔직히 어느 순간 징그럽게 느껴져 어디다 팍 내던져버리고 싶을 때가 있어."

엄마가 소곤소곤 말하자, 앞자리의 아빠가 이맛살을 찌푸리며 같은 울림으로 나무란다.

"이 여자가 미쳤나 보네. 당신 그걸 말이라고 해?"

"말이 아니면? 나도 지칠 대로 지쳐서 그래. 사람 하는 짓 다 하고 말귀도 알아듣고 어린이방송 채널까지 기억하면서 네 살이나 된 게 왜 아빠 엄마 소리도 못하냔 말야, 글쎄."

"의사가 뭐라 했다고?"

"자폐증에서 온 언어장애라고 했어. 자폐증은 어머님한테 앨 맡긴 바람에 정서불안이 와서 그렇다는 거고."

"무슨 엉터리 같은 소리. 그럼 할아버지 할머니 품에서 크는 대한민국 꼬맹이들 다 자폐증 걸렸게?"

"아이, 몰라. 의사 말로는 단순한 언어장애 치료만 생각할 게 아니라, 근원적인 자폐증을 고칠 생각하래. 막막한 이야기지 뭐야. 하여튼 얘가 이렇게 된 건 백 프로 부모 잘못이니까, 애한테 보상하는 차원에서 무한한 사랑과 노력으로 보살피라고 했어. 하지만, 솔직히 난 그럴 자신이 없어. 너무 지쳤단 말야."

"알았어, 알았어. 어서 먹기나 해. 새삼스럽지도 않은 일 갖고 뭘 그래?"

엄마 아빠가 내 이야기를 하고 있는 줄 어렴풋이 알 것 같다. 그렇지만 아무래도 상관없다. 피자가 맛있기만 하다. 너무 맛있다. 엄마 아빠는 먹다 말고 나만 그윽이 바라보고 있다. 야단치려는 건 아닌 것 같다. 안심이다.

"얘는 또 그렇다손 치고, 우리 앞으로 어떻게 살아가지?"

한참 만에 엄마가 걱정스러운 듯이 말한다. 여전히 낮은 목소리다.

아빠가 그예 역정을 낸다. 역시 낮은 목소리다.

"지금 여기서 그 이야기를 꼭 꺼내야만 되겠어? 이미 충분히 설명을 했잖아. 기분 잡치게 왜 그래?"

"미안해. 기분 잡치게 해서."

또 다툼질을 할 모양이다. 아빠가 어디 나가지 않고 집에 있으면서부터 잦아진 일이다. 둘이 다투는 건 싫고 두렵지만, 나로선 어쩔 수 없다. 먹는 거나 먹자. 참 맛이 있다. 피자, 피자.

액세서리 모조 진주구슬을 나일론실에 꿴다. 일주일째 계속하고 있는 아르바이트다.

하루 거의 온종일 계속해야 1만 원 남짓 손에 들어온다. 그나마 내 손끝이 예민하고 재빨라서 이 정도다. 벌이라고 하기에도 기가 막히는 푼돈이지만, 윤주가 딸려 있으니 다른 활동은 하고 싶어도 할 수가 없다.

바늘귀처럼 작은 구슬 구멍을 한참 들어다보고 있으면 눈이 침침해지며 어질어질해진다. 이 일을 하고부터 부쩍 잦아진 현기증이다. 작업을 멈추고 손바닥을 싹싹 비벼서 열을 만들어 눈을 꼭 눌렀다가 한참 만에 뗀다. 일순 시야가 더욱 불분명하게 번지지만, 눈이 시원할 뿐 아니라 시력도 금방 회복된다.

그이는 지금 어디 가서 뭘 하고 있을까. 새 일자리를 알아보는 모양이지만, 쉽지 않은가 보다. 쉬울 리가 없지, 이런 불황국면에. 측은하다. 고작 세 끼 밥 먹고 사는 일에 어찌 이다지도 고단해야 하는가. 사람은 다 자기 먹을 몫 타가지고 태어난다는 옛말도 있는데, 그렇다면 내 몫 남편의 몫은 대체 누가 뜯어간 걸까. 우리 윤주 몫은?

윤주는 텔레비전 케이블채널 어린이프로를 보고 있다. 곰돌이 인형을 만지작거리며 우두커니 앉아 있지 않으면 텔레비전을 보는 것이 하루 생활의 거의 전부라고 해도 과언이 아니다. 엎어지면 코 닿을 곳에 간이놀이터가 있건만, 수시로 애들이 떠드는 소리도 들려오지만, 그런 데 가서 놀 생각을 아예 하지 않는다. 안 하는 게 아니라 못하는 건지도 모른다. 어쩌다 내가 데리고 나가도 치마꼬리 붙들고 다른 아이들 노는 광경을 말끄러미 바라보기만

할 뿐이다. 도대체 문밖에 나가는 일 자체에 흥미가 없다. 흥미가 없다기보다 두려워하는 기색이 역력하다.

소리 알아듣는 것을 보면 귀머거리는 아닌데, 어째서 말을 못하는 걸까. 이러다가 영영 벙어리가 되고 마는 건 아닌지. 늦게 말문이 트인다고 해봐야 얼마나 사람구실을 하랴만, 그래도 살아있음의 가장 기초이며 기본인 의사표시는 할 수 있어야 하는 것 아닌가. 가슴속에 먹구름이 밀려온다. 바보 같으니. 생각을 구체화시키지 말자. 칼로 내 가슴 후비듯이 결과가 뻔할 걸 가지고. 이건 내 운명이야. 팔자인 거야. 그나저나 이 인간은 어디서 뭘 어쩌고 있담.

"애 엄마 있수?"

갑자기 문밖에서 들려오는 고음의 목소리가 나를 움찔하게 만들면서도 한편으로는 구원이 되어준다. 주인여자다. 사람이 악한 구석 없이 무난하기는 한데, 자기 딴에 조심성에서 그러는 것인지는 모르지만 매번 고양이걸음으로 옆에 불쑥 나타나는 데는 딱 질색이다.

"아주머니세요?"

일손을 놓고 문을 열자, 넙대대한 얼굴이 방 안을 기웃거린다.

"돈벌이하는구랴."

"돈벌이라고 할 거나 되나요. 심심하기도 해서 반찬값이나 벌까 하고 붙들고 있는 거지. 좀 들어오세요."

"들어가긴 뭘……. 애 아빠 어디 갔나 보네?"

"일자리 알아본다고 나갔지만, 요즘처럼 어려운 때 그게 어디 쉬워야죠."

"쯧쯧, 성치도 않은 애 데리고 얼마나 고생되우."

자기 딴에는 생각해서 하는 소리일지 모르지만, 그 말은 내 가
슴속의 뾰족한 바늘 하나를 일으켜 세운다. 윤주에게 향한 주인여
자의 시선이 꼭 무슨 이상한 동물을 바라보는 것 같다. 이건 내가
너무 심했나. 어쩌면 자격지심 탓이리라.

윤주가 불안한 눈으로 주인여자를 말끄러미 쳐다본다. 여차하면
방구석으로 달아나 숨을 데를 찾을 것 같은 기색이다. 가족인 엄마
아빠 외의 다른 사람은 무조건 경계하는 윤주 나름의 버릇이다.

윤주를 봐서라도 주인여자를 얼른 돌려보낼 작정을 한다. 그래
서 내놓은 방이 어떻게 되어가고 있느냐고, 그녀가 말하고자 하는
목적을 먼저 묻는다. 우리는 현재의 방 둘짜리 전세살이에서 사글
세로, 삶의 품격을 한 단계 낮추어 내려갈 작정을 하고 있다. 눈물
겹지만 부득이한 노릇이다.

"글쎄, 그게 영 쉽지가 않구랴. 지금이 이사철도 아니구, 우리라
도 형편이 괜찮으면 좋겠는데 그렇지 못하니 전세금을 먼저 빼줄
수도 없구…… 천생 방이 빠질 때까지 기다려야지 어쩌겠어. 미안
해, 애 엄마."

말은 그렇게 하지만, 전혀 미안해하는 얼굴이 아니다.

그냥 눌러 살면서 전세에서 사글세로 전환하는 방법을 타진하
지 않은 것은 아니다. 차라리 그렇게라도 되면 이삿짐 꾸리고 옮
기는 번거로운 수고도 면하고 좋으련만, 말하는 투로 봐서 기대할
일이 못 되는 것 같다.

동네 복덕방마다 다 내놓고 벼룩시장 지면에도 올려놨으니까
좀 더 기다려보자는 말을 남기고, 나름대로 자기 할 몫을 마친 주
인여자는 가벼운 걸음으로 돌아선다.

어느 정도 예상도 하고 각오도 하고 있던 결과지만 맥이 빠진다. 문을 등지고 기대서서 잠시 생각에 잠긴다. 남편이 마지막 급료인지 퇴직금인지 모를 명목으로 타온 돈에서 이제 남은 것은 100만 원이 채 안 된다. 우리 세 식구가 당분간 먹고살아야 할 생계자금 전부다. 그것으로 한 달은 버틸 수 있을까. 그러고 난 다음에는……

불현듯 눈앞이 어지럽고 기운이 빠져 스르르 주저앉는다. 너무 털썩 앉은 바람에 꽁무니뼈가 척추를 자극해 뒷골이 띵 울린다.

윤주가 눈이 똥그래져서 얼른 앞에 와서 선다. 깜짝 놀란 모양이다. 엄마, 왜 그래? 아아, 앵두만한 입에서 이 말을 들을 수만 있다면! 슬픔이 북받쳐 나도 모르게 왈칵 끌어안는다. 눈물 젖은 얼굴을 아이 얼굴에 발작적으로 마구 문지른다. 윤주는 너무나 놀란 나머지 흐늘흐늘한 인형처럼 자기를 아주 맡겨놓고 있다. 그래서 내 슬픔의 파장이 더욱더 격렬하게 높아진다.

"여기서 바라보니깐 저쪽은 딴 세상 같네. 우린 저기서 떨려난 존재고"

아내가 혼잣말처럼 쓸쓸하게 중얼거린다.

우리가 앉아 있는 공원벤치 앞에는 까치놀로 번들거리는 강물이 질펀하게 펼쳐져 있고, 그 너머에는 붉은 석양을 배경으로 촘촘히 늘어선 빌딩들이 거무스레한 스카이라인을 그리며 저녁 어스름을 맞으려 하고 있다.

아내의 그 말이 내가 입을 열 용기를 제공한다.

"당신은 내가 밑도 끝도 없이 이런 소리 하면 돌았다고 할지 모르지만……."

나는 일부러 말꼬리를 늘임으로써 내 말 뒤에 따라올 아내의 예민한 반응을 미리 무디게 만든다.

"……면도날로 자기 손목을 가르거나 가족이 자는 방에 불을 놓는 짓은 누구나 다 경우에 따라서 능히 그럴 수 있고, 나름대로 정당성이 충분하다고 이해하고 싶어. 누가 내 인생 살아주는 것도 아니고, 숨이 턱턱 막히고 뼈가 삐끗거리도록 노력해도 뭐가 안 될 때, 스스로 자기 몸뚱이를 번쩍 쳐들어 패대기치는 건 본인의 자유고 권리라고 생각해. 그렇지 않겠어?"

"갑자기 무슨 생뚱맞은 소리야. 당신 그럼 지금 혼자 자살하거나, 나하고 얘랑 동반자살 할 생각 하고 있다는 거야?"

바람에 날려갈까 봐 겁이라도 나는 것처럼 자기 치마꼬리 붙들고 무릎에 바짝 매달리는 윤주를 끌어안으며, 아내가 반문한다. 놀람이나 비난의 색깔하고는 다른, 의외로 담담한 울림이다.

"그런 건 아니고……."

"아니면?"

"일반론적으로 가정해서 하는 비유야. 이렇게도 해보고 저렇게도 해봐도 도저히 안 되는 막판에 몰렸을 때, 마지막으로 시도해 볼 수 있는 그 나름의 방법을 말하는 거라고."

"빙빙 돌리지 말고 똑바로 말해봐. 그래서 당신이 생각하는 그 마지막 방법이란 게 도대체 뭔데?"

아내의 말투에 서서히 가시가 돋으려고 한다. 타이밍이다.

"여보, 우리 마지막으로 바보 같은 짓 딱 한 번 해보자고."

"글쎄, 그게 뭐냐니깐. 사람 신경질 나게……."

"로또복권 한 번 크게 해보자는 거야."

"뭐?"

아내가 어처구니없다는 표정으로 눈을 흘긴다.

"그런 눈으로 쳐다보지 마. 생각해보라고. 우린 그동안 누구보다 정직하게 열심히 살아왔다고 자부해. 그렇지만 이게 뭐야. 회사는 문 닫고, 오라는 데도 갈 데도 없고……. 가진 자금도 없지만, 당신이나 나나 얼굴가죽이 얇아서 길거리에 나가 서 푼어치 리어카장사라도 할 수 있는 주제가 못 되잖아? 아니, 꼭 하자고 들면 까짓거 목숨 걸고 못할 것도 없겠지. 하지만 그렇게 해서까지 굳이 살아야만 하느냐 생각하면……. 난 모르겠어. 당신 생각은 어떨지 모르지만……."

아내의 기분을 고려하느라 잠깐 말을 끊지만, 아내는 가타부타 반응이 없다. 번질거리며 도도하게 흘러가는 강물을 묵묵히 바라볼 뿐이다. 그것은 내 감정의 푸른 빛깔에 자기감정도 묻어나서 동화되고 있다는 증거다.

"그리고 우리 윤주……. 남들은 어떻게 생각할지 모르지만, 나는 얘가 천사라고 생각해. 가엾게도 날개 꺾인 천사……. 그러니까 하필 당신하고 내 품에 떨어졌겠지. 얘가 우리 운명의 비극적 상징이라고 생각하면 돼. 의사가 당신보고 무한한 사랑과 보살핌을 쏟으라고 했다며? 솔직히 우린 그동안 그렇게 못했고, 이런 수준으로 산다면 앞으로도 영영 그렇게 못할 거야. 여보, 그러니까 우리 한번 미친 짓으로 돌파구를 찾아보자고."

"당신 말대로 로또를 크게 해가지고?"

"응."

"그래서? 그렇게 했을 때 결과가 기대치에서 빗나가면 어떡할 건데. 그땐 집단자살이라도 할래?"

"거기까진 생각 안 해봤고, 하고 싶지도 않아. 다만, 이 절박한 국면을 뒤집기 위한 전기를 찾는 데 한번 내 모든 걸 내던져 절실히 부딪쳐보는 건, 시도 그 자체로 나름의 가치가 있지 않겠어? 다음 일은 그때 가서 또 생각하기로 하고……."

아내가 고개를 설레설레 흔든다. 피곤하다는 듯이……

"난 모르겠어. 동조도 반대도 하지 않을래. 맘대로 해. 하긴 당신이 말하는 그 시도도 못해보고 만다면 평생 가슴속에 응어리로 남을 거 아냐. 그보단 낫겠지."

아내의 그 말을 끝으로 대화가 끊어진다. 어쨌거나 잠정적 동의는 얻어낸 셈이다.

나로서는 괜히 해본 소리가 결코 아니다. 갖고 있는 현금재산 전부를 털어넣는 것은 좀 뭣하고, 한 30만 원쯤 걸기로 하자. 30만 원이면 로또복권이 300매. 그 속에 1등이 들어 있어야 한다. 아니, 틀림없이 들어 있다, 틀림없이. 강한 신념 이퀄 실현의 법칙은 운명의 신이 보증하는 바이니까. 그 많은 양을 직접 번호를 생각해 가며 찍을 수는 없으니 일부만 그렇게 하고, 나머지는 자동번호로 해야겠다. 복권판매소 한 곳에서 한꺼번에 다 사는 건 바보짓이다. 여러 번으로 나누어 여러 곳에서 구입하자. 이번 회차 로또 1등의 주인공은 하늘이 두 쪽 나도 틀림없이 나다. 아니, 우리 윤주다. 두고 봐라.

어쩐 일일까. 오늘따라 엄마 아빠의 분위기가 이상하다. 뭔가 가슴에 감추고 있는 것도 같고, 골이 난 사람들 같기도 하다. 둘 사이에 안 좋은 일이 있었나. 하긴 요즘 와서 다투는 일이 잦아지긴 했어. 나 모르는 사이 그랬는지도 모르지.

"추첨시간이 언제라고?"

저녁밥을 먹으면서 아빠가 엄마를 보고 묻는다.

"여덟 시 사십오 분. 아직 삼십 분 도 더 남았어요, 서방님."

그렇게 말하는 엄마의 눈이 장난기를 띠고, 아빠의 입가에도 미소가 스쳐간다. 그러고 보면 내가 잘못 판단했던 걸까. 조금 혼란스럽기는 하지만, 어쨌든 마음이 놓인다.

식탁이 치워진 뒤, 내가 텔레비전을 보고 있을 때다.

아빠가 하얀 종이와 볼펜을 가지고 내 곁에 와서 앉으며 상냥하게 말한다.

"윤주야, 지금 아빠가 꼭 봐야 할 게 있거든? 그러니까 이건 나중에 보도록 해. 알았지?"

그러면서 내 손에 있는 리모컨을 가져가려고 한다. 내가 시무룩해서 리모컨을 놓지 않자, 아빠는 나를 껴안고 겨드랑이를 간질인다.

"우리 공주, 미안 미안. 아빠한테 한 번만 양보해주라. 응?"

나는 간지럼을 견디지 못해 리모컨을 놓으며 바둥거린다. 하지만 솔직히 말해 아빠가 이런 식으로 장난을 걸거나, 수염 까칠한 입술로 뽀뽀하겠다고 덤빌 때가 몹시 기분이 좋다.

아빠가 리모컨으로 텔레비전 채널을 돌린다.

안녕하십니까. 안녕하십니까. 매주 토요일 여러분에게 커다란 행운을 제공하는 남자 박민창입니다. 안녕하세요. 로또소식의 이지숙이에요, 지난주 로또소식을 전해드리겠습니다. 어떤 아저씨와 예쁜 언니가 몸을 흔들며 번갈아 마이크로 인사한다. 아저씨와 언니의 뒤에는 속이 훤히 들여다보이는 둥그런 통이 있고, 통 속에는 크기가 똑같은 빨강 주황 노랑 초록 등 여러 각색의 작은 공이 반쯤 들어 있다. 그리고 그 뒤에는 다른 예쁜 언니들 넷이 웃으며 서 있다.

설거지를 끝낸 엄마가 작은 종이쪽들이 차곡차곡 담긴 플라스틱 네모상자를 들고 텔레비전 앞에 와서 아빠와 나란히 앉는다. 아빠가 한 팔로 엄마의 어깨를 끌어안자, 엄마는 머리를 아빠 어깨에 기댄다.

그런데 어째 이상하다. 엄마 아빠의 표정이 슬픔을 참는 모양 같기도 하고, 기분이 조금 언짢은 듯도 하고, 또 어떻게 보면 마음이 조마조마한 것 같기도 하다. 그러면서도 마치 텔레비전 화면 속에 아주 빨려 들어갈 것처럼 눈을 빛내며 열심히 들여다본다. 곁에 내가 서 있다는 사실도 잊었나 보다. 엄마 아빠의 이런 모습을 보기는 처음이다.

불현듯 가엾다는 생각이 든다. 어떻게 하면 사랑하는 엄마 아빠가 얼굴이 활짝 펴져 기뻐할까. 그래, 맞아. 내가 귀찮도록 나한테 자주 보채는 소리가 있지. 왜 그걸 꼭 듣고 싶어 하는지는 모르겠지만.

나는 엄마한테 한 발짝 다가서서 조그맣게 소리를 낸다.

"엄마."

순간, 엄마가 펄쩍 뛰어오를 듯이 놀란다. 그렇게 커진 엄마의 눈을 본 건 처음이다. 아빠 역시 눈이 뚱그래서 입을 벌리고 나를 바라본다.

"아빠, 아빠."

또 내가 아빠를 부르자마자 둘은 별안간 이상한 소리를 지르며 나를 서로 끌어안을 듯이 법석을 피운다. 이번에는 내가 깜짝 놀랄 판이다. 왜 이렇게 야단들인지 모르겠다.

엄마가 눈물을 펑펑 쏟으며 아빠를 다그친다.

"여보, 들었지? 우리 윤주 나랑 당신 불렀지?"

"그래, 나도 분명히 들었어."

"오, 하느님!"

둘은 흥분해서 어쩔 줄 모른다. 내가 엄마 아빠 불러준 게 그렇게도 기쁠까. 그렇다면 더 해줄 수도 있는데.

텔레비전에서는 아저씨와 예쁜 언니가 여전히 떠들고 있다. 어지럽게 구르며 뒤섞이는 작은 공들 가운데 하나가 통 밖으로 떼굴떼굴 굴러 나온다. 아저씨가 집어서 번쩍 쳐들며 큰소리로 외친다. 첫 번째 당첨번호, 주황색 볼 18번입니다. 첫 번째 당첨번호 18번.

이때, 아빠가 갑자기 리모컨으로 텔레비전을 뚝 끈다.

"왜?"

엄마가 눈물자국으로 번들거리는 눈을 크게 뜨고 묻는다.

"여보, 로또 이거 이젠 우리한테 필요 없어."

"갑자기 그게 무슨 소리야?"

"생각해봐. 윤주의 말문이 열린 게, 이게 보통 기적이야? 당신과 나의 간절한 기원이 운명의 신을 감동시킨 거라고. 그러나 기적은 한 번으로 족해. 더 이상의 것을 바라면 우리가 나쁜 인간이 되고, 한 번의 기적도 물거품으로 돌아가고 말지 몰라. 아니, 틀림없다고. 무슨 말인지 모르겠어?"

그러고 나서 아빠는 작은 종이쪽들이 담긴 플라스틱 네모상자를 들고 일어선다. 화난 것처럼 굳은 얼굴이다.

기가 막힌다는 표정이 되어 멍하니 쳐다보기만 하던 엄마가 갑자기 다급하게 묻는다."그걸 어쩌려고?"

"밖에 나가 태워버릴 거야. 말릴 생각 마."

"뭐?"

엄마는 또 깜짝 놀라 소리치지만, 굳이 붙잡으려 하지 않고 이내 포기해버린다. 문을 열고 나가는 아빠의 뒷모습을 멍하니 바라볼 뿐이다. 아빠의 발걸음소리가 멀어진다.

엄마가 다시 눈물을 쏟으며 나를 힘껏 끌어안는다. 숨이 막혀 죽겠다. 내가 그렇거나 말거나 엄마는 내 얼굴에다 눈물을 마구 바르며 떨리는 목소리로 속삭인다.

"윤주야, 미안해. 사랑해. 정말 고마워."

박하, 혹은 노랑튤립

박하의 꽃말을 아시나요.

그건 '다시 한 번 사랑하고 싶다'는 뜻이랍니다.

옛날 어느 임금이 솜씨가 뛰어난 화공에게 시켜 총애하는 비빈과 궁녀들 초상을 하나하나 그리게 했답니다. 사랑하는 여인들의 지금 모습을 오랫동안 두고두고 감상하려는 욕심이지요. 덕분에 화공은 세상에서 가장 예쁘고 아리따운 여인들을 차례차례 날마다 가까이서 바라보는 행운을 누렸습니다.

그러다가 화공은 그 중의 한 궁녀에게 그만 홀딱 반하고 말았습니다. 하루 작업을 마치고 퇴궐해 집에 돌아오기 무섭게 기억을 살려 궁녀의 이모저모를 화폭에 옮기기 시작했습니다.

마침내 대궐의 화폭에 궁녀의 초상이 다 그려졌을 때, 화공의 집 화폭에도 똑같은 모습이 그대로 재현되었습니다. 화공은 그림을 깊이 간직하고 날마다 몰래 꺼내어 감상하며 궁녀에 대한 사랑을 불태웠습니다. 그럴 때가 가장 기쁘고 행복한 시간이었지요.

그러던 어느 날, 화공은 억울한 죄를 덮어쓴 바람에 죽게 생겼습니다. 다급한 나머지 궁녀의 그림을 미처 챙기지 못한 채 허둥지둥 달아나야만 했습니다. 도망자의 신세가 오죽이나 두렵고 고독하고 신산스러우랴만, 가장 견딜 수 없는 것은 그림을 못 보게 된 안타까움과 애절함이었습니다. 화공은 죄에서 풀려나는 자유보다도, 하루빨리 집에 돌아가 사랑하는 여자의 모습을 볼 수 있게 되기를 더 간절히 빌었답니다.

그런 동안 세월이 오래 흘렀습니다. 세월과 더불어 화공은 어느덧 늙은이가 되었습니다.

그는 P호텔 현관을 들어서서 잠깐 걸음을 멈추고 로비 안을 둘러보았다.

약속장소인 휴게실은 이층이었고, 정면 카운터 왼쪽의 나선형 층계를 통해 올라가게 되어 있었다.

그는 약간 고개를 들어, 다락마루처럼 전면이 터져 있는 휴게실을 슬쩍 쳐다보았다. 그러다가 오른쪽 모서리 끝자리에 앉아 로비를 내려다보는 듯한 어떤 여자의 모습이 얼핏 시야에 들어오자 본능적으로 얼른 외면했다. 그는 짐짓 의연한 걸음걸이로 층계에 가서 한 계단 한 계단 천천히 밟아 올라가기 시작했다. 양복저고리 양쪽 어깨부분의 보이지도 않는 먼지를 손으로 번갈아 털고, 밑단을 양손으로 잡아 끌어내리며 상체를 꼿꼿이 세웠다.

마지막 계단까지 다 올라간 그는 멈춰 서서 왼쪽부터 시작해 실내를 쓱 둘러보았다. 일부러 그런 다음에야 마지막으로 오른쪽 가장자리의 여자를 똑바로 응시했다. 아까 시선이 마주칠 뻔한 바로 그 여자였다.

그녀는 약간 미소를 띤 채 잠자코 그를 바라보고만 있었다. 갈색 투피스 정장에다 하얀 목도리를 두른 것이 맵시 가꾸기에 상당히 공을 들인 모습이었고, 그 노력 덕분에 몸 전체로 우아하고 고상한 귀품을 풍기고 있었다.

그가 성큼성큼 그쪽으로 걸어가자, 여자가 자리에서 일어나 맞았다.

"안녕하세요?"

"오랜만이오"

짧고도 어색한 인사였다.

곧 자리에 마주앉은 그들은 마치 상대방의 존재를 새삼 확인이라도 하듯 잠시 동안 빤히 바라보았다. 그러다가 똑같이 픽 웃고 말았다. 그 웃음으로 어색함이 한결 덜어진 것 같았다.

"그러니까 우리가 이게 얼마만이죠?"

"글쎄, 한 사십 년? 그쯤 되지 않을까 싶은데."

"신문 명사동정 같은 데서 가끔 사진을 볼 때마다 느낀 거지만, 실제로 나이보다 훨씬 젊어 보이는군요. 어릴 때 모습의 흔적도 뚜렷하고."

"그럼 내가 벌써 꼬부랑 영감이 되어 있으면 좋겠소? 그렇게 말하는 본인이야말로 나이를 거꾸로 먹었나 보네."

"괜한 말씀. 어느새 환갑 밑줄인데두요?"

"그래도 여전히 아름답소. 새삼 억울하다는 생각이 들 정도로."

그녀가 조금 소리 내어 웃었다. 가식적이고 과장된 웃음이었다.

웨이트리스가 다가와 냉수가 담긴 투명한 유리컵을 두 사람 앞에 각각 놓았다. 여자는 모카커피를, 남자는 블랙커피를 주문했다.

종업원이 돌아간 다음, 그녀가 말했다.

"갑자기 전화해서 미안해요. 많이 놀랐죠?"

"놀라긴……뜻밖이긴 했지. 솔직히 말해 반가웠고. 내 전화번호는 어떻게 알았소?"

"이 좁은 나라에서 자기 같은 지명인사 전화번호 알아내는 게 뭐가 어렵겠어요. 그쯤은 일도 아니죠, 뭐."

"그런데도 왜 여태까진 잠자코 있었을까?"

"그렇게 말하는 자신은요?"

"글쎄, 그러고 보니 뭔가 잘못된 거 같군. 우린 버얼써 만났어야 할 것 같은데. 그렇지 않소?"

"피차 자기 삶과 얽매인 현실이 있으니까요."

"하긴 그렇지."

이번에는 그가 제법 소리 내어 웃었다. 역시 가식적이고 과장된 웃음이었다.

여전히 조금 서걱서걱하고 거북살스럽던 분위기가 훨씬 부드러워진 것은 두 사람의 실질적 접점인 분홍빛 화제로 초점이 모아지면서였다. 웨이트리스가 갖다 준 차를 마실 때였다.

"전화 받고서 내가 맨 처음 무슨 생각 했을 거 같소?"

그의 질문에, 여자는 고개를 한 번 갸웃하고 장난스런 미소를 지으며 대답했다.

"글쎄요……깡통?"

"아하!"

"맞은 거예요?"

"그렇소 내가 먼저 전화했어도 아마 당신 역시 마찬가지였을 거 같은데."

"하긴 저도 그랬을 거예요."

그들은 비로소 환한 소리로 마주 웃었다.

불현듯 그녀가 표정을 정색으로 바꾸며 물었다.

"근데⋯⋯그게 어떻게 됐죠?"

"어떻게 되다니, 뭐가?"

"깡통 말예요. 혹시 파봤어요?"

그가 고개를 저었다.

"그때 약속이, 내가 스물다섯 살 당신이 스물네 살 되는 해 설날 함께 파보기로 한 걸로 기억되는데, 손가락까지 걸면서 말이오. 그러고선 당신이 도회지로 유학(遊學)을 떠난 데 이어 얼마 후 가족들도 고향을 등졌고, 우리 집 역시 나중에 같은 형편이 됐고⋯⋯. 그러니 기회가 있었어야지. 당신은 파봤소?"

"아아뇨."

그녀는 눈을 똥그랗게 뜨며 완강히 부인했다.

"그럼 우리가 묻어놓은 느티나무 밑에 그대로 있겠구먼. 아마 지금쯤 삭아 없어지지 않았을까?"

"글쎄요. 비닐로 싸기까지 한 건데."

"아, 그렇군. 기억나네. 파묻기 전에 당신이 비닐로 깡통을 쌌었지. 그러니 어쩌면 거의 그대로 남아 있을지도 모르겠는걸."

"우리 그때 참 철딱서니 없었죠? 지금 생각하면 아름답기도 하고⋯⋯."

그녀가 갑자기 자기만의 꿈속으로 달아나는 소녀 같은 표정을 지으며 감상적인 목소리로 뇌었고, 그 역시 같은 표정과 어조로 여자의 분위기에 따라가고 있었다.

"참 세월 많이 흘렀군. 어쨌든 그렇게 헤어진 이후로 제법 커서 한두 번인가 마주친 걸로 기억하는데."

"그랬을 거예요. 자기 아직 고향을 떠나기 전에 추석명절 같은 때. 하지만 나이 한두 살 더 먹고 좀 더 철이 들었던 건지, 왠지 부끄럽고 쑥스러워 제가 먼저 피했죠. 집이 아래뜸 위뜸으로 떨어져 있기도 했고."

"나 역시 마찬가지. 그래도 우리가 오늘 이렇게 만난 건, 그동안 서로가 서로를 잊지 않고 가슴에 품고 있었다는 증거가 아닐까 싶군. 어떻게 생각해요?"

그녀는 애매한 웃음으로 대답을 대신했다.

그때쯤 이르러 보이지 않는 거추장스러운 벽을 걷어내고 상대에게 훨씬 가까이 다가간 그들은 살아온 세월과 앞으로 살아갈 문제, 자녀에 관한 이야기 등으로 자기 가슴을 조금씩 열어보이는 한편, 상대의 가슴속을 기웃이 들여다보기도 했다. 그러면서도 대화의 간간에 새삼스럽게 상대방을 확인하듯 빤히 쳐다보다가 제풀로 어색해서 웃음을 터뜨리곤 했다.

"어떻게 생각하세요?"

"무얼?"

"깡통 말예요. 언제 우리 같이 가서 한 번 확인해보면 어떨까. 애들 장난 같아서 싫죠?"

그녀가 뻔뻔스러울 정도의 집요한 시선으로 짓궂게 쳐다보며 묻자, 그는 얼굴을 조금 붉히며 맞장구쳤다.

"아, 좋지."

"정말 괜찮겠어요?"

"괜찮다마다. 나보다야 당신이 어떨까 싶은데."

"전 아무 문제없어요."

그녀의 대답은 명쾌하고 싹싹했다.

그들은 차를 마시고 나서 호텔식당으로 자리를 옮겨 와인 한 잔 곁들인 스테이크로 저녁식사를 했다. 그런 다음 밖으로 나와서 을 씨년스런 겨울 끝자락을 채 털어버리지 못한 도심의 거리를 한참 동안 산책했다.

그때쯤은 이미 상가의 쇼윈도 조명과 네온사인, 꼬리를 이어 주행하는 차들이 쏟아내는 헤드라이트 불빛 사이로 저녁어둠이 조용히 스며들며 시시각각 밀도를 더해가고 있었다.

그녀가 문득 걸음을 딱 멈추었다. 한 블록을 지나 두 블록째 네거리에 거의 다다라서였다.

"미안해요. 오늘은 우리 여기서 헤어지기로 해요."

그녀가 말했다. 싹싹하면서도 단호한 의지가 배인 음색이었다.

"그럼 그럽시다. 깡통 찾으러 가는 약속은 유효한 거죠?"

"그럼요."

"전화 줘요. 난 언제나 오픈되어 있으니까."

"저녁 감사해요. 맛있게 먹었어요."

그녀가 웃으며 악수를 청했다. 지그시 악력을 가하는 남자의 손아귀에서 매끄럽게 자기 손을 빼고는 까딱 목례를 하고 몸을 돌렸다. 약간 쌀랑한 바람결에 머리카락을 날리며 이쪽의 시선을 의식해 보폭과 속도를 조절하는 안정된 걸음으로 따박따박 걸어가기 시작했다.

그 뒷모습이 행인들에게 가려져 시아에서 사라질 때까지, 남자는 한참이나 우두커니 서 있었다.

그들이 탄 승용차가 T시에 도달한 것이 오후 7시쯤이었다.

H읍 고향마을까지는 T시를 통과해서 시가지를 벗어나고도 거의 한 시간가량 더 차를 몰아야 도착할 수 있는 거리였다.

출발할 때부터 하늘이 잔뜩 찌푸리고 있어서 시간가늠에 문제가 다소 있기는 했지만, 어쨌든 당일로 볼일을 꼭 끝낼 요량이라면 출발시간을 최소한 서너 시간은 앞당겼어야 했다. 그렇건만 남자도 여자도 그 점에 대해서는 처음부터 개의치 않았다. 까마득한 세월을 건너뛰어 고향마을에 한 번 찾아가본다는, 그렇게 해서 어린 시절 어딘가에 숨겨두었던 사랑의 징표를 찾아본다는 분홍빛 동화(童話)의 의미만 중요할 뿐이었다. 따라서 그와 같은 늑장출발은 다분히 의도적인 것일 수도 있었다. 두 사람 다 인식하고 있는 사실이었고, 다만 거론할 필요를 느끼지 않았을 뿐이었다.

"어디 들러 식사부터 해야겠군. 시장하죠?"

차들의 물결에 휩쓸려 시내 중심가에 진입해서였다. 그럴싸한 식당을 찾느라 목을 빼어 좌우를 두리번거리며 남자가 물었다.

"전 아직 괜찮은데, 시장하신가 보죠?"

"서너 시간을 줄곧 달려왔으니……어쨌든 때가 됐으니 끼니부터 때워야 하지 않겠소."

그는 조금 더 가다가 말고 바깥 여기저기 필요 이상으로 전등을 요란하게 켜놓은 커다란 일식집 주차장에다 잽싸게 차를 집어넣었다.

여종업원이 그들을 안내한 곳은 아늑하고 조용한 방이었다.

이윽고 생선회와 매운탕을 주종으로 하는 푸짐한 식탁이 차려지자, 그는 오른손에 잡은 나무젓가락을 곧추세워 보이며 종업원에게 말했다.

"참이슬 하나."

맞은편 자리의 여자가 걱정스럽다기보다 경이롭다는 표정으로 빤히 바라보며, 괜찮겠느냐고 물었다.

그가 픽 웃었다.

"괜찮지 않으면. 걱정 마요."

"음주단속에 걸리면 어쩌려고. 오도 가도 못하게 되잖아요."

"아, 못 가면 내일 가지 뭐. 아니면 모레. 우리가 뭐, 시간 다투는 일로 온 것도 아니잖소?"

"그렇긴 해도……"

"의외로 소심하시군. 혼자 한 잔쯤 마시고선 음주측정기에 나타나지도 않아요. 염려 말고, 자, 시장한데 듭시다."

그렇게 엉너리를 피우고 수저를 든 그는 막상 종업원이 술병을 가져오자 자기 잔뿐 아니라 여자의 잔에도 가득 따랐다.

그녀는 걱정하는 투로 말할 때와 달리 선선이 술을 받았고, 남자가 건배를 제의하는 제스처를 보이자 잔을 부딪쳤다. 잔을 단숨에 비우는 남자를 따라서 자기 잔을 입에 가져가 한 모금 마시기까지 했다.

식사는 두 시간이나 걸려서야 끝났다. '가볍게 한 병'이라는 무언의 전제 아래 시작된 술이건만, 어느덧 네 병째의 바닥에 3분의 1가량 남았을 뿐이었다. 누가 보더라도 남자는 운전을 해서 안 될 상태에 이르렀고, 조금 풀어진 여자 역시 전혀 아무렇지 않은 듯 딴에 애를 쓰는데도 불구하고 눈가가 발개져서 숨을 쌕쌕거리며 요염과 선정의 냄새를 은연중에 발산하고 있었다.

결국 업소의 영업차를 모는 운전기사가 대신 운전대를 잡았고, 운전기사는 그들을 가까운 호텔까지 데려다주었다.

그들은 벨보이의 안내를 받아 승강기를 타고 객실을 찾아 올라가는 동안 전혀 무관한 사이처럼 시치미 뚝 떼고 시선조차 부딪치지 않았다. 그 어색한 분위기에 압도된 벨보이 또한 마치 숨도 안 쉬는 인형처럼 딱딱하게 굳어 있었다.

이윽고 승강기가 입을 열어 그들을 토해놓은 곳은 7층이었고, 벨보이가 데려간 방은 707호였다.

"러키세븐."

그가 불쑥 내뱉자, 여자는 가식적인 미소를 지으며 픽 웃었다.

벨보이가 방에 불을 켜주고 물러간 후, 그녀는 손가방을 탁자 위에 놓고 화장대 밑에 붙박이로 설치된 전기시스템 컨트롤박스를 조작해 벽면의 등 하나만 남기고 다른 등을 모두 끔으로써 방 안 조명을 어둠침침하고 은은하게 바꾸었다. 그런 다음 침대 옆을 돌아 창가로 가서 커튼을 약간 젖히고 중소도시의 어수선한 야경이 펼쳐져 있는 바깥을 내다보기 시작했다. 그러나 그것은 풍경을 감상하기보다 흔들리는 자신을 차분히 붙들려는, 아니, 어떤 측면으로는 그런 자신을 상대방에게 은근히 보여주려는 의지를 풍기는 뒷모습이었다.

그는 어떻게 행동반응을 해야 할지 모르는 것처럼 잠시 머뭇거리다가 주춤주춤 여자에게 다가가 뒤에서 지그시 포옹했다.

그녀는 그 손길을 가만히 풀어 밀치며 속삭이듯 말했다.

"샤워할래요"

그녀는 조금 얼떨떨해서 어색한 표정을 짓는 남자의 곁을 스치며 벗어나 옷장 문을 열었다. 단정히 개어져 윗칸에 얹혀 있는 회색 가운 두 벌 가운데 하나를 꺼내들고 욕실로 들어갔다.

잠시 후 가운차림으로 나온 그녀는 벗어 들었던 검정색 바지와 감청색 스웨터를 옷장의 걸개에 하나하나 단정하게 걸었다. 그러고는 욕실에 도로 들어가다 말고 남자를 돌아보며 상냥하게 말했다.

"편하게 갈아입으세요"

이내 욕실에서 요란한 물소리가 흘러나오기 시작했다.

그는 마치 뭔가 할 일을 깜빡 잊어버린 듯 엉거주춤 서 있다가, 갑자기 하마처럼 입을 쩍 벌리고 하품을 했다. 옷장 앞으로 가서 문을 열고 팬츠 하나만 남기고 옷을 죄다 벗었다. 벗은 옷을 여분의 걸개에다 아무렇게나 걸치고는 남아 있는 가운을 꺼내 입고 허리끈을 맸다. 여자의 스웨터를 가만히 끌어당기며 고개 숙여 코를 대고 두어 번 킁킁대며 냄새를 맡았다. 그러고는 스웨터에서 손을 떼고 허리를 펴며 옷장 문을 닫았다.

그는 침대 모서리에 엉덩이를 털썩 던지고 쿠션 상태를 점검하듯 두어 번 가볍게 굴려보았다. 두 손을 뒤로 빼어 상체를 받치고는 끔벅거리는 눈으로 망연히 천장을 올려다보다가 벌렁 드러누웠다.

한동안 계속되던 물소리가 어느 순간 딱 멎었다.

그는 반사적으로 얼른 일어나 창가로 가서 아까 여자가 섰던 자리에 섰다. 그러나 가벼운 물소리와 그릇 같은 것이 가볍게 부딪치는 소리가 한참이나 단속적으로 이어지면서 여자가 금방 나올 기미가 없자, 창가를 벗어나 테이블 쪽으로 와서 의자에 엉덩이를 걸쳤다.

문득 방문 쪽에서 노크소리가 났다.

문을 열자, 룸웨이터가 와인병과 술잔과 안주접시가 얹힌 서비스카트를 밀고 와서 서 있었다. 아까 벨보이 편으로 미리 주문한 것이었다.

종업원을 돌려보낸 뒤, 그는 도로 테이블 앞에 앉아 파란 술병을 들고 투명한 내용물과 라벨 따위를 이모저모 괜히 눈여겨 살펴보았다. 그러다가 병을 도로 내려놓고는 멍하니 생각에 잠겼다. 시간이 더디게 흘러갔다.

그녀가 욕실에서 나온 것은 들어간 지 이십 분도 더 지나서였다.

"샤워하세요."

그녀가 상냥하게 말했다. 물기를 완전히 말리지 못한 머리가 어깨 위로 아무렇게나 늘어뜨려진, 조금은 선정적이고 도발적인 모습이었다. 전신에서 상큼한 비누냄새가 짙게 풍겨나고 있었다.

남자가 교대해서 욕실에 들어간 뒤, 그녀는 전등을 환하게 켜고 화장대 앞에 앉아 가벼운 밤화장을 했다. 그러고 나서 거울을 한참 바라보았다. 거울에 비친 자기 모습을 본다기보다 그 영상 뒤쪽의 무엇인가를 찾아내려는 듯한, 다분히 탐색적이고 집요하면서도 한 발짝 뒤로 물러서 있는, 그런 눈빛이었다.

불현듯 그녀의 입에서 한숨이 새나왔다. 자기도 모르게 토한 한

숨이었다. 순간, 뭔가 정신이 돌아온 듯, 머리카락이 출렁하도록 강하고 짧게 고개를 저었다. 그러고 나서는 눈빛에 한결 의지가 담기고 여유로운 분위기로 자기 색깔을 바꾸었다. 실내조명을 아까와 비슷하도록 어둡게 조정하고, 오디오를 켜서 마음에 드는 음악 방송을 가리려고 이곳저곳 채널을 바꾸다가 마땅찮은지, 어느 순간 뚝 꺼버렸다.

더운물에 익은 얼굴로 남자가 욕실에서 나온 것은 들어간 지 채 십 분도 지나지 않아서였다.

"피로 좀 풀렸어요?"

테이블 앞 의자에 앉아 있던 그녀가 물었다.

"조금."

그는 짧게 대답하고, 여자의 맞은편에 가서 앉았다. 알루미늄 병마개를 돌려 따서 여자의 잔에 와인을 반쯤 붓고 자기 잔도 그만큼 채웠다. 그들은 잔을 가볍게 부딪치고 음미하듯 조금씩 마시기 시작했다. 괜히 어색하고, 그러면서도 조금은 감미로운 침묵이 잠시 흘렀다.

"설마 날 이상한……곤란한 여자로 생각하는 건 아니죠?"

조금 뾰족한 소리로 먼저 그 침묵을 깬 것은 여자 쪽이었다.

"그럴 리가 있나."

그는 표정이 굳어 단호히 고개를 저었다.

"정말?"

"정말이다마다. 나도 당신도 무모한 불장난으로 자신을 위험에 빠뜨릴 나이는 지났고, 또한 피차 그만한 이성과 교양은 지니고 있는 사람이라고 생각되는데. 그렇잖소?"

"그건 그래요."

"그리고 무엇보다……우리 두 사람한테는 어려서부터 서로 양쪽 끝을 붙들고 있는 끈이 있잖소. 평생 동안 숙명적으로, 최소한 한 번은 서로 잡아당기며 다가가서 얼굴을 봐야 했고, 그걸 우리가 지금 하고 있는 거요. 벌써 실행했어야 했거나, 아니면 훗날 언젠가는 하게 될……. 타이밍은 중요하지 않아. 오늘 이 시각, 우리가 여기서 이렇게 마주보고 앉아 있다는 현실의 엄숙성이 중요할 뿐이지. 그렇지 않소?"

"그동안 진짜 내 생각 했었어요?"

그녀가 황홀한 표정을 지으며 물었다.

"아니, 여태 그걸 의심하는 거요?"

"아아뇨. 하지만 어쩐지 확인해야 될 것 같아서."

"늘 했다면 거짓말이겠지. 하지만 이따금 기억 속에서 반짝, 위뜸에 살던 어느 여자애의 예쁘장한 얼굴이 떠오른 건 사실이오. 당신은?"

"나 역시 마찬가지예요. 어쩜 지금까지의 내 인생이 이 정도나마 아름답고 행복할 수 있었던 건……그걸 아름다움과 행복의 범주에 끼어 넣어도 무방하다면 말이죠. 옛날 우리 마을 아래뜸에 살던 허여멀끔한 남자애와 사귀던……사랑이라고 하긴 좀 그렇지만……하여튼 아름다운 동화 하나를 추억으로 가슴에 간직하고 살아온 것도 그 이유 중의 하나였을 거예요. 아니, 이건 진심에서 하는 고백이라구요."

그가 다시금 건배를 제의했고, 그래서 잔이 부딪쳤다.

별로 멀지 않은 역에서 은은한 경적소리가 길게 들려왔다.

겨울밤, 야행열자……그 로맨틱한 이미지에 감성이 자극을 받은 듯, 그녀가 창문 쪽으로 고개를 돌렸다. 검은 어둠 아래 불빛이 어지럽게 깔린 도시 야경의 한 조각이 벌어진 커튼 사이로 드러난 창유리에 달라붙어 방 안을 기웃거리고 있었다. 잠시 생각에 빠진 듯 밤풍경을 내다보던 여자가 갑자기 분위기를 일신하는 몸짓과 표정으로 남자를 향하며 물었다.

"내일 우리가 고향마을에 나타나면, 자기랑 날 알아보는 사람이 있을까? 그럼 곤란해지는데……"

"느티나무가 동구 밖에 있으니, 구태여 마을 안에까지 들어갈 필요야 없지."

"하긴 그렇군요."

고개를 끄덕인 그녀는 장난기 섞인 탐색적인 눈빛으로 쳐다보며 물었다.

"근데, 자긴 그 쪽지에다 뭐라고 적었어요?"

"글쎄, 너무 오래돼서 잘 기억이 나지 않는걸. 그렇게 묻는 자신은?"

"나 역시 마찬가지예요."

"우리가 각자 뭐라고 썼든지 간에 까짓 내용은 문제가 아니잖소. 우리한테는 그런 아름다운 시절이 있었고, 그 연장선에서 지금 나와 당신이 여기 이렇게 마주앉아 있다는 사실이 중요할 뿐이지. 안 그렇소?"

"그건 맞아요."

말은 그렇게 했지만, 쪽지 내용에 관한 언급이 어쩐지 두 사람 사이의 감정교류에 어떤 손상이랄까, 장애를 야기한 것 같았다. 분위기가 조금 건조하고 서걱서걱해졌다.

그런 갑작스럽고 미묘한 상황변화를 덮으려는 듯, 남자가 잔을 놓고 일어서서 여자의 손을 지그시 잡아끌었다. 여자는 일어나 남자의 품에 안기기 전에 시스템 컨트롤박스 쪽으로 손을 뻗었다. 일순, 현관 천장에 쏙 들어간 전등 하나만 남고 모든 불이 나감으로써 방 안쪽은 이내 잿빛 어둠에 묻혀버렸다.

포옹과 입맞춤, 그리고 애무와 섹스. 그 원초적이면서도 도식적인 일련행위는 몸과 마음의 완전무결한 합일과 기쁨하고는 거리가 있는, 방 안의 명도만큼이나 선명하지도 충실하지도 못한 열정과 교감으로 시작되고 끝났다. 뒤이어진 짧은 노을의 빛깔 역시 마찬가지였다.

여자가 아무렇게나 팽개쳐져 있던 가운을 끌어당겨 몸에 대강 두르고 도망치듯 욕실에 들어가버린 뒤, 남자는 이불자락으로 하체만 가린 채 팔베개하고 누워 천장을 망연히 올려다보았다. 욕실에서 들려오는 물소리에 귀를 기울이며 두세 번 고개를 젓고, 그런 다음 한숨을 길게 토해냈다.

바로 그때, 야행열차의 경적소리가 무슨 야유의 휘파람처럼 멀리서 들려왔다.

이튿날 아침, 그들은 호텔 뷔페에서 간단히 조반을 때우고는 9시 조금 전에 차를 타고 T시를 출발했다.

언제 잔뜩 찌푸렸더냐는 듯 밤사이 하늘은 말끔히 개었고, 바람한 점 없는 데다 기온도 따스했다. 겨울날 드라이브하기에 더할나위 없이 적당하고 쾌적한 일기였다.

"날씨가 그만이죠?"

그녀가 남자를 쳐다보지도 않고 말했다.

그는 계기판에 한손을 뻗어 차내 온도를 조절하며 건성으로 대꾸했다.

"그렇군."

"우리의 귀향을 환영하나 봐."

"설마. 엄밀히 말하면 귀향이 아니잖소. 방문이라면 모를까……"

"어쨌거나."

그녀가 약간 시큰둥한 뉘앙스로 받았다.

겨울날 아침의 중소도시 풍경다운 한산한 거리를 곧장 가로지른 승용차는 이십여 분만에 시가지를 벗어나 H읍으로 통하는 국도에 접어들었다. 겨우 왕복 2차선 소로여서 확장공사가 진행되고 있었으나, 계절과 시간대의 영향인지 오가는 차량이 드문드문해서 정상속도로 주행하는 데 아무런 문제가 없었다.

그들은 도로 양쪽에 펼쳐지는 전원풍경을 눈여겨보는 척하며, 벽력같은 하룻밤의 정사에 관해서는 의식적으로 한마디도 비치지 않았다. 그렇게 말을 아끼다가도 오랜 기억과 일치하는 어떤 특별한 풍경이나 구조물을 간혹 발견하기라도 할라치면 저도 모르게 흥분해 감탄사까지 발하며, 그것에 관계되는 사연소개나 설명에 열을 올리곤 했다. 그러고 나서는 제풀에 자기 본래로 돌아가 입을 닫고 가식의 고치 속에 숨어버리는 것이었다.

이윽고 'H읍 2km'라는 이정표가 서 있는 산모롱이에 도달했을 때, 그가 갑자기 속력을 낮추더니 좁은 갓길에다 차를 세웠다.

왜 멈추느냐는 물음의 뜻으로 그녀가 고개를 돌려 쳐다보았으나, 남자는 그 시선을 무시했다. 두 손을 핸들에 얹고 마치 오르간 건반을 두드리듯 손가락 열 개를 움직이며 끔벅거리는 눈으로 전방을 노려보기만 할 뿐이었다. 그렇다고 딱히 그 무엇에 초점을 맞춘 시선도 아니었다.

"아니, 왜 그래요? 무슨 일 있어요?"

그녀가 정색으로 물었을 때야 비로소 남자의 입이 열렸다.

"조금만 돌아가면 바로 우리 마을이잖소."

"그런데요?"

"하니까 이쯤에서 우리는……나나 당신이나 동화 속에서 걸어 나와야 할 것 같은데. 그런 생각 들지 않소?"

"갑자기 그게 무슨 소리죠?"

"내친김에 이제야 진실을 고백해야겠군. 그때 난 깡통 속에 아무런 글도 써넣지 않았어요."

"아니, 뭐라구요?"

"그 기막힌 아이디어를 처음 누가 제안했지? 나였나, 아니면 당신이었나? 어쨌든 그건 중요하지 않아요. 그 사실 자체만으로 충분하니까. 그런데 말이오, 나 그때 실은 뭐라고 쓸까 몹시 끙끙거리다가 도무지 적당한 문구가 떠오르지 않아 그냥 백지만 넣고 말았어. 머리 쇠똥도 안 벗겨진 나이에 사랑하느니 어쩌니 하고 어른흉내 내기도 뭣하고, 그렇다고 애들 소꿉놀이 대화 같은 걸 적기도 뭣하고……. 한동안 고심하다 못해 결론을 내렸다오. 에이, 모르겠다. 그냥 백지를 집어넣자. 뭐라고 적혀 있는지 어떤지 네가 알 게 뭐야. 나중에라도 근사한 문구를 고안해서 나 혼자 몰래 바꿔치기할 궁리도 한 걸로 기억되지만, 하루하루 어영부영하다가 끝내 실천하지 못하고……결국 수십 년이 흘러서 오늘에 이르고 만 거요. 그러니까 깡통 속에는 당신이 쓴 글만 들어 있는 셈이지. 아니, 당신의 필적과 내 마음이라고 해야 옳겠지. 그러니 그걸 같이 가서 파보자고 약속할 때부터 내 심적 부담이 어떠했겠소? 깡통은 한낱 핑계거리에 지나지 않고, 어떻게든지 이제 당신을 붙들 어야겠다는 생각뿐이었으니. 그리고 그 붙들겠다는 생각도 지속성이나 영구성을 띤 것이기보다……솔직히 고백하건대, 세속에 물들 대로 물든 중년의 단순한 섹스 욕구에 불과하지 않았나 싶어. 로맨틱한 분홍빛깔로 치장한 건 자기기만이고, 자존심 상하게 해서 정말 미안하오. 간밤에 처음이자 단 한 번 당신을 안아보고 나서 그걸 확연히 깨달았소. 그 자멸감과 허무함이란……"

그녀는 처음에 놀란 나머지 몸이 굳어져서 눈을 뚱그랗게 떴으나, 남자의 고백이 길어짐에 따라 이해와 긍정의 빛깔로 차츰 바뀌다가 급기야는 생글생글 장난스러운 미소까지 떠올렸다.

"그렇게 자책하지 마세요. 그럴 필요 전혀 없으니까."

"무슨 소리요?"

"사실은 나도 똑같단 말예요. 나 역시 자기를 속였거든."

"아니, 뭐라고?"

이번에는 그가 눈이 뚱그래졌고, 여자의 고백이 이어지면서 벌어진 입을 다물지 못했다. 그녀 역시 깡통 속에 넣은 것은 백지였고, 다시 만난 이후 그 시각까지 그녀를 지배한 의식과 감정은 성별 차이와 감각의 차이는 있을망정 남자의 경우와 일치했던 것이다.

그 기막힌 진실 앞에서 그들은 파안대소했다. 그러고 나서는 한결 편안하고 너그럽고 친근한 감정으로 상대방을 새삼스럽게 바라보았다.

"아무래도 여기서 차를 돌리는 게 좋지 않겠소? 그 느티나무가 여태껏 남아 있다는 보장도 없고."

"그러세요. 그나마 추억은 그 자체만으로도 소중한 거니까. 그러고 보면 여태까지 우린 가면을 쓴 동극(童劇)의 주인공이었나요?"

"그런 셈이지. 이젠 성인의 세계로 돌아가서, 우리가 진짜로 가까워질 수 있나 없나 어디 모색해봅시다. 철부지의 꿈에서 벗어난 새로운 출발이 가능할는지. 그건 전적으로 당신이 호응해주는 조건하에서 가능한 일이지만 말이오."

"결론적으로 우리에겐 피차 새로운 시간이 필요한 거군요?"

"그렇소. 이것도 인생 아니겠소?"

그는 앞쪽에서 오던 트럭을 멈추게 하면서까지 어렵게 방향을 바꾸어 T시 쪽으로 차를 몰았다.

푸르른 바깥 하늘처럼 그들의 얼굴은 밝았다. 뭔가 손해 봤다거나, 억울하다거나, 헛다리짚었다거나 하는 구저분한 구석 없이, 오히려 인생의 묵은 짐 또는 과제 하나 거뜬히 정리하고 신선한 새 출발을 한다는, 마치 그런 표정이었다.

차는 가볍게 힘차게 내달았다.

마침내 나라가 바뀌어 새로운 왕조가 들어섰습니다.

덕분에 죄에서 풀려난 화공은 부리나케 집으로 달려갔습니다. 무엇보다 먼저 궁녀의 초상화부터 꺼내보았습니다.

그런데 아, 이게 어찌된 일입니까! 그림의 주인공이 웬 늙은 여자의 모습으로 바뀌어 있지 않은가요. 한때 아름다웠던 흔적이 남아 있긴 해도, 그토록 오매불망 그리던 젊고 아리따운 궁녀는 아니었습니다. 화가는 꿈에도 까맣게 몰랐지만, 그 옛날에 혼이 담긴 그의 손가락과 화필을 통해 궁녀의 혼이 이쪽으로 옮겨져 그림 속에 들어와 있었던 것이지요. 그래서 흐르는 세월과 더불어 그림의 모습도 하루하루 나이 들고 늙어간 것이지요.

화가는 너무나 허망하고 애통한 나머지 울며 그림을 불태웠습니다. 그러고는 몸져누워 그대로 숨을 거두고 말았습니다.

노랑튤립의 꽃말을 아십니까.

그건 '헛된 사랑'이랍니다.

안개 속으로

잿빛으로 짙고 축축한 저녁안개를 헤치며 눈을 부릅뜨고 달려온 까만 세단이 멈춘 곳은 1호 청사 뒷문 앞이었다.

뒷좌석 문이 열렸다. 머리가 하얗고 표정이 침울한 사내가 차에서 나와 환한 불빛 속에 섰다. 예순 살이 될까 말까 한 모습인데도 머리가 거의 백발인 그는 몸매가 후리후리하고, 그래서 약간 구부정했다. 그 후리후리하고 구부정한 몸을 까만 양복으로 싼 데다 까만 가죽가방까지 들고 있어서 하얀 머리가 그의 인상을 더욱 강렬하게 보이도록 했다.

경비책임자가 기관단총을 든 두 명의 병사를 대동하고 다가왔다.

"왕실 의무실장 K요."

K가 자기 신분을 밝혔다. 표정에 어울리게 다소 침울한 음성이었다.

"알고 있습니다." 경비책임자가 딱딱하게 받았다. "하지만 규칙은 규칙이니까 이해하십시오."

경비책임자가 몸수색을 시작했다.

K는 진료가방까지 개방하는 철저한 검색을 감수한 다음에야 경비책임자의 뒤를 따라 계단을 올라가 청사 안에 발을 들여놓을 수 있었다. 그렇지만 경비책임자가 앞서고 두 병사가 뒤따름으로써 삼각형 속에 갇혀 함께 움직이는 꼴이었다.

K가 안내된 곳은 6층의 한 방이었다. 문패도 붙어 있지 않은 그 방 앞에는 젊고 건강한 두 명의 병사가 역시 기관단총을 휴대하고 문 양쪽에 서 있었다.

후문 경비책임자가 노크를 한 다음 방문을 열고 K에게 고개를 끄덕여보였다. 혼자 들어가라는 뜻이었다.

K가 엉겁결에 발을 들여놓자, 방 안에서 서성거리고 있던 땅딸막한 사내가 소탈한 미소를 지으며 인사를 건넸다.

"안개가 심하군. 오시기가 퍽 어려웠지요?"

"전혀 그렇지 않았습니다, 각하."

K가 허리를 굽히며 그 사내 M에게 공손히 대답했다. 자기보다 열 살은 연하일 것 같은 상대에게 벌써 주눅이 들어 쩔쩔매고 있었다.

왕세자이자 총리로서 한 나라를 실질적으로 쥐락펴락하는 권력자의 집무실이 썰렁한 느낌이 들 만큼 의외로 평범하고 검소한 풍경임을 보고, K는 속으로 조금 놀랐다. M이 사치를 몹시 즐기는 편이어서 값비싼 최고급 외제물건을 수도 없이 사들인다고 세간에 은밀한 소문이 자자하기 때문이었다.

"자, 앉읍시다."

M이 창가 쪽의 응접소파로 K를 안내했다.

K는 선생한테 꾸중 들으러 온 소학생처럼 주뼛주뼛 따라가 맞은편 자리에 엉덩이를 살며시 내리며, 녹색 양탄자가 깔린 바닥에 진료가방을 놓았다.

짙은 안개 때문에 창밖 풍경은 아무것도 보이지 않았다. 탁한 강바닥 같은 검은 어둠이 유리창을 가리고 있을 뿐이었다.

부속실에서 노크소리가 난 데 이어 예쁘고 단정한 모습의 젊은 시녀가 발랄한 걸음으로 들어왔으나, 거부하는 M의 손짓 한 번에 자동인형처럼 도로 나가버렸다.

"전하께서는 용태가 어떠시오?"

M이 슬쩍 지나가는 듯한 소리로 물었다.

"그저 그만그만하십니다. 소생이 최선을 다하고는 있습니다만."

K가 갑자기 긴장해서 몸을 조금 움직이며 대답했다. 상대방 질문에 추궁의 뉘앙스가 들어 있다고 받아들인 것이다.

"그건 이 나라 의료계의 권위자일 뿐 아니라 오랫동안 어의(御醫)로 봉직해온 K박사한테는 어울리지 않는 대답 같은데."

"죄송합니다, 각하."

K는 머리 숙이며 사죄했다.

"어쨌든 그 연세면 어느 날 갑자기 툴툴 털고 일어나는 건 거의 불가능하다고 봐야 하지 않을까. 병명이 무엇이든지 말이오. 그렇지 않소?"

M은 미소를 지으며 K를 똑바로 바라보았다. 가늘게 뜬 눈이 묘하게 짓궂은 집요함을 담고 있었다.

K는 갑자기 입속이 바작바작 마르는 느낌이었다. 차마 상대방을

정면으로 응시하지 못하고 어물어물 대답했다.

"좀 더 두고 봐야 할 것 같습니다만, 차제에 의료여건이 월등한 외국에 나가셔서 전지치료를 받으시는 편이……"

M이 손을 들어 K의 말을 잘랐다.

"그건 우리의 국가체제로 보나 외교현실로 보나 부왕전하의 자긍심과 고집으로 보나 용이한 일이 아니잖소. 더구나 전하께서는 비행기 타는 걸 또 아주 싫어하시고……그러니까……. 이봐요, K 박사."

"네, 각하."

"솔직히 대답하시오. 지금 상태로 보면, 전하께서 앞으로 몸이 쾌하셔서 다시 정무를 보실 수 있는 가능성이 몇 퍼센트나 되지요?"

K의 이마에 진땀이 배어났다. 대답이 궁한 나머지 호주머니에서 손수건을 꺼내어 이마를 두어 번 문지르고 도로 호주머니에 쑤셔 넣었다.

"기탄없이 말해도 무방하다고 내가 보증하겠소. 염려 말고 대답해봐요. 그 점에 관해서는 정부 내에서도 비관적으로 보는 견해가 지배적인데, 당신 생각은 어떤지."

"외람됩니다만 감히 솔직히 말씀드리면, 전하께서는 이제 다른 것은 완전히 잊으시고 오로지 건강 하나만을 생각하셔야 합니다."

"정무를 보실 수 없다는 거요?"

"가능성의 문제가 아니라 보시지 않으셔야 한다는 것입니다. 그것이 전하 자신을 위해서나 국민을 위해서나 최선이라고 생각합니다."

"국민을 위한 최선?"

N이 갑자기 웃음을 터뜨리는 바람에 K는 깜짝 놀라 엉겁결에 상대방을 똑바로 응시했다. 그러나 황망해서 얼른 시선을 거두었다.

"전하 자신을 위해서나 국민을 위해서나 최선이다……." M이 고개를 주억거리며 뇌고 다시 물었다. "정말로 그렇게 생각하시오?"

"그렇습니다, 각하."

K가 대답했다. 확신에 차 있다기보다는, 궁색하게 자신을 그 확신이란 것에 끌어다 붙이려는 듯한, 그런 묘한 뉘앙스가 느껴지는 대답이었다.

M이 탁자 모서리의 호출버튼을 눌렀다. 부속실 문이 열리며, 아까의 그 시녀가 다시 나타났다. M이 그녀에게 위스키를 내오라고 지시했다.

"각하." K가 몸을 움찔하며 말했다. "죄송하지만, 술을 드시면 약발이……."

"아, 됐어." M이 조금 신경질적으로 다시 손을 들어 단호하게 말을 막았다. "그 점은 염려 말아요. 아시겠소?"

"……네."

K는 마지못해 수긋해졌다.

잠시 후 시녀가 위스키병과 파카글라스 잔과 스낵안주와, 그리고 얼음그릇을 커다란 쟁반으로 받쳐 들고 나타났다. 그녀는 두 사람 앞에 각각 잔을 놓고 위스키를 반쯤씩 따른 다음, 작은 얼음덩이 네 개씩을 띄웠다. 그러고 나서 물러가라는 M의 손짓을 기다려 공손히 절하고는 또 자동인형 같은 걸음으로 사라졌다.

"그러고 보니 박사와 이런 식으로 만나는 건 처음인 것 같군. 그렇지요?"

M이 잔을 들어 건배의 제스처를 부리며 자못 다정하게 말했다.

"그렇습니다, 각하."

K가 마지못해 잔을 부딪치는 시늉을 하며 맞장구쳤다.

"가능한 한 이런 기회를 가끔 만듭시다."

"황송한 말씀 감사합니다. 하지만 저 같은 하찮은 신분으로서 감히 어찌……"

"그게 무슨 말씀이오? 박사는 우리 의료계의 자랑일 뿐 아니라, 뭣보다도 어의로서 오랫동안 부왕전하의 건강을 책임져온 분인데." M은 위스키 한 모금을 음미해 삼키고 나서 말을 이었다. "왕실에 봉직하신지 아마 이십 년이 훨씬 넘을걸. 그렇지요?"

"정확히 이십팔 년 칠 개월입니다, 각하."

"실례지만 금년에 몇이시오?"

"쓸데없이 나이만 먹어 올해 쉰아홉이올시다."

"은퇴해도 괜찮을 연배로군."

그 말은 호된 주먹이 되어 K의 가슴을 내질렀다. K의 굳은 표정이 그것을 증명해주고 있었다. 그가 어물어물 말했다.

"하명하시면……언제든지 저는……"

"아니, 그런 뜻이 아니오." M이 또 말을 잘랐다. "특히나 왕실 봉직은 정년에 구애받지 않는 관행이 있으니까……. K박사."

"네, 각하."

"부왕전하께서 저렇게 오래 병환에 계시니까 엉뚱한 생각을 가

지는 자들이 있어. 불순한 세력화를 꿈꾸는 놈들 말이오. 해외에
나가 있는 내 아우 N과 접촉하여 그를 후계자로 옹립함으로써 그
공으로 부귀영화를 독차지하려는 속셈이겠지. 죽일 놈들!"

"원, 그럴 리가……."

K가 눈이 휘둥그레져 부르짖자, M이 탐색하는 눈길로 그를 쏘
아보았다.

"왜 그렇게 놀라시나? 당신도 그 부류의 하나일지 모른다는 정
보보고가 근거 없는 것이 아니었나 보군. 정말 그렇소?"

"각하!" K는 새파랗게 질려 벌떡 일어나 바닥에 꿇어앉으며 머
리를 조아렸다. "천만부당한 말씀입니다. 소생이 언감생심 어찌 그
런……. 절대 그런 사실 없습니다. 그 정보는 날조나 착오가 분명
합니다."

"그 말 백 퍼센트 믿어도 되겠소?"

"물론입니다. 부디 제 진정을 믿어주십시오."

"그럼 만일 누군가가 그런 꿍꿍이셈으로 당신한테 은밀히 손을
내밀 경우 어떻게 할 거요?"

"가차 없이 물리침과 동시에 즉시 각하께 달려와 고발하겠습니
다. 하늘을 두고 맹세합니다. 천하에 그런 불한당 놈들이 어디 있
겠습니까? 부왕전하께는 매우 외람된 소리일지 모르나, 만일의 경
우 소생은 각하께서 뒤를 이으실 걸로 믿어 마지않습니다. 세자이
시니 당연한 노릇 아니겠습니까?"

"아, 이리 와 앉으시오." M이 얼음조각만 남은 자기 잔에 손수
위스키를 따르며 가볍게 꾸짖었다. "모양새 사납게 그게 뭐요?"

"죄송합니다, 각하."

K는 다리에 쥐라도 난 것처럼 후들거리며 일어나 다시 소파에 앉았다. 손수건을 꺼내어 이마에 흐르는 진땀을 닦았다.

"저 안개 좀 보시오." M은 가늘게 뜬 눈으로 어두운 잿빛 창밖을 내다보며 가라앉은 음성으로 말했다. "서양 어느 시인이 '유리창에 등을 비비는 안개'라는 기발한 표현을 썼던 걸로 기억하는데, 지금 이 방 바깥에도 저 안개 같은 밉살스런 놈들이 호시탐탐 나를 노리며 기회를 엿보고 있어요. 내 눈엔 그 그림이 보입니다. 박사도 N을 둘러싸고 풍겨 나오는 소문을 들었겠지요?"

"각하, 외람된 말이오나 소문은 어디까지나 소문 그 이상도 이하도 아닌 경우가 대부분입니다. 설마 N왕자님이 친형이신 각하를 그렇게 음해하실 분이겠습니까."

"친형은 무슨 우라질 놈의……." M이 입을 비쭉거리며 픽 웃었다. "세월이 많이 좋아져서 그렇지, 옛날 같으면 걔는 내 앞에 똑바로 설 수도 없는 출신성분이라고, 누구보다 박사께서 잘 아시지 않소?"

"각하, 그렇게 듣기 민망한 말씀은 좀……. 죄송합니다."

"녀석이 어릴 때부터 얄미울 정도로 약아빠져 부왕전하의 사랑을 받기는 했지. 혈통은 이어받았기에 꽤 총명한 건 사실이고 그게 지금까지 연장되다 보니 쥐새끼 같은 몇몇 인간쓰레기들이 전하의 의중을 확대해석으로 오버시킨 나머지 녀석을 옥좌의 다음 주인으로 옹립하면 어떨까 하는 망상을 갖게 되었나 본데, 어림 반 푼어치도 없는 수작이지."

"물론입니다, 각하. 누구보다도 전하께서 어찌 그러실 리가 있겠습니까?"

"그야 모르지요. 아버님은 현재 옥체뿐 아니라 정신력까지 온전하지 못하신 상태이니까."

의도적이든 아니든 M은 서민적인 일반호칭을 쓰는 것으로 부왕에 대한 자신의 불편한 심기를 드러내고 있었다.

그렇잖아도 거의 일방적이던 대화는 M이 입을 다물어버림으로써 중단되었다. 그는 소파에 비스듬히 앉아 위스키를 찔끔찔끔 마시며 잿빛 어둠이 덕지덕지 들러붙은 창문을 노려보고 있었다.

K는 숨이 막히는 침묵의 중압감을 이기지 못한 나머지 마침내 밭은기침으로 목을 가다듬고는 조심스럽게 말을 꺼냈다.

"각하, 매우 죄송한 말입니다만, 분부대로 간단한 진료준비를 해왔습니다. 그러니까……."

K가 그렇게 말하며 진료가방을 집으려고 하자, M이 불현듯 자세를 바로하며 단호히 손을 저었다.

"아니, 됐어요."

"네?"

"필요가 없겠어. 박사께서 나타나자마자 감기 바이러스란 놈이 놀라서 달아나버린 것 같아."

"하지만……."

K는 이러지도 저러지도 못하고 쩔쩔매었다.

"어쨌든 우리가 이렇게 만나 대화를 나눈 것만 해도 이 왕진의 성과라고 할지 소득이 아니겠소? 난 그렇게 생각하는데, 당신은 어때요?"

"그야 물론입니다." K는 머리를 숙이며 비굴할 정도로 아부를 아끼지 않았다. "사적으로 각하를 이렇게 가까이서 모시고 말씀을

들은 것만으로도 저로선 크나큰 영광이올시다."

"여태 전하를 모셔왔듯이, 앞으론 내 건강도 좀 유념해줄 수 있을까? 이 나라에 박사만한 명의가 어디 있어야 말이지."

"너무나 황송한 칭찬이십니다만, 기회만 베풀어주시면 제 신명을 바쳐서라도 보살펴드릴 것을 하늘을 걸고 약속하겠습니다."

"고맙군. 그럼 이만 가보시오."

결과적으로 짐작컨대 둘만의 만남 자체가 호출의 목적이었던 듯싶지만, K는 어쨌든 진료를 부탁받고 달려온 입장인지라 여전히 기분이 찜찜한 나머지 M의 가슴에 청진기라도 한 번 대보고 싶었다. 그러나 M이 막무가내로 거부하는 데는 도리가 없었다.

"아, 저놈의 안개!"

K가 하는 수 없이 진료가방을 들고 엉거주춤 일어서거나 말거나, M이 눈살을 찌푸리고 창문 쪽을 바라보며 씹어뱉은 소리였다. 그런 다음 의미심장한 눈길로 K를 쳐다보며 야릇한 미소를 띠고 한마디 덧붙였다.

"안개 조심하시오."

—K박사에 대한 내사작업은 은밀하면서도 철저하게 진행하라고. 알겠소?

—잘 알겠습니다, 각하.

—그 자신은 물론이고 주변 인물들, 심지어 가족들까지 속속들이 파고들어야 할 거야. 비리가 없으면 작은 꼬투리를 만들어서라도. 무슨 뜻인지 이해가 가오?

—이해하다뿐이겠습니까. 제가 여태까지 각하께 바쳐온 충성심

을 추호라도 의심하지 않으신다면 마음 푹 놓으셔도 좋습니다.

—물론 당신과 당신의 기관에 대한 내 신뢰야 변함이 없지. 항상 고맙게 생각하고 있기도 하고 동지라는 개념은 상하관계보다 수평적 가치에 뿌리를 두고 있는 것 아니겠소? 내가 당신을 신뢰하듯이, 당신도 나를 믿어요.

—감사합니다. 기왕이면 K박사뿐 아니라 대대적인 사찰과 사건화로 골칫거리를 한꺼번에 제거하는 것이 어떻겠습니까?

—그건 그다지 현명한 방법이 못 되는 것 같군. 생각해봐요, 군부 쪽만 해도 아직 여전히 전하에 대한 맹목적 충성심으로 똘똘 뭉쳐진 고지식한 인간들이 일부 버티고 있는 게 현실이잖소. 그 작자들은 전하께서 정신이 오락가락하는 상태로 전쟁을 선포하시더라도 서슴없이 섶을 지고 불에 뛰어들 바보멍청이들이거든. N하고 줄이 닿아 있다는 심증만으로 잡아채기는 아직 시기상조야. 기다림의 미학을 알아야지. 그러니까 괜히 오버하지 말고, K박사 문제는 K 한 사람으로 국한하도록 해요. 기회는 앞으로도 있으니까. 알겠소?

—잘 알겠습니다. 그럼 그렇게 진행하겠습니다.

왕실 의무실장 K는 어느 날 오후 퇴근해 차를 타고 집으로 돌아가다가 대로에서 갑작스러운 검문에 걸렸다. 교통검문이 아니라 국가안보국 요원들에 의한 납치나 다름없는 압박검문이었다.

"여쭤볼 것이 있으니, 죄송하지만 같이 가주시기 바랍니다."

스포츠형으로 머리를 짧게 깎고 몸매가 다부지게 생긴 중년사내가 말했다. 분위기하고는 너무나 어울리지 않는 매우 정중하고 공손한 말투여서 K가 순간적으로 어리둥절해졌을 정도였다.

"어디로 말이오?"

밀려오는 두려움으로 자기 몸이 가늘게 떨리는 것을 느끼며, K가 물었다.

"그건 말씀드릴 수 없으니 양해해주십시오. 가보시면 압니다."

"내 신분을 아시고 지금 이러는 겁니까?"

"물론 잘 알지요." 사내가 미소를 지으며 대답했다. "왕실 의무실장 K박사 아니십니까? 하여튼 간단히 끝날 조사니까 피차 불편하지 않게 해주시기 바랍니다."

그 마지막 말은 그나마 미약하게 꿈틀거리던 K의 저항의지를 간단히 짓뭉개는 위력을 발휘했다. 어쭙잖게 굴면 예우고 뭐고 없이 호되게 다루겠다는 경고였기 때문이다.

곧 K의 차는 앞뒤로 붙은 안보국 차들에 의해 진로를 수정해야만 했고, 그의 옆자리도 로봇처럼 강건하고 표정이 없는 새파란 요원에게 점령당했다. K는 차가 움직이는 동안 어색해서라도 요원에게 뭔가 말을 붙이려고 했으나, 돌아온 대답은 모른다는 메마른 한마디뿐이었다. 부득불 K는 입을 다물고 내면의 자기에게로 고개를 돌려야만 했으며, 그러다 보니 엄습해오는 두려움과 초조로 소금 절인 생선처럼 심신이 졸아들어 옆 사람의 존재에 신경 쓸 겨를이 없게 되고 말았다.

K가 끌려간 곳은 그의 짐작대로 국가안보국이었다.

교외로 빠지기 직전의 시가지 끄트머리, 창들이 유난히 작은 데다 삼엄한 경비망에 둘러싸여 있는 6층짜리 육중한 구조의 그 콘크리트 건물은 요새나 다름없고, 외관의 위용만으로도 K를 공포와 절망감에 빠뜨리기에 충분했다.

"일단 여기 들어오면 직위도 뭣도 없는 한낱 피의자에 불과하다
는 사실을 명심하는 게 신상에 좋을 거요."

사방은 물론 천장까지 검은 유리로 된 작은 방에서 책상을 사이
에 두고 K와 독대한 조사관의 첫마디였다. 조사관은 K를 연행한
스포츠머리였고, 말투도 강압적으로 백팔십도 달라져 있었다.

"미안하지만 물 한 잔 마실 수 있을까요?"

K가 부탁했다. 연행되는 동안 속을 어찌나 끓였던지 입속이 바
작바작 마를 정도로 갈증이 심했기 때문이다.

"방금 뭐라고?" 돌연 스포츠머리가 눈초리를 치키며 비수같이
날카로운 말투로 쏘아붙였다. "당신 아직도 똥인지 된장인지 자기
주제를 분간 못하는 모양이군. 여기 룰대로 호되게 다루어야 정신
이 번쩍 들겠어?"

그제야 K는 자기가 매우 어리석을 뿐 아니라 어리석은 짓거리
를 하고 있다는 사실을 퍼뜩 깨달았다. 죄송하다고 얼른 사과했다.

"당신은 지금 뭘 요구하고 자시고 할 처지에 있지 않아. 건방지
게시리…… 여차하면 쥐도 새도 모르게 증발하는 수가 있어. 그러
니까 정신 똑바로 차리고 내가 묻는 말에 솔직한 대답이나 할 준
비를 하라고, 알았나?"

"네, 잘 알았습니다."

"만일 당신이 이 방에서 손끝 하나 상하지 않고 멀쩡한 몸으로
나가게 된다면, 그건 이 방이 생기고 나서 최초의 사건이 될 거야.
그러니 기록을 세우도록 해봐. 나도 가급적 그 기록이 세워지길
바라는 입장이니까. 알아들었어?"

"네, 명심하겠습니다."

그러나 K는 상대방이 요구하는 '기록'을 자기가 도저히 세워줄 수 없다는 사실을 금방 깨닫지 않을 수 없었다. 스포츠머리가 내놓는 자기의 범법혐의라는 것이 너무나 뜻밖이고 황당하기 때문이었다. 의무실 예산 착복, 왕실 시녀와의 강압적 불륜관계, 반체제 선동분자들과의 은밀한 접촉과 불온한 발언 등이 그의 목에 걸린 올가미의 종목이었다. 더욱이 어쩌나 완전무결하게 잘 짜인 각본인지, 본인조차도 정말 그 근처에 간 상황 정도는 있지 않았을까 가슴이 뜨끔해서 제풀에 되돌아보아질 정도였다.

K가 너무나 어안이 벙벙한 나머지 얼른 대꾸를 못하자, 스포츠머리는 그 머뭇거림을 간접시인으로 몰아붙이며 혐의점의 확대재생산에 열을 올렸다.

그제야 자기가 어리석게 잘못 대응하고 있다는 사실을 깨달은 K가 완강히 부인하며 항의했으나, 돌아온 것은 무지막지한 욕설과 교묘하게 기술적이면서도 잔혹한 고문뿐이었다. 그것은 그가 세상에 태어난 이후로 처음 경험하는 실로 두렵고 치욕적이고 고통스러운 시련이었다. 그런 불법적이고 비인간적인 제재장치가 하필 자기가 몸담고 있는 국가와 사회에 존재하고 있다는 사실쯤은 이미 알고 있는 간접지식이지만, 그것을 자기 현실상황으로 경험하게 되리라고는 꿈에도 상상하지 못한 그였다.

단말마의 비명을 지르다 못해 마침내 체통도 자존심도 걸레쪽처럼 내던진 K는 질질 짜고 애걸복걸하며 오로지 그 고통에서 해방되기만을 간절히 소망했다. 그래서 스포츠머리가 내미는 자술서 형식의 각본에 떨리는 손으로 허겁지겁 서명을 하고 말았다.

어떡하든지 이 상황에서 일단 벗어나기부터 하자. 그런 다음 내일이라도, 당장이라도 총리각하를 찾아가 해명하고 선처를 구하자. 자기가 나한테 한 말이 있으니까. K의 머릿속은 오직 이 절실한 소망으로 가득할 뿐이었다.

"진작 이럴 것이지, 참 다들 왜 미련하게시리 고생을 사서 하는지 모르겠다니까."

스포츠머리가 각본이 든 파일을 접으면서 딱하다는 듯 주절거린 소리였다.

그제야 K는 어느 정도 냉정과 여유를 되찾아, 이제 자기는 어떻게 되느냐고 물었다.

"그게 궁금해요?" 스포츠머리가 되물었다. 생뚱스럽게 존댓말로 돌아와 있었다. "혐의사실을 본인이 자술로 확인한 이상 법적조치가 따르지 않겠어요?"

"그럼……이대로 구금되는 겁니까?"

"아니, 일단은 돌아가서 신상정리를 할 수 있는 시간여유를 얻게 될 겁니다. 그 기간이 며칠이 될지, 한 달이 될지는 검찰의 몫이니까 나는 모르겠고……. 다만 한 가지, 오늘 이 일 가지고 입을 뻥긋하는 그 즉시 당신은 끝장난다는 점을 명심하시오. 가족한테도 물론. 알았어요?"

"네."

"표면적으론 아무것도 달라진 게 없는 겁니다. 그러니까 내일도 모레도 근무처에 태연히 출근을 하란 말이오, 평상시와 마찬가지로. 알겠소?"

"잘 알았습니다."

K는 몰래 안도의 한숨을 내쉬었다.

그로부터 한 시간쯤 후, K의 승용차는 약간 초췌하기는 해도 멀쩡한 모습의 주인을 뒷좌석에 태우고 국가안보국 지옥의 요새를 간단히 빠져나와서는 큰길에 접어들자마자 그의 집을 향해 질주하기 시작했다.

이튿날 아침, K는 스포츠머리의 말대로 평상시처럼 태연히 왕실에 출근했다.

그렇지만 일이 손에 잡힐 리가 없었다. 금방이라도 검찰에서 소환명령이 떨어질 것 같아 가슴이 바작바작 탔다. 당장 M한테 억울함을 해명하고 목숨을 애걸해야 할 판이건만, 막상 그럴 기회를 얻기란 의외로 쉬운 노릇이 아니었다. 집에서든 사무실에서든 전화로 사정을 하소연하거나 면담요청을 하고 싶어도 보안감청이 두렵고, 무작정 1호 청사로 달려가는 것은 경솔하고 꼴사나운 짓일 뿐 아니라 그렇게 해서 M을 만날 수 있다는 보장도 없었다.

살얼음 위를 걷고 가시방석에 앉은 것 같은 심정으로 이틀을 열흘만큼이나 보낸 K는 사흘째 되는 날, 마침내 결심하고 오후에 공무를 핑계로 왕궁을 나와 1호 청사 후문으로 달려갔다.

안면이 있는 경비책임자한테 총리 면담을 신청했으나, 일언지하에 거절당했다. 사전약속이 되어 있지 않은 일방적 방문은 용납되지 않는다는 것이 이유였다. 안개 짙은 날 저녁의 일을 아무리 상기시켜 강조해도 경비책임자의 태도는 요지부동이었다. 결국은 자기가 다녀간 사실을 총리에게 보고하겠다는 약속만 얻어내고 맥이 빠져 돌아설 수밖에 없었다.

그 약속이란 것도 아무런 구속력이 없는 이상 지켜질 가능성이 희박했지만, 그래도 K는 총리실에서 호출 아니면 어떤 메시지라도 이제나 저제나 떨어질까 하고 여간 조바심하지 않았다. 일각이 여삼추란 표현 꼭 그대로의 처량한 꼬락서니였다.

하루가 지나고 이틀이 지나고 사흘이 지나자, K의 생각은 경비책임자가 자기 소망을 무참히 깔아뭉개었다는 확신 쪽으로 점점 기울어져 갔다. 경비책임자에 대한 원망이나 분노보다도 자기 운명에 대한 뼈저린 비애와 점점 다가오는 죽음의 공포가 더 그를 지배했다.

그러나 이상한 것은 검찰에서든 국가안보국에서든 아무런 조치를 취하지 않고 자기를 내버려두고 있다는 점이었다. 그럼으로써 삶의 시간을 그만큼 번 것은 사실이건만, 실제로는 번 삶이 아니라 죽음의 예비단계에 불과했다. 사고사나 총살이면 금방 끝날 일이, 그 간단한 과정이 엿가락이나 고무줄처럼 늘어나며 그를 고통스럽게 고문하고 있었다. 이럴 바에야 차라리 목을 매는 것이 백번 낫겠다는 충동이 하루에도 몇 번씩 불쑥불쑥 고개를 쳐들었다.

가족들이 놀라서 걱정하고 의무실 직원들의 쑤군거림이 무성할 정도로 K의 몰골은 하루하루가 다르게 피폐해져 갔다. 이러다가는 법의 처벌을 받기도 전에 스스로 지레 말라죽을지 모를 지경이었다.

K에게 M의 호출지시가 떨어진 것은 그럴 무렵이었다. 지난번처럼 또 독감치료 준비를 해가지고 1호 청사에 들어오라는 총리비서실의 통보였다.

그 전화를 받았을 때, K는 목이 콱 메며 눈물부터 쏟았다. 그동안의 노심초사에 대한 억울함, 육십 년이나 질기게 짜온 자기 인생의 피륙이 한 특정인의 말 한마디나 손가락 가위질 까딱 한 번에 간단히 토막이 날 수도 있는 현실의 어이없음, 그리고 극도의 긴장에서 일시에 풀려난 데 따른 무력감 때문이었다.

그렇지만 그도 인간이었다. 뒤미처 솟구쳐 오른 희망과 안도와 생기가 그의 온몸을 채웠다. 소풍날 시간이 늦은 소학생처럼 서둘러 진료가방을 챙겼다.

"K박사, 얼굴이 왜 그 모양이오?"

만나자마자 대뜸 던진 M의 첫마디 말이 그랬다.

그 말을 듣자, K는 다시금 목이 메며 눈물이 쏟아지려고 했다.

"각하, 소생은 하마터면 다시 각하를 뵙지 못할 뻔했습니다."

"아니, 왜?"

그 천연덕스러움에 K는 순간적으로 기가 꽉 막혔으나, 다음 순간 어쩌면 M이 자기 고난에 관해서 모를 수도 있다는 생각이 들었다.

그러나 K는 그런 자기 생각을 이내 수정하지 않으면 안 되었다. 소파에 마주앉아 그가 국가안보국에 끌려갔던 이야기를 꺼내자마자 M이 이미 관련보고서가 올라와 있다고 밝혔기 때문이었다. 더구나 그 사건에 대한 M의 냉엄한 코멘트가 K를 바짝 얼어붙게 만들었다.

"보고서에 의하면 당신은 돌이킬 수 없는 과오를 범했더군. 최고형에 해당하는 중대범죄야."

"각하, 사실이 아닙니다. 저는 억울합니다."

"이 자술서는 뭐요? 낱낱이 시인하고 사인까지 했으면서."

"그건 고문에, 압박에 못 이겨 어쩔 수 없이……."

"닥쳐!" 별안간 M이 얼굴이 시뻘게져 호통을 쳤다. "이 작자가 아직 정신을 못 차렸군. 그나마 호의를 가져줬더니 그럴 가치가 없군 그래."

그런 다음 호출버튼을 누르려고 뻗는 M의 손을 K는 동물적인 순발력을 발휘해 재빨리 붙잡고 늘어졌다. 갖은 소리로 잘못을 거듭 사과하고 선처를 애걸했다. 그야말로 결사적이었다.

"박사의 경망한 태도에 난 매우 실망했소." 마침내 태도가 조금 누그러진 M이 말했다. "솔직히 말해 당신의 그 죄 대수롭지 않게 처리할 수도 있어요. 굳이 들추어 처벌하기로 한다면, 지금 얼굴에 철판 깔고 고관입네 거들먹거리는 몇몇 놈들이 풍기는 구린내도 그에 못지않을 테지. 하지만 세상사란 그렇게 단순하지 않고 단순시해서도 안 되는 것이잖소?"

"매우 옳은 지적이십니다, 각하. 소생의 경망을 부디 용서해주십시오."

"그래도 박사는 능력으로 보나 왕실과의 인연으로 보나 재고할 여지가 충분히 있다고 난 생각했는데……."

"정말 면목이 없습니다만, 각하에 대한 제 충성심은 추호도 거짓이 없음을 맹세합니다."

"그 말 믿어도 되겠소?"

"제발 믿어주십시오. 살려만 주시면 신명을 바쳐 충성하겠습니다. 하늘에 맹세합니다."

"자꾸 충성, 충성 하는데, 나한테 그걸 어떻게 증명해보일 수 있소?"

그 단도직입의 요구 앞에 K는 그만 말이 막히고 말았다. 그것을 구체적으로 어떻게 설명할 수 있단 말인가.

"왜 대답을 못하는 거요?" M의 입가에 묘한 미소가 지렁이처럼 기어가고 있었다. "얼른 설명하기 어렵다면, 그럼 이런 해석은 어떨지. 내가 당신한테서 얻고자 하는 것, 그리고 당신만이 나한테 제공할 수 있는 것, 그 중의 최고가치인 그 무엇을 당신은 제공하고 나는 받고서 보답하는……신뢰와 신의에서 우러난 그런 관계가 바로 진정한 충성 아닐까? 어떻게 생각하시오?"

돌연 벼락이 치고 뇌성이 울린 것 같았다. 적어도 K는 아득하나마 그렇게 느꼈다. 그는 온몸의 피가 뜨겁게 끓어 역류하는 것 같았다. 자기 몸이 천 길 낭떠러지 앞에 다가선 절체절명의 느낌이었다. 자기 얼굴에 무수히 날아와 꽂히는 바늘 같은 상대방의 집요한 시선을 의식했으나, 차마 마주 바라볼 수가 없었다.

왜 대답이 없느냐는 M의 음성이 꿈결처럼 귀에 들어왔다.

"나중에 아시게 될 겁니다." K는 자기 입에서 나오는 것이면서도 그것 역시 꿈결처럼 느껴지는 탁한 울림으로 말했다. "결과로 보여드리지요. 다만, 조금 시간 여유를 주십시오."

세계에서 대표적인 폐쇄왕국 군주의 돌연한 죽음은 보도관제가 철저한 국내보다 오히려 해외에서 먼저 빅뉴스가 되었다.

일부 고위층에서만 쉬쉬하는 가운데 국외로 빠져나간 정보가 전파를 타고 삽시간에 지구촌의 화젯거리가 되어 퍼질 대로 퍼진 다음 마침내 국내로 도로 흘러들어왔을 무렵에야 정부는 국왕의 서거 소식을 공표함과 동시에 왕세자이며 총리인 M이 새로운 군주에 등극했음을 공식화했다.

선왕의 장례식은 엄숙하지만 비교적 간소한 분위기로 치러졌고, 새 군주의 즉위식 역시 마찬가지였다. 전제왕정을 유지하기 위한 고립적 폐쇄주의 정책을 고수해온 탓에 장례식에도 즉위식에도 사절단을 파견한 나라를 꼽는 데는 두 손 열 손가락이면 족할 정도였다.

철저한 보도관제 탓에 나라 바깥으로는 정보가 새나가지 않았지만, M의 즉위식을 전후해서 피가 터지는 격렬한 권력다툼이 진행되었다. 그러나 그것은 잠깐의 절제된 소동에 지나지 않았고, 세상사가 다 그렇듯이 승패의 판가름이 분명해지고 나서는 급속한 진정국면으로 접어들었다.

그 와중에서 특이한 케이스가 왕실 의무실장 K박사의 경우였다.

엄격히 말한다면 그는 실질적 권력구조와 전혀 상관없는 존재임에도 불구하고 전격적으로 체포되어 국가안보국에 감금되었다. 그러나 그 시점이 선왕의 서거 직후였으므로 누구든지 어의로서의 직무해태혐의에 대한 처벌 차원이리라고 이해했고, 그래서 어느 정도는 당연시하는 분위기였다.

정작 K 본인에게는 날벼락 같은 충격이었지만, 그도 나름대로 믿는 구석이 있었다. 그를 체포한 스포츠머리가 그에게 귀띔하기를, M의 정적을 의식하지 않을 수 없어 부득이 취한 형식상의 점정조치일 뿐 아니라, 다른 측면으로는 한동안의 신변보호 의미도 담겨 있다고 했기 때문이었다.

K에 대한 피의자심문은 M이 이제는 총리 아닌 군주로서 옥좌의 주인이 되던 날 시작되었고, 국가안보국 부국장으로 승진한 스

포츠머리가 직접 취조를 맡았다.

스포츠머리는 K에게 독살혐의를 들이댔다. 미세한 독극물을 여러 차례 투여해 선왕을 시해했다는 것이었으며, 권위 있는 의사의 진단소견서를 증거로 제시했다. 그러니 자술서에 서명하라는 것이었다.

"사인은 할 수 없습니다."

K가 고개를 젓자, 스포츠머리는 어이없다는 표정을 지었다.

"사인을 못하겠다고? 혐의를 부인하는 건가?"

"총리각하를 먼저 만나게 해주시오."

"뭐라고?"

"각하를 만나야 합니다. 꼭 만나야 합니다."

"닥쳐! 이 대역무도한 놈!" 스포츠머리가 주먹으로 책상을 내리쳤다. "그분은 이제 새로운 군주이시다. 너 같은 놈의 친구가 아냐."

"하여튼 전하를 뵙게 해주시오. 제발 부탁합니다."

"횡설수설해봐야 소용없어. 이 진단소견서가 명백한 사실을 웅변해주는 이상 네놈은 목이 열 개라도 부족해. 네가 할 수 있는, 하지 않으면 안 될 의무는 왕실의 은공으로 수십 년 호의호식한 놈이 무슨 까닭으로 이런 엄청난 짓을 했는지 스스로 밝히는 거라고 누구의 사주를 받아 선왕전하를 독살했는지 실토하란 말이야. 그렇게만 하면 어느 정도 정상참작의 여지가 없지도 않아. 무슨 말인지 알아듣겠어?"

스포츠머리는 K의 배후인물 후보로 M에게 적대적이었거나 반대 입장에 서 있던 고위층 인사 몇 명을 들먹이며, 그 중의 한두 이름을 찍으라고 종용과 강요를 거듭했다. 그래도 K가 끝내 굽히지 않자 잔인하고 혹독한 고문으로 그의 의지를 꺾으려 들었다.

그 지경에 이르러서야 K는 자기가 내몰린 상황의 전모를 비로소 확연히 이해할 수 있었다. 그는 자기 두뇌가 얼마나 단순하고 어리석었는지를 깨달았다. 그것은 피할 수도 돌이킬 수도 없는, 철저하게 계산되고 완벽하게 준비된 덫이요 함정이었다. 그 정해진 운명의 경사궤도에서 그가 자신을 위해 할 수 있는 일이라고는 아무것도 없었다.

마침내 K는 허공을 향해 웃음인지 절규인지 모를 괴성을 내질렀다. 그러나 그 소리는 결국 검은 유리방 안의 공허한 울림으로 끝나고 말았다.

—K박사의 최후진술을 어떻게 처리했으면 좋겠소?

—이건 보통문제가 아니오. 와전될 경우 걷잡을 수 없는 비상사태가 일어나기 십상일 뿐 아니라, 자칫하면 우리 자신이 위험해지는 겁니다.

—그렇다고 어물어물 때워 넘길 수 있는 성질도 아니고…… 어쨌든 전하께는 사실대로 보고를 드려야 하지 않을까요?

—거 무슨 철부지 같은 소리! K가 자포자기해서 지껄인 그런 엄청난 말을 귀에 담았다는 사실 자체가 당신하고 나한테는 언제 목에 떨어질지 모르는 작두날이라는 걸 모르겠소?

—그럼 K의 진술서를 변조해서 처리하는 수밖에 없겠군 그래.

—아무렴요. 이 세상에, 지금까지의 역사에 부득불 묻혀버리지 않을 수 없었던 진실이 얼마나 많았겠어. 그렇다고 지구가 거꾸로

돌아가기라도 한답디까? 그런 측면에서 당신하고 난 앞으로 철저히 벙어리가 되어야 하는 겁니다.

K박사에 대한 총살집행은 세상이 아직 혼곤한 잠에 빠져 있는 이른 새벽, 짙은 안개 속에서 진행되었다. 장소는 국가안보국 후원 테니스장 근처였다.

축축한 잿빛 안개의 벽이 너무 두텁기 때문에 사격조가 실수할까 봐 기발한 아이디어가 동원되었다. 사형수의 정확한 심장 위치를 알려주는 왼쪽 가슴의 표지에 불을 밝힌 전구 하나를 붙인다는 것이었다.

이윽고 동시다발의 총성이 새벽 정적을 갈랐을 때, 그 자리에 있던 사람들의 가슴을 이상하게도 아프게 강타한 것은 정작 힘없이 늘어진 가엾은 시신이 아니라 순간적으로 깜빡 불이 꺼져버린 전등이었다. 아무도 그 말을 하지 않았고 할 필요도 없었지만, 그것은 명백한 사실이었다.

시신을 거두기 위해 누군가가 그쪽으로 다가가면서 투덜거렸다.

"에이, 이 지겨운 놈의 안개!"

어느 전쟁포로의 슬픔

그 전화가 걸려온 것은 금강산 쪽에서 전송되는 남북 이산가족 상봉 생중계를 텔레비전 저녁 9시 뉴스 화면에서 보고 있을 때였다.

처음에는 가히 폭발적 깜짝이벤트였던 이산가족 상봉도 여러 번 계속되다 보니 이제는 뉴스가치나 국민관심도가 많이 떨어지고 말았다. 그럼에도 불구하고 서로 얼싸안고 애간장을 태우며 통곡하거나, 한쪽은 반갑고 기뻐 어쩔 줄 모르는데 한쪽은 어색하고 무덤덤한 표정을 짓고 있는 다소 희화적인 장면은 언제 보아도 간단히 눈을 뗄 수 없게 하는 민족적 공감의 생생하고 절실한 그 무엇이 있는 것이 사실이다.

—정태윤 씨를 아시죠?

내 직업과 이름을 확인한 여자가 천만뜻밖의 질문을 던지는 바람에 제풀로 속이 철렁했다. 더군다나 그 사람이 세상을 떠났다는 여자의 다음 말은 내 가슴속에 갑작스레 상당한 바람과 물결을 불러일으켰다. 불행한 역사의 파편 같은 풍운아가 마침내 생을 마감했구나! 그러나 여자는 내가 그 인물에 관한 애상에 젖어 있도록 내버려두지 않았다. 나한테 꼭 전달되기를 본인이 원한 정 씨 물건 하나를 자기가 가지고 있다는 말로 내 명치를 쥐어박는 것이었다. 정말 뜻밖이었다. 뭐냐고 물었더니, 얄팍한 편지봉투인데 풀칠로 봉해져 있어서 내용물이 무엇인지는 모르겠다는 대답이었다.

—내일 선생님을 잠깐 뵐 수 없을까요? 오후 3시 이후면 저는 어느 때라도 괜찮습니다만.

여자는 정 씨가 입원해 있던 자선병원 간호사인데, 그녀는 그 물건을 나한테 넘김으로써 정 씨와 관련한 자기 나름의 공적 사적 부담감을 한시바삐 털어버리고 싶은 모양이었다. 오후 4시 혜화동 어느 빌딩 지하 다방에서 만나기로 약속하고 통화를 끝내니 어쩐지 무엇엔가 홀린 기분이었다.

텔레비전 뉴스는 이미 내 관심 밖으로 멀리 밀려나버렸다. 나는 화면을 끄고 아파트 창가로 가서 우두커니 선 채, 다닥다닥한 건물들의 붙박이 전등불빛과 반짝거리는 네온사인, 그리고 강물처럼 흐르는 자동차 헤드라이트 불빛으로 괴물 같은 도시의 왕성한 생명력을 보여주는 야경을 내다보며 착잡한 상념에 젖어들었다.

내 직업적 필요에 따라, 내 이익을 위해 그 사람을 우려먹을 대로 우려먹었으니 회피해선 도리가 아니고, 어떤 측면으로는 당연한 의무사항이다. 이런 생각의 끝자락에는 어쩌면 또 하나 작품소재를 건질 수 있을지도 모른다는 글쟁이다운 얄팍한 기대감이 묻어 있는 것도 사실이었다.

내가 정태윤이라는 인물을 알게 된 것은 운명적이었다고 함이 옳을지도 모른다.

나는 꽤 오래 전부터 거제도포로수용소를 소재로 한 대작을 쓰겠다는 야심찬 꿈을 품어왔다. 머릿수만도 17만여 명, 단일규모로는 세계전쟁사에서도 가장 컸던 이 포로수용소는 내 고향 거제도의 상징적 역사유물일 뿐 아니라, 그 속에서 벌어졌던 사건들이 엄청났던 만큼 문제작이 될 수 있는 충분한 소재라고 확신했기 때문이었다.

엄연한 포로 신분임에도 적과 아군으로 색깔을 달리해 공존함으로써 그곳은 포화가 작열하는 일선에 못지않은 또 하나의 핏물 홍건한 싸움이 격렬하게 전개된 전장이었고, 포로수용소장이 포로들에게 포로로 감금당하는 전대미문의 희극이 벌어져 온 세계 사람들을 어안이 벙벙하게 만든 곳이 바로 거기였다.

인적구성만 보더라도 그들은 포로에 관한 보편적 일반상식을 무참하게 만들 정도로 특이한 인간집단이었다. 함께 참전했지만 사상은 친공 반공으로 색깔이 판이한 북한인민군, 적에게 나포되어 회유와 협박에 어쩔 수 없어 총부리를 거꾸로 겨누었다가 예전 전우들에게 다시 포로로 잡힌 기구한 운명의 전 한국군 병사, 남한 출신 민간인이면서 총알받이로 강제 동원된 인민의용군, 수복된 북한지역에서 민간치안업무를 맡아 유엔군에게 협력하다가 '1·4후퇴' 때 무장해제당하고 엉뚱하게 포로로 전락한 반공청년, 피란을 떠났다가 길에서 조우한 외국군인과 말이 통하지 않는 바람에 무조건 끌려온 아버지와 코흘리개 아들 등, 면면도 가지각색 사연도 기구절절이었다.

포로수용소뿐만이 아니었다. 그 주변에는 이른바 '흥남철수'로 미국해군 수송선에 실려와 거제도에 부려져 미군부대와 수용소 철조망 밑으로 흘러나오는 찌꺼기에 파리떼처럼 달라붙어 생존에 허덕이는 15만 이북피란민 집단이 있었고, 그 뒤쪽에는 어느 날 하루아침에 소수파로 전락한, 천지개벽 같은 문화충격에 속수무책으로 떠밀려나서 묵묵히 애환을 달래는 순박한 원주민들이 있었다.

그 정도면 소설 소재로는 더할 나위가 없을 것 같으나, 욕심을 앞세운 섣부른 접근은 백번 무리수였다. 소설을 가공된 진실의 기록이라고 하지만, 이 경우는 조금 다르다. 특정한 사실소재를 작품으로 형상화할 경우는 순수창작과 달리 허구에 진실의 숨결을 불어넣는 데 근본적인 제약이 따르거니와, 한국전쟁이 불과 반세기 남짓 전에 일어난 민족수난사인 데다 사건의 성격상 엄숙성이 요구되므로, 이래저래 작가 상상력이 제 기능을 발휘할 여지가 그만큼 한정되어 있는 것이다.

엄연한 사실의 정확한 기록 위에 '인간의 몸 냄새'를 짙게 바르는 방식으로 접근한다는 기본원칙 아래 스토리 얼개는 대강 그려놓았으나, 자료수집 단계부터 상당한 난관에 가로막혔다. 한국전쟁 막바지 주요단락을 차지하며 휴전협정 성립 최대쟁점이었음에도 불구하고 공식 비공식 전사(戰史)에 기술된 포로분쟁은 부분적 또는 개괄적인 데다, 포로숫자 하나만 해도 정확성이 결여되어 자료마다 제각각이었다.

그런 기본문헌 자료의 부실도 문제지만, 그보다도 더 나를 곤혹스럽고 애타게 한 것은 당시 사건의 실제 당사자였던 반공포로의 증언이나 기록에 접하기 어렵다는 점이었다. 리얼리티를 살리기 위해서는 현장체험자에 최대한 근접하는 간접체험이 몹시 필요한데, 논픽션 성격의 개인자료가 간혹 발견되기도 했지만 어디까지나 자의적 회고 수준의 담담한 서술인 데다 단지 자기가 속했던 단위수용소 내의 좁은 이야기에 그쳐 거제도포로수용소 전체를 조망하는 데에는 크게 미흡했다.

아직 생존해 있는 반공포로들을 가능한 한 많이 인터뷰해 그 목소리와 이야기를 직접 채록하는 것이 가장 빠르고 효과적인 길이구나.

이런 판단 아래 여기저기 전화를 걸어 알아보고 나서 내가 찾아간 곳은 '통일안보중앙협의회'라는 단체였다. 그것이 한국전쟁 당시 반공포로들이 결성했던 바로 그 '대한반공청년단'의 후신이었다.

내가 서울 장충동 남산 자락 산기슭에 있는 자유센터를 찾아간 것은 한봄을 재촉하는 궂은비가 내리던 날 오전 10시쯤이었다. 양극화한 이데올로기의 서슬 퍼런 창끝이 우리 모두를 겨누던 시대의 상징적 조형물 가운데 하나라고 할 수 있는 자유센터는 어쩔 수 없는 세월의 변화를 반영하듯, 헐어버리고 다시 짓자는 소리가 나오고도 남을 만큼 낡은 빌딩이었다. 시대변화의 비바람 속에서 명맥을 유지하기 위해 이름마저 의뭉하게 바꿔버린 통일안보중앙협의회 사무실은 그 건물 1층 중앙을 떡하니 차지하고 있었고, 자원봉사자로 보이는 중년여자 한 명 외에 사무실을 지키고 있던 너더댓 명 남자들 모두가 중노인 이상의 연배였다.

"이 빌딩이 국가재산인 걸 기화로, 우린 임대료는커녕 관리비 한 푼 내지 않고 지금까지 그냥 버티고 있는 겁니다. 쫓아낼 테면 어디 쫓아내보라지요."

중앙회장 직함이 찍힌 명함을 나한테 건넨 칠십대 중후반쯤 건강한 풍모의 노인은 당당한 목소리로 묻지도 않은 말을 했다.

내 신분이 어떠하며 방문목적이 무엇인가 하는 것은 이차적 사항이고, 세상에서 까맣게 잊혀진 존재인 자기네에 대해 관심을 가지고 일부러 찾아와주었다는 단순한 이유 때문에 우선 그들은 나한테 호의적이었다. 나를 우파성향의 사람으로 멋대로 단정하고는 친북정책을 펴는 좌파정권뿐 아니라 그들의 집권을 용납한 국민까지 싸잡아 거침없이 폄하고, 자기들의 존재와 국가에 대한 기여가 망각되어가는 현실에 대해서 노골적으로 불평을 토해냈다. 현재 파악이 가능한 생존 반공포로는 1만2,000명 남짓하고, 이들을 비롯해 자발적으로 참여한 동조자까지 합쳐 약 4만5,000명 회원이 전국 14개 지부조직을 구성하고 있다는데, 그 규모 설명은 어쩐지 조금 과장된 듯한 느낌을 주었다. 각 지부들은 선거 때가 되면 표를 움직일 수 있기 때문에 관할 지방자치단체로부터 푼돈이나마 지원을 받고 있지만, 정작 그 구심점인 중앙회는 정부나 서울시로부터 외면당한 채 순전히 회장 한 사람의 노력으로 비공식 민간지원을 받아 구차하게나마 사무실 살림을 꾸려나가는 모양이었다.

"지금 거제도에 포로수용소가 유적지로 복원돼 관광명소로 인파가 넘쳐납니다. 그걸 처음 조성할 때 우리 중앙회가 발 벗고 여기저기 뛰어다니며 온갖 노력지원을 다했는데, 당시만 해도 거제시도 우리도 이처럼 성공작이 될 줄 몰랐지요. 그런데 지금 사정이 어떻게 됐습니까? 해마다 막대한 관광수입을 올리니까 그 사람들 장삿속으로 눈이 벌개져서 유적지를 확대하느라 여기저기 더 파헤치고 야단인 모양이더군. 그렇다면 대부분 불우하게 늙어 죽어가는 우리 회원들의 처지도 한 번쯤은 관심을 가지고 살펴봐줘야 인정상의 도리가 아니겠소? 재주는 곰이 부리고, 돈은 되놈이 챙긴다더니……."

중앙회장은 회원들의 딱한 사정을 접하고 가슴이 미어질 때마다 휘발유 통을 들고 거제도에 내려가 유적관광시설에 불을 싸질러버리고 싶다고 흥분해서 외쳤다. 그런 다음에야 평상으로 돌아와 나의 방문목적에 비로소 관심을 기울여주었다.

"선생께서 그런 일로 찾아오셨다면 애석하게도 시기가 다소 늦은 감이 있지만, 어쨌든 누구보다 우리 정태윤 회원을 먼저 만나보시는 게 좋을 것 같소이다."

중앙회장의 말에 사무실의 다른 사람들도 긍정하는 코멘트를 하거나 고개를 끄덕였다.

그가 어떤 사람이냐고 내가 묻자, 중앙회장이 대답했다.

"반공청년단 창설멤버의 한 사람으로서 연락부장을 했고, 누구보다 적극적으로 폭넓은 활동을 했지요. 이를테면 산 증인이라고 할까……. 한때 자서전을 쓰겠다고 의욕을 가지고 준비를 꽤 한 것으로 알고 있으니까 관련자료도 제법 가지고 있을걸, 아마."

"그분의 자서전이 출판되었습니까?"

"글쎄, 확실하진 않지만, 책으로 나오지는 않은 걸로 알고 있소. 방금 내가 선생더러 시기가 다소 늦었다고 한 까닭은 다름이 아니라오. 그 사람 지금 병상에 누워 있는데, 나이가 있으니 언제 덜컥 죽을지 모르거든. 우선 그부터 만나보신 다음, 더 필요하다면 또 다른 적당한 회원을 물색해드리리다."

내가 정태윤 씨를 찾아간 것은 통일안보협 중앙회를 다녀온 지 이틀이 지난 날 오후였다.

기독교 계통의 어떤 사회복지재단이 운영하는 그 종합병원은 미아리 큰길에서 조금 들어앉은 5층짜리 제법 큰 건물이었다. 자선의료기관이어서 영리(營利)에 굳이 목을 매지 않아도 되기 때문인지 병원은 외양부터 별로 산뜻하지 않아 보였고, 내부설비나 분위기 역시 같은 기조라는 느낌을 받았다. 그 병원을 이용하는 사람들은 대체로 의료서비스의 품질보다도 비용부담을 더 중요시할 수밖에 없는 계층에 속하는 것 같았고, 더군다나 입원환자 가운데 일부분은 무의탁자나 극빈층인 공짜환자였다.

정태윤 씨는 4층 구석 쪽 내과입원실 한 방에 대여섯 명의 다른 환자들과 함께 누워 있었다. 전해들은 이야기에 근거해서 내가 상상한 풍모와는 별로 합치되지 않는, 체격도 보통이고 인상도 평범한 노인의 모습이었다. 병원 원무과 직원한테서 들은 바에 의하면, 그는 무슨 특별한 질병이 있는 것이 아니라, 오랜 생활고와 누적된 영양실조의 결과인 중증 노환으로 하루하루 죽음의 문턱을 향해 다가가고 있었다. 그것만으로도 그가 어떤 색깔의 인생을 살아왔는지 짐작하기 어렵지 않았다.

"정말 나를 찾아왔단 말이오?"

확인하는 질문을 던지며 힘겹게 노구를 침대에서 일으키는 정 씨의 눈이 조금 빛났다. 생면부지인 사람의 돌연한 방문인 데다, 그로서는 오랜만인 모처럼의 사회성 대인접촉 기회가 촉발한 활기의 증거였다.

나는 방문 목적과 통일안보협 중앙회 사무실에 찾아갔던 일을 이야기하고 간곡히 도움을 요청했다.

"무슨 말인지 알겠소. 그럼 선생이 그 책을 써서 출판하믄 나한 테는 어떤 이익이 돌아오는 게요?"

정씨의 대꾸였다.

나는 이 뜻밖의 노골적인 질문에 한 방 얻어맞고, 솔직히 말해 환상이 깨어지는 기분이었다. 실망스러움과 함께 뾰족한 가시가 가슴 한쪽에서 슬며시 고개를 쳐드는 것을 어쩔 수 없었다. 그렇지 만 애써 얼굴색을 달리하지 않고, 작품을 써서 출판해 다행히 독자 와 매스컴의 좋은 반응으로 베스트셀러가 되어 돈을 벌면 응분의 인사를 차리겠다고 제안했다. 그런 다음 이렇게 덧붙여 말했다.

"무엇보다도 공적인 대의(大義)를 깊이 감안해주시면 감사하겠 습니다. 이젠 역사의 갈피에 묻혀버린 선생님 같은 분들에 대한 사회적 관심을 어떻게든 되살리고, 벌써 늦었지만 거제도포로수용 소 사건의 전모를 제대로 정리해서 역사자료로 후대에 남겨야 하 지 않겠습니까? 제가 쓰고자 하는 건 비록 소설형식이긴 하지만, 거제도포로수용소에 관한 최초의 종합정리가 될 거라고 자신합니 다. 도와주십시오."

정 씨는 내 말에 조금 흔들린 듯, 고개를 틀어 잠시 묵묵히 창밖 을 내다보았다. 그러다가 나를 다시 응시했다. 마치 내 얼굴을 투 과하여 뒤통수 쪽을 바라보는 듯싶은 그윽한 시선이었다. 방금 자 기가 이익 어쩌고 한 말은 농담 삼아 그냥 해본 소리이므로 가슴 에 담아둘 필요는 없다고 했다.

"그건 그렇고, 내 평생의 한이 맺힌 포로생활을 글로 남겨야겠 다 싶어서리 오래 전부터 애를 썼지만, 가방끈이 짧은 데다 그동안의 인생살이가 조금도 여유롭지도 못하다 보니 그게 어디 마음대로 돼야지. 그렇다고 아무나 붙들고 도움을 청할 수도 없고…… 뜻밖에 작가분이 찾아오신 데다 선생께서 마침 나한테는 제2고향이나 진배없는 거제도 출신이라니, 하늘이 내린 기회인가 싶소. 내가 앞으로 살날도 얼마 남지 않았고…… 좋소이다. 선생이 내 얘길 제대로 써주시오."

내가 쓰려는 것이 단순한 개인회고록 수준이 아니라 문학작품이라는 점을 분명하게 미리 주지시켜놓아야 하지 않을까. 그러나 얼른 그 생각을 접었다. 어쨌거나 증언채록이든 자필 개인기록이든 그로부터 챙길 수 있는 것을 최대한 일단 확보부터 해놓고 보자. 나중 일은 나중 일이고. 내 속의 간교한 작은 악마가 나한테 이렇게 속삭였다.

일단 상대방이 마음의 문을 열고 나자, 그 다음 과정은 아주 순조로웠다. 나는 이틀에 한 번 꼴로 소형 녹음기와 필기구를 챙겨들고 정 씨를 찾아가 두세 시간씩 녹음을 하는 한편, 주요대목은 메모를 했다.

다만, 애석한 것은 본인 육필인 미완의 회고록과 관련 자료를 넘겨받을 수 없게 되었다는 점이었다.

"이승만 대통령 덕분에 석방됐을 당시만 해도 나뿐 아니라 우리 반공포로 모두 지옥에서 벗어난 것처럼 기뻤다오. 하지만 그거이 해결의 전부가 아닙디다. 석방을 시켰으믄 후속지원조치까지 강구해야 하는데, 당장 호구지책도 마련이 안 돼 있더라고. 물론 당시는 전쟁으루 온 나라가 폐허가 되다시피 했으니 정부로서도 별 여력이 없었겠지. 배고픈 동지들은 그나마 끼니 해결할 수 있는 군대에 앞 다투어 들어갔지만서두, 나는 국군이든 인민군이든 군대의 군 자만 생각해도 넌덜머리가 나서리 사회에 뛰쳐나와 버텨보자는 생각이었소. 그래서 통일되믄 부모님과 어린 동생이 있는 고향에 돌아가게 될 때까지 어떻게든 살아보려고 나름대로 노력했는데 북쪽하고는 생판 딴 세상이라서 그런지 난 유난히 적응이 잘 안 됩디다. 결과론이지만, 차라리 눈 딱 감고서리 군대에 들어갔어야 하는 건데……. 아무튼 어영부영하다 보니까 나이만 먹었지 마누라 얻어 자식새끼 만들어 키울 기회도 없었구, 결국 인생낙오자가 돼 내 꼬락서니가 오늘 이 모양이 되고 말았소. 그렇다 보니 몸 하나 건사하기도 여의치 않아 웬만한 건 전부 쓰레기로 내버렸지. 여러 번 처분했다오. 선생을 이렇게 만날 줄 알았다믄 내 끼적거리다가 만 것하고 자료 따위는 아무리 짐스러워도 안 버리고 갖고 있었을 텐데. 애석하외다."

포로석방 이후의 이야기는 솔직히 말해서 나한테는 사족(蛇足)에 불과했다. 그렇지만 한국전쟁 이후 자유의 땅이라는 이 사회 울타리 속에서 제대로 적응을 못해 삶의 뿌리를 굳건히 내리지 못하고 비바람에 이리저리 흔들리고 휩쓸리며 가난한 독신자로 평생을 허비한 인물의 하소연을 중간에서 무참히 끊기는 차마 어려웠다. 더군다나 반세기가 지났음에도 불구하고 평안도 방언에서 아직도 완전히 벗어나지 못한 말투의 촌스러움과 투박함이 이상하게도 내 심금을 자극했다.

평안남도 맹상군 동면 대흥리가 내 고향이라오.
난 6·25동란 발발 직후인 1950년 8월 스물한 살에 인민군에 강제로 징집되어 전쟁의 포화 속에 휩쓸려들었고, 낙동강전선에서 소속부대가 퇴각할 때 일부러 낙오해서 국군에게 투항했지요. 학교선생 노릇을 하던 형이 사석에서 김일성이의 토지개혁을 비판하는 발언을 했다가 끌려간 후로 행방불명이 되었기 때문에 내심 공산당에 대한 증오심이 강했습니다.

나를 심문한 국군장교는 두 가지 진로를 제시합디다. 당장 국군복장으로 갈아입고 자기네랑 같이 북진대열에 참가하거나, 일단 훈련소에 가서 군사훈련을 받은 다음 정식으로 국군에 편입하거나. 사실 난 귀순자이지 포로가 아니거든요.

그 선택의 기로에서 난 후자를 택했소. 인민군에 징집되어 단 하루도 훈련다운 훈련을 받지 않고 전선에 투입되었기 때문에 총도 제대로 쏠 줄 몰랐거든. 그런데 그게 결과적으로 내 인생을 완전히 골병들게 만든 잘못된 선택이었을 줄이야! 당연히 국군훈련소에 갈 줄 알았는데, 내가 보내진 곳은 미군이 관할하는 부산 거제동의 제1포로수용소더란 말입니다. 절망감으로 눈앞이 캄캄했으나 곧 자신을 달랬지요. 남들은 무수히 죽어가는 전장에서 목숨을 건진 것만 해도 천만다행이 아니냐. 이놈의 전쟁이 국군과 유엔군의 승리로 끝나고 남북통일이 이루어져 고향집에 돌아가 부모님이랑 어린 동생을 만날 수 있는 기회가 언젠가는 오겠지.

그러나 현실상황은 내 기대나 희망하고는 전혀 엉뚱하고 불안한 방향으로만 흘러갔으니 미치고 환장할 노릇이지요.

부산에 있을 때부터 포로수용소 관리당국을 사사건건 애먹이던 빨갱이들은 1951년 4월에 문을 연 거제도포로수용소에 이송되고 나서 사상무장과 결속력을 더욱 강화하며 암암리에 무장봉기의 꿈을 키워갈 뿐 아니라, 자기네 주의주장에 적극 동조하지 않는 자는 무조건 반동분자로 몰아 테러를 하거나 끔찍한 방법으로 살해했소.

상대적 열세에 위기감을 느낀 반공우익포로들이 대한반공청년단을 조직하고 국군경비부대의 은밀한 지원 아래 조직력 확대를 꾀하며 빨갱이들에게 대항한 것은 순전히 목숨을 보전하기 위한 자구책이었지요.

어쨌든 사정이 그렇게 전개되다 보니 두 세력 간의 힘겨루기가 날이 갈수록 빈번해지고 수단 역시 살벌해질 수밖에. 그럼에도 불구하고 포로관리를 책임진 미군들은 안에서 무슨 일이 벌어지든 간에 이중삼중 철조망으로 안전하게 가두어만 놓으면 그만이라는 식이었소. 포로에 관한 전문지식 부족과 기강해이로 관리방식이 그처럼 수준 미달 엉망이었고, 그러다 보니 빨갱이들에게 포로수용소장이 포로로 감금당하는 웃기지도 않는 코미디가 벌어졌던 것 아닙니까.

내가 거제도에 이송되어 처음 소속된 곳은 6부터 9까지 4개 구역으로 분산되어 있었는데, 그 중 제7구역 76수용소였소.

나이가 어린데도 당차고 활동적인 나는 반공청년단이 태동할 때 창설멤버로 적극 참가해 최고간부회의 의원 겸 연락부장을 맡아 제법 끗발을 날렸는데, 어느 날 한밤중에 빨갱이의 기습을 받아 중상을 입고 말았지요. 절체절명의 위기에서 동지들 덕분에 가까스로 목숨을 건진 나는 병원에서 퇴원하자마자 국군경비부대의 배려로 73수용소로 소속을 옮겼어요. 76수용소가 좌익과 우익이 비슷한 세력균형을 이루고 있어도 수뇌부가 죄다 빨갱이들인 반면, 73수용소는 우익이 거의 완전히 장악하고 있는 데다 반공청년단 지부가 조직되어 있는 안전지대였거든. 각 단위수용소는 포로 자치제를 양허한 관리당국의 묵인 아래 여단장을 정점으로 하는 명령계통이 존재했지만, 73수용소 같은 경우는 반공청년단 지부와 이중적 지휘체계로써 보완관계를 형성하고 있었기 때문에 73지부 장을 겸하게 된 나는 힘이 막강했다오.

그런데 그 73수용소에서 뜻밖에도 고향친구를 만나지 않았겠소. 한마을에서 코흘리갯적부터 형제처럼 같이 자라난 한봉식이란 친구였지. 우린 서로 얼싸안아 반겼고, 그때부터 동고동락으로 서로 마음의 의지가 되어 현실의 시름을 달래며, 전쟁이 끝나고 평화시대가 찾아와 같이 고향에 돌아갈 날을 손꼽아 기다렸다오.

그러던 중에 유엔군 대표와 공산군 대표가 판문점에서 만나 휴전회담을 벌이고 포로처리를 가장 큰 쟁점으로 삼아 옥신각신함에 따라 거제도포로수용소에는 갑자기 먹구름이 몰려왔지 뭐요. 공산측은 제네바협약대로 무조건 백 프로 송환을 요구하고, 전쟁에 어지간히 염증이 난 유엔측도 아군포로를 데려오는 문제에만 급급한 나머지 거기 동조하는 분위기였던 겁니다.

바람 앞의 촛불 같은 운명이 된 우리 반공포로들은 맹렬히 들고 일어나 '송환 결사반대, 자유대한 석방'을 부르짖었고, 빨갱이들은 또 그들대로 북쪽 공산당의 극비지령에 따라 전원 무조건 북송을 요구하며 난리를 피웠지요. 그러니 거의 하루도 조용할 날 없이 두 적대세력 간에 피가 튀는 싸움이 벌어질밖에……

휴전회담장에서 우여곡절의 지루한 줄다리기 입씨름 끝에 양측이 합의한 것이 소위 '면담심사'란 것이었소. 포로 한 명 한 명에게 북한송환과 남한잔류 두 가지 중에 원하는 바를 물어본다는 거지. 그렇다고 곧바로 북송 아니면 석방이 아니라, 빨강인지 파랑인지를 가려서 마찰이 없게 일단 따로 분리해 수용한다는 겁니다. 최종적인 처리문제는 그 다음 협의사항이고······.

반공청년단에는 당연히 비상이 걸렸지요. 면담심사가 실시되면 진짜 빨갱이는 말할 것도 없거니와 공산당을 미워하거나 싫어하는 중도적인 포로들도 거의 대부분 북송을 원할 것 아니냐고, 그렇게 되면 반공청년단의 조직력이 현저히 떨어질 뿐 아니라, 자칫하면 대세에 떠밀려 도매금으로 북송될 가능성도 배제할 수 없다고 본 겁니다.

그래서 나름대로 두 가지 비상대비책을 마련했는데, 하나는 북송을 원하지 않는 단원들 모두 팔뚝에다 '반공'이란 먹물 문신을 새기도록 했소. 그 꼴을 해가지고서야 이북에 넘어갈 강심장이 어디 있겠느냐는 계산인 거지.

또 하나는 '모의심사'였지요. 이게 뭐냐 하면, 북송과 잔류의 숫자를 참고적으로 파악하기 위한 통계조사라는 명분 아래 각자한테 작은 백지 한 장씩 나눠주고 송환희망자는 '북'이라고 적고 잔류희망자는 '남'이라고 적으란 거지. 두려움 없이 솔직하게 기입하도록 비밀을 보장하기 위해 무기명으로 한다고 했지만, 사실은 그게 아니지요. 그 백지에는 소금물을 붓으로 찍어 쓴 일련번호가 적혀 있는데, 포로명부의 명단 순번과 일치하는 번호였소. 물기가 말라서 육안으로는 보이지 않으나 불에 쬐면 소금물 자국이 나타나는, 그래서 그 번호와 명부를 대조하면 당사자가 진심으로 원하는 바가 이북 송환이냐 이남 잔류냐를 한눈에 파악할 수 있거든.

아무튼 모의심사의 결과는 심각할 정도로 실망스러웠지만, 이쪽 정보를 수집하고 분열을 조장할 목적으로 가면을 쓰고 잠입해 있는 빨갱이 프락치를 색출하는 의외의 소득을 올리기도 했소.

그 프락치들은 가차없이 척결해버렸고, 송환을 원하는 자에 대해서는 수단과 방법을 다해 설득하고 회유했지요. 공산당의 악랄한 전력과 뻔한 속임수를 지난날 경험으로 잘 알지 않느냐, 남쪽에 남아 사람답게 살면서 통일될 날을 기다리자. 그렇게 해도 끝내 말을 듣지 않으면 솔직히 무리수를 좀 가하기도 한 게 사실입니다.

그런데 그 과정에 나로선 천추의 한이 될 뜻밖의 사고가 터질 줄이야! 다른 사람 아닌 내 친구 한봉식이가 그만 죽고 만 거요.

봉식이는 소극적이긴 해도 반공청년단 단원이었고, 공산당이 존재하는 한 이북에는 가지 않겠다고 평소에 나한테 분명히 말했거든요. 더군다나 팔뚝에 '반공' 문신까지 새겼는데……

심사용지에 쓴 '북' 자를 들이대며 어떻게 된 거냐고 추궁하니, 막상 송환이 기정사실로 눈앞에 다가오니까 부모형제가 미치도록 보고 싶어졌다는 거요. 눈물을 펑펑 쏟으며, 친구로서 제발 부탁할 테니 고향에 돌아가게 자기를 놔달라고 애원합디다. 팔뚝의 문신은 어떻게 할 거냐니까, 꺼멓게 먹을 더 넣어 글자를 못 알아보게 하면 된다는 거야. 당장 추궁당할 일이 두려워 문신을 새기고도 실제 면담심사에선 동지들을 배반해 그 자리에서 자기 팔뚝을 물어뜯어 문신을 없애고는 피를 철철 흘리며 북송희망자 쪽으로 넘어간 자도 하긴 없지 않았으니까.

그때 내 심정을 상상할 수 있겠소? 그걸 어떻게 표현하면 정확할 수 있을까. 같이 얼싸안고 통곡하고 싶고, 칼로 저미는 것처럼 가슴이 아프고, 한편으론 심한 배신감에 야속하기도 하고…….

하여튼 난 차마 직접 봉식이를 어떻게 할 수 없어서 부하한테 처리를 맡기고는 자리를 피해버렸지. 아무리 대상이 친구일망정 나로선 공적인 입장이 있는데 주위의 눈을 의식하지 않을 수 없다는 알량한 명분 때문이었지만, 내가 없는 사이 부하가 잘못 휘두른 몽둥이질이 그만 돌이킬 수 없는 결과를 초래하고 만 거요.

보고를 듣고 현장에 달려가 보니 눈앞이 아득합니다. 내가 봉식이를 죽게 하다니, 다른 사람도 아닌 바로 내가…….. 부하란 놈은 쩔쩔매며 사죄했지만, 그렇다고 놈을 패죽일 거요, 어쩔 거요? 결국 다른 사람의 경우와 똑같이 사후처리를 하고 말았지만, 그 지긋지긋한 포로경험 자체보다도 친구 한봉식이를 남의 손 빌려 죽여 시신을 은밀히 매장했다는 한 가지 죄책감이 평생 동안 바윗덩이 같은 무게로 더 항상 머리를 짓눌러 왔다오. 그러니 내 인생이 꼬이지 않고 제대로 펴졌다면 되레 이상한 게지.

그야말로 업이고 운명 아니겠소?

다방에서 만난 삼십대 중반의 여자는 간호사 유니폼이 아닌 평상복 차림인 점을 감안하더라도 완전 생면부지의 얼굴이었다.

그러나 그녀는 정확히 나를 알고 있었다. 포로수용소에 관한 내 소설책 광고와 일간신문 문화면 기사를 보았다고, 혹시나 기분을 건드릴까 봐 은근히 조심스러워하는 태도로 말했다.

"저어, 어쩌면 정태윤 씨를 만나러 오셨을 때도 봤던 것 같은데요. 그게 작년이던가, 재작년이던가……."

"그랬을지도 모르지요. 여러 번 그 병원에 갔었으니까."

"당시에는 사정을 전혀 몰랐고, 얼마 전 정태윤 씨가 돌아가실 무렵에야 비교적 자세한 이야기를 들었답니다. 선생님이 왜 저희 병원을 찾아오셨던 건지를……"

내 책에 대해서 정 씨가 혹시 뭐라고 하는 말을 들은 바 있느냐고 물어보았다. 소설이 출판되자마자 한 부를 들고 마지막으로 그의 병실을 찾아갔던 것이다. 나 나름으로는 결정적 중요 자료정보를 제공해준 데 대한 최소한의 보답인사였다.

그러나 그는 내가 조금 실망스러울 정도로 덤덤히 그 책을 받아서 표지를 한 번 쓰다듬는 척, 마는 척했을 뿐 내용을 펼쳐보지도 않고 머리맡에다 놓았다. 하기야 그때는 내가 찾아가지 않는 사이 건강이 많이 나빠져 일어나 앉기도 힘든 상태이기는 했다.

간호사는 책에 관해서는 전혀 들은 이야기가 없지만 정 씨가 죽기 전에 그 책을 자기한테 물려주었다며, 옆에 놓인 숄더백에서 조심스럽게 꺼내어 탁자 위에 올려놓았다. 그런 다음 문제의 편지봉투도 꺼내어 내 앞에 밀쳤다. 반으로 접히고 약간 때가 묻은 봉투였다.

봉투를 집어 접힌 데를 폈다. 앞면에 세로로 '작가 아무개 귀하'라고 쓴 서툰 볼펜글씨는 그냥 보아 넘겼으나, 무심코 뒤집은 뒷면에 적힌 글을 보는 순간, 갑자기 온몸에 전류가 흐르는 듯한 느낌이었다.

'평안남도 맹상군 동면 대흥리, 한봉식'

봉투 모서리를 조심스럽게 뜯어서 찢고 손가락을 집어넣자, 낡은 흑백사진 한 장이 집혀 나왔다. 작은 카메라 스냅사진을 확대한 것임을 한눈에도 알 수 있는 그 사진에는 군복 비슷한 투박한 겨울옷을 입은 두 청년이 퀸셋을 배경으로 다정히 붙어 서서 웃으며 어깨동무를 하고 있었다. 왼쪽 청년이 정태윤 씨의 젊은 모습임을 금방 알아볼 수 있었다. 그렇다면 오른쪽 청년이야말로 말할 나위 없이 그 한봉식이라는 정 씨 친구가 아니겠는가!

형언할 수 없는 울림이 내 가슴속을 흔들었다. 앞자리에 앉아 있는 사람에 대한 상식적 에티켓과 매너까지 깜박 잊어버릴 만큼 충격을 받은 나는 멍한 채로 이 사진의 의미가 무엇이고 나한테 어떤 일이 일어나고 있는지를 헤아려보려고 한참 골몰했다.

여자종업원이 물잔을 들고 주문을 받으러 왔을 때야 비로소 미망에서 깨어났다. 간호사의 의향을 물어 같이 커피를 시켰다. 나는 정 씨의 죽음과 그 뒤처리에 관해서 별다른 뜻도 호기심도 벌려지지 않은 질문을 던졌고, 간호사는 정 씨가 그 불행하고 고단한 인생을 마감하는 마지막이 평화롭고 깨끗했으며, 무의탁 독신자였기 때문에 행려병자에 준한 화장을 치렀다고 설명해주었다.

간호사가 내 소설책을 만지면서 조심스럽게 물었다.

"저 선생님, 이 책 제가 가져도 괜찮을까요?"

"아, 물론입니다. 그분께서 선물로 주신 건데, 내가 가져라 말아라 할 권리가 어디 있습니까."

내가 웃으며 대답하자, 간호사도 따라 웃으며 사인을 요구했다. 표지 바로 뒤 누런색 면지 두 장 중 앞장에다 분명히 '정태윤 선생님 혜존'이라고 사인을 했는데, 그 내 글씨가 보이지 않았다. 예리한 칼질로 그 앞장을 잘라내버린 것이다. 나는 시치미를 떼고, 남아 붙어 있는 면지에다 만년필로 사인을 해주었다.

우리는 차 한 잔을 마시자마자 다방에서 나왔다.

간호사와 헤어져 집에 돌아오기 위해 버스정류장 쪽으로 터벅 터벅 걸었다. 기분이 몹시 착잡하고 우울했다. 불현듯 언젠가 정씨가 하던 말이 뇌리에 떠올랐다.

―남북 간에 쌀이다 비료다 주고받고서리, 이산가족 상봉이다 뭐다 하니 세상 엄청 변했지. 그렇지만 근본적으루야 달라진 게 뭐 있소? 반세기가 훌쩍 지났지만서두 휴전선 철책을 사이에 두고 선 아직 서로 눈 부라려 총부리를 겨누고 있구, 서로 간에 머릿속에 든 생각은 판이하게 다르니…… 참으로 서글픈 비극이오.

―내 처지가 이 모양이니까니 이젠 가망도 없는 희망이 되고 말았지만, 지금까지 난 혹여 살아생전에 고향에 찾아갈 수 있는 기회가 있으면 봉식이 가족들, 가족이래야 부모님은 돌아가셨을 테구 기껏해야 아우들일 텐데, 아무튼 그들을 만나서 거제도포로수용소에서 일어난 일을 하나 보태지도 빼지도 않고 털어놓을 작정이었소. 설령 분노한 그 아우들 손에 맞아죽는 한이 있더라도 솔직히 고백했을 거라고. 그래야만 평생의 무거운 짐을 벗을 수 있을 게고, 그래야만 또 죽어서 친구를 만날 면목이 서지 않겠소?

그 늙은 전쟁포로는 왜 사진을 하필 나한테 주려고 생각했을까. 나는 곰곰 생각해보았다. 내가 이 다음 어떤 기회에, 아니면 일부러 자기 고향에 찾아가서 친구 유가족을 대신 만나주기를 원했던 걸까. 그래서 내 입을 빌려 자기 가슴에 맺힌 한을 토로하고 싶었던 건 아닐까. 터무니없는 늙은이, 내가 미쳤나. 내 인생 살아내기도 고달프고 숨이 가빠 죽겠는데…….

그러나 그처럼 의식적으로 뒤로 자빠지는 자신과는 달리, 내 속의 또 한 내가, 가슴속 저 깊은 어디에서 이렇게 질타하는 소리가 들려왔다. 분명히 들려왔다.

그건 네가 해야만 할 일이야. 그 사람한테 빚을 졌기 때문만이 아니야. 그와의 관계가 네가 인정하건 말건 운명적이었고, 네 혈관 어느 작은 가닥엔가 빛깔도 온기도 비슷한 피가 흐르고 있기 때문이야. 그의 비극이, 동시에 우리 누구나의 비극이기도 한 때문이야. 그래, 꼭 네가 아니라도 누군가가 맡아줘야 할 일인 거야.

불현듯 호주머니 속의 사진 한 장이 천근만근의 무게로 느껴지며, 차가운 막걸리라도 한 사발 들이켜야 할 것처럼 심한 조갈증이 밀려왔다.

버스정류장을 그냥 지나친 나는 걸음을 늦추며 두리번두리번 그럴싸한 술집을 찾기 시작했다.

백마를 찾아서

좁은 계단을 서너 발짝도 채 내려가지 않아 순간적으로 발을 헛디뎌 휘청하는 바람에, 그는 마침 지하층에서 올라오던 젊은 여자와 하마터면 몸이 닿을 뻔했다. 밝은 곳에 오랫동안 있다가 갑자기 어두운 곳으로 이동하는 바람에 시신경과 운동신경이 미처 적응하지 못한 탓이리라.

그것이 가벼운 실수라 하더라도 실제 접촉한 것도 아니므로 굳이 사과할 필요까지는 없다는 것이 그의 순간적 판단이었다. 그래서 얼른 몸의 중심을 잡아 비켜서기만 했다.

조금 흠칫한 여자는 눈을 약간 치켜떠 힐끔 쳐다보더니, 마치 거지나 병자를 피하는 듯한 분위기로 싹 비켜 바삐 올라가버렸다. 나잇값도 못하고선. 그녀의 눈이 그렇게 말하는 것 같았다.

그런 말을 들어도 싸지. 그는 생각하며 혼자 쓴웃음을 지었다. 중년남자가 젊은 애들이나 드나듦직한 업소에 들어가고 있으니.

하긴 상호부터가 '금지된 장난'이라는 요상한 것이었고, 계단 천장에는 양쪽 모서리를 따라 두 줄로 색색의 깜빡이 전구가 매달려 있었으며 바깥은 환한 한낮인데도 전구에는 불이 들어와 깜박거리고 있었다.

그는 다시 계단을 밟아 내려가며, 실내풍경이 어떻게 되어 있을까 하는 가벼운 호기심과 함께 잠시 후에 자기한테 부어질지도 모르는 시선들에 미리부터 주눅이 드는 것을 어쩔 수 없었다. 하필이면 그런 장소를 택한 정혜가 원망스럽기조차 했다.

그러나 문을 열고 들어가 보고는 조금 뜻밖이라는 느낌이 들었다. 실내 짜임새나 테이블 배치 등에서 멋과 품위를 똑같이 고려한 성의의 흔적이 보였고, 조명도 적당한 밝기였으며, 전체적으로 산뜻한 분위기였다. 또한 자기를 유심히 바라보는 시선도 있는 것같지 않았다. 공기 속에서 튀는 빠른 템포의 경음악과 앉아 있는 손님들이 기껏해야 이십대 젊은이라는 두 가지 점만 빼고는 그의 신경을 건드리는 요소가 하나도 없었다.

출입문을 등진 그는 일단 실내를 둘러보며 정혜를 찾았다. 구석진 한 테이블 너머에서 손을 흔드는 정혜의 모습이 금방 눈에 들어왔다. 그녀가 먼저 그를 발견한 것이다.

그는 공연히 다른 사람들의 시선을 의식하며, 낮은 칸막이들과 테이블들 사이로 트여 있는 통로를 지나 정혜에게 다가갔다.

"오 분 지각이에요?"

정혜가 자기 손목시계를 들여다보는 시늉을 하고는 활짝 웃으며 말했다.

그는 그녀의 맞은편 자리에 앉았다.

"토요일 오후라서 그런지, 길이 무척 막히더군. 오래 기다렸어?"

"아뇨, 한 십 분. 하지만 데이트에선 남자가 먼저 와서 기다리는 게 에티켓 아녜요?"

"미안. 그래도 여긴 나 같은 사람이 먼저 와서 앉아 있기에는 좀 뭣한 것 같은데."

"왜요?"

"나이가 있잖아."

말해놓고 보니 공연한 소리라고 생각되었다. 젊은 여자와 만나면서 스스로 나이타령을 하는 것은 얼빠진 수작이 아닌가. 그러나 다행히도 정혜는 별로 심각하게 받아들이지 않았다. 눈을 살짝 흘기고 웃으며 말했다.

"선생님 나이가 뭐가 많아요? 내가 보기엔 삼십대처럼 핸섬한데."

"그래? 그렇다면 다행이군."

"근데, 나 옷차림 어때요?"

정혜는 양팔을 수평으로 올려 새의 날갯짓처럼 아래위로 두어 번 흔들어보였다. 표정과 행동에 장난기가 담겨 있었다. 그녀는 주홍색 투피스를 입고 있었다. 그녀는 강렬한 단일색조의 옷을 즐겨 입는 취향이 있었고, 솔직히 말한다면 그는 그녀의 그런 개성이 마음에 들지 않았다. 사실은 방금도 그녀를 보았을 때부터 그 튀는 색깔의 차림새에 얼마쯤 당혹감을 느꼈던 그였다. 그러나 입에서 나온 말은 마음에도 없는 것이었다.

"잘 어울리는군."

"정말요?"

"그렇다니까. 정혜한테는 역시 강한 색조가 어울리는 것 같아. 왜 내 대답에 그리 신경을 쓰지?"

"선생님이 마음에 들지 않아 하시면 안 되잖아요."

고개를 약간 꼬며, 뽀로통한 것 같기도 하고 어리광부리는 것 같기도 한 표정과 말씨였다. 정혜는 곧잘 그런 표정과 말씨를 썼고, 그것은 그녀가 지닌 매력의 한 포인트이기도 했다.

칠팔 개월 전인 지난 초봄에 다방에서 처음 만났을 때 정혜가 입고 있던 연두색 원피스의 강렬한 색감은 지금도 그의 뇌리에 생생히 박혀 있었다. 패션으로 나한테 깊은 인상을 주고 싶다 그거로군. 그때 그는 그런 생각을 하며 속으로 웃었던 것이다.

지방대학에서 교수노릇을 하는 친구의 소개장을 가진 정혜가 회사 아래 다방까지 찾아와서 만나자고 했을 때, 그의 심리적 반응은 귀찮다는 것과 묘령의 젊은 여자를 만난다는 호기심 그 두 가지 색깔이었다. 그러나 막상 다방에 내려가서 정혜를 만나자, 그는 그녀의 묘한 흡인력에 거부감 없이 스스로 빨려 들어가는 자신을 발견하지 않을 수 없었다. 우선 그녀가 입은 옷의 짙은 연두색이 그의 마음을 이상하게 흔들어놓았고, 장난꾸러기 같으면서도 어딘지 모르게 순진한 듯한 표정과 태도는 그가 까마득한 옛날에 잃어버린, 젊음의 풋풋한 생기 같은 것을 홀연히 일깨워주었기 때문이다.

그는 자신의 그런 내면적 변화에 은근히 놀라면서, 자기와 그녀 사이에 어쩌면 뭔가 심상찮은 사건이 일어날 것만 같은 기대 섞인 예감을 느꼈다. 사원채용에 관한 회사의 방침은 시험이 따르는 공개모집뿐이며 그나마도 금년의 사원모집은 이미 끝났다고 설명하면서도, 그의 의식은 특채든 뭐든 이 여자를 도와주는 방법이 없을까 하는 궁리로 흐르고 있었다. 아니, 도와준다는 것은 단순한 명분일 뿐이고, 그녀를 어떻게든 자기 옆으로 끌어당기고 싶었다는 편이 솔직한 고백일 것이다.

정혜는 자기가 가져온 소개장이 실질적인 소용이 없음을 안 후에도 별로 실망한 빛을 보이지 않고 표정이 밝았다. 취직을 하겠다는 것은 핑계거나 목적의 작은 부분일 뿐, 서울에 올라온 진짜 목적은 딴 데 있는 것이 아닐까 싶을 정도였다.

그가 그녀에 대해서 하나의 기대를, 섬광과도 같은 희망을 떠올린 것은 그 순간이었다. 그래서 모처럼 찾아왔는데도 실망을 안겨줘 미안하니까, 그 대신 저녁식사 대접을 하겠다고 했다. 마침 퇴근이 임박한 시간이었다. 그녀는 주저함이 없이 그의 제의를 받아들였다. 식사에 곁들인 와인 한 잔도 사양하지 않았다. 자기 집이 지방 도시에서는 넉넉한 편이고, 정릉 큰언니네 집에 한동안 얹혀 있어도 무방하며, 그렇게 지내면서 취직자리를 알아볼 참이라는 말도 했다. 선생님도 제 취직 신경 좀 써주셨으면 해요, 이런 부탁 드려도 괜찮죠? 그러는 그녀가 조금 당돌하다는 느낌은 들었으나 얄밉지는 않았다. 자기 차를 회사 주차장에 둔 채 택시 탈 각오를 하고 술자리를 만들어 그녀를 좀 더 붙들어놓을까 하는 생각도 없지 않았다. 그의 그런 욕구를 잠재워준 것은 자신의 이성이 아니라 친구의 얼굴이었다.

이윽고 저녁식사가 끝나 자리에서 일어났을 때, 정혜는 갑자기 굳어진 분위기로 그를 쳐다보며 말했다. 절 혹시 너무 당돌하다고 생각하신 건 아니죠? 그때까지의 명랑성과는 싹 다른, 뾰로통한 것 같기도 하고 어리광 부리는 것 같기도 한, 바로 그 매력적인 표정을 그때 처음 보았던 것이다.

'금지된 장난'에서 나왔을 때, 그는 정혜더러 길 모퉁이에서 기다리게 하고는 서둘러 그녀 곁을 떠났다. 주차장에 넣어둔 차를 가능한 한 빨리 끌어내겠다는 뜻이었으나, 실상은 남의 눈을 다분히 의식한 행동이었다. 그녀가 설령 팔짱을 끼지 않더라도, 주홍색 옷으로 시선을 모을 젊은 여자를 옆에 붙이고 번다한 대로를 떳떳이 걸어갈 용기가 그에게는 없었던 것이다. 또한 혹시 아는 사람의 눈에 띄는 우연이 두려웠던 것도 사실이었다.

5분쯤 후 그가 차를 끌고 나타나자, 정혜는 조금 과장된 분위기로 반기며 운전석 옆자리에 활기차게 올라탔다.

"날씨가 무척 좋죠?"

안전띠를 매면서, 정혜가 달뜬 목소리로 말했다. 12월 초순인데도 오후의 햇살은 봄날처럼 다사로웠다.

"좋군."

"토요일에 안성맞춤인 날씨예요. 어디로 가죠?"

"글쎄, 어디든지. 교외로 나가기만 하면 되잖아?"

"목적지도 없이? 하긴 그것도 재미있겠네요, 뭐."

정혜가 조금 떠름한 듯이 말하는 것을 보고, 그는 속으로 웃었다. 사실은 그가 염두에 둔 목적지가 있었던 것이다.

그들이 탄 차는 곧 자동차의 거대한 물결에 휩쓸려 타율적으로 굴러가고 있었다. 진행이 어지간히 더딘 것이 그를 약간 조급하게 만들었다. 예정보다 너무 늦게 도착하는 것이 아닐까. 꼭 언제까지 그곳에 도착해야 한다는 법은 없어도, 그가 생각하고 있는 스케줄 대로 일이 풀려나가 주려면 5시쯤에는 도착하는 것이 좋을 것 같 다고 생각하고 있었던 것이다. 그러나 그보다 좀 더 늦는다고 뭔 가 될 일이 안 될 이유도 사실은 없었다.

종로, 광화문, 국립박물관, 사직터널을 지나 마침내 홍제동 쪽으 로 방향을 잡았을 무렵에는 다행히도 자동차의 행렬이 훨씬 느슨 해졌다. 그렇지만 시내 쪽으로 들어오는 차에 비해 교외 쪽으로 빠져나가는 차가 훨씬 많아 속도를 제대로 낼 수 없기는 마찬가지 였다.

정혜가 라디오를 틀었다. 음량이 필요이상으로 높아서 그의 신 경을 건드렸으나, 그는 잠자코 참기로 했다. 이른바 '세대차이'라는 인식을 그녀한테서 구태여 끌어내고 싶지 않아서였다.

정혜는 라디오 주파수를 몇 번 바꾸다가 요란한 음악방송에 고 정하더니, 글로브박스를 열었다. 그 속에 뭐가 들었는지 궁금한 모 양이었다. 그녀는 카세트테이프랑 차량 등록증이랑 관광지도 같은 것들이 뒤섞여 있는 가운데에서 은색 안경집을 집어냈다.

"선글라스인가 보죠"

정혜는 별 생각 없이 말하며, 안경집을 열었다. 알이 크고 연한 갈색인 선글라스가 드러났고, 그녀는 그것을 꺼냈다.

"쓰실래요?"

그가 고개를 젓자, 정혜는 얼른 그것을 자기 얼굴에 걸치며 말 했다.

"햇살이 너무 눈부셔."

그는 잠자코 앞만 바라보며 차를 몰긴 했으나, 그 짧은 순간 그의 가슴속에는 뜻밖의 미묘한 파동이 일어나고 있었다.

선글라스는 모양새가 남녀 공용이긴 해도, 처음부터 아내의 것이었다. 아내는 강렬한 햇살을 거북스러워했다. 눈이 아프고 어지럽다는 이유였다. 그래서 차를 그와 같이 타거나, 드물지만 혼자서 끌고 나갈 때를 대비하여 아내는 그것을 비치해두고 있었던 것이다. 정혜로서는 아무 생각 없이 그것에 손을 댔겠지만, 그의 입장에서는 어쩐지 그녀가 아내의 속옷이나 속살 어디를 뜯어내는 것 같아 도무지 편한 기분일 수가 없었다.

그런 사정을 알 리가 없는 정혜는 선글라스를 쓴 채로 자기 앞의 차양 판을 젖혀 그 뒷면에 붙어 있는 룸미러를 들여다보더니, 자기 얼굴과 맞지 않는다고 생각한 듯, 얼른 벗어서 다리를 접어 가지고 안경집에 담았다. 안경집을 도로 글로브박스에 집어넣고, 이번에는 자세를 아주 낮추어 라디오 음악에 귀를 기울이기 시작했다.

그는 묵묵히 차를 몰면서, 방금 자기 내면에 일어난 미묘한 파동을 조금은 놀라움으로 되새겨보기 시작했다. 지금껏 아내와 정혜를 심각하게 비교해본 적은 한 번도 없었다. 그럴 필요가 없었고, 그래서도 안 되었다. 두 여자는 각각 다른 의미에서 그에게는 중요한 존재였다. 그러나 막상 둘 중에서 하나를 버려야 한다면, 그 대상은 역시 아내가 아니라 정혜 쪽일 것 같았다. 그런 새삼스런 인식은 그 자신을 놀라게 했다. 그렇다면 나는 아내를 사랑하고 있는 것일까.

무던한 성격에다 자기 직업을 가지고 있는 아내에 대한 그의 관념을 한마디로 요약하면 '삶의 동반자'였다. 그 자신 그렇게밖에 표현할 길이 없었다. 좀 더 아기자기한 의미부여를 하기에는 20여 년 더불어 살아온 세월이 너무 길었고, 생활의 색조가 어지간히 메마르고 퇴색했으며, 자기 삶의 공간 안에 정물처럼 조각처럼 항상 자리차지를 해온 그녀야말로 익숙할 대로 익숙한 존재였기 때문이다.

정혜를 만나면서 아내에 대한 죄의식 같은 것이 전혀 없었다면 그것은 거짓말일 것이다. 그러나 아내는 아내고 정혜는 정혜였다. 아내가 있었기에 지금까지의 무난한 결혼생활과 가정이 있었다면, 정혜가 있음으로써 오늘날 정신생활에서 훨씬 탄력과 활력을 회복하고 있다는 사실도 그로서는 중요했다. 그는 자기의 그런 변화에서 정혜라는 존재의 의미를 찾으려고 했고, 그 변화 자체로써 행동의 도덕적 결함을 메우는 식의 자기합리화도 꾀했다. 그것이 모든 문제의 일단락이나 면죄부를 뜻한다고 생각하지는 않았으나, 이 젊은 여자를 만나는 것도 엄연히 내 인생과 생활의 일부분이다, 하는 고집스런 내면의 자기 목소리를 어느덧 가지게 된 것도 사실이었다.

"그러고 보니 목적지 없이 가는 건 아닌 것 같은데요, 그렇죠?"

서울을 출발한 지 한 시간 반쯤, 통일로를 곧장 달리다가 두 번째인지 세 번째인지 잘 기억나지 않는 군경 검문소가 있는 네거리에서 왼쪽으로 꺾어지자, 정혜는 그제야 알아차렸다는 듯, 라디오를 끄며 물었다.

그는 웃으며 고개를 저었다.

"아니."

"거짓말, 거짓말이죠?"

정혜는 짐짓 어리광부리듯 그에게 몸을 기대어왔다. 그녀 몸의 탄력이 피부를 통해 그대로 전달되면서 그의 말초신경을 자극했다.

"어디로 가는 건지 말해줘요. 응?"

"말해도 모를 거면서."

"그래두요. 근사한 곳?"

"글쎄, 근사하다고 해야 할지 어떨지는 모르겠는데, 꽤 아늑하고 조용한 집이기는 하지. '백마'라고."

"백마? 모텔?"

"산장식 카페야. 괜찮은 음식도 팔구."

그는 그렇게 설명하면서, 방금 그녀가 하필이면 모텔을 떠올린 심리의 바닥을 제멋대로 들여다보고는 혼자 미소를 지었다.

정혜는 알아들었다는 듯, 시큰둥해서 고개를 주억거리고 있었다.

"잠을 자려면 뒤쪽에 있는 부속 방갈로를 이용할 수도 있어."

그가 덧붙여 말하자, 정혜는 고개를 돌려 그를 쳐다보았다. 그 얼굴에 짓궂은 장난기와 도발심이 함께 발려 있었다.

"단골집인가 보죠?"

"단골집? 무슨 소리. 작년 언젠가 한번 낚시모임에 따라갔다 오다가 거기 그런 카페가 있는 걸 처음 알았는걸."

"그래서 거긴 누굴 데리고 갔었어요?"

"누굴 데려가다니?"

"카페에서 식사하고 술 먹구, 다음엔 방갈로에 갔을 거 아니냐구요."

"상상이 좀 지나치군. 멋대로 넘겨짚지 말아줘. 그때가 처음이자 마지막이었으니깐."

"치, 거짓말."

정혜는 그러면서 그의 가슴을 가만히 꼬집었다. 그렇게 하면 상대방에게 자극을 준다는 사실을 다분히 염두에 둔 행동 같았다. 그러는 그녀가 눈부시다는 느낌이 갑자기 들었다.

"그럼 이따 백마에서 식사하구, 같이 방갈로 구경을 하지 뭐. 됐지?"

정혜는 눈을 동그랗게 뜨고 쳐다보다가, 이내 그의 가슴을 마구 때리기 시작했다. 아니, 때리는 시늉이었다. 두 사람 똑같이 웃음을 터뜨렸다.

식사와 방갈로. 그것은 농담의 옷을 빌린 진담이었다. 정혜와 토요일의 데이트를 약속했을 때부터 그는 그녀와의 섹스를 꿈꾸며 마음이 설레었던 것이 사실이었다. 그처럼 그녀에 대한 생각의 바닥에는 항상 섹스가 깔려 있었다. 내가 정혜한테 원하는 것은 순전히 그것뿐이지 않을까 하는 의문이 들 정도였다. 그래서 어떻단 말인가. 이 여자나 나나 우리 관계를 형성시켜주는 가장 큰 요건이 순수한 의미의 사랑이라고 생각한다면, 그것은 착각이거나 자기기만이다. 우리에게 중요한 것은 정열일 뿐이다. 그는 그렇게 자기를 합리화하고 있었다.

정혜와 육체 접촉의 기회를 가진 것은 그때까지 딱 두 번이었다. 그렇게 되기까지의 기다림과 망설임, 모색과 결심의 지루한 과정이 피차 힘들었던 탓이었다. 일단 상대방에게 자신의 문을 열고 나서도 자연스럽지 못하기는 마찬가지였다. 나이와 체면과 주변관계, 아주 뻔뻔스럽지도 개방적이지도 못한 성격, 그의 회사 일이 바쁘거나 최근 들어서야 햇병아리 직장인이 된 그녀의 사정 등 그런저런 이유 때문에, 만나더라도 차를 마시든지 식사를 하는 정도로 끝내고 헤어질 때가 많았다. 그러나 그날은 결코 그런 식으로 끝내지 않을 작정이었다. 토요일로 어렵게 날짜를 맞추고, 한적한 교외의 술집 겸 숙박업소를 떠올린 것은 의도적일 뿐 아니라 상당한 고심의 결과이기도 했던 것이다.

주변의 산과 들은 이젠 추레하고 우울한 가을빛 옷을 벗어버리려 하고 있었다. 곧 한겨울이 성큼 다가오고, 찬바람이 몰아치고, 대지는 얼어붙고, 그래서 한 해가 마감되리라.

그러자 문득, 아무런 성과도 없이 또 한 해를 보내고 나이만 한 살 보탠다는 비감이 고개를 쳐들었다. 계속 이런 식으로 늙어갈 때 내 인생의 종반은 어떤 그림일까. 정년까지는 겨우 10년밖에 남지 않았고, 그 다음에 기다리고 있는 것은 고등실업자 생활이었다.

그때에 대비하여 미리 자기사업으로 변신하는 것은, 그럴 만한 여유가 없을 뿐 아니라 용기도 나지 않았다. 단지 그때쯤이면 성장한 자식들이 모두 사회에 진출하여 제몫들을 하긴 하겠지만, 그 자식들의 밑그림으로 존재하는 자기 인생은 상상만 해도 서글픈 노릇이었다. 정혜에 대한 자기의 열정도, 연애 그 자체뿐 아니라 나이 먹음에 대한 심리적 도피일지도 모른다는 생각이 들었다.

"뭘 골똘히 생각해요?"

정혜가 그의 침묵을 깨뜨렸다.

"뭐, 별로."

"이따 몇 시쯤에 돌아오는 거죠?"

"글쎄, 가봐야지 뭐. 왜, 시간 재어야 할 일이라도 있나?"

"그런 건 아니지만, 저녁 9시에 친구랑 전화할 일이 있어서요."

정혜로서는 별다른 생각 없이 한 말일지라도, 듣고 있는 그의 입장에서는 가벼운 기분일 수가 없었다. 지금 이 여자의 머릿속에는 단순한 교외 드라이브의 재미밖에 들어 있지 않은 것이다. 나와 함께 보내는 시간의 의미보다 친구하고의 전화질에 더 비중을 두다니. 어쩌면 나와의 만남 자체가 가벼운 장난인지도 모른다는 생각이 새삼스럽게 가슴을 긁었다.

그와 같은 깨달음은 미묘한 반발심과 불쾌감을 불러일으켰다. 우격다짐으로라도 붙들어 욕망을 채우리라고 다짐하면서도, 차라리 적당한 구실을 대어 차머리를 돌려버릴까 하는 충동을 느끼기도 했다. 하긴 그 잠깐 동안의 쾌락이 지금의, 앞으로의 나한테 무슨 큰 의미가 있단 말인가. 불현듯 자신에 대한 염오감이 고개를 쳐들었다. 그는 가벼운 투로 말했다.

"방갈로 구경을 생략한다면, 그 전에는 돌아올 수 있겠지."

"또 방갈로예요?"

정혜는 킥킥 웃으며 그의 어깨를 툭 밀쳤다. 그러고는 진한 농담을 차단하기라도 하려는 듯 라디오를 켜서 음량을 필요 이상으로 높였다. 그 소리가 그의 신경을 쥐어뜯었다. 마침내 그는 소리를 조금 줄여달라고 부탁했다. 그러나 정혜는 짐짓 토라지는 시늉을 했다.

"싫어."

"여기 가는 귀 먹은 사람 없잖아?"

"그래도 싫어요."

말은 그렇게 하면서도 정혜는 이내 음량을 적당히 낮추었다.

"선생님은 좀 이상한 분이셔."

"뭐가 이상해?"

"날 만나면서도 별루 몰두하는 것 같지도 않구. 항상 몇 발짝 떨어져 있을 채비를 하는 사람 같거든요."

"그렇게 보였어? 그건 사실이 아닌데."

"난 그렇게 느껴져요. 그리구 가족과 가정을 끔찍이 생각하시나봐. 그건 사실이죠?"

"그야 가장으로서의 당연한 의무 아니겠어?"

"그렇더라도, 내가 사모님에 관한 걸 물으면 언짢아하시는 건 이해가 가지 않아요. 기분도 나쁘구."

그랬다. 그때까지 그는 다른 것은 몰라도 아내에 관한 질문만은 허용하지 않고 있었던 것이다. 얼른 대응할 말이 떠오르지 않았다. 가만히 생각해보니 그동안 그 점에 대해서 한번도 명확한 입장표명을 한 적이 없었던 것 같았다. 그는 조금 사이를 두고 말했다.

"그걸 양심의 가책이나 집사람에 대한 죄의식 때문이라 생각하면 곤란해. 난 집사람한테 많은 걸 주지도 못했고, 또 많은 것을 요구하지도 않고 살아왔어. 무슨 말인지 알겠지? 나한테 집사람과 당신은 별개의 존재야. 두 존재 사이에는 어떤 연결점도 있을 수 없고, 있게 하고 싶지도 않아. 당신도 나를 만나는 시간에는 다른 것은 생각하지 말아줬음 좋겠어. 우리가 지금 같이 있다는 것 외에는. 그게 합리적일 거야."

"합리적이라구요?"

정혜가 픽 웃었다. 그러더니 서슴없이 말했다.

"내가 보기엔 편리한 이기적 사고 같은데요."

"그런 면도 있겠지. 사람은 누구나 조금씩은 이기적이잖아?"

그도 웃으며 대꾸했으나, 가슴속의 더운 피가 갑자기 식어 내리는 듯한 느낌을 지울 수 없었다. 이 여자가 어느덧 나에 대해 냉정하고 분석적인 시선을 가지게 된 것이다. 그렇다면 우리 관계는 이제 그 종말이 멀지 않았다고 봐야 하지 않을까. 그 역시 그녀와의 관계를 무한정 끌고 나갈 수는 없을 뿐 아니라 끌고 나가서도 안 된다고 생각한 적이 없는 것은 아니었다. 그러나 그 종말의 실체가 그때만큼 선명하게 가슴에 다가온 적은 처음이었다.

'백마'는 그들이 가까이 가면 갈수록 흡사 유니콘처럼 안개 속으로 더욱 멀리 달아나고 있었다.

검문소를 지나 그쪽 방향으로 한참 차를 몰자, 그의 기억에 전혀 들어있지도 않은 풍경이 나타나기 시작했다. 벌판을 온통 뒤집어엎은 건설공사 현장이었다.

그는 내심 조금 당황했다. 혹시 길을 잘못 찾아든 것이 아닐까 하고 기억을 되살려보았다. 그러나 검문소에서 꺾어지기까지 코스는 틀림이 없었음을 알 수 있었다. 그러다가 속으로 아, 하고 탄성을 질렀다. 최근 들어서 모두들 한창 떠들어대는 수도권 신도시 중 하나인 Y시 조성지가 그쪽 어딘가였음을 알아차린 것이다. 그로서는 조금도 해당사항이 없어서 관심조차 기울이지 않았던 일이었기에 깨달음이 늦었다. 현장의 공사 진척도는 겨우 이제 땅이 다져져 건물 뼈대가 여기저기 올라가는 정도였으나, 중장비들의 굉음과 들불 연기 같은 먼지 때문에 자신도 모르게 눈살이 찌푸려졌다.

불현듯 아스팔트 포장도로가 끊어지고 필요에 따라 새로 낸 듯한 비포장도로가 나타나면서, 방향도 과연 똑바로 잡고 있는 것인지 알 수가 없어져버렸다.

"이게 어떻게 된 셈이지? 불과 일 년만인데, 이렇게 변할 수 있나."

그가 난감해서 중얼거리자, 정혜가 미심쩍은 눈으로 쳐다보았다.

"여기 신도시 공사하는 것 아녜요?"

"그런가 봐."

"선생님이 찾는 백마는 얼마나 더 가야 돼요?"

"글쎄, 내 기억으로는 그리 멀지 않은 것 같은데. 이쯤 어디였던 것도 같구."

그는 자신 없는 소리로 말했다. 어쨌든 외길에 들어섰고 뒤에 따라오는 차들도 있는 이상 갈 데가지 가보는 수밖에 없었다.

그는 그 자신에게도 차에도 익숙하지 않은 비포장도로를 따라 어려운 운전을 하며 열심히 차창 밖의 풍경을 둘러보았다. 기억에 남아 있는 지형지물이 혹시라도 눈에 띄나 해서였다. '백마'는 잡목 숲이 엉성한 얕은 자드락에 단독 건물로 자리잡고 있었고, 대로에서 그곳까지는 사오백 미터의 진입로가 나있었던 것이다. 검문소에서 현재 위치까지의 거리를 어림짐작하면 '백마'는 그쯤 어딘가에서 그를 손짓하고 있어야 했다. 그러나 사방 어느 쪽을 둘러보아도 '백마'는커녕 그 비슷한 물체조차 눈에 띄지 않았다.

"공사 때문에 헐렸나 봐. 우리 포기하기로 해요."

마침내 정혜가 말했다. 그의 기분을 어루만지는 성의가 담겨 있었다.

"그래야 할 것 같군."

"아무 데서나 먹어요. 어쨌든 교외에는 나와 봤잖아요."

"예쁜 아가씨 데리고 나와서 스타일 구기는군."

그는 쓴웃음을 지으며, 와이퍼를 작동시켜 유리창의 흙먼지를 긁어냈다.

하긴 꼭 '백마'가 아니면 어떻단 말인가. 정혜의 말대로 아무 식당에서나 저녁을 먹고, 그리고……. 그러나 그렇게 자신을 달래면서도, 한편으로는 손가락 사이로 모래알이 흘러빠지듯 자기 뇌리에서 어떤 열기와 열망이 스르르 빠져나가는 것을 느끼지 않을 수 없었다. '백마'가 없어진 것은 단순한 사물적 현상이 아니라, 자기의 무분별과 비정상인 정열의 파멸적 결과에 대한 하나의 경고가 아닌가 하는 생각이 들었다. 그런 쓰잘데기 없는 잔신경을 자책하면서도, 그 생각을 머리에서 떨어낼 수가 없었다.

덜컥거리면서 비포장도로를 한참 더 달리자, 비로소 자욱한 흙먼지가 잦아들면서 아스팔트도로가 나타났다. 그리고 저만치에 Y읍의 기존 시가지가 보였다. 한눈에도 도시라고 하기도 뭣하고 촌락이라고 하기도 뭣한 어정쩡한 형태의 거리였다.

그는 시가지 초입의 적당한 장소에서 일단 멈춘 다음, 차를 덮어씌운 흙먼지를 먼지떨이로 털어냈다. 그런 꼴불견으로 돌아다니다가는 남의 이목을 끌기 십상이겠기 때문이었다. 방금 지나온 비포장도로는 생각만 해도 지겨워서, 돌아갈 때는 멀리 우회하더라도 다른 길을 택해야 되겠다고 생각했다.

어느덧 해가 서쪽 산 너머로 꼴깍 떨어지려 하고 있었고, 황량한 대지에는 낙조의 빛이 쓸쓸하게 떠 흐르고 있었다. 이제 곧 어둠이 밀려오기 시작할 것이라고 생각하자, 낯선 길을 찾아 서울로 돌아가야 할 일이 은근히 걱정되기 시작했다.

그는 다시 차를 출발시켰으나, Y읍에서 머물려고는 하지 않았다. 적어도 모처럼 교외로 빠져나온 핑크빛 감정을 살려줄 만한 운치 있는 음식점을 그곳에서는 찾을 수가 없었고, 정혜 역시 그런 곳에서 시간을 허비하지 말자고 했기 때문이었다.

거리의 반대 방향으로 차를 몰아 빠져나온 그는 방향 표지판과 이정표에 의지하면서 조금 액셀러레이터를 밟았다. 중간에서 실수만 하지 않는다면, 문산 쪽으로 통하는 통일로 어디쯤으로 들어설 수 있을 것 같았다. 문제는 시간이었다.

정혜는 피곤하고 지쳤는지, 어느덧 자세가 비틀어지고 고개가 꺾이며 거짓말처럼 간단히 잠들어버렸다.

그런 그녀의 모습을 보자, 속이 부걱부걱 끓기 시작했다. 자신에 대한 미움이었다. '백마'는 무슨 놈의 개말코 같은 '백마'란 말인가. 도심이 마땅찮으면 변두리에서라도 그럴싸한 데이트 장소를 찾으면 될 것을. '백마'는 어디에도 있었다. 단지 그들 두 사람만을 꼭 위한 '백마'만 어디에도 없을 뿐이었다.

어둠은 당황스러울 만큼 빨리 밀려왔고, 그에 따른 기온의 급격한 하락이 차체의 철판을 뚫고 전해져 왔다. 그는 히터를 켰다. 그 작동의 미세한 이상음이 신경을 건드린 듯, 정혜는 깨어나며 하품을 했다. 그녀는 어두운 바깥을 두리번두리번 내다보며 메마른 음성으로 물었다.

"여기가 어디죠?"

"몰라. 하지만 방향은 정확히 잡고 있어. 배고프지?"

"아니, 근데, 9시까지 집에 도착할 수 있을까요?"

그놈의 9시. 그는 울컥 치미는 역정을 참느라 무진 안간힘을 썼다. 그렇지만 결코 그녀에 대한 감정은 아니었다. 자신에 대한 미움과 불쾌와 분노였다. 사십대의 나이에 이르고도 자기한테 스무살짜리 정열이 있다고 어리석게 착각한, 인생 종반부의 어두운 그림을 겁내면서도 다부지고 철저하게 거기 대비하지도 못하는, 어제와 오늘이 그 꼬락서니였듯이 내일 또한 그 꼬락서니일 수밖에 없는 자기에게 그렇게까지 정나미 떨어진 적은 없었다. 옆에 앉아 있는 정혜의 존재, 그녀의 동작 하나하나와 머리냄새, 그리고 그를 항상 사로잡아 온 섹시한 분위기까지도, 이제는 시들하게 느껴질 뿐이었다. 그래, 9시까진 틀림없이 데려다주지. 그는 속으로 뇌었다. 그녀한테보다는 자신에 대한 다짐이었다.

핸들을 꽉 잡고 헤드라이트 불빛 속에 희미하게 떠오른 길바닥을 노려보는 그의 눈빛에는 새로운 이글거림이 있었다.

마침내 통일로 연변의 B읍에 도달한 것은 7시 조금 전이었다. 예상보다 시간이 많이 걸린 셈이었다. 주의를 기울이느라고 기울였는데도 길을 잘못 들어 조금 헤맸기 때문이었다.

그들은 제법 괜찮아 보이는 어느 대중 한식당 앞에 차를 세우고 들어가, 준비에 시간이 걸리지 않는 곰국을 시켰다. 두 사람 다 어지간히 배가 고팠고, 지쳐 있었으며, 마음이 한가롭지 않았던 것이다.

식사 후 디저트로 나온 커피를 마신다기보다는 들이켜고 나서 일어선 것은 7시 30분쯤이었다. 정희의 큰언니집이 있다는 정릉까지 그녀의 희망대로 9시 안에 도달하려면 늦어도 한 시간 반 만에 주파해야 했다. 가능할 것 같았다. 아니, 설령 가능하지 못하더라도 어쩔 수 없었다.

식당을 나온 그들은 즉시 출발했다. 시장기 뒤의 배부른 식사는 또 다른 나른한 피로를 안겨주었고, 쌀랑한 기온은 사람의 몸뿐 아니라 마음까지도 위축시켰다.

그에게 이제 필요한 것은 가능한 한 빨리 정혜를 정릉에 떨어뜨려놓고 잠실의 자기네 아파트에 달려가서 쉬는 것이었다. 뇌리에는 아직도 섹스에 대한 기대의 찌꺼기가 남아 있긴 했다. 그러나 팽팽하고 활달한 모습의 평소와는 달리 피곤하고 권태로운 분위기를 자아내는 그녀를 술수 또는 우격다짐으로 숙박업소에 데리고 들어가고 싶지는 않았고, 그럴 만큼 절실한 욕구도 아니었다. 아니, 오히려 빨리 그녀한테서 해방되고 싶었다. 그녀를 기쁘고 즐겁게 해주고 자기한테 붙들어두기 위해 그동안 기울인 갖은 노력의 비경제성을 새삼 생각만 해도 짜증이 날 지경이었다. 내일에는 또다시 생각이 바뀔지라도, 적어도 오늘밤만은 그녀를 물리칠 수 있는 자기 의지를 소중히 하고 싶었다.

정릉의 정혜 큰언니네 집 근처에 도착한 것은 9시 20분쯤이었다. 도중에 교통사고 현장에 부닥뜨린 바람에 생각지도 않은 시간 소비가 있었던 것이다.

"늦어서 어떡하지? 친구의 전화 말이야."

그가 약간의 미안함을 담아 그렇게 말하자, 정혜는 대수롭지 않은 듯이 받아넘겼다.

"할 수 없죠, 뭐. 괜찮아요. 내일 다시 통화하면 되니깐."

그러고 보면 별달리 중요한 전화도 아닌 모양이었다. 아니, 전화

타령은 자기한테 제동을 걸려고 끌어낸 공연한 핑계였는지도 모른다는 생각이 들었다. 그러나 사실이 그렇더라도 정혜를 이해하고 용서해주고 싶은 기분이었다. 따지거나 화를 낼 필요를 느끼지도 않았다. 그들의 '백마'는 이젠 존재하지 않을 것이었다.

"불러내서 괜히 고생만 시켰군."

"아녜요. 드라이브 실컷 했잖아요?"

"편히 자. 좋은 꿈 꾸고."

"안녕히 가세요. 사고 조심하시고요."

그는 정혜의 턱을 가만히 끌어당겼다. 그녀한테서 곰국 냄새가 났다. 그는 그녀의 뺨에 살짝 입맞춤을 했다. 그러면서 그 입맞춤이 어쩌면 마지막이 될지도 모른다고 생각했다.

나트륨 가로등이 비스듬한 앞 유리창을 통해 두 사람을 가만히 들여다보고 있었다.

중간사람들

"빈소를 들여다보았으면 됐지, 꼭 장지까지 따라가야 돼요?"

파카를 걸치고 나서는 그를 배웅하기 위해 마루로 따라 나오며, 아내가 등 뒤에서 내뱉는 불만의 소리였다.

그래 봤자 소용없다는 것을 아내는 알고 있었다. 그러면서도 모처럼의 휴일을 가족과 함께 지내주지 못하고 집을 나서는 남편을 마냥 너그러운 표정으로 내보내기가 억울한 모양이었다.

"부조금은 또 적게 냈수?"

"거 쓸데없는 소리 좀 그만할 수 없어?"

아내는 그가 싫어하는 티를 보이는데도, 발인하고부터 장지의 일이 끝날 때까지의 시간을 제멋대로 계산하면서까지 귀가시간을 챙겼다.

아내의 그런 고약한 짓궂음에 타박을 안겨주고 집을 나선 그는 택시를 잡기 위해 큰길로 나섰다. 갑자기 밀어닥친 추위에다 휴일

아침이고 해서 거리는 잔뜩 웅크리고 있었고, 행인도 차도 현저하게 뜸했다.

그는 근 십여 분이나 기다린 끝에야 겨우 택시를 잡아탈 수 있었다.

"누구 장례식에 가시는가 보죠?"

여의도에 있는 종합병원 이름을 대고 9시 정각까지는 도착하게 해달라고 하자, 운전사는 차를 출발시키면서 대뜸 물었다.

"그걸 어떻게 아시죠?"

"병원에 가시면서 시간을 그렇게 대면 뻔하잖습니까. 경험상 알죠."

중년의 운전사는 룸미러 속에서 히죽 웃었다.

"이런 겨울날 장례 치르자면 고생이 이만저만 아닐 겁니다. 땅이 얼어붙어서 곡괭이 날이 들어가기나 할런지…… 화장을 한다면 또 모르지만요."

"고양 쪽 어디 공원묘지라고 하던데요."

"저런! 그것 보십시오, 아무튼 고생하시게 생겼습니다그려."

그는 이번에는 대꾸를 하지 않았다. 그 정도에서 운전사의 관심을 차단하고 싶었기 때문이다.

운전사도 그의 분위기를 알아차린 듯, 더 이상 말을 붙여오지 않았다.

히터를 틀어놓아서 차 안은 적당히 따뜻했다.

그는 푹신한 의자에 몸을 깊이 묻고, 차창 밖에 스쳐가는 스산한 거리에 멍하니 눈길을 내보냈다. 그러고는 연전에 아버지와 어머니를 차례로 여의었을 적의 참담하고 당혹스럽던 심정을 되새

기면서, 그 겨울날에 그렇게 절절한 사이라고는 할 수 없는 친구네 초상에 굳이 장지까지 따라가러 나선 자기 행동을 합리화하려고 했다.

사실 그 전까지만 해도 그는 초상집 문상에 별다른 의미를 부여하지 않았었다. 그저 풍습과 관례가 그러니까 상투적으로 조문을 하고, 봉투를 내놓고, 다른 사람들 사이에 끼어 시시한 잡담이나 화투놀이에 관심을 보이다가 적당한 기회를 보아 어색하지 않게 슬그머니 일어서는 식이었다. 그런데 정작 자신이 친상을 당해보고서야 상제의 입장과 심정이 어떻다는 것을 절감하게 되었을 뿐 아니라, 조문은 최대한 정중하고 경건한 예의로써 시종일관해야 하며, 가장 후한 부조는 장지까지 따라가 관 위에 흙 한 줌 얹어주는 것임을 절실히 깨달았던 것이다.

병원 앞에 도착하니 9시 5분이었다. 집에서 그다지 늦게 출발한 것도 아닌데, 택시를 잡느라고 길바닥에서 공연히 시간을 허비한 탓이었다.

이거 몇 발짝 사이로 헛걸음하고 마는 것이 아닐까 마음 졸이며 허둥지둥 영안실 쪽으로 가보니, 천만다행히도 발인제가 막 끝나서 출발 채비를 하는 중이었다.

"아이고, 박 형. 이렇게까지 하지 않아도 되는데."

상주인 친구는 감격스럽고 난감한 표정을 지으며 손을 덥석 잡았다. 그의 출현이 어지간히 뜻밖인 듯했다.

"괜찮소. 마침 일요일이고 해서."

"그래도 그렇지. 가만 있자. 그런데 자리가……."

친구는 이미 탈 사람은 다 타서 얼핏 봐서는 빈 자리가 남아 있는 것 같지 않은 영구차 안을, 고개를 잔뜩 빼어 차창을 통해 들여다보고 있었다. 그러면서 날씨도 좋잖고 하여 장지까지 갈 사람이 많지 않을 것 같아 차종을 일부러 작은 것으로 정했더니 이 모양이라고, 자못 민망한 기색을 감추지 못했다.

그는 내심 잘되었구나 싶었다. 영구를 따라가려고 얼굴을 보인 것만으로 자기 생색은 충분하겠기 때문이다. 빈 자리가 없어서 차에 오르지 못하더라도 그것은 그의 잘못이 아니었다.

그러나 그의 은근한 기대는 빗나가고 말았다. 친구는 그의 후의를 무색하게 만들지 않기 위해, 웬 조문객의 지프에 편승할 수 있도록 굳이 주선을 해주었다.

그의 기분은 아랑곳없이 손을 잡아끌고 문제의 지프 옆에 다가간 친구는 문을 열더니, 안에 있는 사람들에게 그를 대신해 양해를 구해주었다. 거침없이 반말을 하는 품으로 봐서는 상당히 가까운 사이인 것 같았다.

"참, 그런데 서로 인사한 적이 없었나?"

친구는 그러고 한 발짝 비켜나며 그를 차문 앞으로 밀어 세웠다.

차 안에는 세 남자가 타고 있었는데, 운전석 옆자리에 앉은, 나이에 어울리지 않게 머리가 하얀 사람은 아닌 게 아니라 그에게도 낯익은 얼굴이었다.

"아이고, 박 선생 아인교. 나 유 아무갭니더."

상대방이 먼저 몸을 들썩하며 반가운 체를 했다.

그러고 보니, 그날 장례의 장본인인 친구 어머니의 칠순잔치 때 인사를 나눈 사람이었다. 사십대 중년일 텐데도 머리가 하얘서 유난히 인상이 뚜렷했다.

"안녕하십니까. 다시 뵙는군요."

"어서 타이소 잘됐네 마. 같이 가입시더."

"그럼 신세 좀 지겠습니다."

그는 뒷자리에 혼자 앉은 사람에게 목례를 한 다음 그 옆 빈자리에 올라탔고, 친구는 도로 장의차로 돌아갔다.

유가 몸을 틀어 그를 돌아보며 말했다.

"가만 있자. 이기 얼마만인교. 이 어무이 칠순 때 봤으이, 삼 년 됐나."

"그런가 보군요."

"야, 인사들 해라. 이 양반, 느그들같이 돈밖에 모리는 무식한 작자들이 우찌 알겠나만, 유명한 교수 시인이시다."

인사시키는 방법이 조금 심하다 싶었지만, 어떻든 그렇게 해서 통성명이 되었다. 운전석에 앉은 김 아무개라는 남자는 얼굴이 길고 훤칠해 보였으며, 그의 옆자리에 앉은 남자는 한 아무개라고 자기 소개를 했는데, 가무잡잡한 데다 야무지게 통통한 인상이었다.

곧 장의차가 움직이기 시작함에 따라, 그들이 탄 지프도 그 뒤를 따랐다. 한이 그를 향했다.

"유 군이 시방 교수 시인이라 했는디, 실례지만 박 선생은 어느 쪽이 본업이다요?"

"글쎄요. 가끔 당하는 난감한 질문이군요."

"시는 정신적 직업이구, 교직은 현실적 생활적 직업이겠구먼, 그럼."

"뭐, 그런 셈이 되겠군요. 한 선생은 어떤 직업이십니까?"

"그 친구 직업은 마, 조개쟁이 속곳장삽니더."

유가 키들거리면서 말을 가로막고 나서자, 한은 미간을 찌푸리며 유의 뒤통수를 노려보았다.

"얼래, 말조심혀. 이래뵈도 우리나라 수출의 일익을 담당하고 있는디, 그렇게 숭한 표현을 쓰면 되야? 그런 자네는 뭣이냐. 봉이 김선달이는 예전에 죽었는디, 요새 같은 시상에 무슨 놈으 물장사냔 말이시?"

"자알한다. 늬들은 어째 만나기만 하면 사사건건 티격태격이냐. 박 선생도 계신데, 좀 나잇값들을 하는 게 어때?"

듣다 못한 김이 점잖게 나무라는 것이었는데, 김의 약간 빈정거리는 듯한 설명에 따르면 한은 여성 의류 수출입상이고, 유는 생수 판매업자였다.

김의 핀잔을 듣고서도 유와 한은 입씨름을 계속했다. 유는 한더러, 수출 일익 담당이라니 무슨 뻔뻔한 소리냐, 서 푼어치 내다팔고 아홉 푼어치 수입하는 주제가 아니냐고 몰아붙였고, 한은 시중에 유통되는 생수가 걸핏하면 위생검사에서 대장균이니 부적합 판정이니 하고 걸리는 것을 보면 개골창 물, 냇물 퍼다 생수랍시고 팔아먹는 것이 틀림없다고 깔아뭉겠다. 두 사람 다 그를 다분히 의식하는 투로 짓궂음을 부렸고, 춥고 스산한 날 장례식에 따라나선 따분함을 그런 식으로 때워 넘기자는 장난기도 엿보였다.

어쨌든 그는 기왕 장지까지 가야 할 양이면 그런 분위기에 끼어든 것이 나쁘지는 않다는 기분이 들었다.

장례 행렬은 마포대교를 통과하여 서대문으로 해서 영천고개와

박석고개를 넘었다. 다시 구파발을 지나 통일로 쪽으로 접어들자, 앙상한 숲과 메마른 흙과 비닐하우스의 잔해 따위 황량한 교외 풍경이 함빡 눈에 들어오기 시작하면서 그에게 겨울의 깊이를 더욱 실감하게 해주었다.

"돌아가신 어른한테는 안 된 소리지만 말여, 이런 계절을 피해 주시는 것이 자슥들한테 제삿밥이라도 따슷게 얻어 잡숫는 거라고"

한이 파이프와 가죽 담배쌈지를 꺼내어 대통에다 연초를 다져 넣으면서 하는 소리였다.

그러자 유가 냉큼 받았다.

"한가 집안에 꼭 어울리는 소리 하고 있네. 역시 족보는 몬 속인닥하이."

"염병헐! 한가, 한가, 하지 마. 느그덜 유가보다야 양반인께."

"놀고 있네. 우쨌거나 니는 이다음에 겨울에 죽겄거든 앞땡기서 가을에 죽으라모"

"앞당기기는 뭐땜시 앞당겨야. 봄으루 늦추지."

그런 가벼운 입씨름을 하면서도 한은 흡연준비를 계속했는데, 무심코 보니 한은 대통의 절반쯤 연초를 채운 다음 호주머니에서 투명하고 작은 비닐봉지를 꺼내더니, 그 속에 든 마르고 자잘한 무슨 잎사귀 부스러기를 아주 조금 꺼내서 대통에 집어넣고 다시 그 위에 연초를 덮어 다졌다. 그러고는 빨부리를 물고 라이터로 불을 붙이는 것이었다.

"방금 그게 뭐죠?"

그가 궁금증을 참지 못하고 물었다.

"이거요?"

한은 일단 호주머니에 넣었던 비닐봉지를 다시 꺼내어 들어 보이고는, 연기를 물씬물씬 흘리며 스스럼없이 말했다.

"이거 대마초라우."

"대마초?"

유가 몸을 홱 돌렸다. 가까운 사이일 텐데도 금시초문인 모양이었다. 김 역시 룸미러 속에서 눈에 빛을 띠고 있었다.

"왜, 한 대 생각 있어?"

"미칫다. 나잇값을 몬하고, 그런 거는 와 피우노."

"맛이 달라지니께. 쬐끔 넣어 피우는 거는 상관없어야."

"맛이 어떻게 달라지는데?"

이번에는 김이 관심을 나타내었다.

"그러고 보니 맴이 동하는게벼. 워디 한 모금씩 혀봐."

한이 파이프를 내밀자, 유는 냉큼 받아서 한이 물었던 빨부리를 손바닥으로 쓱쓱 문지르고 입에 물었다. 두어 모금 연기를 빨아마시던 유는 금방 캑캑거리더니 파이프를 도로 한에게 넘기고, 이딴 거 너나 실컷 피우다 죽으라며 지청구를 퍼부었다. 한은 역시 촌놈은 할 수 없다면서 파이프를 받아 다시금 피우기 시작했다.

"그렇게 피우시다가 혹시 중독되는 거 아닙니까?"

이 사람 정말 중독자가 아닐까 하는 생각을 하며, 그는 조금 싫은 기분으로 물었다.

한은 웃으며 대마초 흡연은 습관성은 될 수 있을지언정 중독이라고 할 것까지는 없다고 했는데, 유가 끝내 까슬하게 물어 늘어졌다.

"야, 그기 그거지 뭐꼬, 습관성이나 중독이나. 참말로 요새 세상이 하도 썩어빠지다가 보이, 오십 줄 밑자리꺼정 대마초를 피우고 말이야. 한심해서…… 그러이 도대체 아아들이 뭐를 배우겠노."

"그 따우 소리 마. 목에 힘주고 칼 휘두르는 사람 따로 있고 적당히 슬금슬금 챙기믄서 즐기고 살아가는 사람 따로 있어야. 자네가 어설프게 공자 숭내 내지 않아도 세상은 그럭저럭 돌아가는 거여. 그따우 시비는 그딴 거 좋아하는 친구들한테 맡기고, 우리는 슬슬 새로운 조개맛이나 찾으믄서 인생을 즐기더라고. 박 선생, 안 그렇소?"

한은 굳이 그한테서 동의를 구했으나, 그는 애매하게 웃었을 뿐이었다.

"지랄한다. 니 그렇게 조개타령 하다가, 언젠가는 조개한테 진짜 그거 물리서 짤라질 줄 알아라."

유의 우스꽝스런 악담에 차 안에는 폭소가 터졌다.

"가만히 듣자니까 한 선생 정력이 절륜한 모양이지요?"

"말도 마이소, 그누마 그거 힘 하나는 마, 끝내주요."

"미찌고는 지금 서울에 있나?"

운전을 하던 김이 룸미러 속으로 뒷자리를 힐끔 보며 엉뚱한 질문을 불쑥 던져왔다.

"응, 그년 지금 나와 있어. 회사를 때려치웠는게벼."

"애는 잘 크고 있대?"

"유치원에 들어갈걸."

무슨 소린가 했더니, 한은 일본 어느 상사의 국내지점에 나와 있는 일본여자와 깊은 관계를 맺어, 그 사이에서 난 딸아이까지

하나 두고 있었다. 그런데 그 일본여자가 본국 근무 발령을 받아 아이를 데리고 귀국했는데, 그를 만나기 위해 직장을 그만두면서까지 최근에 한국에 나온 모양이었다.

"야, 니 골치 아파지는 거 아이가? 혹시 집에 찾아와, 아아를 맡으락고 떼라도 쓰모 우짤기고"

"소설 쓰고 있네. 이 한 아무개가 누구여. 그딴 식으로 발목을 잡힐 것 같았으믄, 왜년 아니라 애진작에 언년한테 당했제. 몇 번 꾹꾹 눌러주고 토닥토닥해서 돌려보내믄 그만이랑께. 흠!"

"참 알다가도 모리겄단 말이야. 아무리 그래도 그렇지, 그누마 보이소, 박 선생. 생긴 것도 짜리몽땅하고, 꼭 불콰논 붉은 해삼맨치 생긴 주제에, 여자한테는 가오가 쎄단 말입니더. 마, 눈 삔 계집들만 걸리는 모양이라. 아무리 그래도 여자한테 섹스가 전부는 아이잖소"

"쯧쯧. 고작 그딴 상식을 가지고 덤비니께 넌 여자들헌테 항상 찬밥인 것이여. 자존심 죽이고 부탁혀봐. 싸부님이 한 수 갈쳐줄팅께."

"치아라 마. 우리 집 여편네 하나도 거천하기 심들어 죽겄다."

"그럴 것이네. 자네 같은 친구들 보믄 비관된다. 금메, 사는 재미가 뭐여. 뭐땜시 사는 거여. 나는 자네들하고는 인생관이 다르다고 내가 뭐땜시 무역을 시작했는지 알아? 세계 각국 돌아댕김서 검은 거, 흰 거, 노란 거, 각양각색 계집들 싸그리 맛보기 위해서였다고"

"위대하시구나. 그래서 소원은 다 풀었나?"

"금메, 지금까지 한 삼십여 개국은 돌아댕겼은께, 나도 어지간혔지?"

일행들이 하는 소리를 귓등으로 들으며, 그는 이상하게도 그 일본여자 생각을 머리에서 떨어낼 수가 없었다. 이십대거나 기껏해야 삼십대일 여자가 타국에 왔다가 현지 남자한테 정을 준 나머지 아이까지 낳고, 그러고도 미련이 남아서 구차스럽게 해바라기 흉내를 내다니. 그것은 애틋하고 청순한 비련 같은 것과는 색채가 다른, 어딘가 칙칙한 구석이 느껴지는 사련으로 보였다.

그러다가 불현듯 그 관심의 바닥에 부러움이 깔려 있다는 사실을 깨닫고, 그는 혼자 무안해지고 말았다. 불확실한대로 엿볼 수 있는 한의 인간적 면모나, 사고방식이나, 어느 정도의 경제적 여유 같은 것에는 전혀 흥미가 생기지 않았지만 주위에서 인정할 정도인 그 왕성한 성적 능력만은 솔직히 말해서 부럽지 않을 수 없었던 것이다.

어느새 차는 곧은 대로를 벗어나서 구불구불한 소로를 달리고 있었다. 아스팔트 포장은 되어 있으나 차 두 대가 신경 쓰며 교차해야 할 정도의 좁은 이차선 도로였다.

어느 낮은 산 하나를 넘자, 오른쪽에 마치 깎다가 만 사미승 머리통처럼 인위적으로 흉측하게 헐벗겨진 산이 나타났다. 나무만 쳐낸 것이 아니라 불도저로 밀어서, 그 밋밋하게 민 부분은 흙이 완전히 드러나 있었다. 대체로 회색과 흑록색 혼합으로 얼룩져 있는 겨울산의 전체 색조에서, 그 뻘건 황토색은 피 흘리는 상처를 상기시킬 만큼 강렬하고 선연했다.

"저게 요전번 매스컴에 오르내린 바로 그 신설 골프장 아냐?"

김이 운전을 하면서 턱짓으로 가리켰다.

"금메, 그런게벼."

"원, 무식한 사람들. 멀쩡한 산 하나 엉망으로 망쳐놨군. 아니, 골프장을 만들려면 평지나 하다못해 자드락 같은 데다 만들어야지, 저렇게 높은 데서야 골프를 치는 건지 등산을 하는 건지 모르겠네."

"남이사 저기서 골프를 치든 등산을 하든, 자네가 걱정할 일은 아녀. 박 선생, 골프 좀 치십니까?"

그로서는 조금 성가신 질문을 한이 던져왔다.

"아뇨, 골프장 근처에도 못 가봤습니다."

"시대에 뒤떨어져 사실라는게벼. 골프 배우시요. 그거 참 좋아요."

"좋은 줄은 알지만, 형편이 돼야지요. 주제넘은 짓도 같고."

"주제넘다니, 그렇게 생각하면 쓰간디. 골프는 이젠 대중스포츠요. 이미 일본 같은 데서는 식당종업원도 휴일이면 골프 치러 간다고 하지 않습디여."

"여기는 일본이 아니니까요."

"그게 바로 인식의 문제란 말이시. 식당종업원이 골프채 둘러매고 나서지 말라는 법 없지 않으요. 누구한테나 행복추구권이 있는데. 골프장은 건설을 규제할 것이 아니라 오히려 많이 만들어서 훨씬 대중화해야지요잉."

"그러다가 이 좁은 국토가 어디 남아나겠어요? 가뜩이나 환경오염 자연파괴가 심각한 문제로 떠오른 판에."

"아따매, 박 선생은 역시 고리타분한 글쟁이 기질, 훈장 기질을 고집하시는군. 박 선생이 암만 그래도 골프장은 저기 저것처럼 자꾸 생기고, 사람들은 꾸역꾸역 필드에 몰려들드라우. 환경 어쩌구 암만 그래싸도, 그 공기 숨쉬고 그 물 마시고 살아요. 법으루 완전 강제한다면 또 모르까, 나 한 사람, 아니믄 몇 사람이 목청 올린다고 된답디여? 아, 또 그래야 환경문제로 떠드는 사람들도 밥 먹고 살 거 아닌게벼."

한의 억지가 은근히 기분을 상하게 했지만 더 이상 대꾸할 가치를 느끼지 않았으므로, 그는 그저 가볍게 웃는 것으로 입씨름을 피해버렸다. 한은 다시 담배를 피우려고 파이프와 가죽쌈지를 꺼내고 있었다.

"골프장 맨드는 것도 내가 보기에는 마, 다 땅투기야. 그냥 땅으로 가이꼬 있을 때하고, 저렇게 까문대어 골프장으로 할 때하고 땅값 차이를 생각해보라모. 뻔할 뻔자지마는, 영리하게 대가리 굴리는 기지."

"투기라는 것도 그렇단마시. 남들 다 하는데, 그만한 돈 가졌으믄서 땅에 눈 돌리지 않으믄, 그것도 병신이지 뭐여. 김가 자네 그때 사놓은 그 땅, 상당히 올랐지?"

"꽤 올랐어. 지금 되팔아도 서너 배는 남겨."

"저런! 역시 땅이락하이. 사업이락고 해봐야, 요즘 같은 불경기에 공장 아아들 비위 맞차감서 헐떡거리봐야 말짱 미친 짓이지 뭐꼬 야! 그런 의미에서, 김가 자네 나중에 돌아가다가 술 한 잔 사라."

"그려. 유가가 오랜만에 내 맴에 쏙 드는 말 한마디 하는구먼."

"꿈들 깨. 땅값이 올랐으면, 그 돈 땅이 가지고 있지 내 수중에 있어?"

김은 코웃음을 치고 나서 자못 진지한 투로 말했다.

"사실 말이지, 토지공개념이니 부동산투기 근절이니 해봐야 말짱 행차 지나간 뒤 나팔 부는 격이야. 괜찮은 땅은 돈 있는 사람들이 벌써 다 차지해서 꽉 쥐고 있는데 무슨 소용이 있어. 일과성에 불과한 거야. 내가 보건대 앞으로 몇 년 안에, 다른 정권이 들어서기라도 하면 부동산 붐은 틀림없이 또 일어나. 두고 보라고."

"하기사 워낙 빤한 땅덩거린께."

그는 세 사람이 주고받는 소리를 들으며, 그들이야말로 오늘날 우리 사회의 중간계층을 이루고 있는 사람들이라는 생각이 들었다. 유산으로 물려받았든 자기가 벌었든 간에 먹고살 만한 중상류층의 재산을 보유하고, 그러면서도 의식수준은 자신의 경제력 수준보다도 훨씬 낮은 사람들, 사회동향이나 기회에 민감한 촉수를 가지고 그 본류에서 뒤지지 않으려고 기를 쓰면서도 정작 자기는 없고 배고프고 피해당하는 쪽에 서 있다는 식으로 자기를 합리화하는 데 익숙하고 능란한 사람들인 것이다.

그런 동행자들을 지켜보면서, 그는 상대방에 대한 호악의 감정을 떠나 어느덧 흥미를 느끼고 있었다. 그들을 통해 그들이 속한 인간군의 참모습을 새삼스럽게 확인해보는 것만으로도, 그 춥고 을씨년스런 겨울날의 장례식 참례가 시간낭비나 손해는 아닐 것 같은 기분이 들었다.

목적지에 도착한 것은 10시 30분쯤이었다. 규모나 분위기로 보건대 조성된 지 얼마 되지 않은 공원묘지였다.

아직 통행로조차 제대로 갖춰놓지 않아 운구하는 데 조금 고생을 했으나 산역꾼들이 이미 묏자리를 파놓고 기다리고 있었으므로, 관을 내리고 흙을 올리는 작업이야 시간이 걸릴 것이 없었다. 게다가 하늘의 낌새가 여차하면 눈이라도 뿌릴 것 같고, 산 위여서 그런지 추위가 한결 더했기 때문에 다른 사람들뿐 아니라 상복 입은 사람들까지도 가능한 한 빨리 끝내고 하산했으면 하는 기미를 보였다.

공원묘지 구역 안에 있는 식당에서 점심을 먹은 후, 그의 일행이 가장 먼저 출발했다.

돌아가는 차편은 달리 할까 하는 생각도 없지 않았으나, 유와 한이 부득부득 끄는 데 그로서도 도리가 없었다. 한편으로는 그들의 분위기에 못 이긴 척 얹히고 싶은 기대감도 없지 않았다. 특히 한의 기세로 보아 그냥 시부저기 헤어질 것 같은 기미는 아니었기 때문이다.

"가다가 어데 좀 들르더라고, 모처럼 교외에 나왔는디 집에 그냥 들어갈 순 없잖은게벼. 박 선생도 모셨은게, 내가 근사한 델 안내하지."

"야! 돈은 누가 내는지 학실히 하자. 니가 한턱 쓰는 기제?"

"칠칠찮기는. 정 뭣하믄 이 김가 찌푸차 잽히믄 될 거 아녀라. 무슨 쓰잘데기 없는 걱정을 혀."

김이 다른 바쁜 일이 있어서 곧바로 서울에 들어가야 한다고 했지만, 한은 용납하지 않았다. 남들 다 쉬는 휴일에, 바쁜 일은 무슨 얼어죽을 바쁜 일이냐는 억지였다. 게다가 유까지 한을 거들어, 시간 오래 잡아먹지 말고 간단히 끝내자고 하는 바람에, 김은 마땅찮은 기색이면서도 종내 어쩔 수 없는 모양이었다.

그들이 탄 차는 통일로 상행길에 들어서서 한참 달리다가, 한의 지시에 따라 왼쪽 샛길로 꼬부라졌다. 장흥이나 송추 어디쯤 말하는 것이 아니냐고 김이 시큰둥하다는 듯이 물었으나, 아니라고 한은 우겼다. 이윽고 한이 다시 한 번 방향 지시를 했는데, 그가 눈치를 보니 유는 말할 것도 없고 김 역시 짐작한 바와 다른 모양이었다.

　유락객의 호주머니를 노리는 집들이 드문드문 비켜 앉아 있는 길을 따라 개천을 끼고 산모롱이를 여러 번 돌자, 별안간 멀리 전방에 눈을 확 끄는 건물이 나타났다. 유럽풍이긴 해도 그냥 풍물 달력 같은 데서 흔히 볼 수 있는 그런 건물이 아니라, 어느 건축가가 딴에는 고심해서 자기류를 고집해 설계한 흔적이 엿보였다. 회색 흑록색 혼합인 주위 산야의 색채보다도 더 짙은 검정색인 데다가, 자드락의 숲을 오목하게 쳐내고 터를 다진 휀한 공간 안에 우뚝 서 있기 때문에 더욱 인상이 강렬했다.
　"저어가?"
　"그래. 자네 같은 쪼다 김선달이가 이런 데 와봤을 턱이 없지. 뭔 멋을 알아야 말이시."
　"지랄한다. 니 그따우 소리 했은께, 어디 바가지 왕창 써봐라. 김가 자네는 와봤나?"
　"글쎄, 처음인 것 같은데."
　이윽고 그들이 탄 차는 문제 건물의 주차장에 들어섰다. 주차장은 차들로 거의 메워져 있어서 자리 잡아 차를 대기에 애를 먹지 않으면 안 되었다.

주차장에서 조금 올려다 보이는 축대 위의 건물 본채는 이층구조였는데, 바깥에서 보건대 아래층은 색을 넣은 커다란 통유리 창을 통해 샹들리에 불빛이 내비치는 것으로 보아 전체가 식당 같은 큰 홀이고, 위층은 아래층보다 조금 면적을 좁혀서 숙박용 객실로 꾸민 것 같았다. 본채의 양옆으로는 축대를 조금 낮추어 단층 건물이 하나씩 딸려 있었는데, 그 부속건물들 역시 꾸밈새로 봐서 본채 아래층과 같은 용도로 보아 틀림없을 것이었다.

바깥에서 사진을 찍거나 돌아다니는 사람들은 나들이 나온 가족 아니면 젊은 남녀들 일색이어서, 그네들처럼 멀쩡한 중년남자만의 행색으로서는 어색하고 거북한 느낌을 떨어버리기 어려웠는데, 적어도 한만은 그렇지 않았다. 한은 안내역이기도 했거니와 활기 있게 그들을 끌고 들어갔다.

그러나 본채는 물론이고 부속건물 어디에서도 곧바로 자리를 얻을 수가 없었다. 바쁘게 움직이는 종업권들의 말대답은 한결같이 좀 기다리라는 것이었는데, 그 기다림도 보아하니 먼저 기다리는 사람들이 있기 때문에 얼마나 시간이 걸릴지 모를 지경이었다.

"아니, 세상이 우떻게 돌아가는데, 이렇기 흥청망청 처묵고 즐길락고들 기이나와 있노. 이런께 나라 꼬라지가 뭐가 되겠노."

"그런 자네는 어느 소속이여. 잔말 말고 슬슬 주위 구경이나 하믄서 기다리더라고. 이 뒤에 나가보믄 조경이 볼 만하당께."

"그만 가자. 배고픈 시간도 아니고, 우선 내가 시간이 없어. 정말이라니까."

"고물 찌푸차, 타이야 바람을 팍 빼뿐져야 쓰겠구마. 까분지 말고 기다려 봐. 미찌꼬한테 전화해서 곧 달려오라고 헐팅께. 세검정이면 여그서 멀지도 않잖아. 그년 친구년도 와 있어."

"친구?"

"길동무삼아 데려왔는게벼. 통통한 거이 맛있어 보이더라고. 데리고 나오래서 적극 붙여줄팅게 잘혀봐."

그러면서 한이 공중전화 부스가 있는 곳으로 성큼성큼 걸어가자, 유는 손가락질을 하면서 저것 못 말리는 친구라고 한심한 듯 혀를 찼다. 김은 여전히 뜨뜻미지근한 표정이면서도 미찌꼬의 친구 이야기에는 은근히 마음이 움직이는 기색이었는데, 그 점에서는 그 역시 마찬가지였다.

유리벽을 통해 훤히 들여다보이는 전화 부스 안에서 한은 혼자 손짓으로 제스처까지 써보이며 통화를 하더니, 이윽고 그들이 기다리고 있는 곳으로 활기 있게 돌아왔다.

"통화됐구마. 금방 출발한댔은께 기다리자구. 그런데 금방 자리가 생기는 것도 아닌데 그냥 기다리기가 뭣하지? 우리 저 앞에 내려가 산꿩 도리탕이라도 시켜 먹으믄서 시간 죽이까?"

"그 사이 미찌꼬가 도착하모 우짤락고."

"걱정 마. 아는 웨이터를 불러 나를 찾을팅께, 내려가서 미리 전화를 걸어놓지 뭐. 가보더라고."

한이 앞장서서 계단으로 해서 주차장 쪽으로 내려가는 바람에, 그들도 미적미적 뒤따르는 수밖에 달리 방법이 없었다.

한이 말하는 음식점은 그곳에서 어림으로도 삼사백 미터는 실히 되어 보였으므로, 일행은 김의 차를 타고 내려갔다.

그곳은 위쪽 업소의 위용에 비하면 초라하기 짝이 없었다. 촌집에 편의상 달개를 붙여서 뼈대만 늘여가지고, 바닥은 구들장을 놓고 바람벽은 두꺼운 농업용 비닐로 싸 바른 형태였다.

그들은 무슨 온실 같은 그 방에 떼밀려 들어갔는데, 대형 석유난로 두 개가 양쪽에서 시뻘건 불로 공기를 달구는 실내에는 대여섯 팀의 손님들이 각각 테이블을 차지하고 앉아서 찌개류 음식을 먹고 있었다.

입구 쪽 테이블을 차지해 두 사람씩 마주앉은 그들은 보리차를 가져온 주인에게 꿩도리탕을 시켰다. 야생이라고 업소주인은 주장했지만, 재료의 출처를 믿을 아무 근거도 없고 맛도 그렇고 그런 꿩요리에 곁들여 소주를 마시면서, 딱 두 잔만으로 손을 내젓는 김을 제외한 나머지 세 사람은 조금씩 술기운이 오르고 있었다.

"니기미, 어디를 가든지간에 묵자판이구나. 도대체 마, 묵는 장사밖에 불황 모리고 돈 긁어모으는 업종은 없닥하이."

유가 거침없이 지껄이는 바람에, 가까운 테이블의 사람들이 힐끔 그들 쪽을 돌아보았다.

"자네, 그렇게 배 아프믄 이거 사. 지난번에 왔을 때 내봤다고 들었어. 여그다 조금 똑똑한 건물 짓고 쪽 빠진 년들 몇 명 델다 놓으믄 뭘 해도 장사가 될팅께."

"야! 나한테 무신 돈이 있노."

"엄살 떨고 자빠졌네. 개골창 물 팔아 꼬불쳐논 거 상당한 줄 알어야."

"쯧, 냄새나는 아구창 함부로 놀릴 기가. 저 사람들이 듣겄다."

"흐흐, 켕기는 데가 있는게벼. 그럼 우리 셋이 동업하는 게 어때? 관리는 김가 자네가 허구. 그까짓 쬐끄만 빌딩 운영이야 하품 나오도록 뻔하니께, 왔다갔다 하믄 될 거 아녀라."

그는 한의 말을 듣고야 비로소 김의 직업이 무엇인지를 알 수 있을 것 같았는데, 한은 그 제의가 전혀 흥미없지는 않은 모양인지 땅값이 어느 정도나 된다더냐고 묻고 있었다.

"금메, 지난번 왔을 적에 평당 육십이라고 했은께, 그 안팎 아니겠어?"

"모두 몇 평이나 된대?"

"모르지. 한 백여 평 넘지 않으까. 쥔 불러 물어볼텨?"

"서두르기는……. 그러나저러나, 건축허가가 쉽지 않을걸."

"이런 답답한 친구. 암만 사정(査正)이다 개혁이다 해도, 집어주고 안 되는 일이 어딨노. 허튼소리 치우고, 식기 전에 꽁이나 묵어라."

음식그릇의 바닥이 보이고 소주병이 네 개가 모였을 때야 그들은 자리를 거두었다. 어느덧 두세 시간이 후딱 지나간 뒤였다. 다들 어지간히 배부르고 술기운도 적당하여 기분 좋을 만했는데, 운전해야 하므로 거의 술을 마시지 못한 김만은 떫은 표정을 짓고 있었다.

"참, 미찌꼬는 우예 됐노."

밖에 나와 찬바람을 쐬자 비로소 정신이 돌아온 듯, 유가 물었다.

"금메, 아직 안 온게벼. 그냥 가지 뭐."

시치미를 떼고 그렇게 말하는 한의 입가에 의미심장한 짓궂은 미소가 스쳐가는 것을 보고서야, 그는 한이 그 업소에 도착한 후 어디에 전화를 건 일이 전혀 없었다는 사실을 새삼스럽게 깨달았다.

"야! 그카고 보이, 니 거짓말했구나."

"얜 입만 벙긋했다 하면 허풍 아니면 속임수인 걸 몰라? 난 진작에 알아먹었어."

김이 픽 비웃으며 그렇게 말은 했지만, 그는 김의 속이 어지간히 부걱거리고 있음을 짐작하기 어렵지 않았다.

김은 한이 음식값을 계산해 치르는 동안 시동을 걸기 위해 먼저 지프 있는 곳으로 뚜벅뚜벅 걸어갔는데, 그 걸음새로 보아 혼자 후딱 출발해버리지나 않을까 은근히 걱정이 될 정도였다. 미찌꼬 건에 대해서는 그 역시 속으로 아쉬움이랄까 불만스러움이 없지 않았으나, 다른 볼일을 망치면서까지 한의 수작에 놀아나고 만 꼴인 김의 감정과는 비교할 수 없을 것이었다.

돌아가는 차 속에서도 한은 대마초를 넣은 담배를 피우면서, 미찌꼬가 묵는다는 세검정의 어느 호텔로 같이 가자고 김을 꼬드기고 있었다.

그러나 이번에는 김도 콧방귀를 뀌며 딱 잘라 거절했다. 너무 늦어 큰일났다는 것이 표면적이 이유였지만, 그 호텔까지 얌전히 데려다달라는 네 수작을 모를 줄 아느냐는 투가 역연했고, 어떤 면에서는 한의 말 자체의 신빙성을 의심하는 것 같았다.

두 사람이 그렇게 짜근거리고 팅기거나 말거나, 유는 어느새 까부라져서 고개를 기역자로 꺾고 가늘게 코까지 골고 있었다.

날씨가 흐린 탓도 있지만, 벌써 어스름한 저녁기운이 온 산야에 슬금슬금 내려앉고 있었다. 그 가운데를 차는 질주해갔다.

그는 황량한 바깥풍경을 멍하니 내다보며, 비로소 진지하게 자신에게로 돌아왔다. 그러고는 공연히 허망하고 조금은 서글프기조차 한 심정으로 그날 하루의 일을 생각해보았다.

친구 어머니의 장례식은 의식 속에서도 저만치 구석으로 밀려가버린 대로, 모처럼 교외 나들이에서 적당히 취하고 적당히 배부르며 적당히 피로한, 빛나는 희망도 값진 보람도 약속되어 있지 않은 또 하나의 '내일'에 습관처럼 부담감을 느끼는, 아내와 자식들을 부양하느라고 헉헉거리면서도 이따금 게걸음질치는 요령을 부릴 줄도 아는, 한이나 김이나 유와는 또 다른 유형의 영락없는 '중간사람'인 한 사나이가 거기 초라하게 앉아 있었다.

세속도시의 십자로

이 호(문학평론가)

1. 네 거리의 인물들

손영목의 소설들은 세속적 삶과 현실세계 속에서 '잃어버린 것'이나 '있어야 할 것'을 향한 그리움과 동경(sehnsucht)의 정서를 바탕으로 하고 있다. 물론 그것은 단순한 과거지향주의나 복고적 향수주의가 아니며, 미래에로의 희망을 투사하는 계몽주의적 서사는 더더욱 아니다. 그 것보다는 훨씬 복잡하고 의미심장하다. 손영목의 소설은 본래적 인간성과 순수한 시공간으로의 회귀가 본원적으로 불가능하다는 것을 '아는' 주체의 서사다. 나아가 절대순수의 지평에로의 도달가능성을 '믿지 않는' 주체의 내러티브다.

그런 서사에 등장하는 인물들은 뒤로도 갈 수 없고, 앞으로도 나갈 수 없는 그런 처지에 놓인다. 회귀도 무용하며 전진도 불가능한 상황인식에서 출발하는 소설, 그럼에도 여전히 운동에의 욕망을 완전히 포기하지는 못하는 손영목의 서사는 필연적으로 자기모순의 이중성에 빠진다. 여기서 손영목 소설의 아이러니와 이중성이 발생하는 바, 손영목 인물들이 가진 어정쩡한 포즈와 기만적인 발화가 발생한다. 하지만 이 포즈야말로 자기기만적 주체를 토대로 세워진 근대와 그 이후를 살아가는 주체들에게 강요되는 자세다. 순수한 낙원을 재건하기 위한 동경으로서의 목가적 글쓰기나 사회비판의 수단 혹은 혁명의 도구로서의 글쓰기가 용도 폐기 처분된 내러티브 종말 이후의 서사, 계몽담론 소멸 이후의 소설이라는 시대적 특수성과 담론적 지형학을 고려할 때 비로소 손영목 소설의 인물들은 의미심장해지며 손영목 소설 또한 의미를 가질 수 있다.

물론 그 포즈는 당연히 모순의 포즈다. 인물들, 나아가 손영목의 화자들은 사실 희비극적이다. 그들의 얼굴과 말, 자세는 서로 어울리지 않는다. 그들은 순수하고(「하얀비둘기」, 「비단주머니와 편지봉투」), 자기반성적이며(「백마」), 자기기만을 행한다(「박하, 혹은 노랑튤립」). 심지어 초월적 자세를 취하기도 한다(「죽음에 관한 명상」). 그것은 감정적 층위에서는 슬프거나 비극적이지만 말에 있어서는 위선적, 행동에 있어서는 소심함, 내면 고백에 있어서는 자기반성적 고뇌를 드러낸다. 그 중층적인 모순들의 집합체가 손영목 소설의 육체를 이룬다. 그 포즈가 타락한 세계 속에서 생존하는 인물들의 결가부좌로까지 되면서 궁극에서는 자기(작가-독자)와의 조우로 귀결되는 양식, 그것이 이번 작품집에서 내보이는 손영목의 소설론이다.

본디 소설 속의 화자나 인물들은 작가의 분신이며 대리자이지만, 한 편으로는 창조자로서의 소설가를 우롱하면서 배반하며 때로는 작가를 넘어서기도 한다. 그러나 손영목의 인물들은 정확히 작가만큼만 알고 있고, 작가의 생각을 말하고, 작가의 의지를 실현한다. 그런 점에서 작가의 인물조종술은 정확하다. 따라서 손영목의 소설을 읽을 때는 이 인물들과 화자들에 주목할 필요가 있다. 그것은 작가 손영목의 사유에 접근하는 길이기도 하지만 궁극에는 독자인 우리 자신에게로 데려다주기 때문이다. 손영목의 인물들에게서 발견하게 되는 얼굴이 바로 당신의 복잡한 얼굴이며, 그 화자들에게서 듣게 되는 음성이 바로 당신 내면의 모순된 목소리다. 그들의 포즈야말로 바로 당신이 취하고 있는 어정쩡한 태도인 것이다.

당신이 늘 그렇듯 그 인물들 또한 네거리 위에 서 있다. 뒤에는 순수한 과거라는 회귀불능의 시공간이 있고, 앞에는 죽음이나 불확실한 미래와 같은 인간 조건들이 지표로 놓여 있다. 그리고 인물들이 놓인 세속적 현실의 우편에는 순수와 휴머니즘이라는 지평이, 좌측에는 동물적 욕망과 자기기만의 장치들이 기다리고 있다. 무엇보다 이 인물들은 역사성이 없다. 그들이 어디로부터 왔는지, 어디로 갈 것인지가 불분명하다. 이 인물들의 동기 또한 불확실하다. 확인 가능한 것은 이들이 서 있는 위치와 주변 지형뿐이다. 따라서 이 인물들의 궤적과 행로, 즉 '과정과 동기'를 알기 위해서는 먼저 그 지형을 탐사해야만 한다. 손영목 소설의 지형학을 탐사해야만 하는 것이다. 그러나 손영목 소설의 위치를 가늠하기 위해서는 먼저 손영목의 소설들 속으로 들어가, 그 인물들과 만나는 일을 실행해야만 한다.

2 부재하는 현존, 순수

이 소설집 가운데 유일한 중편인 「하얀비둘기」는 먼 이국을 배경으로 하지만 실제적인 국가나 지명·인명들이 아니기 때문에 다소 알레고리적인 성격을 띠기도 한다. 그러나 이 작품을 구체적인 현실이나 상황에

빗대어 우유적(寓喩的)으로 이해하는 방법은 그다지 바람직하지 않은 듯하다. 차라리 먼 이국의 배경은 하나의 가상공간으로서 불변하는 현실전체에 대한 은유라고 보는 편이 낫다. 공개처형되는 브나르바에게 달려들다가 총격당하고 마는 '옹고 무스키'라는 청년의 시체에 흰비둘기가 날아와 앉을 때, 그 비둘기는 혁명이나 이념과는 무관한 한 청년의 순수한 때묻지 않은 사랑을 상징하는 것으로 읽힌다. 그러나 그 비둘기는 언제나 죽음 뒤에 나타나며, 시체 위로만 그 모습을 드러낸다. 즉 순수란 것이 없지는 않지만 그것은 죽음 이후에, 저 너머에 있는 것일 뿐이다. 순수란 죽음 저 너머에서만 자신을 드러내는 관념의 형식이며 타락한 현실의 안티테제다.

「하얀비둘기」에서 가장 흥미로운 것은 등장인물이 아니면서 발화로만 현존하는 '목소리'들이다. 혁명위원회의 간부들쯤으로 생각되는 그 목소리들은 혁명의 순수한 이념 따위에는 애초부터 관심이 없다. 그들은 오로지 혁명의 성공과 혁명의 지속을 위해서 민중을 이용하는 것에만 집중한다. 그 목소리는 "혁명의 바퀴는 자전거처럼 신속 과감히 굴리지 않으면 자빠지는 속성이 있습니다……혁명에는 어차피 피냄새가 배어 있어야 합니다. 그게 혁명의 본질 아닙니까? 민중을 돌아보는 것은 그 다음에 생각해도 늦지 않습니다."라고 말한다. 민중의, 민중에 의한, 민중을 위한 혁명이 아니라 혁명 그 자체를 위한 혁명, 자주 그랬듯 혁명이 민중을 배신하는 그런 상황인 것이다.

심지어 혁명위원회의 최고의장인 '리퉁구 느반조'가 죽었을 때도 이들은 "총서기 동지의 죽음은 애석하기 그지없을 뿐 아니라 우리에게 큰 손실임에 틀림없지만, 사실은 그가 존재하지 않음으로 해서 우리의 혁명과업이 훨씬 탄력적인 유연성을 획득할 수 있게 된 일면도 솔직히 인정해야 될 줄 생각합니다."라고 말한다.

이 목소리들의 대척점에 서 있는 것이 순수 청년 '옹고 무스키'이다. 매력적인 여주인공 '브나르바'도 '무쿰바'라는 구정부군 장교의 거짓사 랑에 속아 살해임무를 수행하지만 그녀의 목적의식적인 행위는 기만당 한 행위일 뿐이다. 그런 그녀가 K시로 가는 버스 안에서 옹고 무스키와 대화할 때 보여주는 눈빛은 투사적 정열에 해당한다. 그 눈빛은 아름답 지만 동시에 어리석다. 그 열정은 사랑에 눈이 먼 자가 발하는 광휘일 뿐이며, 하루살이가 빛으로 뛰어드는 어리석은 열정일 뿐이다. 그럼에도 브나르바의 눈빛은 추악하지는 않다. 그녀는 속고 있을 뿐, 속이는 자가 아니기 때문이다. 속는 자는 불행하지만 적어도 자신이 속고 있다는 것 을 알기까지는 순수할 수 있다.

이 목소리들은 무엇일까? 목소리들은 총서기의 죽음 앞에서도 누구를 위한 혁명인지 알 수 없는 혁명, 언제나 새로운 지도부일 뿐인 혁명위원 회에 관해 걱정할 뿐이다. 브나르바를 둘러싼 의거를 각자에게 유리하게 해석하고 그것으로 승기를 잡으려는 혁명위원회와 구정부군의 목소리 들, 그 속에서 브나르바의 암살행위와 죽음이라는 사건은 그저 하나의 이용대상에 지나지 않을 뿐이다. 이 지점에서 혁명의 이념과 사랑의 순 수는 비정한 정치세력에 이용당하고 그들 순수는 비극적으로 그려지며 그와 대비되어 타락한 정치현실과 추악한 정치세력들의 간교함이 더욱 전경화된다. 이 작품은 불가능한 순수를 믿는 자와 타락한 현실과의 극 명한 대비를 보여주는 작품으로서 순진하고 몽매한 민중들을 선동하고 이용하여 자신들의 이익을 챙기고야 마는 정치세력의 본질을 적나라하 게 드러내주는 소설이라고 할 수 있다.

권력의 간교함과 횡포 앞에 무력한 한 개인의 비극을 보여주는 작품으로서는 「안개」 또한 그러하다. 「안개」에 등장하는 왕실의무실장 K박사는 권력의 실세이자 왕세자인 총리 M을 면담하고, 얼마 안 되어 기관원에게 끌려가 고문과 협박 끝에 거짓자술을 시인하고 겨우 풀려난다. 얼마 후 권력자인 M을 다시 만나지만 M은 K박사의 자술내용을 추궁한 뒤, 은근히 왕을 독살해줄 것을 암시한다. K는 자신의 충성심을 증명하기 위해 왕을 독살하지만 결국 독살혐의를 뒤집어쓴다. K박사는 죽음 앞에서 사태의 진실을 깨닫고 절규하지만 왼쪽 가슴에 전구를 달고 형장의 이슬로 사라지고, 그의 결백을 증명할 보고서는 권력 앞에서 역사의 심연 속으로 침몰한다.

이 작품에서 안개는 사태의 진실을 가리고 호도하는 권력이면서 어느 곳에서나 우리를 둘러싸고 있는 권력의 메타포다. 전구는 권력의 피지배자들 마음속 어떤 희망 같은 것으로도 보이지만, 짙은 안개 속에서 심장의 위치를 알려주는 전구는 너무도 미미하다. 심장 위치에 매달린 전구는 개인들의 마음속에 있는 어떤 순수와 양심을 의미할 수 있음에도 그 빛은 총살 사격의 탄착점으로 기능할 뿐이다.

거제도 포로수용소 문제를 다루고 있는 「어느 전쟁포로의 슬픔」 역시 휴머니즘에 관한 소설이라고 볼 수 있다. 이 소재는 지속적으로 소설화되어 왔지만 손영목의 관점은 색다르다. 거제도 포로수용소 문제를 다룬 대다수의 소설들이 이념의 차원에서 접근했다면 손영목의 소설은 자기 친구를 죽도록 방조해야만 했던, 그리고 그 자책감을 평생 안고 살아가야 했던 한 인간의 문제로 접근한다. 역사적 문제를 개인적인 자책감의 문제로 국한시킨다는 불만이 있을 수 있지만, 이들이 어떤 식으로든 이념의 피해자라는 점에서 이 문제는 근본적으로 이념의 문제를 떠나지 않는다. 그보다 흥미로운 것은 '정태윤'의 과제가 화자에게로 전이되는 부분이다. 정태윤이 죽도록 방조한 친구 '한봉식'과의 사진을 전달받은 화자는 정태윤이 북한의 한봉식 가족에게 하려고 했던 고해를 전달받았음을 느낀다. 그것은 화자 자신이 행한 일이 아니더라도 우리 모두의 비극이며 책임이라는 점을 깨닫는 것이다.

"사진 한 장이 천근만근의 무게로 느껴졌다."는 것은 정태윤과의 개인적 친분 때문이 아니라 민족 구성원 전체를 넘어 타자의 고통에 공감할 줄 아는 능력을 가진 '호모 휴머니타스'로서 느끼는 괴로움과 책무이기도 하다. 이것은 민족과 이념의 문제를 넘어 인간성 자체에 대한 호소가 된다. 휴머니즘과 인간성에 대한 옹호가 이 작품에는 배음으로 깔려 있다. 엄밀히 말해 자신의 잘못이라고만은 할 수 없는 상황을 합리화하지 않고 자신의 탓으로 돌리며 평생 가슴에 묻고 살아갔던 한 사람의 사진을 건네받는 화자는 그 문제가 자신의 문제임을 깨닫는다. 이것은 인간성을 전제하지 않고서는 소통될 수 없는 것이다. 그러나 그 휴머니즘은 역사 속의 한 페이지 속에서 빛바랜 사진으로 전달된다.

길에서 돈봉투를 주워 고민과 자책에 빠진 아들을 구해주는 아버지의 이야기 「비단주머니와 편지봉투」 또한 이러한 순수함에서 동떨어져 있지 않다. 주인공 '진태'는 아들의 고민을 감지하고 대화하던 중 아들 '종수'가 길에서 주운 돈봉투 때문에 양심에 가책을 느끼고 있음을 듣고는 자신이 어렸을 적 친구 집에서 얼결에 집어온 비단주머니 사건을 회상한다. 진태는 어린 시절의 비단주머니 사건을 자기 영혼과 인생의 큰 부채감과 상처로 가지고 살아왔다. 그것이 대를 이어 아들 종수에까지 미친 것이라고도 생각한다. 진태는 아들이 주운 돈봉투를 가난한 사람을 돕는 데 쓰기로 하고 아들에게 1만 원을 코팅해주면서 "잘 간직하며 네 양심의 징표로 삼으라."고 말한다.

이것은 아들에게 올바른 인생의 교훈과 도덕적 좌표를 수립해준다는 점에서 매우 교육적이며 교훈적인 소설처럼 보이지만 그것이 전부는 아니다. 아들을 통해 자기 죄책감과 화해하는 진태는 오랜 양심의 빚을 해결하지만 이 양심의 빚은 어떻게 가능할까? 그것은 결백과 순수에 대한 의식 없이는 불가능하다. 코흘리개 어린 시절 무심결에 도둑질한 행위가 어른이 된 진태를 아직도 괴롭혔다는 것은 이 순수 없이는 불가능한 것이다. 그것은 무의식에 깊이 각인된 양심과 도덕률의 다른 이름이다. 손영목의 인물들이 도덕과 양심의 경계선 밖으로 거침없이 질주하지 못하는 이유도 바로 이런 것들 때문이다. 이런 인물들에게는 양심과 도덕, 어떤 순수에의 무의식적 동경이라고도 말할 수 있는 유전인자가 인코딩되어 있다.

그러나 어떤 점에서 순수란 오염과 타락을 기다리고 있는 상태일 뿐이다. 순수란 뒤돌아보았을 때만 인식 가능한 것이므로 순수한 상태 그 자체로서는 의식되지 못한다. 그래서 순수란 언제나 과거 혹은 저 너머에 있는 것으로 그려지게 마련이다. 그 순수를 허락하지 않는 것, 모든 것을 타락시켜버리는 현실이라는 시공간이다.

3. 현실의 풍경화, 속물들의 초상화

세속적 현실을 가장 적나라하게 보여주고 있는 작품은 단연 「」이란 소설이다. 상을 당한 친구를 위해 장지(葬地)까지 따라갔다 돌아오는 하루 동안에 벌어지는 이야기지만 이 소설에서 별다른 사건은 벌어지지 않는다. 이 소설의 핵심은 장지까지 가는 다른 사람의 차를 타고 가게 된 주인공 '박'이 차 안에서 동행하게 되는 사람들에게서 듣고 보게 되는 대화와 행동들이다. 이들이 주고받는 대화는 홍상수 영화의 인물들이 주고받는 대사처럼 비루하고 남루하며 역겹다. 그들의 대화는 사업이나 돈 이야기, 부동산투기, 외도나 음담패설, 대마초에 관한 시정잡설들이다. 그 속에서 우리 시대의 중간층 사람들의 속물적 욕망과 허위의식이 그 대로 노출된다. 그런 속물적 사내들 가운데 한 사람인 '박'은 어정쩡한 포즈로 서 있다.

주인공 '박'이 그들보다 조금 나은 사람처럼 보일 수 있지만, 그가 상을 당한 친구를 조문하는 이유는 친구를 위로하려는 마음과 동시에 얄팍한 계산에 기반해 있다는 점을 놓쳐서는 안 된다. 아내에게 "홍사에는 그 이상의 부조가 없는 것"이라며 나서던 '박'은 장의차가 만원이 되자 속으로 '내심 잘 되었구나.'라고 생각한다. "영구를 따라가려고 얼굴을 보인 것만으로 자기 생색은 충분하겠기 때문이다."라는 계산. 장지까지 따라가려는 성의는 보여주었고 실제로는 가지 않아도 되는 이익계산. 장지동행 의사를 친구가 알아주는 것만으로 목적을 달성했다고 여기는 '박'의 계산은 씁쓸하고도 비루한 우리의 상조경험과 크게 다르지 않다.

주인공과 이 동행인들을 통해 지금은 거의 그 명칭의 효력을 상실한 '중산층'이라는 사람들의 허위의식, 속물근성이 드러난다. 비루한 인물들의 역겨운 대화와 기만적인 행동 그것이 바로 우리가 살고 있는 시대의 풍경, 우리들의 자화상이다.

이처럼 우리 자신을 잘 보여주는 작품으로는 「과정과 동기」를 들 수 있다. 주인공 '김한호'는 아파트 주차장에서 가벼운 접촉사고를 일으킨 사람과 약간의 시비를 하게 된다. 그러나 그날 이후 자기 차가 펑크가 나고 낙서를 당하자 김한호는 그 사람이 복수하기 위해서 그랬을 거라는 의혹에 사로잡힌다. 그 사람이 자기 차에 테러를 했다는 의혹은 점점 눈덩이처럼 불어나 김한호의 안식과 평화는 증발되고, 점점 불안과 분노에 휩싸이는 심리적 과정이 디테일하게 그려진다. 그 의혹과 분노의 증폭은 끝내 접촉사고 유발자를 돌멩이로 내려쳐 죽이는 것으로 귀결된다.

사소한 시비로부터 비롯됐지만 김한호의 불신과 불안, 분노와 의혹의 증폭과정은 자못 흥미롭다. 이 작품에서 중요한 것은 이 사건이 어떻게 귀결되었고 그 동기가 무엇이냐는 것이 아니라 그 '과정'이다. 하나의 의혹과 분노가 점점 자라나 자신도 주체하지 못할 정도로 자라나는 과정에서 우리는 신경증을 넘어 강박증과 편집증 기질을 가진 현대인의 불신과 분노의 증상을 발견하게 된다. 김한호는 분노조절장애자이며 경계선성격장애라고 진단할 수 있을 터인데, 사실 이런 증상은 우리 자신 누구나 가지고 있는 질환이기도 하다. 한국사회라는 특수성을 차치하더라도 후기자본주의 사회에서 이런 현대적 질병들로부터 자유롭기란 여간 힘든 일이 아닐 수 없는 것이다.

이러한 현실과는 다른 각도에서, 생활고에 시달리는 서민들의 이야기는 「여섯 장면의 짧고 슬픈 드라마」라는 소설에 나타난다. 아내와 남편, 자폐성 언어장애를 겪는 딸의 입장에서 시점을 바꿔가며 서술되는 이 소설은 절망과 불행의 극한에서 마지막으로 로또에 희망을 거는 인물들이 나타난다. 결말에서 갑작스레 말문을 연 딸 '윤주' 앞에서 이들은 다시금 삶의 희망과 기쁨을 되찾지만, 왠지 이들의 삶이 앞으로도 행복해질 것처럼은 보이지 않는다. 그들을 힘겹게 했던 현실의 상황이 전혀 나아질 것처럼 보이지 않기 때문이다.

이와 같이 손영목 소설 속의 현실은 인물들을 로또에 의지하게 만들거나 정신적 장애 끝에 살인을 저지르게 만들며, 비루한 대화나 저급한 욕망이나 추구하게 만드는 곳이다. 이러한 세계 속에서 작가의 대리자인 소설 속의 인물들이 갈 수 있는 길이란 스스로 그 세상 속의 사람들과 똑같아지는 길뿐이다. 그러나 그것도 불가능하다. 왜냐하면 순수에의 욕망을 선험적으로 소유한 주체가 현실 속에서 그들과 같아질 때 자의식을 완전히 지우지 못하기 때문이다. 자의식을 갖고 있으면서 타락한 그들의 언행과 같아질 수밖에 없을 때 스스로 자기를 속일 수밖에 없다. 이 자기를 속이는 인물들은 고뇌의 표정으로 자기기만적 언동을 보인다.

4. 다시 네거리에서

자기기만의 얼굴을 가장 잘 보여주는 작품은 바로 「박하, 혹은 노랑튤립」이다. 어린 시절 서로 좋아했던 사이의 '그'와 '그녀'는 40년의 세월이 흘러 다시 만난다. 그들은 어린 시절 나무 밑에 묻어 두었던 '사랑의 징표'를 함께 열어보기로 하고 H읍으로 여행을 떠난다. 그러나 가는 길에 그들은 음식점에 들러 술을 마시고 누가 먼저랄 것도 없이 호텔로 간다. 그들은 호텔에서 범속한 애정을 나눈 뒤 마을에 도착한다. 마을 입구에서 남자는 이제 그만 동화 속에서 걸어 나와야 한다며 '그 깡통 속에 아무런 글도 써넣지 않았다'고 고백한다. 여자도 자신 역시 그 깡통에 아무것도 넣지 않았다고 토로한다. 이로써 이들의 희미한 옛사랑의 그림자를 찾아가는 여행이란 사실상 섹스에의 욕구 충족의 수단, 아니면 '깡통'을 빌미로 새로운 일탈로의 핑계였음이 밝혀진다. 그들의 타임캡슐은 순수한 사랑의 추억이 아니라 자기기만의 수단일 뿐이었던 것이다.

그러나 이들은 반성한다. "솔직히 고백하건대, 세속에 물들 대로 물든 중년의 단순한 섹스 욕구에 불과하지 않았나 싶어. 로맨틱한 분홍빛깔로 치장한 건 자기기만이고 자존심 상하게 해서 정말 미안하오. 간밤에 처음이자 단 한 번 당신을 안아보고 나서 그걸 확연히 깨달았소 그 자멸감과 허무함이란……"이라는 남자의 반성과 고백의 말을 받아서 여자는 자신 역시 깡통 속에 아무것도 넣지 않았다고 토로한다. "사실은 나도 똑같단 말예요. 나 역시 자기를 속였거든."이라고 말한다. 이들은 이미 서로 자기 스스로 자신을 속이고 있음을 알고 있었던 것이다.

스스로를 속이면서 그 행동을 하고야 말았던 주체들의 반성이 진실할 수 있을까? 소설의 말미에서 이 둘의 새로운 관계 가능성이 암시되어 있기도 하지만, 오히려 이들의 자기기만적인 가짜 반성을 드러내주는 것으로 읽힌다. "푸르른 바깥 하늘처럼 그들의 얼굴은 밝았다. 뭔가 손해 봤다거나, 억울하다거나, 헛다리 짚었다거나 하는 구저분한 구석 없이, 오히려 인생의 묵은 짐 또는 과제 하나 거뜬히 정리하고 신선한 새출발을 한다는, 마치 그런 표정이었다."라는 서술은 희망적인 결말로 읽기 쉽다. 손쉬운 반성을 통해 마음속의 짐을 털어버리려는 태도에서 이 둘은 매우 어울리는 자기기만의 커플임에는 분명하다. 이들의 관계는 자동차의 힘찬 출발에도 불구하고 회의적이라고 말할 수밖에 없다.

그것은 이 소설의 앞뒤에 배치된 에피그램 서사를 통해서 더 분명해진다. 숱한 세월을 그리워했던 화폭 속의 여인 또한 나이를 먹어 늙어 있었다는 서사는 돌아갈 수 없는, 도달할 수 없는 그 어떤 사랑의 순수 지대를 의미한다. 타임캡슐을 묻는 행위는 먼 미래까지 함께 하자는 사랑의 약속이다. 그 약속을 빌미로 이 둘은 과거로의 회귀에 함께 하지만 욕정에 사로잡힌 섹스를 할 수 있을 뿐이었다. 그 순수했던 순간은 사실 빈 편지로 놓여 있었을 뿐이다. 적어도 그때 이들이 훗날의 섹스를 위한 빌미를 만들어 두었던 것은 아니었겠지만, 현재의 이들은 그것이 그런 기능을 수행할 수 있음을 알고 있으며, 그것을 이용하고 다시 가벼운 반성을 통해 마음의 평화까지를 누리려 한다. 그러고도 성인의 세계에서 새로운 관계를 모색하자고 한다. 다 까놓고 즐기자는 뜻일까? 흐른 세월

만큼 이 둘은 타락하고 변해버린 것이다. 영원과 순수란 없다는 것, 노랑 튤립의 꽃말이 '헛된 사랑'이라는 것은 이들이 하고 있는 사랑이 헛된 사랑놀음에 불과하다는 뜻일까?

이와 비슷한 계열의 작품으로서는 「백마를 찾아서」를 들 수 있다. 중년의 사내는 '정혜'라는 여자와 바람을 피우고 있다. 사내는 정혜를 태우고 교외로 드라이브를 떠난다. 차 안에서 정혜와 대화를 나누는 중간 중간 사내는 정혜에 대한 의심과 환멸을 느끼기도 하고 자기의 무분별한 정열의 파멸적 결과를 의식하기도 한다. 그러나 정혜와의 잠자리를 완전히 포기하지도 못한다. 잠자리의 전주곡에 해당하는 한 끼 식사를 위해 방갈로가 딸린 산장 카페 '백마'를 찾아간다. 그러나 '백마'는 끝내 발견하지 못한다. 그들은 길을 잃고 헤매다가 정혜가 돌아가야 한다는 시각에 맞추어 부랴부랴 서울로 돌아와 헤어진다.

바람을 피우는 남성의 심리가 핍진하게 묘사되고 있는 이 소설은 불륜과 일탈에 대한 욕구의 심리, 일탈의 쾌감과 자책감 사이의 갈등이 현실감 있게 전개되지만, 그들이 '백마'에 도달하지 못했다는 점만큼은 기억해두어야 한다. 그들에게 '백마'라는 장소는 일종의 좋은, 그러나 없는 장소로서의 유토피아, 감각의 제국이다. 그는 정혜의 육체와 섹스를 통해서 먼 나라로 가는 고속도로를 찾지만 '백마'는 사라져버린 것인지, 결국 찾지 못하고 체증으로 막힌 길 위에서 시간을 보내다 다시 현실 '서울'로 돌아온다. 그 먼 나라 '백마'에는 영원히 도달할 수 없다. 따라서 「박하, 혹은 노랑튤립」의 커플이나 「백마를 찾아서」의 커플들은 과거를 찾아가거나 사라진 '백마'를 찾아가지만 언제나 현실로 돌아올 수밖에 없다. 이들의 행로는 과거로 회귀하는 것도 아니고 미래나 혹은 저 너머를 찾아나가는 것도 아닌 제자리에서 맴도는, 어지러운 소용돌이형 움직임에 지나지 않는다.

이처럼 옴짝달싹할 수 없는 위치에 놓인 또 하나의 인물로는 「콩팥」의 '장태규'를 들 수 있다. 잘나가는 검사인 장태규는 신장이식을 받게 된다. 그러나 그 신장이 자신의 판결로 인해 억울하게 누명을 쓰고 사형을 언도받게 된 '유상래'라는 사람의 것임을 알게 된다. 자신이 기증받은 장기가 자신이 사형으로 몰아간 '유상래'의 신장이라는 사실을 알게 된 장태규는 자기가 죽인 자의 장기로 생을 연명하게 되는 아이러니한 상황에 빠진다. 사실상 이 상황은 딜레마가 아니다. 정황과 증거가 사형을 언도할 수밖에 없었고, 유상래의 장기인 것을 알고 이식받은 것도 아니다. 자신이 받은 장기가 유상래의 것이라 해도 신경쓰지 않으면 그뿐일 수도 있다. 그러나 장태규는 불안신경증세를 보인다. 자신이 죽여버린 사형수의 생명을 자신이 대신 살고 있다고 생각하기 때문이다. 사형수의 복수를 자기 몸 안에 달고 인생을 살아야 하기 때문이다.

사형수 유상래의 복수방식은 고약하다. 자기를 죽여서 장태규를 살리는 복수방식, 그것은 처절한 자기희생의 복수극이며 살려주는 방식으로 죽이는 복수다. 자신을 희생해서 자기의 결백을 증명함과 동시에 자신의 신체를 이식시켜 상대의 몸속에 살게 하는 방식, 복수이자 희생이며 희생으로서 복수하는 방식, 복수이자 살림의 행위, 자기의 오판을 영원히 간직한 채 나머지 삶을 살아가도록 하는 복수다. 몇 가지 원칙으로 비교적 성공가도를 걸어온 장태규에게 찾아온 한 사내의 처절한 복수극은 인생의 베일을 찢고 삶과 인간관계를 근본에서부터 바라보도록 한다. 자신에 대한 근본적인 성찰을 강요하는 이 폭력적인 자기희생의 복수는 장태규에게 처절한 복수이자 삶을 통찰하게 만드는 은총의 행위다.

장태규는 '박명화'라는 여인과 결혼을 전제로 만나고 있다. 애정과 신뢰 없는 결혼 앞에서 장태규는 어정쩡한 포즈를 취하고 있다. 사랑이 없는 관계라고 정리하기에는 박명화가 가진 조건들이 아쉽고, 그렇다고 비정하게 조건만으로 배우자를 선택하는 것도 아닌 듯싶은 것이다. 연애관계에서도 이러지도 저러지도 못하는 장태규의 위치야말로 정확하게 우리들과 같다. 자신이 죽인 사형수의 장기로 살아가면서 마음이 편할 수도 없는 이 사람, 여자와의 관계도 완전한 계산도 아니면서 끊지도 못하는 이 어정쩡한 포즈의 사람, 그것이 바로 손영목의 인물들의 지정학적 위치다.

그렇다면 그들은 왜 그렇게 서 있는 것일까? 되돌아가기는 너무 멀리 왔고, 앞은 보이지 않는 상황 때문일까? 그렇다. 우리는 너무 많이 알기 때문이다. 그것도 피상적으로, 대신 중요한 것을 잊어버리고 있기 때문이다. 우리가 아는 것은 순수란 있을 수 없다는 것, 있었다 해도 돌아갈 수 없다는 것이다. 그럼에도 그런 것들을 완전히 포기하지도 못한다. 그렇다고 순수의 지평을 향해 나갈 능력도 없다. 그런 한에서 우리의 앎은 실천을 동반할 수 없고, 미래를 희망할 수 있는 능력도 없다. 그것은 정역학이다. 그저 가만히 있는 것이 아니라 물체에 작용하는 힘이 평형을 이루기 때문에 멈추어 서 있는 힘, 그 힘들이 부딪힐 때 주인공은 제자리에서 맴돌며 자신을 기만할 뿐이다.

그 자리에서 어느 쪽으로 기울 것인가를 지켜보는 일이야말로 또 하나의 스펙터클이다. 손영목의 다음 작품들에서 이 인물들은 어느 쪽으로 기울까? 아니면 계속 맴돌면서 더 아래쪽으로 파고들까? 인물들의 운명을 만드는 것은 작가의 권한이지만, 우리 역시 이 십자로에서 선택할 수 있다. 언제나 과거는 흘러갔고 미래는 불확실하다. 그것은 불변의 값이다. 그곳에서 무엇을 발견하고, 선택할 것인지는 여전히 우리의 자유다.